KAI ARTINGER
DAS MUSEUM
» KRIMINALROMAN «

Bibliografische Information der Deutschen Bibliothek
Die Deutsche Bibliothek verzeichnet diese Publikation in der
Deutschen Nationalbibliografie;
detaillierte bibliografische Daten sind
im Internet über http://dnb.d-nb.de abrufbar.

Umschlaggestaltung

Sylke Steenker / Kai Artinger

© Karin Kramer Verlag Berlin
Niemetzstraße 19 – 12055 Berlin (Neukölln)
www.karin-kramer-verlag.de
e-mail: info@karin-kramer-verlag.de
Erste Auflage 2010
Gesamtherstellung
Digitaldruck leibi.de, 89233 Neu-Ulm
ISBN 978-3-87956-344-9

Kai Artinger

Das Museum

» Kriminalroman «

Karin Kramer Verlag
Berlin

Inhalt

Das Attentat – 9

Eine Überraschung kommt selten allein – 14

Kitschfreie Zone – 23

Die Erpressung – 27

Das Schiffshospital – 32

Zu Tode erschrocken – 38

Halbwahrheiten – 41

Der merkwürdige Kabinennachbar – 50

Tote bewegen sich nicht – 66

Reden ist Silber, Schweigen ist Gold – 73

Teuflische See – 83

In den Baumwipfeln New Yorks – 89

Das Telegramm – 91

Rubens im Straßengraben – 100

Ankunft im amerikanischen Traum – 106

Licht im Dunkel – 123

Das „größte" Museum der Welt – 125

Die Schlacht am Monongahela-Strom – 137

Unbegründete Sorge – 147

Der brennende Fluss – 149

Patriotische Gefühle – 153

Der Verdacht – 160

Verheerende Niederlage – 171

Explosiver Lesestoff – 177

Das beste Pferdchen im Stall – 186

In den Tiefen der Archive – 191

Alice – 200

Im Reich der Vogelkundler – 204

Malerin gesucht – 209

Der Mönch in der 67. Straße – 216

Anatomie einer Stadt – 221

Unter der Erde – 224

Großalarm im Central Park – 232

Kap der Angst – 243

Venezianische Albträume – 255

Staatenlos – 263

Eine Stadt im Dunkeln – 265

Die Handlungen in diesem Kriminalroman sind in Berlin und vor allem in New York angesiedelt. Ein Erpresser droht 1952, einen Sprengsatz im Museum der New Yorker Frick Collection zu zünden. – Auf den Namensgeber des Museums, Henry Clay Frick, verübte der Anarchist Alexander Berkman im Homesteadstreik 1892 ein Attentat. – Im Roman wird auch auf die Arbeiter- und Anarchismusgeschichte der USA eingegangen.

Es sei darauf hingewiesen, dass alle Protagonisten – bis auf wenige Nebenfiguren – und die Handlungen frei erfunden sind.

Das Attentat

Cole Winter stand am schmiedeeisernen, mit spitz zulaufenden Zacken bewehrten Zaun und schaute auf das Museum. Eigentlich durfte er nicht hier sein, es war gefährlich. Aber das helle Gebäude zog ihn an. Beinahe entrückt vom pulsierenden Verkehr der Fünften Avenue lag es dar und strahlte Erhabenheit und Ruhe aus. Die Fahne wehte am hohen Mast im Vorgarten. Der englische Rasen war makellos, sein sattes Grün erregte die Aufmerksamkeit vorbeiziehender Passanten und Autofahrer. Der Central Park auf der anderen Straßenseite hatte dagegen das Antlitz eines Verdurstenden. In Manhattan herrschte in diesem Sommer extreme Trockenheit. Menschen, Tiere und Pflanzen litten darunter. Tag für Tag blauer Himmel, sengende Sonne. Erstmals hatten die Feuerbrigaden für den Park die höchste Brandstufe ausgerufen. Es herrschte striktes Rauchverbot.

Hinter dem kunstvollen Zaun schien die Welt in Ordnung zu sein. Cole bemerkte die Schläuche und Rasensprenger, die in der Loggia lagerten. Er hob eine Augenbraue.

Am Luxus hielten sie noch immer fest, als sei nichts geschehen.

Hauptsache, die Fassade stimmt!

In seinem Rücken staute sich der Verkehr. Aggressives Hupen.

Cole wandte sich ab von der Frick Collection und setzte seinen Weg fort in Richtung downtown. Bis er seinen Wagen aus der Werkstatt holen konnte, hatte er noch etwas Zeit. Er kehrte in sein Lieblingsdiner ein, das *Busy Bee*. Es war ein kleines, einfaches Lokal in einer Seitenstraße der Upper East Side. Bei Grace, der Serviererin, bestellte er ein Omelett und einen eisgekühlten Orangensaft, doch als das Gericht vor ihm stand, verlor er den Appetit. Er trank nur den Saft und verfiel wieder ins Sinnieren. Das Attentat wollte ihm nicht aus dem Kopf gehen, es verfolgte ihn bis in seine Träume.

Als es damals geschah, gab es das Museum noch nicht.

Und Henry Clay Frick wurde erst danach ein Patron der Kunst.

„Frick!"

Erst der Ruf des Attentäters. Seine Stimme fest und bestimmt. Dann der Schuss.

Cole hatte die Szene klar vor Augen. Sascha, wie er den schwarzen Diener im Empfangsbüro im zweiten Stock des *Chronicle-Telegraph* in der Fünften Avenue beiseite schiebt und entschlossen das Büro des Firmenbosses betritt, wo dieser mit einem zweiten Mann am Ende eines langen Tisches konferiert.

Der Vorsitzende der Carnegie-Gesellschaft *und sein Vizepräsident John Leishman schauen irritiert auf. In acht Meter Entfernung steht ein Fremder. Es ist ein junger Mann in einem schwarzen Straßenanzug und einem schwarzen Hut. Sein Gesicht ist anziehend, fast hübsch.* **Wohlgeformte Nase, volle sinnliche Lippen, darüber wache dunkelbraune Augen, die durch Brillengläser den schwarzbärtigen Mann von kräftig gebauter Gestalt fixieren.**

Warum der Ausruf? fragte sich Cole. Wollte Sascha die Aufmerksamkeit auf sich lenken? Wollte er aus der Anonymität heraustreten, bevor der Schuss die Zeit anhielt? Brauchte er das Überlegenheitsgefühl? Den entsetzten Blick des anderen? Die beiden Männer zu unterscheiden dürfte ihm nicht schwer gefallen sein. Er hatte eine sehr genaue Vorstellung vom Aussehen des Räuberbarons, kannte Bilder von ihm. Er war früher in die Stadt gekommen, um ihn sich anzusehen, bevor er ihn niederschoss.

Die beiden Männer schauen den Fremden unfreundlich an. Sein Verhalten ist ein Affront. Hat der Vorsitzende seine Karte nicht zurückgehen lassen mit der Aufforderung, der Fremde möge es später noch einmal versuchen? Keiner wird ohne Termin vorgelassen. Missbilligend und schweigend unterwirft der Vorsitzende den Eindringling einer Musterung, doch seine herablassende Haltung schlägt um in Entsetzen, als der Mann ruhig einen Revolver zieht und auf seinen Kopf zielt. Ehe der Vorsitzende ein Wort sagen kann, drückt der Fremde ab.

Die Detonation erschüttert den Raum.

Der gellende Schrei des Opfers.

Getroffen fällt Frick vom Sessel auf die Knie, den Kopf an der Stuhllehne, dann sinkt er unter den großen Armsessel und bleibt dort reglos liegen.

Die Wunde am Nacken blutet.

War Frick tot? Sascha brauchte Gewissheit. Er war so weit gegangen, hatte alles riskiert, nun durfte es nicht umsonst gewesen sein. Den rauchenden Colt auf das Opfer gerichtet, schritt er auf es zu.

Der Vizepräsident gewinnt nach einer Schrecksekunde die Fassung wieder, springt von seinem Sessel auf und stürzt sich auf den Attentäter.

„Mörder! Hilfe!" hört er Frick plötzlich schreien.

Das Lebenszeichen des Angeschossenen macht den Attentäter nervös. Sein Anschlag ist misslungen. Entschlossen stößt er Leishman beiseite, so dass der Vizepräsident gegen einen Stuhl taumelt, und feuert ein zweites Mal. Erneut erwischt er Frick am Nacken.

Leishman nutzt den Augenblick der Ablenkung und packt den Attentäter am Handgelenk, gerade als der den dritten Schuss abgeben will.

Für Cole war es ein Wunder, dass Frick nicht aufgab. Blutend, aber angetrieben von einem unbändigen Überlebenswillen, nahm er den Kampf auf. Er war ein Alphatier, hatte immer gekämpft und nie verloren. Das Wort Niederlage existierte nicht in seinem Vokabular. Er war auf den Knien, aber bezwungen war er nicht.

Unter Schmerzen und Aufbietung aller Kräfte wankt Frick auf die beiden sich umklammernden Kontrahenten zu und fällt auf sie. Angesichts der Überzahl von zwei gegen einen wehrt sich der Attentäter wie ein angeschossenes Wild gegen seine Jäger. Ein viertes Mal wird der Abzug durchgedrückt, doch dieses Mal streikt der Revolver. Während Leishman erneut die todbringende Hand packt, versucht Frick in einer letzten Anstrengung die andere Hand zu fassen zu kriegen. Ineinander verknäult segelt das Trio wie ein Dreimaster ohne Kurs, pflügt Möbel um, zerbricht Porzellan.

In diesem Augenblick des unentschiedenen Kampfes fliegt die Bürotür auf und ein Zimmermann stürzt herein. Ein Hammer sucht sein Ziel. Im Schlepptau sind weitere Firmenangestellte, die den neuen Akteur auf der Bühne anfeuern.

„Mach ihn kalt!"

Der Hammer trifft den Attentäter am Kopf und zwingt ihn in die Knie. Der Revolver knallt auf den Boden. Der Zimmermann holt zum nächsten Schlag aus.

„Nicht töten! Er muss vor ein Gericht!", ruft Frick.

Der Zimmermann ist verwirrt. Den Augenblick nutzt der Attentäter und zieht einen Dolch aus seiner Tasche. Als er zustechen will, blendet ihn ein helles Licht im Fenster, sein Messer findet nicht das vorgesehene tödliche Ziel, fährt stattdessen schmerzhaft, aber ungefährlich in Fricks Rücken. Schnell zieht er die Waffe heraus und sticht erneut zu. Und noch mal. Die scharfe Klinge dringt in die rechte Hüfte und in das linke Bein oberhalb des Knies ein. Frick brüllt auf. Endlich drücken Leishman und der Zimmermann den Attentäter zu Boden und werfen sich auf ihn. Im Kampfgetümmel hat er seinen Hut verloren und sein nass geschwiztes, kurzes schwarzes Haar klebt auf der Kopfhaut. Unter dem Gewicht der beiden Männer begraben, muss er wütend erdulden, dass seine Arme nach hinten gerissen, zusammengedreht und gefesselt werden. Inzwischen treffen die Polizei und der Stellvertretende Sheriff ein. Der Sheriff will den Attentäter sofort erschießen. Er hat den Revolver schon im Anschlag, doch Frick verlangt die Einhaltung des Gesetzes. Widerwillig steckt der Sheriff seine Waffe weg, und Frick, der ausschaut wie der leibhaftige Tod,

11

das Gesicht aschfahl, der volle schwarze Bart, das Haar und der Anzug blutverschmiert, will das Gesicht seines Feindes sehen. Einige Männer helfen ihm auf die Beine und stützen ihn, während zwei Polizisten den Attentäter vom Boden heben und vor Frick aufstellen. Ein Polizist packt ihn bei den Haaren und zerrt den Kopf nach vorn.

Stumm treffen die Blicke des mächtigsten Mannes der amerikanischen Stahlindustrie und des halb so alten Niemands aufeinander. Die stechend blauen und kalten Augen des Industriekapitäns sehen nur Hass.

Die Frage des Stellvertretenden Sheriffs unterbricht das eisige Schweigen: „Mr. Frick, identifizieren Sie diesen Mann als Ihren Angreifer?"

Frick nickt schwach.

Unfassbar blieb für Cole das Ende. Es war geradezu grotesk. Selbst als Gefangener gab Sascha nicht auf. Er war wie ein Stehaufmännchen, das immer noch etwas Neues in petto hatte.

„Mein Gott! Eine Giftkapsel! Er will sich umbringen! Macht doch endlich!"

Leishman hat beobachtet, wie der junge Mann mit wild entschlossenem Gesicht auf etwas herumkaut. Die Polizisten reißen dem Attentäter gewaltsam den Mund auf und holen gegen den röchelnden Widerstand eine Nitroglyzerinpatrone heraus, deren Zerstörungskraft ausreicht, das Gebäude mitsamt den Menschen in die Luft zu jagen.

Bei ihrem Anblick erbleicht der Stellvertretende Sheriff.

Er stößt zwischen den Zähnen etwas Unverständliches hervor, nimmt seinen Revolver und versetzt dem Gefangenen einen harten Schlag ins Gesicht. Der junge Mann stöhnt auf und beginnt aus Nase und Mund zu bluten.

Frick bricht plötzlich der Schweiß aus, er greift sich an die Brust und ringt heftig nach Luft.

Triumph schimmert in den Augen des Attentäters, ein feines Lächeln umspielt seine Mundwinkel.

Sie wecken bei Leishman einen fürchterlichen Verdacht.

Die Spitze des blutigen Dolchs!

Leishman packt den Attentäter am Kragen und schüttelt ihn brutal durch.

„Du Schwein! Hast du ihn vergiftet?"

„Noch Saft, Honey?"

Cole schreckte auf und sah Grace fragend an. Die Serviererin deutete geduldig auf die volle Karaffe mit Orangensaft, die sie in der Hand hielt, und lächelte. Ihr langes, graumeliertes Haar war hinten am Kopf zu einem Knoten zusammengesteckt.

Cole schüttelte den Kopf.

„Was ist heute los mit dir, Cole Winter? Seit einer geschlagenen Viertelstunde sitzt du vor deinem Teller wie die Henne auf dem Ei und brütest was aus. Schmeckt's dir bei uns nicht mehr? Keinen Bissen hast du angerührt. Schade um das Omelett. Und dein Geld."

Die Serviererin stellte die Karaffe beiseite und griff nach einem Lappen, mit dem sie den Tresen abwischte, an dem ein Gast gerade gegessen hatte. Ein älteres Ehepaar betrat das lang gestreckte, schmale Restaurant mit seinen zwei Bankreihen und Grace nahm sich seiner an. Als sie zum Tresen zurückkehrte, legte Cole einen Dollarschein hin.

„Nichts für ungut, Grace, hab' keinen Hunger. Liegt nicht an deinem Omelett. Das ist und bleibt unübertroffen. Wie der erste Kuss." Er grinste.

„Du Casanova musst es ja wissen. Wer könnte das besser beurteilen?"

Grace zeigte ihm ihre weißen Zähne, die aus dem stark geschminkten Mund und dem faltigen Gesicht herausstachen. Sie nahm den Schein und ging damit zur alten Registrierkasse, um das Wechselgeld herauszugeben. Cole winkte ab. „Ist so in Ordnung", sagte er und stieg von dem hohen Hocker herunter, der vor dem Tresen im Boden verschraubt war.

„Wie lange bleibst du, Honey?"

„Weiß ich noch nicht", war Coles unbestimmte Antwort. „Es gibt viel zu tun. Der Nachlass, das Haus. Dauert vielleicht länger."

„Hast du dich schon entschieden, ob du verkaufst?"

Cole zog die Stirn kraus und wog seine Antwort ab. „Nein", sagte er. Grace nickte verständnisvoll. „Ist vielleicht auch besser so. Pass auf dich auf, Honey", sagte sie noch, ehe sie wieder mit der Kaffeekanne loszog. Cole hob lässig die Hand, aber Grace sah das schon nicht mehr, denn sie notierte sich bereits die nächste Bestellung.

Beim Hinausgehen dachte Cole an den schwer verletzten Frick. Der hatte erstaunlich abgeklärt und nervenstark reagierte. Gab den Ärzten an Ort und Stelle Anweisungen, wie sie die Kugeln aus seinem Körper rausoperieren sollten. Er hatte sogar noch die Kraft, ein Telegramm an seinen Geschäftspartner Andrew Carnegie zu diktieren, der in Schottland weilte: ++ wurde zweimal angeschossen, aber nicht lebensgefährlich verletzt ++ nicht nötig, dass du zurückkommst ++ bin fähig, die schlacht zu ende zu kämpfen ++ frick ++

Er war cool. Wo andere Menschen Nerven haben, hatte Frick Stahlseile. Coles Blick fiel auf den Abreißkalender an der Wand. Es war der 23. Juli. Verwirrt trat er auf die Straße.

Sascha verübte die Tat an einem 23. Juli. 1892.

Eine Überraschung kommt selten allein

Drüben in New York plante ein Irrer, eine Sammlung in die Luft zu jagen. Und er? Er saß in Berlin wie auf heißen Kohlen. Das Ultimatum lief. Der Sand fiel unaufhaltsam in der Uhr. Nichts schien die Katastrophe aufhalten zu können. Gustav Lüder hatte nur einen Ausweg gesehen: Er musste sein Versprechen brechen. Die spontane Entscheidung, zu der ihn Steves Brief getrieben hatte, machte den Konflikt mit Lily unausweichlich. Die gute Lily. Sie nähme das nicht einfach hin. Nicht nach der vielen Mühe, die sie sich mit dem Essen gemacht hatte. Der Streit war vorprogrammiert. Lüder wollte ihn nicht, aber sein Verhalten musste sie provozieren. Lily kochte in erster Linie für ihn. Und was war sein Dank? Er saß im Geiste bereits auf gepackten Koffern und sah sich die nächsten acht Tage auf dem Schiffsdeck flanieren. Ohne sie. Allein. Sie war vollkommen ahnungslos. Er hatte es nicht gewagt, ihr von seiner vorzeitigen Abreise zu erzählen. Feige bist du, dachte er zerknirscht und blickte mit Sorge dem Essen entgegen, das ihm bevorstand. An diesem Abend musste er Farbe bekennen, denn morgen ging sein Zug. Sie würde es ihm übel nehmen, dass er ihr sein Vorhaben verheimlicht hatte. Ich hörte schon ihre Worte: unfair, unpartnerschaftlich. Lily konnte sehr impulsiv sein. In den letzten Monaten war sie sehr anhänglich geworden. Ihm war das nicht unangenehm, er erwiderte ihre Liebe, doch jetzt in dieser komplizierten Situation hatte er ein Problem. Verständnis für seinen Plan würde sie keines haben und ihn stattdessen des Vertrauensbruchs bezichtigen. Hier würde sie irren. Ihn hatte lediglich die Angst, dass sie ihn zurückhalten könnte oder womöglich auf die Idee käme, mitkommen zu wollen – was noch schlimmer wäre –, zu seinem Schritt bewogen. Das wollte er aber um jeden Preis verhindern und somit war seine Geheimnistuerei unumgänglich. Es hielt das für seine einzige Chance. Lily wollte alles mit ihm teilen, auch das, was sie nicht teilen konnten, und selbst bei Gefahren würde sie keine Ausnahme machen. Lüder dagegen wollte sie nicht in etwas hineinziehen, das er nicht hundertprozentig abwägen konnte. Also hatte er entschieden, vollendete Tatsachen zu schaffen.

Es war klar, sie konnte das nicht unwidersprochen hinnehmen und seine Erklärung, die er sich zurechtgelegt hatte, musste wie Hohn in ihren Ohren klingen. Denn insgeheim gab er zu, es ihr nicht gesagt zu haben. Sie würde es nicht anders sehen. Die Umstände ließen ihm jedoch keine Wahl. Es war für ihn unmöglich einzuschätzen, wie gefährlich die Sache war. Er wollte sie keiner Gefahr aussetzen. Es genügte, wenn er das Risiko trug. Schließlich war es sein Schwiegersohn, dem er helfen wollte, nicht ihrer. Sie kannte Steve nicht einmal persönlich.

Wie Lüder die Sache auch drehte und wendete, die Gewissensbisse wurde er nicht los. Und das machte ihm schlechte Laune. Er war inzwischen so gereizt, dass er Lilys Zärtlichkeiten nicht erwidern konnte, weil er sich dabei wie ein Heuchler vorgekommen wäre. Sein merkwürdiges Verhalten hatte in den vergangenen Tagen bei ihr für Ratlosigkeit gesorgt. Sie erklärte es sich mit seinen temporären Stimmungsschwankungen, die in unregelmäßigen Abständen wie ein Blitz aus heiterem Himmel auftraten und ihm zu schaffen machten, seit er im Ruhestand war. Sie hatte in den zwei Jahren ihres Zusammenlebens gelernt, dass es das Beste war, ihn in solchen Phasen in Ruhe zu lassen, bis er sich am eigenen Schopfe wieder aus dem Sumpf gezogen hatte.

Für Lüder machte alles noch unerträglicher, dass ihn die Aussicht euphorisch stimmte, mit der *America* in See zu stechen. Die Schiffsreise beendete endlich seine Untätigkeit. Vielleicht geschah aber auch ein Wunder und Lily sprang über ihren Schatten. Beim Abwägen seiner schwierigen Situation musste sie einsehen, dass der Bruch seines Versprechens weit weniger schwer wog als es auf den ersten Blick den Anschein hatte. Schließlich war es ein Notfall, er handelte nicht aus Selbstsucht oder Eigennutz. Dieser Lagebeurteilung würde sie sich doch nicht verschließen können, selbst wenn es sie kränken musste, dass er seinen Entschluss allein gefasst und sie wieder bei seiner Entscheidung außen vor gehalten hatte, so dass aufs Neuerliche ihr Vorwurf bestätigt wurde, er handle noch immer wie ein Witwer. Er sah das anders, er folgte einzig seiner inneren Stimme, doch das hatte er ihr bis jetzt nicht überzeugend vermitteln können. In Situationen, in denen Lily sich ungerecht oder unangemessen behandelt fühlte, war sie aufbrausend und zornig. Den Gedanken an eine schreckliche Szene hatte Lüder in den letzten beiden Tagen weit von sich weg geschoben. Das Damoklesschwert spürte er dennoch.

Der Grund für die kleine Party war Lüders Umzug nach Berlin. Vor zwei Jahren war er bei Lily Dresdner eingezogen und lebte seitdem mit ihr. Für sie war das zweijährige Jubiläum ein willkommener Anlass, ihr Glück mit ihm und ihrem Bruder zu teilen.

Das gemütliche Treffen war eine seit längerem beschlossene Sache. Lüder hatte bei seiner Zustimmung nicht geahnt, in welchen Schlamassel es ihn brächte.

Lily war den ganzen Tag über voller Eifer und freudiger Erwartung. Sie hatte sich einige Arbeit gemacht. Als Hauptgang sollte gespickter Zander auf den Tisch und zum Dessert Topfenspeise, ihre Spezialität. Dazu gäbe es einen gut gekühlten deutschen Weißwein.

Lüder setzte seine letzte Hoffnung auf Paul, ihren Bruder. Der Polizeipräsident von Berlin war in der Vergangenheit ein alter Bekannter Lüders gewesen. Seit Lüders Zuzug verband die beiden Männer eine Freundschaft. Zwar hatte auch Paul Sellner durchblicken lassen, mit Erwartungen in die Lichterfelder Villa seiner Schwester zu kommen und Lüder eine Überraschung in Aussicht gestellt, Lüder war jedoch überzeugt, dass die ausgleichende Art seines Freundes dazu beitragen konnte, auf Lily mäßigend einzuwirken. Sie hielt große Stücke auf ihren Bruder. Sellner wiederum war Lüder zugetan, er konnte die melancholischen Anwandlungen eines Kommissars außer Dienst nachvollziehen.

Das Essen nahmen die drei auf der großen Terrasse ein. Von seinem Platz aus konnte Sellner gut den Garten überblicken, der sich in die Tiefe erstreckte und von hohen Tannen umhegt war. Der kurz geschnittene Rasen hatte einen bräunlichen Ton angenommen. Der Boden war ausgetrocknet. Aus den Büschen erklang das Zirpen von Zikaden. Die Luft war nach dem sehr heißen Tag noch immer drückend und schwül. Ein Gewitter lag in der Luft, doch der abkühlende Guss ließ auf sich warten. Lily und ihr Bruder unterhielten sich angeregt. Lüder beteiligte sich kaum und hörte zu. Allen Aufmunterungsversuchen zum Trotz änderte sich das auch nach dem Essen nicht und Lily verlor zusehends die Geduld und fühlte sich um den Abend betrogen. Sellner versuchte vorsichtig zu erkunden, ob Lüder etwas bedrückte, doch der blieb einsilbig. Sellner begann sich zu fragen, ob es wirklich der richtige Zeitpunkt war, seine Überraschung bekannt zu geben. Die anspannte Atmosphäre ließ ihn daran zweifeln, trotzdem nahm sie ihm nicht seine gute Laune. Das Essen war köstlich gewesen und nach seinem langen anstrengenden Dienst auf dem Präsidium lehnte er sich an diesem Tag erstmals zufrieden zurück und rauchte eine Zigarre. Er schaute auf das angegriffene Grün, während Lily im Haus den Kaffee zubereitete und Lüder eine Petroleumlampe anzündete. Als Lily mit den Tassen kam, erfüllte angenehmes Kaffeearoma die Luft.

Hier draußen konnte Sellner ausspannen. Die Stadt war weit weg, ebenso die westalliierten Stadtkommandanten und Politiker mit ihren Anmaßungen und Eitelkeiten, die Schattenseiten, gegen die die Polizei kämpfte. In Lichterfelde-Ost konnte Sellner für einen Augenblick die ausgebrannten Ruinen vergessen. Hier waren die Häuser weitgehend verschont worden. Die vornehmen Villen in der Boothstraße standen in einer anderen Welt, in der es keine aufgetürmten Schutthalden und innerstädtische Wüsteneien gab, auf denen der aufgewirbelte Sand Tränen in die Augen trieb.

Sellner unterbrach die Stille: „Weißt du, Gustav, selbst als Kommissar a. D. kannst du erstaunen."

In seiner tiefen Bassstimme lag ehrlich gemeinte Bewunderung. Der Polizeipräsident wusste, wovon er sprach. Er verfügte über Menschenkenntnis und Diensterfahrung. Lüder war für ihn ein ungewöhnlicher Mann. Er hatte Rückgrat und Durchhaltevermögen, war unbestechlich. Damit war er in der Nazizeit eine Ausnahme gewesen. Lüder hatte den Pfad des ehrlichen Staatsdieners nie verlassen, ohne autoritätshörig zu werden. Sellner kokettierte manchmal mit dem Gedanken, Lüder positiv als einen unsicheren Kantonisten zu sehen, auf den man nicht zählen konnte, wenn die Absichten nicht lauter waren oder einer Sache der Geruch von Korruption und Vetternwirtschaft anhaftete. Zu kaufen war Lüder nicht. Man musste ihn mit Argumenten überzeugen. Korpsgeist, wie ihn die Polizei oft ausbildete, hasste Lüder.

Für Sellner war Lüder ein Glücksfall.

Er hatte Lily gerettet.

Auch Lüder genoss den Wechsel. Er hatte sich gern nach Berlin verpflanzen lassen. Nach vielen Jahren der Trauer über den Tod seiner Frau und seines Sohnes hatte er das Alleinsein in seinem Haus in Bremen satt gehabt. Die Entscheidung, seinem Leben noch einmal eine Wendung zu geben, war ihm leichter gefallen als er erwartet hatte. In seiner Heimatstadt hielt ihn nichts mehr. Seine Tochter Claire war weit weg. Sie lebte mit Steve und ihrer kleinen Tochter Susan in New York. Zwischen Vater und Tochter lag nun eine weite Entfernung, die beiden gut tat, weil es kaum mehr Gelegenheiten zum Streiten gab.

In Berlin überwand Lüder sein Trauma. Er schaffte es, die quälenden, schlaflosen Nächte hinter sich zu lassen. Nach fünf Jahren gelang es ihm, während des internationalen Treffens der *Académie Internationale Criminalistique* 1949 in Wien Frieden zu finden und mit dem grausamen Bombentod von Marie und Roland abzuschließen. Lily half ihm dabei. Er lernte sie kennen, als sie ihren Bruder zu der Wiener Kriminalistentagung begleitete. Das Geschwisterpaar wohnte im selben Hotel wie er und Sellner machte ihn mit seiner Schwester bekannt. Lily war vier Jahre jünger als Lüder und teilte mit ihm ein ähnliches Schicksal. Ihr Mann, ein erfolgreicher Textilunternehmer, der Uniformen produziert hatte, war bei einem Luftbombardement in Berlin im Herbst '44 ums Leben gekommen. Lily litt seitdem unter Depressionen und interessierte sich anfangs in Wien überhaupt nicht für den Bekannten ihres Bruders. Bei Lüder jedoch schlug sie eine Seite an, deren Klang er schon fast vergessen zu haben glaubte. Ihn rührte die hoch gewachsene, in sich gekehrte Frau mit den traurigen, graugrünen Augen und dem kastanienbraunen Haar. Er schloss sich ihren ausgedehnten Spaziergängen durch den Wienerwald an und tankte in ihrer Nähe nicht nur eine ungewohnte, neue Zufriedenheit, sondern bewirkte auch, dass die Frau sich öffnete.

Lily lud Lüder nach Berlin ein und er begann zwischen Bremen und Berlin zu pendeln. Beiden tat das Zusammensein gut.

Über die gemeinsame Zukunft musste das Paar nicht lange nachdenken. Kurz entschlossen verkaufte Lüder sein Haus, zahlte Claire ihren Erbteil aus und siedelte nach Berlin über. Er sah es als sein letztes Abenteuer an.

Das Berliner Großstadtpflaster war anstrengender und die ehemalige Reichshauptstadt war eine in Sektoren aufgeteilte, vom kalten Krieg gezeichnete Stadt. Lüder empfand die neuen Bedingungen als Herausforderung und Abwechslung im täglichen Einerlei. Er wurde ein Großstädter auf Vorbehalt, der in neuen Dimensionen leben und denken musste.

Sellner hatte ihn mit offenen Armen in seine kleine Familie aufgenommen. Sie kamen beide gut aus, auch wenn es oft so schien, als wenn Sellners direkte Art an Lüders unterkühltem Wesen abperlte wie Regen an einer Pelerine. Aber Lüder reagierte nie unfreundlich oder arrogant, er war auch nicht eingeschnappt und so kam Sellner wieder gern nach Lichterfelde-Ost, seit sein Freund als Partner in das Leben seiner Schwester getreten war. Mit dem Paar verbrachte er angenehme Stunden. Auch an diesem Abend fühlte er sich in ihrer Gegenwart wohl.

Lily betrachtete ihren Bruder. Er hatte Anzugjacke und Krawatte abgelegt, seine Hemdsärmel waren aufgekrempelt und gaben behaarte, kräftige Unterarme frei. Das Oberhemd spannte stark über den Bauch. Paul hatte nach den Hungerjahren wieder Fett angesetzt. Sie dagegen war selbst im Alter noch rank und schlank. Lily überragte ihn um einen Kopf. Sie war die Ältere. Anders als die beiden Männer, die ihre obersten Hemdenknöpfe geöffnet hatten, trug sie auf den freien Schultern ein weißes Tuch. Ihr trägerloses schwarzes, mit bunten Blüten gemustertes Kleid lag eng am Körper und betonte ihre Figur. Sie riss ihren Bruder aus seiner kontemplativen Stimmung, als ihr das Schweigen peinlich wurde.

„Was überrascht dich?", fragte sie und richtete sich in ihrem Korbsessel auf.

Sellner zuckte zusammen.

„Was? – Oh, entschuldigt."

„Du sagtest, Gustav überrascht dich. Wir warten noch immer auf die Erklärung."

„Ich spreche von seinen Qualitäten als Seelenklempner, Schwesterherz." Mit einem Kopfnicken deutete Sellner nach hinten auf das wuchtige, festungsartige Haus. „Gustav hat diesem Kasten wieder Leben eingehaucht. In gewisser Weise ist er es, der solche Abende wie heute wieder möglich macht. Es gab Zeiten, da hatte ich nicht mehr dran geglaubt, weil Adrians Tod sich wie ein Leichentuch über alles gelegt hatte. Ich fühlte mich wie nach einer zweiten Kapitulation. Dank unseres alten Adams hier ist der Garten Eden wieder vollzählig." Sellner grinste schelmisch.

„Amen", sagte Lily. „So alt ist Gustav nun auch wieder nicht. Und der Garten könnte zwei weitere kräftige Männerhände gut brauchen." Sie musterte argwöhnisch ihren Bruder. „Dieser Lobgesang ist doch sonst nicht deine Art. Paul, was führst du im Schilde?"

Sellner machte ein unschuldiges Gesicht. „Nichts. Aber eine Verpflanzung mit vierundsechzig Jahren, das verkraften nicht viele Bäume."

„Der hat zu tief ins Glas geschaut, findest du nicht, Gustav?"

Lüder studierte das leicht gerötete Gesicht seines Freundes und überlegte, ob die schwüle Luft oder der Alkohol Schuld daran hatten. Er war unentschieden.

„Siehst du, er sagt schon gar nichts mehr vor lauter Verlegenheit. Wenn ich es genau betrachte, bringt Adam Eva heute Abend richtig zur Verzweiflung. Was ist los, Schatz?" Lily trat hinter Lüders Sessel, beugte sich herab und umarmte ihn. Sie gab ihm einen Kuss auf den Kopf. „Paul versucht sich als Psychologe und du sitzt hier wie auf deiner eigenen Beerdigung. Seit zwei Tagen ist er schweigsam wie ein Grab. Kann der Psychologe den Grund dafür herauskitzeln?"

Sellner holte die Weinflasche aus dem Sektkübel und schenkte sich nach. Ein Blick auf seine Armbanduhr bewog ihn, nicht länger zu warten. Er wechselte das Thema und leitete zu seiner Neuigkeit über. „Wisst ihr, dass ich meine Lesefaulheit überwunden habe? In den letzten Urlauben habe ich kein einziges Buch gelesen. Diesen Sommer war es anders. Ratet mal, um welche Lektüre es sich dabei handelte."

„Die Bibel", spöttelte Lily.

„Bitte!", sagte Sellner.

Lüder und Lily legten die Stirn in Falten und dachten angestrengt nach.

Ihnen fiel nichts ein.

Sellner quittierte ihre Phantasielosigkeit mit einem beleidigten Gesicht. „Ich habe mir Gustavs Polizeigeschichte von Bremen zur Brust genommen."

Lily und Lüder schauten sich an.

„Aber die staubte doch schon seit Jahren bei dir voll", wunderte sich Lily. „Immer wenn ich dich bat, das Buch zu lesen, hattest du keine Zeit." „Das war keine böse Absicht, Schwesterherz", erwiderte Sellner. „Ich war zu sehr mit anderen Dingen beschäftigt. Das Buch nahm mich gleich gefangen. Es ist grandios! Die Szenen aus der Bremer Unterwelt sind packend erzählt. Die Berichte und Geschichten ergeben eine gelungene Mischung. Einfach eine großartige Darstellung der Polizeiarbeit. Ich habe sie verschlungen. Hut ab, Gustav." Sellner zog an seiner Zigarre.

„Du meine Güte, ein solch dickes Lob aus deinem Munde", staunte Lily.

Auch Lüder nahm es von der komischen Seite. „Danke für die Blumen. Sind mehr als auf Lilys Kleid."

Sellner lachte. Lily strich Lüder zärtlich durch das schüttere, weiße Haar. „Das kannst du im Kalender anstreichen", sagte sie.

Sellner sprach weiter. „Mir fiel auf, dass bis heute eine Kriminalgeschichte der politischen Morde und Attentate fehlt. Die müsste besonders für Berlin geschrieben werden. Wäre das nicht was für dich, Gustav?" „Ich weiß nicht."

„Die Morde an Liebknecht, Luxemburg, Rathenau, Erzberger und all die anderen passierten, während du als Kommissar arbeitetest. Das Gleiche gilt für die Verbrechen im Ausland: Sacco und Vanzetti. Nach deren Hinrichtung auf dem elektrischen Stuhl war auf den Straßen der ganzen Welt Aufruhr. In Berlin kamen die Menschen zur größten Demonstrationen dieser Jahre zusammen. In anderen Städten protestierte man für dieses Anarchistenpack und die Ausschreitungen kosteten sechs Menschenleben. Mahatma Gandhi wurde vor vier Jahren das Opfer eines Irren. Soll ich fortfahren? Die Attentate auf Abraham Lincoln, Jean-Paul Marat und so weiter und so weiter. Eine lange Liste, die ich ergänzen könnte durch Fälle von Spionage wie das junge kommunistische Paar aus New York, das selbst hier bei uns für Unruhe sorgt. Wie heißen sie noch, Schwesterherz?"

„Rosenberg. Julius und Ethel Rosenberg. Aber ihre Schuld konnte nicht zweifelsfrei bewiesen werden."

„Fürs Todesurteil reichte es und politisch verblendet sind sie auch",
entgegnete Sellner ungnädig auf diesen, für seinen Geschmack, zu
haarspalterischen Einwand.

„Hältst du eine Vorlesung über Mord mit gutem Gewissen?", fragte Lüder.

„Warum gutes Gewissen?"

„Weil Attentäter nie ein Schlechtes haben."

„Paul, Gustav hat keine Zeit für ein neues Buch", schaltete sich Lily ein.

Sellner schaute erst sie und dann Gustav verwundert an. „Ich denke, du
bist Pensionär."

Lüder machte ein gequältes Gesicht.

„Welche Geheimnisse habt ihr vor mir?", fragte Sellner gekränkt. „Gustav, was stünde diesem Buchprojekt im Wege?"

„Erpressung und Bombendrohung."

Auf der Terrasse war es schlagartig still. Die Antwort verschlug dem
Freund die Sprache. Ungläubig sah er Lüder an. Auf Lilys Gesicht stand
Bestürzung.

„Das ist jetzt ein Scherz, oder?", fragte Sellner vorsichtig.

„Nein."

Lily hatte sich gesetzt. „Wer wird erpresst?"

„Nicht ich", beruhigte Lüder sie sofort. „Paul, deine Idee ist reizvoll und
lieb gemeint, aber Lily und ich sind übereingekommen, es sei für mich
an der Zeit aufzuhören und in den verbleibenden Jahren etwas anderes zu
tun. Wir werden reisen."

„Wohin?"

„Nach Neuseeland."

„Neuseeland?!"

Es schien Sellners Vorstellungsvermögen zu übersteigen, sich die beiden
auf der anderen Erdhalbkugel vorzustellen.

„Warum nicht Neuseeland?", fauchte Lily ihn an. „Das ist schließlich
nicht aus der Welt."

Sellner streckte seine Hand nach der Flasche aus, doch Lily stellte den
Sektkühler weg. Sie wollte keinen betrunkenen Bruder ertragen. Sar-
kastisch sagte der: „Der Kommissar will also auf seine alten Tage Schafe
hüten."

Eine Pause trat ein, bis Sellner fragte: „Worum geht es bei dieser Erpressung? Wer droht mit einer Bombe?"

Lüder ergriff die Gelegenheit, reinen Tisch zu machen. „Ich weiß erst
seit kurzem von der Sache. Ich wollte nicht vorschnell die Pferde scheu

machen, bevor ich Genaueres in Erfahrung gebracht habe. Bitte entschuldige, Lily, dass ich es dir nicht vorher gesagt habe." Seine Worte besänftigten sie nicht. Ihr Gesicht war versteinert.

„Und hast du mehr in Erfahrung gebracht?", wollte Sellner wissen.

„Nein."

„Warst du deshalb die vergangenen Tage und heute Abend so unerträglich?", fragte Lily.

„Ich konnte nicht anders."

„Ach nee. Ich gebe mir alle erdenkliche Mühe und dein Dank ist, dass du en passant mitteilst, dass sei jetzt Nebensache, Hauptsache ist eine Erpressung, die deine ganze Aufmerksamkeit beansprucht. Das alles hier bedeutet dir also nichts?"

„Ich verstehe deine Verärgerung", versuchte Lüder zu beschwichtigen, „aber du missverstehst das." Er wandte sich an Paul. „Du weißt, dass ich im August Claire in New York besuche. Sie bekommt Mitte Juli ihr zweites Baby. Die Reise steht seit langem fest. Lily und ich haben beschlossen, von da aus weiter nach Neuseeland zu reisen. Lily soll Ende August nachkommen."

„Wollt ihr heiraten? Ein vorgezogener Honeymoon?", fragte Sellner.

Lüder ignorierte die Fragen. „Vor drei Tagen erhielt ich einen Brief von Steve, meinem Schwiegersohn."

Lily unterbrach ihn wütend. „Warum weiß ich davon nichts?"

„Du warst außer Haus, als die Post kam. Der Brief alarmierte mich. Ich musste etwas tun und deshalb habe ich meine Reise nach New York auf diesen Samstag vorverlegt."

Lily kreischte auf. „Das ist übermorgen! Und das sagst du mir erst jetzt!?" Tränen traten ihr in die Augen.

Lüder lief der kalte Schweiß aus den Achselhöhlen.

Sellner versuchte den Konflikt zu entschärfen. „Was steht in dem Brief?"

„Steve bittet um Stillschweigen."

Lily hatte genug und sprang auf. „Das ist der Gipfel der Unverschämtheit! Du vertraust uns nicht einmal!" Sie wandte sich zum Haus.

„Ich wollte dir längst alles erzählen, aber ich hatte gehofft —"

„Hast du eine andere?", schnitt sie ihm das Wort ab.

„Was soll das jetzt? Warum soll ich eine andere haben?"

„Existiert dieser ominöse Brief überhaupt?"

Nun war Lüder empört. „Glaubst du, ich belüge dich? Natürlich gibt es ihn."

„Ich weiß nicht, was ich glauben soll. Aber eines ist gewiss: Allzu viel kann ich dir nicht bedeuten, wenn du mich wie eine Fremde in meinem Haus behandelst."

„Lily, jetzt überspannst du den Bogen."

„Das sagst du! Wir hatten eine Vereinbarung. Ich habe mich darauf verlassen. Gehe ich so mit dir um?" Nun strömten die Tränen. Wütend lief sie ins Haus und warf mit einem Knall die Terrassentür zu. Die Scheibe wackelte.

Die beiden Männer sahen ihr betroffen nach.

Lüder seufzte. „Sie erwartet mehr, als ich geben kann. Ich sollte hinterher und mich entschuldigen."

„Lass ihr einen Moment Zeit. Warum hast du von deinem veränderten Plan nicht früher gesprochen? Sie hätte sicher Verständnis dafür gezeigt."

„Sie hätte mitgewollt. Ich muss aber allein fahren und das hätte sie nicht eingesehen."

Sellner strich sich müde übers Gesicht. „Das war definitiv eine Überraschung zu viel."

„Es war der falsche Zeitpunkt, erst heute Abend damit zu kommen", sagte Lüder zerknirscht.

Kitschfreie Zone

Die Autowerkstatt befand sich direkt am Ufer des Hudson River. Vom Hof hatte man einen schönen Blick auf den Fluss. Der Mechaniker hatte bereits den blauen Pick-up nach draußen gefahren. Cole bezahlte Benzin und Ölwechsel und setzte sich hinter das Steuer. Er startete den Wagen nicht gleich, sondern sah auf die bewegte glitzernde Wasserfläche. Weiße Segel blähten sich vor azurblauem Himmel. Das Licht war strahlend hell, die Farben intensiv, rein und klar.

Vom Fluss wehte eine leichte, warme Brise herüber. Die Luft roch nach Tang und totem Fisch. Der Wagen stand nicht im Schatten, es war heiß in der Fahrerkabine und Cole begann zu schwitzen. Er nahm eine Sonnenbrille von der Ablage und setzte sie auf. Durch das dunkle Glas waren die Farbkontraste von Himmel und Wasser dramatisch.

Was wäre geschehen, wenn das Attentat auf Henry Clay Frick erfolgreich gewesen wäre? überlegte er.

Sascha wäre gehängt worden. Die Tat hätte seinem kurzen Leben ein jähes Ende gesetzt.

Frick hätte nie zum bedeutenden Sammler aufsteigen, nie das Museum gründen können.

Er, Cole, säße nicht hier und organisierte einen Anschlag. Er und Casanova! Was wusste Grace schon von seinem Leben. Nicht die geringste Ahnung hatte sie. Bis auf Alice hatte keine Frau auch nur einen Finger für ihn krumm gemacht, als er in der Gosse zu verrecken drohte. Wäre Alice nicht gewesen und hätte für Hilfe gesorgt, er könnte heute die Gerechtigkeit nicht selbst in die Hand nehmen.

Die Lektüre ihrer Tagebücher und Notizen hatten ihm das ganze Ausmaß seines Versagens vor Augen geführt. Er hätte vor Scham im Boden versinken mögen. Eine Geste der Dankbarkeit und der Wiedergutmachung wäre nötig gewesen, um alles wieder ins Lot zu bringen, aber auch das hatte er vermasselt, da er, wie immer in seinem Leben, zu spät gekommen war. Immer zu spät. Und dieses Mal endgültig zu spät. Man begrub Alice in seiner Abwesenheit, weil er sich aus Wut und Scham am Vorabend der Beerdigung in die Bewusstlosigkeit gesoffen hatte, aus der er erst zwei Tage später erwachte. Das ‚zu spät' war oft in seinem Leben gewesen. Doch nun wartete Alice nie mehr.

Cole steckte den Zündschlüssel ins Schloss und startete den Motor.

Was war Sascha für ein Mensch? War er zum Zeitpunkt des Attentats wie von Sinnen? Die mehrfachen Schüsse aus dem Revolver. Der, wie später vor Gericht bewiesen werden konnte, vergiftete Dolch. Der Sprengstoff. Das mutete an, als wenn hier einer wie im Rausch handelte, um einen Feind auszulöschen. Sprach man nicht zu Recht von der Tat eines Wahnsinnigen? Vom Verlust jeden Maßes infolge grenzenlosen Hasses? Aber gab es überhaupt ein maßvolles Töten? Ging es auch hier nicht letzten Endes nur um Erfolg?

Um die Vernichtung des Hassobjekts.

Sascha war kein Irrer, so viel stand fest. Das Attentat war kalkuliert und kam sogar nicht einmal überraschend. Tatsächlich war es nur eine Frage der Zeit gewesen, bis es dazu kommen musste. Jeder Idealist und Phantast verlor irgendwann die Geduld und glaubte, mit einer Tat seiner Utopie auf die Sprünge zu helfen.

Die erschossenen Arbeiter von Homestead waren das Signal.

Aus dem Augenwinkel sah Cole, wie der Mechaniker neugierig durch das Bürofenster zu ihm herüber schaute. Narr! dachte er, gab Gas und setzte den Pick-up zurück auf die Straße. Die Räder knirschten auf dem Kies, Steinchen spritzten auf und flogen von unten gegen das Chassis. Durch sein Verhalten machte er sich noch verdächtig und gefährdete sein Unternehmen. Er tat, als hätte er die Neugier des Mannes nicht bemerkt und fuhr auf die Straße in Richtung Boston.

Eine Dreiviertelstunde brauchte er, bis er aus New York heraus war und weitere vier Stunden, bis er die Halbinsel erreichte. Er machte keine Pause, sondern trank nur Wasser, das er für die Fahrt eingekauft hatte. In P-Town stoppte er und deckte sich mit einigen Lebensmitteln ein, dann fuhr er die Commercial Street zurück, die einzige Straße P-Towns, die aus Pensionen, Restaurants, Bars und Galerien bestand und ihrem Namen alle Ehre machte. Der kleine Fischerort hatte sich in den vergangenen vierzig Jahren kaum verändert. Es war für Cole die immer gleiche spießige Künstlerkolonie geblieben, die den vermessenen Anspruch erhob, der schönste Flecken der USA zu sein.

Wie hatte es Alice hier nur so lange aushalten können?

Er empfand die Angeber in ihren protzigen Limousinen und chromblitzenden Cabrios, die vorgeblichen und tatsächlichen Reichen, die Mächtigen und Opportunisten, Snobs und Schleimer, Professoren und anderen Möchtegernbesserwisser unerträglich. Alice hatte sich genau in jener Neppkultur eingerichtet, die sie früher so verachtet hatte.

Ein kleiner, alter LKW kam ihm auf der Gegenspur entgegen und hupte. Die Frau am Steuer winkte ihm freundlich zu. Sie trug ein Kopftuch. Cole erkannte Deborah Pople, die Blumenhändlerin, die wie jeden Morgen von ihrem Einkauf zurückkehrte. Er nickte knapp, sein Gesicht blieb dabei ausdruckslos. Die Kränze für Alices Beerdigung waren von der Floristin und ihrer Tochter gekommen. Nach weiteren fünf Minuten Fahrt fuhr der Pick-up aus dem Städtchen heraus in Richtung South Truro. Die schmale asphaltierte Straße durchschnitt schnurgerade die Landschaft in zwei schmale Streifen. Rechts schimmerte die Bucht von Cape Cod, die einen einzigartigen natürlichen Hafen bildet. Die ersten englischen Siedler waren hier an Land gegangen und ihr Traum wurde für manche zum Albtraum. Links passierte Cole einzelne, in den Hügeln verstreute Sommerhäuser. Irgendwo dazwischen verlief die Eisenbahnlinie.

Immerhin war Alice aus dem verdammten Ort rausgezogen, dachte Cole, als der Pick-up eine Anhöhe empor kletterte und der Motor schwindsüchtig röchelte. Oben angekommen, bog er auf einen Sandweg ein und entfernte sich von der silbrig flimmernden Bucht, die sich weit unten unmittelbar hinter der Straße erstreckte. Der Wagen holperte eine ganze Weile an verkrüppelten Bäumen und niedrigem Buschwerk vorbei, durchquerte ein kleines Wäldchen und endete, nach der Bewältigung eines weiteren Anstiegs, vor einem weiß gestrichenen, zweigeschossigen Holzhaus im kolonialen Landhausstil. Vor dem Eingang standen korinthische Säulen und auf dem Dachfirst war eine sorgfältig verzierte Balustrade. Der Bau war im Zentrum der Anhöhe errichtet worden, eine hervorragende natürliche Aussichtsplattform, die ein 360-Grad-Panorama bot. Von hier oben übersah man die gesamte Spitze der Halbinsel mit ihren zwei Leuchttürmen auf Landsend und dem 78 Meter hohen grauen Granitturm des Pilgrim Monuments, der P-Town überragte. Vor und hinter dem Haus erstreckten sich der blaue Atlantik und ein unendlich weiter, wolkenloser Himmel.

Cole parkte den Wagen vor der Veranda und nahm die große braune Papiertüte mit den Lebensmitteln vom Beifahrersitz, die er eingekauft hatte. Er brachte sie in die Küche und legte sie auf dem Küchentisch ab. Im Wohnzimmer klingelte das Telefon. Er war unentschieden, ob er rangehen sollte. Es war sicher Monk, ihr New Yorker Galerist, der Rücksprache halten wollte wegen der baldigen Werkschau. Monk wartete auf den Termin, an dem er die Bilder nach New York liefern wollte. Cole entschloss sich abzunehmen, doch er hatte zu lange gezögert. Im Wohnzimmer angekommen, verstummte der Apparat. Er zuckte mit den Achseln und nahm von einem niedrigen Glastisch eine Zigarettenpackung, klappte die Schachtel auf und zog eine Filterzigarette heraus. Er zündete sie sich mit einem Tischfeuerzeug an, das die Form eines Leuchtturms hatte. Seine Mutter schien in den letzten Lebensjahren ein Faible für derlei Kitsch entwickelt zu haben. Das Haus war voll davon. Cole ging rauchend in das angrenzende hohe Atelier, in das ein großes Panoramafenster eingebaut war, von dem man direkt über die Dünen auf das Meer schaute. Nach seiner Meinung war dieser grandiose Ausblick das einzig Geschmackvolle im ganzen Haus.

Er wandte sich von der Aussicht ab und blickte sich im Atelier um, das noch immer so aussah, als hätte Alice es erst vor wenigen Minuten verlassen. Auf dem Boden stapelten sich die Leinwände, ordentlich hintereinander mit dem Bild zur Wand aneinandergereiht. Auf Tischen und Regalen lagen und standen Malgerät und Malutensilien, in einer Ecke waren auf einem langen Holzbrett, das auf Holzböcken gelegt worden war, Kästen mit Pastellkreiden aufgestellt, die den Anspruch erhoben, den Regenbogen wiederzugeben. In der Nähe des Fensters befand sich die große Staffelei, auf der ein unfertiges Gemälde stand, für das sich Cole ebenso wenig erwärmen konnte wie für den Kitsch. Cole war alles andere als ein Kunstkenner, im Gegenteil hatte er bereits in jungen Jahren aus Protest gegen Alice eine Abwehrhaltung gegen alles Künstlerische kultiviert und empfand für das Milieu, in dem sie verkehrt hatte, nur Verachtung. Doch bei allem mangelnden Sachverstand war ihm dennoch nicht der seltsame Widerspruch zwischen dem geschmacklosen Nippes und den strengen, ungegenständlichen, sehr farbintensiven Bildern verborgen geblieben, die Alice seit den Dreißigerjahren bevorzugt gemalt und erfolgreich verkauft hatte. Er vermochte sich nicht erklären, wie diese beiden konträren Seiten ihrer Persönlichkeit zusammenpassten. Eines aber hatte er sofort bemerkt, als er nach einer Ewigkeit das Haus erstmals wieder betrat: Das Atelier war die kitschfreie Zone.

Cole nahm von einem Tischchen, auf dem verstaubte und vergilbte Zeitschriften lagen, einen Aschenbecher und ließ sich in einem tiefen, abgewetzten Ledersessel nieder, der genau vor dem großen Fenster platziert war. Er rauchte und blickte hinaus auf die Wellendünung.

Dem Museum blieben exakt sechsunddreißig Tage, keine fünf Wochen, um seine Forderung zu erfüllen. Bis jetzt hatte man ihn ignoriert und nicht ernst genommen. Er hatte nichts anderes erwartet von denen in der Fünften Avenue. Doch nun war es an der Zeit, sich der Stiftung in Erinnerung zu bringen.

Die Erpressung

Sellner wollte den Brief lesen und Lüder ging ins Haus, um ihn zu holen. In der Zwischenzeit zog Sellner den Sektkübel mit dem Wein heran und goss sich ein. Dabei dachte er laut nach. „Warum ausgerechnet Neuseeland? Das ist verteufelt weit weg."

Lüder störte ihn in seinem Zwiegespräch. Er war in gedrückter Stimmung. „Sie hat sich im Schlafzimmer eingeschlossen", sagte er und reichte seinem Freund den Luftpostbrief.

„Sie wird sich wieder einkriegen", tröstete Sellner ihn und holte den Brief aus dem Kuvert. Er umfasste eineinhalb säuberlich beschriebene, dünne Seiten und war auf Deutsch. Steve hatte für einen Mann eine erstaunlich schöne Handschrift. Die Buchstaben waren rund und geschwungen und gaben den Wörtern eine fließende Bewegung.

Lieber Gustav,
sicher wunderst Du Dich, dass ich Dir noch einmal vor Deiner Abreise schreibe. Claire weiß von diesem Brief nichts, bitte bewahre über das, was ich Dir hier mitteile, Stillschweigen. Ich befürchte sonst das Schlimmste.
Das Museum wird seit zwei Monaten von Unbekannten erpresst. Anfangs haben wir die Sache auf die leichte Schulter genommen, denn Angriffe

auf die Sammlung gab es in seiner jungen Geschichte immer mal wieder. Der Ruf des Gründers war zu Lebzeiten umstritten und er ist es bis heute geblieben. Manchen ist er gar eine Zielscheibe des Hasses. Doch dieser jüngste Angriff ist anders. Dieser Jemand spielt mit uns Katz und Maus. Es ist geradezu unheimlich. Eine Spur gibt es nicht und die Polizei ist meiner Ansicht nach überfordert. Das Ganze spitzt sich zu einer Katastrophe zu, als ob ein Zug mit voller Geschwindigkeit auf ein Hindernis zurast und die Bremsen versagen. Die Forderung ist verrückt und für uns unannehmbar. D.h. der Stiftungsvorstand hat es kategorisch abgelehnt, darauf einzugehen. Angesichts der Stimmung im Lande ist es nachvollziehbar, doch diese Haltung hat eine fatale Situation geschaffen. Die Fronten sind verhärtet. Inzwischen gibt es ein Ultimatum. Sollten wir die Forderung nicht erfüllen, droht er das Museum zu sprengen! Keiner weiß, wie er das überhaupt bewerkstelligen will und ob das nicht nur die leere Drohung eines Menschen ist, der wahnsinnig ist. Aber was ist, wenn er tatsächlich in der Lage ist, es wahr zu machen? Die Folgen sind unausdenkbar. Du kannst Dir nicht vorstellen, wie mir zumute ist. Claire gegenüber mime ich den aufmerksamen, erwartungsvollen und glücklichen Gatten, aber fern von unserem Haus ist die Hölle los. Ich weiß wirklich nicht, wie lange ich dieses Schmierentheater noch durchhalte. Sei also vorgewarnt auf das, was Dich hier möglicherweise erwartet. Bis zum 22. August bleibt uns noch Zeit, die Sache zu bereinigen, wir tun alles in unserer Macht Stehende, um den Job zu erledigen, aber es ist verdammt wenig, was wir tun können. Vielleicht sehe ich das Ganze zu schwarz, vielleicht ist meine schreckliche Verfassung daran schuld. Zwischen all dem tobt Susan herum und fordert ihr Recht. Wie soll ich dieser Unschuld von vier Jahren erklären, dass Daddy nicht mehr weiß, wo ihm der Kopf steht?

Tut mir Leid, alter Knabe, dass ich Dich nicht auf angenehmere Weise auf Deine Reise und unser Wiedersehen einstimmen kann. Claire freut sich schon wie verrückt und Susan spricht die ganze Zeit vom Opa aus Deutschland! Wenn nichts Dramatisches eintritt, meldet sich die gesamte Familie Bell samt Nachwuchs bei Deiner Ankunft im Hafen zum Rapport.

Gruß

Steve

Sellner gab Lüder den Brief zurück. Ein leichter Wind war aufgekommen, eine angenehm kühle Brise blies über die Terrasse. Es rauschte in den Baumwipfeln. Weit entfernt war ein leises Grollen zu vernehmen. Sellner blickte zum Himmel. Es war unverändert wolkig.

„Dein Schwiegersohn ist nicht zu beneiden", sagte er nach einer Weile. „Hoffentlich klappt alles bei der Geburt. Dann wäre zumindest diese Front bereinigt. Was ist er für ein Mensch? Weshalb kann er perfekt Deutsch?"

„Er ist Experte für mittelalterliche Kunst und studierte in den Dreißigerjahren Kunstgeschichte an der Friedrich-Wilhelm-Universität in Berlin. Im Krieg war er beim CIC, Counter Intelligence Corps. Anschließend vier Jahre bei den amerikanischen Streitkräften in Bremen. Ich hatte viel mit ihm zu tun. Steve lernte Claire kennen. Den Rest kannst du dir denken. Der Ami wurde Familienmitglied und ich Opa."

„Von welchem Museum schreibt er?"

„Von der schönsten Privatsammlung der Welt. Behauptet er zumindest."

„Welche ist das?"

„Die Frick Collection in New York."

„Und der Gründer ist ein Scheusal?"

Lüder hob die Schultern. „Steve arbeitet dort seit seiner Rückkehr in die Staaten. Seine Ernennung vor drei Jahren war eine große Sache und er war mächtig stolz drauf. Soll völlig aus dem Häuschen gewesen sein, als der Direktor des Museums ihm die Stelle anbot."

„Was arbeitet er?"

„Er ist Chefkurator. Vor dem Krieg war er im Metropolitan Museum of Art in New York zuständig für die Abteilung Kunst des Mittelalters. Er scheint eine Koryphäe auf seinem Gebiet zu sein, aber ich weiß nicht viel darüber. Unser Verhältnis ist etwas sporadisch geworden, wir verkehren fast ausschließlich postalisch miteinander und haben uns seit ihrem Weggang nicht wieder gesehen. Daher überraschte mich der Brief. Solche Schreiben sind für Steve sehr ungewöhnlich. Claire achtet eifersüchtig darauf, dass er keinen besseren Draht zu mir hat als ich zu ihr."

„Deiner ist kurz?"

„Ein transatlantisches Kabel ist er nicht", räumte Lüder ein. „Aber mein Verhältnis ist nicht schlechter als das bei anderen Vätern und Töchtern."

„Übertreibt er?"

„Nein, glaube ich nicht. Steve ist stets um Objektivität bemüht. Halt ein Wissenschaftler."

„Menschen verändern sich."

„Sicher, der Stil seines Briefes deutet aber auf nichts dergleichen hin. Er ist vorsichtig formuliert, verschweigt meiner Ansicht nach Wesentliches.

Steve teilt eher zu wenig, als zu viel mit."

„Du meinst, er ging auf Nummer sicher?"

„Wahrscheinlich. Wäre der Brief in die falschen Hände geraten, hätte ein unbefugter Leser nur vor wertlosen Andeutungen gestanden." Sellner strich sich gedankenvoll über seine Bartstoppeln. „Warum will jemand ein Museum zerstören? Kunstwerke stehlen, um sie an einen Hehler oder Sammler zu verkaufen oder um vom Besitzer für sie Lösegeld zu fordern, das ist nachvollziehbar. Aber eine Sprengung? Das klingt nach einem Wahnsinnigen."

„Kunstattentäter sind in der Regel Irre", brummte Lüder. „Womit wir wieder bei deinem Lieblingsthema wären. Soll ich für das Buch vor Ort recherchieren? Was Aktuelleres bekommst du nicht."

Sellner winkte ab. „New York interessiert mich nicht. Im Übrigen sprach ich von politischem Mord und Einzelattentaten auf hohe Repräsentanten der Gesellschaft. Hier kann ich ein solches Motiv nicht entdecken."

„Da gebe ich dir Recht. Es ist eine krude Geschichte."

„Selbst die Nazis und Russen sammelten alles hübsch säuberlich ein und transportierten es ab. Die raubten Kunst und waren stolz drauf. Dieser Spinner hingegen scheint einen mittelalterlichen Rachefeldzug zu führen."

„Wie kommst du darauf?"

„Nun, in dieser Zeit gab es doch genügend zerstörungswütige Fanatiker und Vandalen, die auf missliebige Kunst losgingen."

„Aber das waren religiös Andersdenkende oder soziale Bewegungen. Steves Brief legt eher einen Einzeltäter nahe –"

„– dem Kultur ein Dorn im Auge ist?"

Lüder schüttelte den Kopf. „Als Motiv für eine derartige Drohung zu schwach."

„Hast du mit deinem Schwiegersohn gesprochen?"

„Nein. Ich kenne seine Dienstnummer nicht und bei ihnen Zuhause kann ich schlecht anrufen. Claire würde sofort Verdacht schöpfen. Mein letztes Telefonat mit ihr liegt ein Dreivierteljahr zurück. Da rief *sie* mich an und teilte mit, sie sei schwanger."

Sellner schlug die Beine übereinander und verschränkte die Hände. „Was willst du dann früher in New York? Über deine vorgezogene Reise muss sie sich doch erst recht wundern."

„Sie wird nicht wissen, dass ich in der Stadt bin. Ich wohne im Hotel. Ein alter Bekannter bei der Reederei hat alles Notwendige für mich arrangiert."

„Dass Lily sauer ist, kann ich ihr nicht verdenken. Eben erklärst du noch, du willst dein Leben umkrempeln, dafür sei es höchste Eisenbahn, und nun diese Heuchelei!"

„Wer sagt, dass ich auf Verbrecherjagd gehe? Ich will meinem Schwiegersohn in einer schwierigen Situation beistehen, einmal für meine Familie da sein. Ich habe noch nicht viel für sie getan. Das ist die Gelegenheit zur Wiedergutmachung. Viel Zeit dazu bleibt mir nicht mehr. Ich bin sechsundsechzig."

„Alles sehr honorige Gründe, die deine Geheimniskrämerei gegenüber Lily noch unverständlicher machen. Stattdessen kränkst du sie, indem du eure Vereinbarung brichst?"

Lüder protestierte genervt. „Ich will sie nicht in Gefahr bringen! Ich weiß doch gar nicht, auf was ich mich da einlasse."

„Aber *deinen* Sarg darf sie im schlimmsten Falle nach Deutschland überführen."

„Nun fang du nicht damit an."

„Bis zum Ablaufen des Ultimatums ist nicht mehr viel Zeit. Was willst du in New York unternehmen?"

Lüder hob ratlos die Hände und ließ sie wieder sinken. „Ich habe keinen Plan. Zuerst mit Steve sprechen, mir ein Bild von der Lage machen. Vielleicht tue ich auch nichts und bin einfach nur anwesend."

„Ich bin gerührt. Der liebende Großvater, der nach seinem neuen Enkelkind schaut und Händchen hält."

Lüder sah seinen Freund süß-säuerlich an. „Genau."

„Das glaubst du doch selbst nicht. Soll ich dir verraten, was dich umtreibt? Die Langeweile. Aber wenn du mit deiner vielen freien Zeit nichts anzufangen weißt, was ich verstehen kann, wäre es nicht besser, statt des anonymen Psychopathen ein Hobby zu suchen?"

„Ein weiteres Buch schreiben?", höhnte Lüder.

„New York ist eine Millionenstadt. Das Land ist dir so vertraut wie der Nordpol. Eine Terra Incognita und du kannst weder Himmelsrichtungen bestimmen noch einen Stadtplan lesen."

„Du brauchst nicht fortzufahren", sagte Lüder. Er war aufgestanden und an den Rand der Terrasse getreten. Er wandte Sellner den Rücken zu. Die Dunkelheit hatte den Garten geschluckt. Der Wind war stärker geworden. Die Äste knarzten. Lüder fühlte sein klatschnasses Unterhemd, es klebte unangenehm auf der Haut. Er drehte sich zu Sellner um. „Die Angelegenheit kann böse enden. Ich will nicht dasitzen und auf den Tod warten."

„Die Amis machen gerade eine schwierige Phase durch. Sie führen Krieg."

„Ich lese auch Zeitung."

„Das politische Klima in den Staaten ist sehr angespannt. Man drückt die Roten an die Wand, Streiks erschüttern das Land. Dieses Jahr sind Präsidentschaftswahlen und den Republikanern werden gute Chancen eingeräumt. Ihr Kandidat Eisenhower ist ein Mann mit einer militärischen Bilderbuchkarriere. Nicht gerade der passende Zeitpunkt für einen privaten ausländischen Schnüffler, der aus dem Land des ehemaligen Feindes kommt."

Lüder überging diese Einlassung. „Sprichst du mit Lily? Sie kann manchmal sehr nachtragend sein."

„Ich werde mein Bestes geben. Vielleicht schert Ihr Anfang September schon gemeinsam Schafe."

Das Schiffshospital

Den Rummel unten auf dem Landungskai konnte Lüder nur unkonzentriert verfolgen, da er noch immer unter dem Schock des gestrigen Telefonats stand. Geschlagene zwei Stunden bearbeitete die Kapelle ihre Instrumente und zehrte an seinen Nerven mit Weisen wie *Muss I denn, muss i denn zum Städele hinaus ...* Der Wind entstellte die Melodien, indem er die tiefen Töne fort trug, auf dem Sonnendeck kam nur eine verzerrte Musik an. Der Menge, die den Columbuspier bevölkerte, bereitete das Spektakel dagegen Vergnügen. Sie unterhielt sich prächtig vor der eindrucksvollen Kulisse des Ozeanriesen. Der amerikanische Schnelldampfer hatte es wieder einmal geschafft, die Massen anzulocken. Die Newsjunkies und Freunde der Handelsmarine, die die Kolumne *Schiffsbewegungen* wie das täglich Brot konsumierten, ließen sich die Gelegenheit nicht entgehen, in den Hafen zu pilgern, um der Krönung der zivilen Schifffahrt ihre Ehrerbietung zu erweisen. Wäre nicht die in der Zeitung angekündigte Verabschiedung des Hochkommissars für Deutschland gewesen, der wie Lüder auf der *America* nach New York fuhr, Lüder wäre längst in seine Kabine geflüchtet und hätte dort Ruhe gesucht. So aber harrte er geduldig auf seinem Platz an der Reling aus und wartete mit den vielen anderen Passagieren auf das Eintreffen des hohen amerikanischen Würdenträgers.

Es dauerte eine Viertelstunde, bis der Sonderzug mit John McCloy und seiner Familie in den Columbusbahnhof einfuhr und von einer Ehrenkompanie der amerikanischen Army, Navy und der Air Force verabschiedet wurde. Die Menschen klatschten und jubelten, als der vornehme Mann die Formation seiner Landsleute abschritt. Bei seiner Ankunft in Deutschland vor drei Jahren war der Empfang noch kühl und zurückhaltend gewesen und Argwohn und Skepsis waren dem Ami entgegengeschlagen, da er im Verdacht stand, ein Agent der Wallstreet zu sein, ein mit allen Wassern gewaschener US-Banker, der die Deutschen über den Tisch ziehen will.

Lüder war McCloy nie persönlich begegnet. Dem Amerikaner hatte man wegen seiner Verdienste um die Bremer Wirtschaft die Ehrenbürgerwürde der Stadt verliehen und daher verwunderte es nicht, dass die *Nordsee-Zeitung* am Morgen nur freundliche Worte für den Hohen Kommissar fand und die Befürchtung vom „cleveren Businessman" vergessen war. McCloy schied als Freund und Wohltäter der Deutschen.

Der Bürgermeister und andere schüttelten ihm warmherzig die Hände, Frau McCloy verschwand hinter einem riesigen Blumenbouquet und ihr Gatte bedankte sich artig mit einer kurzen Rede bei den Versammelten. Belohnt wurde er mit einem Abschiedsgeschenk, einem äußerst seltenen Dokument der amerikanischen Revolution, das die Deutschen aus ihren Archiven ausgegraben hatten und dessen Inhalt der Bürgermeister geschickt nutzte, um an die Verdienste des scheidenden Mannes und seines Landes zu erinnern. Wie das Signal, endlich zum Schluss zu kommen, verdeckte eine dunkle Wolke die Sonne. Erste Regentropfen fielen, Schirme wurden aufgespannt. Lüder klappte seinen Mantelkragen hoch. Der ehemalige Hochkommissar eilte unter den Klängen von *Auf Wiedersehen* die Gangway rauf, winkte noch einmal kurz zum Abschied und verschwand im Bauch des Schiffs.

Hinter Lüder unterhielten sich zwei Männer über die Olympischen Spiele in Helsinki und die Siegeschancen der deutschen Mannschaft. Die Begeisterung über das internationale Großsportereignis hatte sie angesteckt.

„Nach sechzehn Jahren sind wir wieder dabei!"

Dann brach über Lüder eine gewaltige kakophonische und olfaktorische Welle herein. Vielsprachiges Stimmengewirr, Schiffssirenen, Abschiedsrufe, Weinen, Kinderschreie, startende Autos, Möwenrufe, der Geruch von Tang und Meer, Nikotin, verbranntem Schweröl, atemberaubende Parfüms. In seinen Ohren rauschte es immer stärker, seine Kopfschmerzen wurden unerträglich. Plötzlich knackte es innen in seinem Kopf und er glotzte auf die stumme Menge auf dem Pier, die lautlose Kapelle, die den Schiffsschrauben und dem Motorschlepperballett den Takt vorgab. In der Tiefe wirbelte das Wasser auf und die kleinen Strudel zogen Lüder unwiderstehlich hinab.

Steve hatte am Abend angerufen. Claire lag auf der Intensivstation. Wegen starker Blutungen, die plötzlich eingesetzt hatten. Die Ärzte kämpfen um ihr Leben. Das Kind war mit einem Kaiserschnitt geholt worden, da die größte Gefahr bestanden hatte, dass Claire es verlor.

„Ist Ihnen nicht gut?" John McCloy und seine Gattin standen bei ihm und stützten ihn jeweils an einem Arm. Besorgt sahen sie zu Lüder hinauf, der sie überragte. Sein Gesicht war gerötet und er ventilierte stark. Seine Knie fühlten sich butterweich an.

„Ich fühle mich nicht gut", flüsterte er. „Was ist passiert?"

„Sie drohten gerade zusammenzusacken, als mein Mann und ich an Ihnen vorbei gingen", antworte die Frau und betrachtete ihn besorgt. Sie trug ein Mousseline-Kleid in Cremefarbe mit Bolero.

„Wie heißen Sie?", fragte McCloy. Er hatte seinen Mantel geöffnet und trug keinen Hut mehr. Sein Haar flatterte im Wind.

„Gustav Lüder", murmelte Lüder und griff sich an die Stirn. Die Kopfschmerzen waren unerträglich.

„Sie sind Kommissar Luder!", rief McCloy überrascht und zugleich erfreut aus. „Ich habe viel von Ihnen gehört und immer bedauert, Sie nicht persönlich kennen gelernt zu haben. Ich bin hocherfreut!"

„John, es ist das Beste, wir bringen Mr. Luder zu einem Liegestuhl, damit er sich hinlegt."

„Du hast Recht, Schatz. Kommen Sie, Mr. Luder."

Lüder fragte, ob das Schiff bereits Bremerhaven verlassen habe.

Das Paar sah sich an und McCloy erklärte, der Hafen sei schon ein ganzes Stück entfernt. In diesem Augenblick ertönten die Sirenen der drei Schlepper. Sie durchpflügten das Meer und strebten ihrem Heimathafen zu, wo die nagelneue, erst vor zwei Monaten eröffnete Fahrgastanlage in der Ferne glänzte.

Die beiden weithin sichtbaren rot-weiß-blauen Schlote des Schiffes spieen Rauch aus. Der Himmel hatte sich aufgeklart.

Lüder war heiß, er zerrte erfolglos an seinem Krawattenknoten, bis ihm Mrs. McCloy half.

„Kommen Sie, Sie müssen sich ausruhen", forderte sie ihn auf und führte ihn zum Verandasaal Erster Klasse. Der Weg kam Lüder endlos vor, seine Beine gingen ohne ihn, automatisch, begleitet von seinem kurzatmigen Schnaufen. Auf der Veranda fanden sie einen freien Platz und Mrs. McCloy bugsierte ihn in einen Deckstuhl.

Mr. McCloy sprach mit einem Steward. „Er verständigt einen Arzt", informierte er seine Frau.

Mrs. McCloy breitete über Lüder eine Decke aus, er wollte das verhindern, ihr mitteilen, ihm ginge es schon wieder besser, doch da wurde ihm das zweite Mal schwarz vor Augen. Aus seinem Mund tropfte Speichel. „Wo bleibt der Arzt?", schimpfte Mrs. McCloy ungehalten.

Ihre Stimme hörte Lüder von ganz weit entfernt. Jemand riss an seinem Hemdkragen und Oberhemd, eine warme Hand klopfte ihm auf die Wangen.

„Herr Luder! Hören Sie mich? Herr Luuuder?"

Seine Lider waren schwer, nur mit Mühe gelang es ihm, seine Augen zu öffnen. Ein freundlich lächelnder Mann beugte sich über ihn. „Da sind wir ja wieder", sagte er mit einem breiten amerikanischen Akzent. „Ich bin Dr. Gordon, der Schiffsarzt." Der Arzt half ihm beim Aufrichten des Oberkörpers und führte ihm ein Glas Wasser an die Lippen. „Trinken Sie!"

Nach einigen Schlucken sank Lüder wieder zurück in die Liegestellung. Er fühlte sich hundeselend.

„Haben Sie Schmerzen?"

„Mein Kopf", flüsterte Lüder.

„Können wir noch etwas für Sie tun?", fragte McCloy den Arzt.

Um Lüders Liegestuhl und den Arzt hatte sich eine Gruppe Neugieriger gebildet.

„Nein, ich kümmere mich um alles Weitere", sagte der Arzt und bedankte sich bei den McCloys. Der Steward bekam Anweisung, das Hospital zu verständigen und nach zwei Trägern schicken zu lassen. Dr. Gordon nahm Lüders rechte Hand, suchte den Puls und sah auf die Armbanduhr. Sein Gesicht war ernst. „Ich bringe Sie ins Hospital, mein Guter. Dort sehen wir weiter. Seien Sie unbesorgt. Es sieht nach einem Schwächeanfall aus. Aber es kann nicht schaden, Sie unter die Lupe zu nehmen. Sie gehören ja nicht mehr zur jüngsten Baureihe."

„Für heute überlassen wir Sie dem Schiffsarzt, mein Guter", verabschiedete sich McCloy von Lüder und zwinkerte ihm aufmunternd zu. „Sobald Sie wieder auf dem Damm sind, kommen Sie am Abend an unseren Tisch. Gute Besserung!"

Lüder nickte schwach. Er begriff gar nichts, der Mann war ihm völlig fremd.

Die Ansammlung der Neugierigen verstreute sich, als sie merkte, dass es nichts mehr zu sehen gab. Auch die übrigen Verandabesucher verloren das Interesse und es kehrte Ruhe ein.

„Wohin reisen Sie, Mr. Luder? New York?", fragte Dr. Gordon.

„Ja", sagte Lüder matt. Er hatte ein pelziges Gefühl auf der Zunge.

„Auswanderung oder Reise?" Dr. Gordon hielt Ausschau nach den Trägern. Der Steward gab ihm von Ferne ein Zeichen, dass sie zu ihnen unterwegs seien.

Lüder fielen die Lider zu und Müdigkeit bemächtigte sich wieder seiner. „Nicht einschlafen!" Dr. Gordon strich das schweißnasse Haar aus der Stirn und fühlte die Temperatur. Die Stirn war heiß. „Wandern Sie aus, Mr. Luder?", fragte er erneut.

Lüder schüttelte den Kopf. „Nein, ich –", es kostete ihm Mühe, den Satz zu beenden, „ich besuche meine Tochter."

„Ihre Tochter, so, so. Wie heißt sie denn? Versuchen Sie die Augen offen zu halten, Herr Luder. Gleich wird es Ihnen besser gehen."

Zwei Besatzungsmitglieder kamen mit einer Bahre angelaufen. Der Patient wurde auf die Trage geschnallt und quer über das Schiff durch lange Korridore gerollt und über Treppen getragen. Sie mussten über das Promenadendeck durch den Rauchsalon und den Gesellschaftsraum Erster Klasse, dann zur Empfangshalle, wo sie mit dem Aufzug nach unten in die Hauptempfangshalle fuhren. Die Träger schwitzten. Es dauerte weitere Minuten, bis sie endlich im vorderen Teil des Schiffs auf dem B-Deck ankamen, auf dem das Hospital untergebracht war. Lüder kämpfte mit Übelkeit. Zu dem Rollen des Schiffs kam noch das Schaukeln der Bahre. Dr. Gordon wischte ihm mit einem Tuch den Speichel ab, der aus seinen Mundwinkeln lief.

„Gleich haben wir es geschafft", sagte er mitfühlend.

Im Krankensaal kümmerte sich eine Krankenschwester um Lüder. Es war eine junge Frau in weißer Uniform, die ihr brünettes Haar streng zurückgekämmt unter einer Haube trug. Sie strahlte Lüder an und sprach ebenfalls Deutsch mit einem amerikanischen Akzent. Beim Freimachen des Oberkörpers half sie ihm und führte ihn danach ins Sprechzimmer, wo Dr. Gordon ihn bat, sich auf einer gepolsterten Liege auszustrecken. Der Arzt stellte eine Reihe von Fragen, die Lüder geflissentlich beantwortete in der Hoffnung, möglichst schnell in Ruhe gelassen zu werden. Dr. Gordon horchte ihn ab, sah ihm in die Pupillen und in den Rachen. Dann maß er den Blutdruck. Sein Patient ließ alles willenlos mit sich geschehen.

„Wir nehmen Ihnen Blut ab und eine Urinprobe", sagte Dr. Gordon und legte das Blutdruckmessgerät beiseite. „An Bord gibt es ein kleines Labor, das eine Reihe hämatologischer und klinisch-chemischer Untersuchungen durchführen kann. Ihr Blutdruck ist definitiv zu hoch. Leiden

Sie seit längerem darunter?"

Lüder schüttelte den Kopf.

„Sie brauchen Ruhe. Regt Sie die Reise auf oder ist etwas anderes vorgefallen?"

Dr. Gordons dunkelbraune Augen musterten Lüder. Der Arzt war Ende Dreißig und gehörte zum sportlichen Typ mit breitem Oberkörper und athletischer Figur. Er hatte ein offenes, sympathisches Gesicht und einen Schnauzer.

„Meine Tochter ist im Krankenhaus", sagte Lüder leise. „Auf einer Intensivstation irgendwo in New York."

„Ich verstehe." Dr. Gorson zwirbelte an einem Ende seines Barts. „Was hat Ihre Tochter?"

„Sie war kurz vor der Niederkunft, als Komplikationen auftraten. Sie hat viel Blut verloren."

Dr. Gordon nickte ernst. „Sind Sie noch berufstätig?"

„Nein, im Ruhestand."

„Was haben Sie gemacht?"

„Kriminalpolizei. Ich war Kommissar."

„Oha, ein Inspektor", sagte Dr. Gordon interessiert. „Auf dem Schiff gibt es einen Privatdetektiv, der nach dem Rechten sieht. Aber das vergessen Sie schnell wieder, Sie müssen jetzt ausruhen. Ich werde Sie eine Nacht hier behalten. Das war alles ein bisschen viel für Sie. Ist es Ihre erste große Schiffsreise?"

„Ja."

„Gerade ältere Semester kann so etwas aufregen. Hinzu kommt die Ungewissheit über den Zustand Ihrer Tochter. Das kann schon mal einen großen Mann wie Sie aus den Schuhen werfen. Ihr Blutdruck muss auf alle Fälle runter. Ich gebe Ihnen ein blutdrucksenkendes Mittel und ein Beruhigungsmittel. Sie schlafen sich bei uns erst einmal richtig aus. Morgen wird es Ihnen besser gehen. Und während der Überfahrt behalte ich Sie im Auge. Sie wollen doch nicht vorher schlapp machen, bevor Sie Ihre Tochter in die Arme schließen können, oder?" Dr. Gordon schenkte Lüder ein aufmunterndes Lächeln. „Wie heißt Ihre Tochter?"

„Claire."

„Schöner Name. Sind Sie mit meinem Vorschlag einverstanden?"

Lüder nickte.

„Gut, Schwester Jennie nimmt Ihnen Blut ab und Sie machen es sich in unserem ganz speziellen Hotel bequem." Der Schiffsarzt rief die gleiche junge Schwester herbei, die Lüder beim Auskleiden geholfen hatte.

Zu Tode erschrocken

Die Äste knackten unter seinen Sohlen und scheuchten unsichtbares Kleinwild auf. Im dunklen Unterholz raschelte es leise und geheimnisvoll, während er sich seinen Weg bahnte. Der Boden war hart und die Vegetation ausgedörrt. Die Blätter hingen schlaff an den Ästen. Er trat aus dem dichten Gebüsch und lief im Schatten hoher Bäume an einem Zaun entlang. Ein schmaler Weg trennte ihn von der Grünanlage. Die alten Gaslaternen, die in den frühen Abendstunden angestellt wurden und das Gefühl von Sicherheit verbreiteten, waren ausgeschaltet. Im Licht des Vollmonds traten die blanken, abgewetzten Stellen der Liegewiese deutlich hervor. Der Rasen brauchte dringend eine Auszeit und Erholung. Geschah das nicht bald, drohte die vollständige Sperrung und Neuaussaat.

Die ganze Stadt litt unter der ungewöhnlichen Hitzewelle. Er spürte, wie er in der schwülen Luft Hemd und Hose durchschwitzte. In der Nacht hatte es sich nicht abgekühlt.

Am Horizont ragte die dunkle Skyline in den Himmel. In vereinzelten Fenstern brannte noch Licht. Eine auf- und abschwellende Polizeisirene war zu hören. Sie entfernte sich schnell und es wurde um ihn herum wieder still.

Sein Schweißgeruch lockte Mücken an. Er wedelte mit den Armen, erschlug einen Quälgeist auf seine Wange und hastete weiter. Die breiten Wege und Alleen mied er, das dichte Gehölz der waldähnlich belassenen Flächen war sicherer. Geschickt wie ein Trapper lavierte er sich durch die domestizierte Wildnis und achtete darauf, keine Spuren zu hinterlassen. Er ging auf Nummer sicher, auch wenn er nicht sicher war, ob die Vorsichtsmaßnahme wirklich nötig war. Der nächtliche Park war nicht nur das Reich der Tiere, er war auch der nächtliche Zufluchtsort der Obdachlosen, Liebespaare und des lichtscheuen Gesindels, das sich hier verkroch oder dunklen Geschäften nachging.

Durch die Bäume schimmerte die Wasserfläche des Doppelteichs. Er sah die massive Granitbrücke, die die Verengung des Gewässers mit einem grandiosen Bogen überspannte. Er mied auch diesen Weg, der ihn schneller vorangebracht hätte, und bewegte sich an der Uferböschung entlang. Für den überlebensgroßen schwarzen Engel, der mit ausgebreiteten Schwingen lautlos auf dem Brunnen auf der breiten Terrasse gegenüber landete, hatte er keinen Blick übrig. Büffelkopfenten, von ihm aus dem Schlaf geschreckt, flatterten schnatternd auf und flüchteten hinaus aufs sichere Wasser.

Das Terrain veränderte sich mit jedem Schritt. Die Vegetation wurde lichter, der Boden felsig. Von der Witterung abgeschliffene Granitsteine ragten in mächtigen Platten, die sich übereinander geschoben hatten, aus der Erde. Nackter Fels, auf dem nur einige genügsame Moose lebten. Er kletterte behände darüber und huschte über eine breite Straße, die das Gelände zerschnitt.

In dieser Nacht hatte er Glück, denn niemand kreuzte seinen Weg. Ein einziges Mal erblickte er in der Ferne einen Polizeiwagen, der langsam seine Runde machte und in Richtung Süden abdrehte. Es war für ihn an der Zeit, sein Basislager zu errichten. Seine Wege mussten kürzer werden. Eine geeignete Stelle dafür hatte er schon ausgekundschaftet. Damit wäre es ihm möglich, schnell abzutauchen und trotzdem in der Nähe zu bleiben. Heute Abend wollte er die notwendigen Arbeiten dafür in Angriff nehmen, doch jetzt galt es, seine Entschlossenheit zu dokumentieren.

Es war nicht mehr weit bis zum Wintergarten-Teich. Dort angekommen, verschnaufte er und nahm aus seiner Wasserflasche einige Schluck. Erfrischt setzte er seinen Rucksack ab, schnürte ihn auf und holte das Werkzeug heraus, das er zum Einstieg in den Untergrund brauchte. Auch den Helm mit der Lampe nahm er heraus und setzte ihn auf. Der Einstiegsschacht befand sich an einer hohen Mauer, die den Park von der Fünften Avenue trennte. Schnell tauchte er ab und stieg im Lichtkegel der batteriebetriebenen Lampe die Eisenleiter in die feuchte Dunkelheit hinab. Die Geräusche der Stadt wurden gedämpfter, irgendwann hörte er sie nicht mehr. Dafür wurde das Rauschen von Wasser lauter. Am Fuße der Leiter holte er aus dem Rucksack eine Anglerhose und streifte sie über.

In der unterirdischen Anatomie der Stadt orientierte er sich wie ein erfahrener Chirurg. Er kannte sich bestens aus, brauchte keine Karte, drang sicher in das Innere vor.

Der Kanal, durch den er watete, war ein aus roten Ziegeln gemauerter mannshoher Tunnel. In ihm war es kühl, die Luft roch muffig. Das Echo seiner Schritte hallte von den Wänden wieder. Er sah im Schein seiner Helmlampe auf die Uhr und stellte befriedigt fest, dass er im Zeitplan war. In dem Tunnellabyrinth kam er schnell voran und gelangte schließlich in den Gang, von dem eine gemauerte Wendeltreppe in die Höhe führte. Er entledigte sich seiner Anglerhose, schlüpfte in seine Schuhe und horchte in den dunklen Treppenschacht hinein. Da keine verdächtigen Geräusche zu hören waren, machte er sich an den Aufstieg. Die Stufen waren unbequem und abgewetzt. Er gab Acht, wo er hintrat und passte auf, nicht zu stolpern.

Auf halbem Wege horchte er erneut und als es dieses Mal wieder vollkommen ruhig war, legte er den Rest der Strecke zurück. Die Stiege endete in einem niedrigen Raum, in dem er leicht gebückt stehen musste. Neben der Treppe ragte aus der Wand ein eiserner Hebel. Diesen brachte er in eine Mittelstellung und über sich öffnete sich eine mannsgroße Luke, die unhörbar nach oben aufklappte. Gleichzeitig schoben sich aus der Wand eiserne Roste in den Raum und bildeten eine Treppe, über die man bequem hinaufgelangen konnte. Er zog sich eine schwarze Mütze mit Sehschlitzen über den Kopf und schwarze Handschuhe an und stieg nach oben. Es war ein großes Zimmer, das an zwei Seiten hohe Fenster mit schweren Gardinen davor hatte. Spärlich fiel das fahle Licht einer Straßenlaterne herein. An den Wänden hingen Gemälde, auf zwei einander gegenüber stehenden Kommoden befanden sich Vasen und Skulpturen. Eine Uhr tickte leise und erinnerte ihn daran, nicht zu trödeln. Er schaltete die Lampe aus, klappte die Luke herunter und schlich durch eine Tür, die rechts von ihm lag, in einen Flur. Der mündete in einer Haupteingangshalle, in der ein Treppenhaus war. Den vielen Kunstwerken, die seinen Weg säumten, schenkte er keine Beachtung. Die Treppe war mit einer dicken Kordel abgesperrt. Er stieg darüber hinweg und schlich hinauf ins erste Stockwerk. Das Treppenhaus mündete in einer Säulenhalle, von der ein lang gestreckter Flur mit vielen Türen abging. Er eilte weiter bis zu einem Korridor, den Bücherregale bedeckten. Gleich zu Beginn gab es links und rechts eine Tür, der linken wandte er sich zu und öffnete mühelos mit seinem Werkzeug das Schloss. Das Zimmer war dunkel. Der längliche Raum ging zur Straße hinaus. Er schaltete nicht seine Lampe an, da man draußen den Lichtstrahl durch die drei Fenster, deren Vorhänge nicht geschlossen waren, hätte beobachten können. In der Nähe des Kamins stand ein wuchtiger, wertvoller Schreibtisch, der aufgeräumt war. An das Telefon auf dem Tisch lehnte er ein unverschlossenes und unbeschriftetes Kuvert, wobei ein maliziöses Lächeln seine Mundwinkel umspielte. Ein Blick auf die Uhr erinnerte ihn daran, endlich den Rückzug anzutreten. Der Wachmann konnte jede Minute mit seinem Rundgang beginnen. Er schloss die Tür wieder ab und hastete nach unten. Rasch huschte er durch den langen Flur und bog in das Zimmer ein.

Wie vom Donner gerührt, musste er stoppen. Der Wachmann stand vor ihm und starrte ihn mit offenem Mund an. Ein weiterer Schritt und er wäre in ihn hineingelaufen. Beide waren zu Tode erschrocken. Es waren nur Sekunden vergangen, in denen sie sich überrascht gegenüberstanden, als der Wachmann sein Gesicht zu einer Grimasse verzog und die Augen weit aufriss. Ein Röcheln entfuhr ihm, dann fiel er dumpf zu Boden.

Ihm kam es vor, als wäre es in Zeitlupe geschehen. Der Wachmann zu seinen Füßen machte keinen Mucks mehr. Die Uhr hatte ausgesetzt. Ihm lief ein kalter Schauer über den Rücken und seine Gedanken rasten. Der Wachmann musste seine Runde früher als gewöhnlich angetreten haben. Hatte er Verdacht geschöpft? Hatte er etwas gehört? Er blickte hinüber zur Luke. Sie war an ihrem Platz. War unberührt. Hastig beugte er sich hinunter zu dem Mann und tastete am Hals nach dem Puls. Er fühlte nichts, der Mann war tot. Fieberhaft überlegte er, was zu tun war. Den Leichnam hier liegen lassen, durfte er nicht, es war zu gefährlich. Der Tote musste woanders gefunden werden. Es musste aussehen, als wenn es ihn auf seiner üblichen Runde erwischt hatte.

Wie ein ganz normaler Herzinfarkt.

Er leuchte dem Wachmann ins Gesicht. Dessen Lippen waren blau. Der Mann gehörte nicht mehr zu den Jüngsten, und er war übergewichtig. Die natürliche Ursache seines Todes war offensichtlich, niemand würde daran Zweifel hegen, beruhigte er sein Gewissen. Er verstaute den Schlüssel in der Jacke des Mannes und hob ihn kurz entschlossen an, um ihm unter die Achseln greifen zu können. Der Tote war schwerer als er gedacht hatte, er musste Kraft aufwenden, um den Körper aus den Knien hochzustemmen und ihn über den Marmorboden des Flures in einen anderen Raum zu schleppen. Den Grundriss des Erdgeschosses kannte er auswendig, er nahm daher den kürzesten Weg zu dem Platz, den er für den geeigneten hielt. Trotzdem kam er aus der Puste und musste einmal inne halten, um tief Luft zu schöpfen. Nachdem er durch verschiedene Räume und eine Halle gekommen war, erreichte er den Eingang eines Bildersaales. Erschöpft legte den Toten ab. An der Wand hing ein dunkles Gemälde. Er kannte es, aber in dieser Nacht interessierte ihn nicht die künstlerische Qualität, sondern die symbolische Dimension des Werkes, die das Werk durch die zufällige Beziehung zu dem Toten erhielt. Die Botschaft würde den Herren des Museums nicht verborgen bleiben.

Halbwahrheiten

Eine Putzfrau war es, die die Polizei am frühen Morgen benachrichtigte. Inspektor Manzoni war gerade im Begriff, seine Krawatte vor dem Spiegel im Schlafzimmer zurechtzurücken, als im Wohnzimmer das Telefon klingelte. Er hörte, wie seine Frau abnahm und rief: „Gui! Für dich!"

Guido Manzoni ging ins Wohnzimmer und nahm seiner Frau den Hörer aus der Hand. Sie spitzte die Lippen und er küsste sie zart.

„Manzoni – Stanley, guten Morgen! Was gibt's?"

Seine Frau reichte ihm einen Becher Kaffee.

„Wo? Upper East Side?" Er nahm einen Schluck. „Okay, ich bin gleich unten."

Er legte auf und trank weiter. Seine Frau umarmte ihn und schmiegte sich an seinen Oberkörper. Sie trug über ihrem Nachthemd einen hellgrünen Morgenmantel und er fühlte ihre weichen Brüste durch den dünnen Stoff.

„Sehen wir uns heute Mittag, Gui?"

„Ich glaube nicht." Er stellte den Becher neben das Telefon auf die Kommode und strich ihr zärtlich übers Haar. Sie küssten sich, dann verließ er eilig die Wohnung.

Im Treppenhaus war wieder der Fahrstuhl besetzt. Er nahm die Stufen. Der Anblick des heruntergekommenen Treppenhauses ärgerte ihn jedes Mal aufs Neue. Wofür zahlten sie eigentlich die horrende Miete? Sie schloss offenbar das Wohnumfeld und seelische Wohlbefinden der Bewohner dieses Kaninchenstalls nicht ein. Seit er hier wohnte, hatte er vergessen, wie ein Maler aussah. In der gesamten Bronx schien diese Handwerkerart ausgestorben zu sein. Die Wohnungsbaugesellschaften waren nur raffgierig. Er fluchte leise vor sich. Zur Abwechslung könnten sie ihre Karnickel auch mal streicheln, dachte er.

Sein Kollege Stanley Duncan wartete im Wagen bei laufendem Motor vor dem Hauseingang. Die Seitenfenster des alten Chevrolets waren heruntergekurbelt. Es war schon jetzt heiß. Sie nickten einander zur Begrüßung zu und während es sich Manzoni bequem machte, fuhr Duncan los.

Der Morgenverkehr war bereits dicht und sie brauchten viel Zeit, bis sie endlich über den Harlem River waren. Weiter ging es zur Fünften Avenue in Richtung Süden.

Ein großer Gelber spie beim Anfahren an einer Kreuzung eine dicke Russwolke aus und nebelte ihren Wagen ein. Die Inspektoren husteten. Manzoni kurbelte hastig sein Fenster hoch und Duncan folgte seinem Beispiel. Angewidert sah Manzoni dem Schulbus nach und fragte sich, was in dieser Stadt eigentlich nicht alt und marode war.

Der italienischstämmige New Yorker liebte seine Stadt, außer im Sommer. Da war sie unerträglich. Früher hatte es ihm nichts ausgemacht, doch je älter er wurde, desto mehr sehnte er sich bei strahlendem Sonnenschein fort ans Meer. Fort von diesem Ameisenhügel, seiner Enge und Hitze, dem Kopfschmerzen verursachenden Lärm.

Der Wagen musste erneut vor einer Kreuzung halten, diesmal nicht, weil die Ampel auf Rot umgesprungen war, sondern weil sie ein Verkehrspolizist stoppte. Der hatte die Regelung des Verkehrs übernommen, trotz funktionierender Verkehrsampeln, und tat das mit einem Gleichmut, der Manzoni rasend machte. „Der spielt sich auf wie Gott!" Er trommelte mit den Fingern auf der Ablage, während er missmutig die gleitenden Armbewegungen des Kollegen verfolgte. Warum musste die New Yorker Verkehrspolizei den Verkehr regeln, wenn die elektrischen Leitsysteme funktionierten? Manzoni kam das wie eine Amtsanmaßung vor.

Duncan, selbst gebürtiger New Yorker mit irischen Wurzeln, sah Manzoni von der Seite an, der, wenn es nicht gleich weiter ginge, explodierte. Manzonis Profil erinnerte an eine angeschlagene Büste. Als junger Mann hatte er geboxt und von einer erfolgreichen Karriere im Fliegengewicht geträumt. Er galt als das hoffnungsvollste Nachwuchstalent der USA in dieser Gewichtsklasse und sollte es den Kubanern zeigen. Eine schwere Handverletzung beendete die hochgesteckten Pläne für immer. Als Andenken blieb die eingedrückte, schiefe Nase und Gesichtsnarben. Auch ansonsten entsprach der Italoamerikaner ganz dem Bild eines Boxers. Trotz seines fortgeschrittenen Alters war der Mann noch drahtig und flink. Und er war nie um eine Antwort verlegen.

Der etwas jüngere Duncan unterschied sich nicht nur rein physisch von seinem Kollegen, er maß 1,80 Meter und war breitschultrig, er war auch ein phlegmatischer Typ. Das feuerrote Haar, die weiße, sommersprossige Haut und blauen Augen machten seine Herkunft unübersehbar. Duncan hatte in seinen vielen Dienstjahren in der New Yorker Kripo gelernt, sich von niemanden ein X für ein U vormachen zu lassen. Nur in Ausnahmefällen ging er härter zur Sache, dann, wenn er glaubte, dadurch dem Ziel schneller näher zu kommen. Manzoni und er waren seit vielen Jahren ein eingespieltes Duo, obwohl es in Duncans Familie Tradition war, alle Italoamerikaner der Mafia zu verdächtigen. Duncans Vater ließ in dieser Hinsicht nicht mit sich reden.

Sie bogen in die 70. Straße Ost ein und hielten direkt vor dem herrschaftlichen Eingang einer Villa, die einen ganzen Block einnahm und jedes Pariser Stadtpalais aus dem 18. Jahrhundert armselig aussehen ließ. Es parkten dort bereits zwei Polizeiwagen und ein Schutzmann hatte Posten vor dem Eingang bezogen. Er grüßte die beiden Inspektoren, als sie die breite Treppe heraufkamen und hielt ihnen die Tür auf. Manzoni nickte ihm dankbar zu und ging in die Empfangshalle. Dort erwartete ihn der Hausherr des Palais und Direktor der Frick Collection, Professor Conolly. Im Vergleich zu dem ihm unterstellten Haus verfügte er über eine nicht weniger beeindruckende Ausstrahlung. Sein Lächeln war unwiderstehlich, seine Erscheinung elegant. Er musste zum exklusivsten Herrenausstatter New Yorks gehen. Zu dem maßgeschneiderten dunkelgrauen Anzug und dem am Kragen weiß abgesetzten blauen Hemd trug er eine lachsrosa, seidig-glänzende Krawatte und dazu das sorgfältig gefaltete, gleichfarbige Einstecktuch. Seine goldenen Manschettenknöpfe und sein goldener Siegelring mit eingesetztem schwarzem Achat blitzten immer wieder im Licht der mehrstufigen Kronleuchter auf, die von der aufwendig ausgemalten Stuckdecke hingen. Die Bewegung seiner gepflegten Hände erinnerte an einen Dirigenten. Den offensichtlich maßgearbeiteten italienischen Schuhen konnte Manzoni nicht seine Bewunderung verweigern. Für sie allein hätte er wohl ein Monatsgehalt berappen müssen.

Conolly hatte einen gebräunten Teint und sein welliges Haar war streng gescheitelt und mit Pomade nach hinten gekämmt.

Manzonis sah sofort, dass dem Mann Stil und Geschmack wichtig waren. Der Direktor fühlte sich seiner Umgebung aus Gold, Marmor, Kristallglas und Stuckapplikationen verpflichtet. Er war eine Art auserwählter Botschafter, der für Perfektion und Glanz garantierte. Dass allerdings die Polizei den Kunsttempel an diesem Morgen einen Besuch abstatten musste, störte die Harmonie.

„Conolly", stellte sich der Direktor vor und reichte den Inspektoren die Hand. Sein Händedruck war eigentlich keiner, es war eine lasche Berührung, die fast den Hautkontakt mit dem anderen zu meiden schien.

„Inspektor Manzoni. Mein Kollege, Inspektor Duncan", sagte Manzoni.

Es entstand eine Pause, in der sich die Inspektoren umschauten.

„Ein schöne Eingangshalle ist das", stellte Manzonni anerkennend fest. In das Museum hatte er noch nie einen Fuß gesetzt. „Wo ist die hässliche Morgenüberraschung?"

Conelly verzog keine Miene. „Der Tote blockiert den Eingang der Westgalerie. Er liegt bei der großen Kunst."

„Wer wollte woanders sterben", sagte Manzoni.

„Woanders hätte er uns mehr geholfen", entgegnete Conolly spitz.

„Er?", fragte Manzoni.

„*Er* ist unser Wachmann. Er hatte Nachtschicht", klärte Conolly die Inspektoren auf. Und etwas ungehalten fügte er hinzu: „Eine unerhörte Geschichte. Dass uns das gerade in der Sommersaison passieren muss."

„Leider nehmen Tote darauf keine Rücksicht", meinte Manzoni und bat darum, zur Leiche gebracht zu werden.

Die beiden Inspektoren folgten Conolly in die Haupteingangshalle, vorbei an einer pompösen Treppe aus rosafarbenem Marmor, auf deren Podest eine riesige Orgel stand, weiter ging es durch eine Anzahl reich ausgestatteter Ausstellungsräume, von denen einer aussah wie ein vornehmer Salon. In den Räumlichkeiten hatte man den Charakter von einstmaligen Privatgemächern weitestgehend bewahrt, so dass sie trotz aller Prachtentfaltung noch immer merkwürdig intim wirkten und sich der Besucher fühlte wie ein Voyeur, dem es für einen Moment erlaubt wird, einen Blick von der ihm ansonsten verwehrten Welt zu erheischen.

Manzoni und Duncan staunten nicht schlecht über den Reichtum vergangener Zeiten. Beide Inspektoren hatten aber nicht die Zeit, sich genauer umzuschauen, der Direktor strebte mit ausgreifenden Schritten zur Westgalerie und richtete nur einmal das Wort an die Polizisten. Über seine Schulter hinweg sagte er, dass ihre Kollegen bereits seit einer Viertelstunde bei der Arbeit wären. Es klang wie ein Vorwurf.

Bei der Durchquerung einer weiteren Halle sahen Manzoni und Duncan ihre Leute schließlich am Eingang der Westgalerie. Der Tote lag fast in der Tür des Ausstellungssaals. Die Putzfrau hatte ihn nicht übersehen können. Im Dunkeln wäre sie über den Mann gefallen.

Manzoni grüßte seine Kollegen. Der Polizeifotograf hatte gerade seine Aufnahmen beendet und der Gerichtsarzt kniete vor dem Leichnam. Männer der Spurensicherung warteten auf das Signal.

Manzoni sah auf den Toten. Er trug eine dunkelblaue Uniform. Nichts deutete auf Fremdeinwirkung hin. Nirgendwo war Blut. Die Pistole steckte im Pistolenhalfter, die Stablampe im Gürtel. Der Tote starrte mit schmerzverzerrtem Gesicht zum Oberlicht. Den Saal beleuchtete ein leicht gewölbtes, aus milchigem Glas bestehendes Dach.

„Kannst du schon etwas sagen, Morris?", fragte Manzoni den Gerichtsarzt.

Morris musste in der Pubertät unter einer schweren Akne gelitten haben, seine Gesichtshaut war stark vernarbt.

„Vieles deutet auf einen Infarkt hin", sagte Morris, „aber etwas irritiert mich."

Manzoni zog die Augenbrauen hoch. „Ja?"

„Ich weiß nicht recht –" Der Gerichtsarzt stand auf und betrachtete den Toten von oben. „Irgendetwas stimmt mit ihm nicht", stellte er fest.

„Geht es etwas konkreter?", sagte Manzoni. Er konnte an der Leiche nichts Besonderes entdecken. Als junger Erwachsener hatte er seine Großmutter tot im Bett gefunden. Im Schlaf hatte sie ein Infarkt überrascht. Ihr Gesichtsausdruck hatte dem des armen Teufels hier geglichen.

„Fällt euch nichts auf?", fragte Morris.

„Wir sind nicht in deinem Seminar", sagte Manzoni gereizt. „Was ist es?"

Der Direktor warf einen verstohlenen Blick auf seine Armbanduhr. In eineinhalb Stunden sollte das Museum öffnen.

„Er liegt falsch", sagte Morris nach einer weiteren Minute intensiven Betrachtens.

„Was soll das heißen? Wie bettet sich ein Toter richtig?", stichelte Duncan.

„Er liegt wie abgelegt", fasste Morris seine Beobachtung in Worte. „Wie würdest du fallen, wenn dich der Schlag trifft, Gui?"

„Wenn du weiter solche blöden Fragen stellst, trifft dich gleich *mein* Schlag", erwiderte Manzoni.

„Komm, Gui, du hast Erfahrungen im Fallen. Der Mann hier ist nicht mit einem Kinnhaken ausgeknockt worden. Die Kraft kam von innen, nicht von außen. Trotzdem liegt er in einer Art und Weise da, als wenn er rückwärts aus den Latschen gekippt ist."

Morris hatte Recht. Jetzt sah es auch Manzoni. An sich hätte der Wachmann auf der Seite oder auf dem Bauch liegen müssen. Dem war aber nicht so. Er lag ausgestreckt auf dem Rücken mit angelegten Armen, so als sei ein Baum gefällt worden.

„Natürlich muss er nicht sofort tot gewesen sein", führte Morris weiter aus, „er kann am Boden einen weiteren Infarkt erlitten haben, aber es ist doch sehr unwahrscheinlich, dass er dann derart auf dem Rücken liegt und die Arme in dieser körpernahen Stellung sind. Eher könnte man annehmen, er hätte versucht, sich auf Händen und Knien aufzustützen, bis ihn der zweite Schlag endgültig zu Boden streckte."

„Lässt sich feststellen, ob der Mann bewegt wurde, nachdem er tot war?", wollte Manzoni wissen.

„Sicher. Er war ja kein Fliegengewicht. Es muss eine Ochserei gewesen sein, diesen Fleischklops durch die Gegend zu schleppen. Das geht nicht ohne Spuren."

„Eine Obduktion?"

„Dazu rate ich dringend."

„Okay, schaff' ihn zu dir!"

Der Direktor protestierte. „Ist das wirklich nötig? Mir erscheint das überzogen zu sein. Für den Tod des Mannes ist ganz sicher eine natürliche Todesursache verantwortlich. Wenn Sie obduzieren, wird die Sache nur unnütz aufgebauscht und zum Medienfutter. Unser Haus kann auf eine solche Publizität gern verzichten."

„Sie glauben, wir sehen Gespenster?", fragte Manzoni.

„Ich frage Sie, warum jemand diesen armen Mann in seinem Zustand durchs Museum tragen sollte. Der Gedanke ist völlig absurd!"

Duncan untersuchte die Taschen des Toten. Der Dienstausweis gab ihn als Percy Meiss aus. Auf dem ersten Blick schien nichts zu fehlen.

„Ich halte es trotzdem für das Beste, jeden Verdacht auszuräumen, damit wir Gewissheit haben", sagte Manzoni bestimmt und gab Duncan einen Wink, den Abtransport der Leiche zu veranlassen.

Auf Conollys Stirn bildete sich eine steile Falte, aber er schwieg. Während die Spurensicherung mit ihrer Arbeit begann, stellte Manzoni ihm ein paar Fragen. „Ist Ihnen oder dem Personal heute Morgen noch etwas Verdächtiges aufgefallen?"

„Was denn? Eine sperrangelweit offene Tür? Was glauben Sie, Inspektor, was das hier ist? Eddys Bar von nebenan?! In diesem Museum befindet sich eine der wertvollsten Privatsammlungen des gesamten Globus!"

Conolly konnte seine Empörung nicht länger zurückhalten. Abweisend verschränkte er seine Arme vor der Brust und blickte feindselig auf den dahingegangenen Mitarbeiter.

Mazoni glaubte seine Gedanken zu ahnen. Nichts als Scherereien mit dem Personal, selbst noch, wenn es tot war. Er schlug einen besänftigenden Ton an. „Vielleicht irrt unser Doc. Die Obduktion wird in dieser Frage Klarheit bringen. Sie, Professor Conolly sind Wissenschaftler. Sie wissen, was eine Arbeitshypothese ist. Nehmen wir einmal rein hypothetisch an, unser Doc hätte Recht. Wer hätte sich noch Zugang zu diesem Gebäude verschaffen können?"

Conolly schwieg trotzig.

Manzoni kannte diese Spielchen, er setzte ein aufmunterndes Lächeln auf. „Nur mal angenommen. In Ihrem Beruf dürfte diese Vorgehensweise doch geläufig sein?"

„Inspektor. Ich weiß nicht, wie viel Sie über die Sicherung von Museen wissen. Aber das Pentagon dürfte nicht besser geschützt sein als die Frick Collection. Hier geht man nicht einfach nach Belieben ein und aus!"

„Okay, okay, ich habe verstanden. Träfe der Verdacht des Doc zu, hätte sich der Tote selbst hierher geschleppt und wäre aus Entkräftung ein zweites Mal gestorben. Richtig?"

Conolly strich sich von seinem Revers einen unsichtbaren Fussel weg. Dann sagte er kalt: „Inspektor, ich unterhalte mich außerordentlich ungern über Mutmaßungen. Das führt zu nichts und dafür ist mir meine knapp bemessene Zeit zu teuer. Im Übrigen habe ich jetzt ganz andere Sorgen. Für einen wertvollen Mitarbeiter muss schnellstens Ersatz gefunden werden. Und in einer Stunde stehen die ersten Besucher vor dem Haus. Ich habe also weiß Gott im Moment Wichtigeres zu tun, als mit Ihnen über Ihre groteske These zu disputieren."

Manzoni hob entschuldigend die Arme. „Wie Sie wünschen, verschieben wir die Frage auf später. Können Sie mir sonst noch etwas über den Toten sagen?"

„Er war seit vielen Jahren im Haus beschäftigt. Ein ganz zuverlässiger Mann. Über ihn kam mir nie Nachteiliges zu Ohren."

„Wie stand es um seine Gesundheit?"

Conolly stöhnte auf. „Inspektor Manzoni, seh' ich aus wie eine Krankenakte?"

Manzoni ließ sich nicht aus der Ruhe bringen. „Gab es bei ihm einen auffälligen Krankenstand?"

„Warum, in Gottes Namen? Der Mann kann immer gesund gewesen sein und trotzdem einfach tot umfallen. So etwas soll vorkommen, Inspektor."

„Hatte er gesundheitliche Schwierigkeiten? Immerhin war er ganz gut in Futter."

„Wie hunderttausend andere in diesem Land. Aber wenn es Ihre berufliche Neugier stillt, so kann ich Ihnen versichern, Herr Meiss war nicht öfters krank als seine anderen Kollegen. Wenn Sie dazu Genaueres wissen wollen, sprechen Sie mit unserem Sekretariat und mit unserem Chefkurator Dr. Bell. Der ist allerdings heute unpässlich wegen einer dringenden Familienangelegenheit."

Conolly und Manzoni mussten zur Seite treten und zwei Männer vom Bestattungsunternehmen vorbeilassen, die die Leiche davontrugen.

„Wer kann mir Auskunft über den Arbeitsablauf des Wachmanns geben?", fragte Manzoni.

„Auch damit wenden Sie sich bitte an Dr. Bell. Er ist in unserem Hause zugleich der Sicherheitsbeauftragte."

Duncan betrachtete das dunkle Gemälde an der Wand, das drei Arbeiter beim Schmieden zeigte. Das Bild maß seiner Schätzung nach 1,80 mal 1,30 Meter. Es war eines der großen Gemälde im Saal. Manzoni folgte seinem Blick.

„Können die Herren jetzt ohne mich auskommen?", fragte Conolly.

„Eine letzte Frage noch. Was ist das für ein Bild?"

„Ist das für Ihre Hypothese von Belang?"

Manzoni wartete.

Connolly seufzte schwer. „Das ist ein später ‚Goya'. Das Gemälde trägt den Titel *Die Schmiede* und ist um 1820 entstanden."

Beiden Polizisten sagte der Name des Malers nichts. Conolly sah es ihren fragenden Gesichtern an. „Einer der berühmtesten spanischen Maler des 18. und 19. Jahrhunderts, meine Herren. Und nun entschuldigen Sie mich. Sollten Sie weitere Auskünfte wünschen, vereinbaren Sie mit meiner Sekretärin einen Termin. Darf ich davon ausgehen, dass Ihre Leute rechtzeitig vor der Öffnung fertig werden?"

Manzoni schätzte kurz die Lage ein und meinte: „In spätestens einer halben Stunde sind sie fort."

„Danke." Conolly zog mit langen Schritten von dannen.

„Haben wir ein Foto von diesem Bild?", fragte Manzoni Duncan.

„Warum? Gehst du unter die Sammler?"

„Haha. Findest du es nicht merkwürdig, dass jemand den Leichnam durch das halbe Museum geschleppt haben könnte, um ihn genau hier fallen zu lassen?"

„Guido, wir wissen nicht, ob der Doc Recht hat! Vielleicht hat den Wachmann beim Anblick des hässlichen Schinkens auch einfach nur der Schlag getroffen."

Duncan grinste.

Manzoni schüttelte den Kopf. „Wann hat sich der Doc das letzte Mal geirrt?"

Duncan schwieg.

„Siehst du", sagte Manzoni, „sobald sein Bericht auf dem Schreibtisch liegt, sollten wir bei Dr. Bell anklopfen. Lass dir das Sicherheitssystem zeigen. Wenn unseren Freund etwas bewegte, dann muss es was Bewegendes gewesen sein."

Der merkwürdige Kabinennachbar

Lüder wusste nicht, wie lange er geschlafen hatte. Er fühlte sich besser und sein Kopf war wieder klar. Zwölf Betten hatte der Krankensaal. Er war der einzige Patient. Man hatte ihm einen Fensterplatz mit Meerblick gegeben. Draußen dämmerte der Morgen. Die See war grau, der Himmel bedeckt. Das Schiff bewegte sich unmerklich auf und ab. Ein leises, monotones Rauschen erfüllte den Raum, dessen Quelle Lüder nicht lokalisieren konnte. Er schrieb das Geräusch der Belüftung zu.

Lüder suchte seine Armbanduhr, um nach der Zeit zu sehen, die Schwester hatte sie aber offenbar mit seinen Kleidern und anderen persönlichen Wertgegenständen in einem Schrank verschlossen. Über dem Saaleingang brannte ein schwaches Licht. Die Tür war einen Spalt weit geöffnet, dahinter war ebenfalls Licht. Der Saal war einfach und schlicht gehalten. Die prachtvolle Ausstattung, die Lüder auf dem Weg zum Hospital wahrgenommen hatte, wurde hier von einer sachlichen Funktionalität abgelöst. Weiß gestrichene Wände, weiße Eisenbetten, weiße Nachtschränke, ein dunkler Linoleumboden. Die einzige Abwechslung in dieser Symphonie in Weiß war das Meer, das am Horizont mit dem Himmel verschwamm.

Lüder musste an Claire denken. Sie war das Einzige, was ihm von seiner Familie geblieben war. Seine Gedanken wanderten weiter zu dem Erpressungsfall. Die Frist lief am 22. August ab. Warum dieses Datum? fragte er sich. Er hatte keine Antwort darauf. Vier Wochen blieben noch, viel zu wenig Zeit für eine erfolgreiche Ermittlung, befand er. Er wusste aus Erfahrung, wie oft solche Fälle unaufgeklärt blieben. Der Täter brauchte nur geschickt agieren, immer in der Deckung bleiben und jeden Fehler vermeiden, dann brachte man ihn nie zur Strecke. Manchmal dauerten die Ermittlungen Jahre und nicht selten war der Ermittlungserfolg das Resultat eines dummen Zufalls und nicht das Ergebnis der langwierigen und mühsamen Polizeiarbeit. Wie erfolgreich konnte unter solchen Bedingungen die New Yorker Polizei sein? In einer Millionenmetropole? Wahrscheinlich tat Steve den amerikanischen Kollegen unrecht.

Er blickte auf die Wellen.

Die Tür wurde geöffnet und Schwester Jennie schaute herein. Als sie bemerkte, dass er wach war, kam sie an sein Bett und strahlte ihn an.

„Sie sehen viel besser aus als gestern, Mr. Luder. Der Aufenthalt bei uns hat Ihnen wirklich gut getan."

Lüder stutzte. Luder? Warum Luder? Hatten sie ihn gestern nicht auch die ganze Zeit Luder genannt? Da erinnerte er sich an die Schwierigkeiten der Amis mit der Aussprache des „ü". Es verunglückte ihnen zum „u". Daran musste er sich wohl die nächsten Wochen gewöhnen. Luder – er lächelte gnädig zurück, zumal er sich der sympathischen Art der Schwester nicht entziehen konnte. „Es geht mir in der Tat viel besser."

„Sie können sich waschen. Inzwischen mache ich das Bett und bringe Ihnen das Frühstück."

Lüder runzelte die Stirn. „Heißt das, ich muss hier bleiben?"

„Aber nein. Sie brauchen keine Angst zu haben. Dr. Gordon möchte Sie noch bei der Morgenvisite sehen und mit Ihnen die Laborergebnisse und die nächsten Tage besprechen."

Lüder war erleichtert und schlüpfte in die Filzpantoffeln, die ihm die Krankenschwester hingestellt hatte. Er schlurfte zum Waschbecken und wusch sich Hände und Gesicht. Das kalte Wasser tat ihm gut. Er verspürte Hunger. Als er sich in das frisch gemachte Bett zurücklegte, konfrontierte ihn Schwester Jennie mit der Wahl: *continental* oder *English breakfast*? Lüder kannte den Unterschied nicht und musste ihn sich erklären lassen. Er zog das kontinentale Frühstück vor und aß es mit großem Appetit.

Die Zeit bis zur Visite vertrieb er sich mit einem Magazin, das das Schiff und seine Besatzung vorstellte. Pünktlich um neun Uhr erschien Dr. Gordon und drückte ihm die Hand. „Wir sehen heute Morgen viel besser aus. Haben Sie gut geschlafen?"

Lüder konnte das nur bestätigen und bedankte sich für die ärztliche Hilfe.

„Bei der Laboruntersuchung haben wir einen erhöhten Anteil an weißen Blutkörperchen festgestellt. Im Urin fanden sich kleine Spuren von Blut. Das sollte man nicht auf die leichte Schulter nehmen. Leiden Sie unter Prostatabeschwerden? Hatten Sie vor kurzem eine Harnblasen- oder Harnwegsentzündung?"

„Vor zwei Wochen war ich wegen einer Blasenentzündung in Behandlung. Meine Prostata ist vergrößert."

„In Ihrem Alter nichts Ungewöhnliches. Irgendwelche Schmerzen, etwa beim Wasserlassen?"

„Nein. Ich dachte, ich sei vollständig kuriert."

„Die nächsten fünf Tage erhalten sie Penicillin. Nach Ihrer Rückkehr sollten Sie einen Spezialisten aufzusuchen und die Sache kontrollieren lassen. Ihr Schwächeln hat eine andere Ursache. Sie brauchen Erholung und bessere Nachrichten. Versuchen Sie die Überfahrt zum Ausspannen zu nutzen", riet Dr. Gordon. Er bemerkte das Bordmagazin auf dem Nachtschränkchen und sah Lüder erfreut an. „Richtig so, machen Sie sich mit Ihrer Umgebung vertraut. An Bord gibt es eine Reihe von Erholungsangeboten. Nutzen Sie sie. Noch besser allerdings wäre es, wenn Sie auf dem geschlossenen Promenadendeck eine Liegekur machten. Schlafen Sie viel und lesen Sie ein gutes Buch zur Entspannung. Die Schiffsbibliothek ist hervorragend bestückt. Ich kann sie nur wärmstens empfehlen, dort ist für jeden Geschmack etwas dabei."

„Heißt das, ich bin entlassen?"

Schwester Jennie kam herein.

Dr. Gordon nickte. „Wenn Sie die Überfahrt nicht in unserem bescheidenen Etablissement verbringen wollen, in netter Damenbegleitung, dann können Sie selbstverständlich gehen."

„Danke!" Lüder schlug sofort die Bettdecke zurück.

„Aber sehen Sie sich vor. Keine Überanstrengung. Und es wäre gut, wenn Sie die nächsten drei Tage noch bei mir hereinschauten, damit wir Ihren Blutdruck kontrollieren", schlug Dr. Gordon vor.

Lüder versprach es und kehrte schnell ins pulsierende Leben des Schiffs zurück.

Sofort machte er sich an die Umsetzung einer Idee, die ihm beim Durchblättern des Bordmagazins gekommen war. Statt zuerst zu seiner Kabine zu gehen und sich umzuziehen, stieg er hinauf aufs Promenadendeck, wo die Bibliothek untergebracht war. Um seine Kondition zu stärken, entschied er sich gegen den Fahrstuhl und nahm die Treppe, bereute den Entschluss aber gleich wieder, denn er kam völlig außer Atem oben an. Einen Augenblick musste er sich an einer Wand anlehnen und verschnaufen. Sein Kreislauf beruhigte sich langsam. Wie Recht der Arzt hatte! Er brauchte Ruhe. Ansonsten käme er in der Neuen Welt als kranker Mann an. Er würde sich schnellstens ein Buch besorgen und den Rest der Reise im Liegestuhl zubringen.

Er ging langsam weiter und kam zu einer Halle, deren Wände im glänzenden Mahagoni gehalten und mit aufwendigen Intarsienarbeiten ausgeschmückt waren. Auf dem dicken flauschigen Teppich hörte er seine eigenen Schritte nicht. Durch die Halle gelangte man zum Wintergarten und zur Bibliothek. Goldene Lettern über der Tür wiesen ihm den Weg.

Zu dieser frühen Stunde war im Lesesaal kein Betrieb. Er war der erste Kunde und betrachtete beeindruckt die vielen tausend Bände, die in Regalen entlang der Wände bereitgestellt waren. In der Mitte des Lesesaals standen bequeme Sitzgruppen mit Tischen. Leselampen sorgten für das nötige Licht in dem dämmrigen Raum.

Gegenüber vom Eingang war ein Fenster, das einen Blick auf den üppig bepflanzten Wintergarten gewährte. Eine junge Bibliothekarin hatte sich von ihrem mit Messing beschlagenen Schreibtisch erhoben und kam ihm entgegen. Lüder überlegte noch, wie er sie ansprechen sollte, aber die Bibliothekarin begrüßte ihn schon auf Deutsch. „Kann ich Ihnen helfen?"

Die Frau war klein und etwas pummelig, sie musste zu Lüder emporschauen.

„Ich suche etwas über die Frick Collection", begann er, „vielleicht kennen Sie das Museum in New York. Eine sehr berühmte Kunstsammlung direkt am Central Park."

Sie nickte.

„Ich denke weniger an ein Buch über die Sammlung, als den Sammler. Eine Biographie oder eine Geschichte von Frick würde mir weiterhelfen."

Sie dachte nach.

„Wahrscheinlich ist mein Lektürewunsch zu exotisch für Ihre Bibliothek, aber ich dachte mir, ein Versuch könnte nicht schaden. Dieses Schiff läuft regelmäßig New York an, da könnte es doch gut sein –"

Die Bibliothekarin unterbrach ihn: „Diese Bücherhalle birgt einige Überraschungen. Vielleicht kann ich Ihnen bieten, was Sie suchen. Lassen Sie uns nachsehen."

Sie ging mit ihm zum Zettelkatalog, der alphabetisch und nach Schlagworten geordnet war, und zog diverse Schubfächer auf, deren Zettel sie mit flinken Fingern durchblätterte.

Lüder schaute sich um. Die Bücher, die edlen dunklen Möbel und das gedämpfte Licht aus den vielen, in der holzgetäfelten Decke versenkten Messinglampen schufen eine angenehme Atmosphäre, die zum Verweilen einlud. Im Wintergarten machten es sich die ersten Passagiere bequem. Das Wetter war heiter. Es schien ein warmer, sonniger Tag zu werden, der wie geschaffen war zum Liegen auf dem Deck. Im Saal war es still.

Er blickte der Bibliothekarin über die Schulter. „Ich möchte Sie nicht von Ihrer Arbeit abhalten."

„Sie machen mir keine Umstände", räumte sie seine Besorgnis aus und hielt ein Kärtchen in die Höhe. „Das könnte es sein." Sie bat ihn, ihr zu einem Regal zu folgen.

Das gesuchte Buch stand ganz oben auf dem letzten Regalbrett unterhalb der Decke. Die Bibliothekarin zog die Leiter heran und stieg hinauf. Sie musste sich strecken, um an das Buch heranzukommen. Lüder schaute auf die kräftigen Waden, die in Nylons steckten, und die blank geputzten, marineblauen Pumps. Passend dazu war ihr Kostüm ebenfalls marineblau.

Sie reichte ihm das schmale, in Schweinsleder gebundene Bändchen.

„Können Sie Englisch lesen?"

„Ja."

„Dies ist eine kleine Sammlung von biographischen Porträts berühmter Amerikaner. Darunter sind Sammler und Mäzene. Es gibt auch eine Darstellung des Lebens von Henry Clay Frick." Entschuldigend fügte sie hinzu: „Leider ist es das einzige Buch, das ich Ihnen anbieten kann."

Lüder betrachtete den Einband und las den goldgeprägten Titel: *Collecting for Eternity* (Sammeln für die Ewigkeit)

Er war zufrieden. „Danke. Das ist mehr, als ich erwartet habe."

„Wenn Sie weiter bibliografieren wollen, empfehle ich Ihnen die größte Bibliothek New Yorks, die Metropolitan Library. Versuchen Sie es natürlich auch in der Frick Collection selbst. Dort gibt es eine eigene Kunstbibliothek. Sie kann Ihnen sicher besser helfen als unsere bescheidene schwimmende Bibliothek."

„Darf ich es ausleihen?"

„Ja, aber bringen Sie es in spätestens fünf Tagen zurück. Solange ist unsere Leihfrist. Ich brauche nur Ihren Namen und die Kabinennummer."

Lüder gab sie ihr und sie vermerkte die Ausleihe auf einer Karte, die sie in einen Holzkasten auf dem Schreibtisch steckte. Zufrieden spazierte er mit seinem Buch durchs Schiff zum Oberdeck, wo seine Kabine lag. An den Hauptaufzügen herrschte reger Betrieb. Auf dem Gang zu seiner Kabine traf er den Steward.

„Wieder alles in Ordnung, Mr. Luder?"

Er nickte.

„Das freut mich. Schließlich sollen Sie Ihre Reise genießen. Das Hospital ist dafür nicht der richtige Platz." Der Steward lachte. „Ein Lazarettschiff hätte das billiger machen können."

Lüder lächelte höflich.

„Heute Nachmittag kommen neue Gäste an Bord. Sie bekommen auch einen neuen Kabinennachbarn. Sollten Sie einen Wunsch haben, lassen Sie es mich wissen. Ich werde mich umgehend darum kümmern. Ach, ehe ich es vergesse, Mr. McCloy wünscht, dass Sie heute Abend mit seiner Gattin und dem Kapitän gemeinsam speisen. Darf ich Ihr Kommen melden?"

„Sicher", sagte Lüder.

„Gut. Dr. Gordon hat für Sie einen Liegestuhl reservieren lassen. Wenden Sie sich oben an den Steward, er weist Ihnen den Platz zu."

Lüder bedankte sich und flüchtete vor dem geschwätzigen Steward in seine Kabine.

Überrascht betrachtete er sein neues Domizil auf Zeit. Er hatte eine Außenkabine. Sie war freundlich. Durch ein kleines Fenster, vor dem weiße Gardinen hingen, fielen Sonnenstrahlen auf das Bett mit der Tagesdecke. Die Luft war frisch und angenehm. Er ging zum Bett, legte sein Buch ab und prüfte den Zustand der Matratze. Unter dem Druck seiner Hände gab sie nur wenig nach. Befriedigt stellte er fest, dass sie nicht durchgelegen war und setzte sich auf dem Rand des Betts. Auch die übrige Ausstattung fiel zu seiner Zufriedenheit aus. Das Bordmagazin hatte nicht übertrieben. Seine Einzelkabine war komfortabel und bot einen gewissen Luxus. Er hatte einen Waschtisch mit fließendem heißen und kalten Wasser, eine Dusche und Toilette. Gleich neben seinem Bett an der Wand stand ein Schreibtisch, über dem ein Spiegel hing. Ein Stuhl und ein gemütlicher Sessel komplettierten das Mobiliar. Der Bodenbelag, ein flauschiger Teppich, war von einem tiefgrünen Ton, davon abgesetzt die Wände in Cremefarbe und die Decke in Weiß. Dunkle Hölzer, Messing und helle, geblümte Stoffe waren die bestimmenden Materialien der Innenausstattung.

Er beugte sich hinüber zum Fenster und öffnete es. Frische Seeluft strömte herein und er atmete sie tief ein. Für einen kurzen Augenblick empfand er so etwas wie Beglückung, doch kaum schweifte sein Blick zum Himmel, war er mit den Gedanken auch schon wieder bei Claire. Unwillig schloss er das Fenster und wandte sich ab. Es half nichts, er durfte sich nicht verrückt machen, dachte er und schaute sich in der Kabine nach seinen Koffern um. Der Steward hatte sie in einer Nische verstaut. Als er am Spiegel vorbeiging, fing er seinen Blick auf. Ihn schaute ein Dreitagebart an, sein langes, hageres Gesicht rahmten weiße Stoppeln ein. Die Augen lagen etwas tiefer als gewöhnlich in den Höhlen und die Schatten schienen dunkler geworden zu sein. Sie stachen von seiner blassen Gesichtsfarbe ab. Auch die Falten um Mund und Nase kamen ihm schärfer vor. Er brummte und holte einen Koffer, den er aufs Bett legte. Nachdem er sich frisch gemachte hatte, zog er sich bequemere Freizeitkleidung an, schnappte dann seine Lektüre und machte sich auf die Suche nach dem Tabakladen. Er hatte Lust auf eine Zigarette und freute sich schon darauf, im Liegestuhl zu lesen und zu rauchen.

Er ging in die Ladenstraße und erstand ein Päckchen Juno und Streichhölzer. Auf dem Sonnendeck führte ihn der Steward zu seinem reservierten Liegestuhl. Lüders Platz war am Ende einer Reihe, er hatte nur links von sich Nachbarn. Ein älterer Herr, der genau neben ihm lag, schlief, zwei Frauen daneben nickten ihm freundlich zu und musterten ihn neugierig. Die anderen Leute nahmen keine Notiz von ihm. Vor ihm waren zwei weitere Reihen mit Liegestühlen.

Lüder machte es sich bequem und ließ sich vom Steward eine karierte Decke über die Beine legen. Er steckte sich eine Zigarette an und inhalierte genüsslich den Rauch. Die Luft war angenehm, das Meer ruhig. Sie waren nur noch einige Stunden von Southampton entfernt. Stewards brachten Kaffee und Tee und Lüder nahm eine Tasse Tee, die er genoss. Er hörte um sich herum die verschiedenen Sprachen. Englisch, Deutsch, Französisch. Die beiden Liegestühle in der Reihe vor ihm waren noch nicht besetzt, aber anscheinend reserviert, da der Steward Wünsche anderer Passagiere abwehrte, sich dort niederlassen zu dürfen.

Lüder schlug sein Buch auf und vertiefte sich in die Einleitung. Schon nach den ersten Sätzen ermüdete ihn die fremde Sprache, er ließ das Buch sinken und schloss die Augen. Sein Schlaf war traumlos.

Die Dampfsirene dröhnte. Die *America* machte zum letzten Mal auf dem Kontinent fest.

Acht Schlepper halfen beim Anlegemanöver. Sie zogen am Bug des Schiffes und bugsierten am Heck. Der Bug näherte sich dem Pier und eine schwere Trosse wurde von einer Winde ausgefahren und an einem Poller festgemacht. Mit Unterstützung der Schlepper verholte sich die *America* mittels dieser Trosse, bis eine weitere Trosse am nächsten Poller befestigt werden konnte. Lüder beobachtete das aufwendige Manöver. Der Koloss wurde von Poller zu Poller geleitet, bis er sich an seinem Liegeplatz befand und von den Schleppern an den Pier gedrückt wurde.

Da das Schiff schon am Abend wieder auslaufen sollte, entschied Lüder sich dagegen, an Land zu gehen. Er vertrieb sich die Zeit damit, die Ankunft der neuen Passagiere und das Be- und Entladen zu beobachten. Das Passagiergepäck wurde über ein Förderband an Bord geholt. Große Gepäckstücke und andere schwere Transportgüter übernahm der Kran. Ein Berg von Postsäcken musste bewegt und weitere Schiffsausrüstung an Bord genommen werden. Es herrschte für Stunden emsige Betriebsamkeit.

Kurz vor der Abfahrt kehrte Lüder an seinen Platz an der Reling zurück und schaute zum Pier hinunter, wo mit den Vorbereitungen zur Einholung der Gangway begonnen worden war. Ein heranrasendes Auto erregte seine Aufmerksamkeit. Es war ein Taxi, das über die Gleisanlagen des Piers brauste und auf den im Pflaster versenkten Schienen leicht schlingerte. Vor der Gangway stoppte der Wagen mit quietschenden Bremsen, der Fahrer und sein Gast sprangen heraus und begannen hektisch Koffer aus dem Auto zu schaffen. Lüder kam aus dem Staunen nicht heraus. Er hatte nicht gewusst, wie viele Koffer in ein Auto hineingingen. Und das alles war das Gepäck eines einzigen Mannes? wunderte er sich. Es war nicht zu glauben. Ein Besatzungsmitglied schimpfte lauthals und zeigte auf die Uhr. Das Förderband war bereits eingeholt worden, nun mussten die Koffer mit der Hand an Bord gebracht werden.

Der Nachzügler war ein schlaksiger Mann. Er wollte sofort aufs Schiff eilen, doch das wütende Pfeifen des Taxifahrers stoppte ihn. Er hatte vergessen, zu zahlen.

Schmunzelnd verfolgte Lüder die Szene. Als der Mann allerdings in seiner Aufregung über seine eigenen Koffer stolperte, der Länge nach hinfiel und dabei eine sehr komische Figur machte, konnte er das Lachen nicht mehr unterdrücken. Es blieb ihm im Halse stecken, als er sah, dass der Mann bei dem Sturz seinen Hut verloren hatte und dieser herrenlos, unterstützt von einer Windböe, in Richtung Hafenbecken rollte. Der Mann schrie auf, rappelte sich und sprang dem Hut hinterher. Es gelang ihm nicht, ihn zu fassen zu kriegen und in seinem krampfhaften Bemühen merkte er nicht, dass er direkt auf den Rand des Kais zu rannte. Lüder hielt den Atem an. Den Hut trennte vom Hafenbecken nur noch ein Meter. Der Mann setzte zum Sprung an und streckte dabei seinen Arm weit aus. Er wollte gerade zupacken, als seine Hand ins Leere griff. Der Hut segelte durch die Luft. Durch das abrupte Abstoppen an der Kaimauer geriet der Mann aus dem Gleichgewicht und stand schwankend am Abgrund. Erschrocken hielten sich die Menschen an der Reling die Hand vor dem Mund. Der Taxifahrer und ein Steward, die das sich anbahnende Unglück geahnt zu haben schienen, warfen ein Seil nach dem Unglücklichen, das ihn im letzten Augenblick vor dem Absturz rettete.

Lüder war fassungslos. Der Mann war nicht ganz bei Trost. So ein Tölpel. Der Taxifahrer kehrte kopfschüttelnd zu seinem Wagen zurück und verfolgte, wie sein Fahrgast vom Steward sicher über die Gangway aufs Schiff geleitet wurde. Der Wind zerzauste sein blondgelocktes Haar und er versuchte vergeblich, es in Ordnung zu bringen. Er schien über den Verlust seines Hutes untröstlich.

Am frühen Abend lief das Schiff aus. Lüder machte sich fertig für das Essen mit den Amerikanern im Speisesaal. Seinen Dreitagebart ließ er stehen. Er wollte ihn erst abnehmen, wenn Claire den lebensgefährlichen Zustand überstanden hatte. Seinen Smoking hatte er schon lange nicht mehr getragen und als er sich vor dem Spiegel prüfend betrachtete, stellte er fest, dass er darin noch immer eine annehmbare Figur machte.

Es war noch Zeit und da er sich außerstande fühlte, sich unter die Leute im Gesellschaftsraum zu mischen und Konversation zu machen, setzte er sich in seinen Sessel und las weiter in dem Buch.

Es erzählte die Geschichte der Jagd der Amerikaner nach den Meisterwerken der abendländischen Kunst. Sammlungen und Museen führten die Kunstwerke als Trophäen vor und trugen gleichzeitig ein wenig zur Kultivierung der Landsleute bei. Die Kunstsammler gehörten einem kleinen, sehr exklusiven Zirkel unvorstellbar reicher Industrieller und Bankiers an. Alle waren Glücksritter der industriellen Revolution und bereit, für bemaltes Tuch nicht nur tausende Meilen zu segeln, sondern auch hundert Tausende Dollar hinzublättern. Auf dem Kunstmarkt wurden Preise bezahlt, bei denen andere schwindelte.

Amerikas Garde der Sammelwütigen ließ die Gemälde aus den alteingesessenen, distinguierten Adelshäusern Englands und des europäischen Festlandes holen. Sie sorgte für die größte Migrationswelle von Kunstwerken, die die Geschichte bis dahin gesehen hatte. Frick, der Koks- und Stahltycoon, war einer der Eifrigsten unter ihnen. Das Buch widmete ihm ein ganzes Kapitel.

Lüder las quer und suchte nach einer Erklärung für die Frage, warum gerade dieser Mann seinen Zeitgenossen so verhasst war. Das Büchlein gab darauf keine Antwort, sondern bot nur das glatte Porträt einer spektakulären, widersprüchlichen Unternehmerpersönlichkeit aus dem goldenen Zeitalter Amerikas, in dem die USA zur größten Wirtschaftsmacht der Welt aufstiegen.

Frick war ein Mann der Zahlen. Zeitlebens interessierten ihn nur zwei Dinge: Bilanzen und Bilder. Er entwickelte ein gewisses Gespür für bedeutende Kunst. Der Autor nannte das Instinkt.

In der Schnapsbrennerei seines Onkels fing der junge Frick als Buchhalter an. Schnell bewies er einen scharfen Verstand und stellte sein Talent unter Beweis. Sein maßloser Ehrgeiz und Arbeitseifer mündete in Arbeitswut. Er verlangte von sich und anderen stets das Äußerste. Mit dreißig Jahren hatte er die erste Million beisammen. Zwanzig Jahre später gehörte ihm ein Imperium. Er war zu einem der mächtigsten Unternehmer des Landes aufgestiegen und gab sich dem systematischen Sammeln von Kunst hin.

Die Darstellung war eine wie vom Weichzeichner gemachte Fotografie.
Ein lautes Rumsen erschütterte die Kabine nebenan. Erschrocken blickte

Lüder von seinem Buch auf und sah zur Wand, die an die Nachbarkabine angrenzte. Es hatte geklungen, als wenn etwas zu Boden gestürzt war. Er horchte, doch nichts war zu hören. Er ging zur Tür und sah auf den Gang hinaus. Dort war niemand. Die Luft war erfüllt vom Surren der Belüftungsanlage. Er ging zur Tür seines Kabinennachbarn und klopfte an. „Hallo! Alles in Ordnung bei Ihnen? Kann ich helfen?"

Ein Stöhnen war zu vernehmen.

„Ist Ihnen etwas passiert? Brauchen Sie Hilfe?" Lüder presste sein Ohr an die Tür. Schritte näherten sich und die Tür wurde ein Spalt weit geöffnet. Das schmerzverzerrte Gesicht eines Mannes tauchte auf. „Vielen Dank, äh, Mr.?"

„Lüder, Ihr Nachbar."

„Angenehm."

Der Mann hatte einen amerikanischen Akzent. Eine unschöne rote Beule zierte seine Stirn. Ihm war anzumerken, dass ihm die Situation im höchsten Maße peinlich war. Am liebsten hätte er sich schnell wieder zurückgezogen. Lüder machte keine Anstalten, wegzugehen. Er war neugierig. „Was war das für ein grässliches Geräusch? Das klang ja wie beim Untergang der Titanic."

„Oh, das war nichts. Gar nichts. Mir ist ein Koffer umgestürzt."

„Ein Koffer?" Lüder sah ihn ungläubig an. Wie ein umstürzender Koffer hatte es nicht geklungen.

„Machen Sie sich wegen mir keine Sorgen", sagte der Mann beinahe flehend.

„Einen angenehmen Abend noch", sagte Lüder und kehrte in seine Kabine zurück. Ein eigenartiger Zeitgenosse, dachte er und stellte fest, dass es höchste Zeit war, loszugehen. Er löschte das Licht und schloss seine Tür ab. Der Steward kam ihm lächelnd entgegen. „Alles nach Ihren Wünschen, Mr. Luder?"

„Danke, ja. Sagen Sie, der Mann in der Kabine links von mir. Wer ist das?"

Das Lächeln des Stewards gefror. „Ist etwas passiert?", fragte er leise.

„Nicht direkt", antwortete Lüder mit gesenkter Stimme, „aus der Kabine kam nur so ein eigenartiges Geräusch, bei dem ich dachte, das Schiff sei auf einen Eisberg aufgelaufen."

Der Steward schaute ihn verständnislos an. „Eisberg?"

„Nun ja, es war ein beängstigender Rums."

„Das kam aus der Kabine?" Der Steward machte ein erschrockenes Gesicht.

„Ja. Es passierte gerade eben."

„Ihr Nachbar ist Professor Walter Rex. Beachten Sie ihn einfach nicht. Das ist das Beste", empfahl der Steward sibyllinisch. „Dieser Gast ist ein Freak, aber völlig harmlos."

„Ein Freak?"

„Das ist so eine Art Exzentriker."

„Aha", sagte Lüder und setzte grübelnd seinen Weg zum C-Deck fort. Es war nicht weit zum Speisesaal 1. Klasse. Der majestätische Raum war erfüllt von Seidengeraschel, Stimmengewirr und schweren Düften. Ein Meer schön eingedeckter Tische breitete sich vor seinen Augen aus, auf weißem Damast schwammen blitzende Kristallgläser und auf Hochglanz poliertes Besteck. Die Frauen trugen teure Abendgarderoben, die Männer Smoking. Lüder gehörte zu den Nachzüglern. Die meisten Gäste hatten bereits Platz genommen.

Bilder schmückten die hohen Wände. Sechsundzwanzig lackierte Linoleumverkleidungen schufen ein einzigartiges Ambiente. Wer nicht satt wurde vom mehrgängigen Menu, der konnte sich satt sehen.

Lüder nannte dem Platzanweiser seinen Namen. Der sah in einer Liste nach und wurde plötzlich äußerst zuvorkommend. „Würden Sie mir bitte zum Kapitänstisch folgen, Mr. Luder!"

Lüder folgte ihm durch die Tischreihen bis zum Kopfende des Saals, wo ein runder Tisch für den Kapitän und besondere Gäste reserviert war. Mr. und Mrs. McCloy waren schon da und unterhielten sich mit einem älteren, etwas steif wirkenden Herrn, der zur kleinen Tischgesellschaft dazugehörte. McCloy begrüßte den Neuankömmling mit einem lauten „Hallo!" und strahlte eine Herzlichkeit aus, bei der ein Außenstehender hätte glauben müssen, hier träfen sich zwei sehr alte Freunde wieder. Man schüttelte sich die Hand und der Fremde wurde Lüder als Mr. Ascher vorgestellt, Diplomat im Dienste der britischen Krone.

Die McCloys waren bestens aufgelegt.

„Sie haben sich offensichtlich wieder gut erholt, Gustav", sagte McCloy und holte ein silbernes Zigarettenetui aus seiner Anzugtasche. Er klappte es auf und bot den Herren eine Zigarette an. Der Konsul nahm an, Lüder lehnte dankend ab.

„Bei diesem Arzt und seinen Krankenschwestern", sagte Lüder.

„Dr. Gordon und sein kleiner Harem" – McCloy lachte – „haben noch jeden gesund gepflegt, das kann ich Ihnen versichern."

„Trotzdem war ich froh, wieder aus dem Krankensaal herauszukommen", gestand Lüder. „Was ist der gegen diese Umgebung?"

„Kann ich gut verstehen", sagte McCloy. „Wer tauscht schon gern den Kapitänstisch gegen den Nachttisch!"

„Aber Sie schonen sich doch hoffentlich noch", sagte Mrs. McCloy.

„Ja, sicher. Dr. Gordon verordnete mir eine mehrtägige Liegekur. Das schränkt meinen Aktionsradius erheblich ein."

„Diese Zwangsruhe dürfte einem neugierigen Inspektor nicht leicht fallen", meinte McCloy.

„Seit meiner Pensionierung bin ich die leider nur allzu sehr gewohnt", gestand Lüder ein. „Trotzdem habe ich die Stunden auf der Liege genossen. So lass ich mir die Überfahrt gefallen. Und der Zwischenstopp in Southampton und die Beladung des Schiffs sorgte für Abwechslung."

Der Banker und ehemalige Hochkommissar Deutschlands nickte zustimmend. Der Konsul rauchte und hörte aufmerksam zu.

„Dann haben Sie vielleicht auch die haarsträubende Szene miterlebt, wo dieser Idiot beinahe ins Hafenbecken gestürzt wäre?"

Lüder bestätigte das. „Unglaublich, nicht?"

„Manchen Menschen wird das in die Wiege gelegt. Schade nur, dass solche die Botschafter unseres Landes sind."

Der Konsul schaute McCloy irritiert an.

„Damit meine ich nicht jemanden aus dem diplomatischen Korps, Ascher."

Der Konsul war erleichtert.

„Ich verstehe trotzdem nicht, was du damit sagen willst", sagte Mrs. McCloy.

„Unser Tölpel ist ein junger Professor aus New York und als Universitätsgelehrter ist er das intellektuelle Aushängeschild unseres Landes", erklärte McCloy. „Ich hoffe jedoch inständig, dass es nicht zu viele gibt, die von diesem Virus der professoralen Zerstreutheit infiziert sind."

„Man wundert sich, wie so einer soweit kommen konnte", sagte der Konsul.

„Es stellt einmal mehr unter Beweis, nicht alle Geistesgrößen sind den Tücken des Alltags gewachsen", sagte McCloy.

„Nun lasst doch den armen Mann in Ruhe", sagte Mrs. McCloy ärgerlich. „Er kann genau so gut einen schlechten Tag erwischt haben."

Lüder dachte an den Rums in der Nachbarkabine, schwieg aber.

„Aus vertraulichen Quellen habe ich erfahren, dass Professor Rex zwar eine Kapazität der Kulturgeschichte ist, außerhalb des Hörsaals aber ein hoffnungsloser Unglücksrabe. Er zieht förmlich nur so die Katastrophen an. Der Mann ist in dieser Hinsicht wie ein Magnet."

„Du konntest es also wieder nicht lassen", sagte Mrs. McCloy.
Ihr Mann lächelte sie an.

„Sie müssen wissen, Gustav", sagte sie, „John lässt kein Schwätzchen und keine Zigarre aus, um wie ein Staubsauger Informationen und interessante Menschen aufzusaugen. Das braucht er wie andere die Luft zum Atmen. Eine lästige Angewohnheit von Bankern und Rechtsanwälten, die über ihre Kunden und Mandanten immer auf dem Laufenden sein wollen."

„Fahren Sie das erste Mal in die Staaten?", fragte der Konsul.

Lüder nickte und erzählte, dass es seine erste große Schiffsreise sei.

„Das ist sicher sehr aufregend für Sie", meinte Mrs. McCloy.

„In meinem Alter ist es ein kleines Abenteuer."

„Leider gewöhnt man sich so schnell an die Passagen", sagte McCloy bedauernd.

„Das erste Mal bereiste ich auf der *America* die Karibik. Das war ihre Jungfernfahrt und für mich ein unvergessliches Erlebnis", schwärmte Mrs. McCloy.

„In den letzten Jahren musste ich als Hochkommissar sehr oft diese Route nehmen, so dass sich eine gewisse Routine einstellte", erzählte McCloy und schaute den Konsul an. „Das dürfte Ihnen doch bekannt vorkommen, Ascher?"

„In der Tat, aber diese Überfahrt wird wohl eine meiner letzten sein. Die Zukunft gehört dem Flugzeug. Auch das diplomatische Korps wird demnächst in die Luft gehen. Ist schneller und billiger. Die Krone muss rechnen und will ihren Dienern nicht immer eine sechstägige Seekur spendieren."

Die Tischgesellschaft lachte.

„Darf man erfahren, was der Zweck Ihrer Reise ist?", fragte Mrs. McCloy Lüder.

„Ich besuche meine Tochter. Sie hat gerade ihr zweites Baby bekommen."

„Lebt sie in New York?"

„Ja. Ihr Mann stammt von dort. Er war Lieutenant in der US Army und in Bremen stationiert. Meine Tochter und er lernten sich im Polizeihaus kennen."

Die McCloys sahen ihn erschrocken an. „Im Polizeihaus?"

„Meine Tochter war Polizistin."

„Ah! Polizistin in Uniform", sagte McCloy.

„Ja."

„Wie alt ist Ihr anderes Enkelkind?", wollte Mrs. McCloy wissen.

„Susan ist vier."

„In welcher Branche ist Ihr Schwiegersohn?", fragte McCloy.

„Er arbeitet als Chefkurator in der Frick Collection."

Verblüfft sah ihn McCloy an. „Dr. Bell ist Ihr Schwiegersohn?"

„Sie kennen ihn?" Nun war es an Lüder, verblüfft zu sein.

„Und ob ich ihn kenne! Als Mitglied des Vorstands des Metropolitan Museum of Art gehört es zu meinen Pflichten, die wichtigsten Mitarbeiter des Hauses zu kennen. Dr. Bell hat vor dem Krieg im Metropolitan gewirkt. Auf seinem Fachgebiet ist er ein exzellenter Kenner."

Mrs. McCloy war nicht weniger begeistert über Lüders verwandtschaftliche Verbindungen in New York. „Sie können stolz auf Ihren Schwiegersohn sein. Er arbeitet in der schönsten Sammlung der Welt. Die Frick Collection beherbergt sicher nicht die meisten Kunstwerke, aber ihre Sammlung gehört zum Feinsten!"

Das Gespräch wurde unterbrochen durch die Ankunft des Kapitäns. Edward North, ein Mann von mittlerer Statur, machte in seiner blauen Kapitänsuniform einen ernsten und humorlosen Eindruck, doch schnell wurde klar, dass er in Wirklichkeit nicht nur galant sein konnte, sondern auch ein glänzender Gesellschafter war, dem es in Handumdrehen gelang, die Aufmerksamkeit einer Gesellschaft ganz auf sich zu konzentrieren. Als North seine Kapitänsmütze abnahm, kam eine Vollglatze zum Vorschein. Sein kantiger Schädel mit ausgeprägten Schläfenadern und sehr wachen Augen zog die Blicke der Gäste an den umliegenden Tischen magisch auf sich. Sein Lachen war hell und ungekünstelt.

„Entschuldigen Sie mein Zuspätkommen, meine Herrschaften. Wie ich sehe, weilt unser Kommissar a. D. wieder unter den Lebenden. Guten Abend, Mr. Luder." North reichte Lüder die Hand.

„Wir schwärmten gerade von New Yorks Museen", erklärte McCloy.

„Ein ganz schwieriges Fahrwasser für mich. Da brauche ich einen Lotsen", sagte North heiter.

Ein Tischsteward brachte eine Flasche Rotwein und hielt dem Kapitän den Korken hin. North roch daran, nickte und der Tischsteward schenkte ihm in sein Glas etwas Wein ein, von dem North nippte. Kennerhaft schmeckte er ihn auf der Zunge und nickte erneut. Der Tischsteward goss allen ein. Ein anderer Steward reichte die Speisekarten. Während alle wählten, erzählte Mrs. McCloy dem Kapitän von ihrer überraschenden Entdeckung. „Unser deutscher Kommissar a. D. hat Verwandtschaft in New York."

„Einwanderer?", fragte North.

Lüder schüttelte den Kopf und erzählte ein weiteres Mal, dass die Liebe seine Tochter in die Neue Welt verschlagen habe.

North ließ die Karte sinken. Der Tischsteward war sofort zur Stelle und notierte seine Wahl. „Sie Ärmster, da sehen Sie Ihre Tochter wohl nicht oft."

„Ich besuche sie zum ersten Mal."

„Verstehe. Die See ist nicht grad Ihre Geliebte." North hob das Glas und prostete allen am Tisch zu. „Bei dem Wetterchen, das Sie heute Nacht in den Schlaf schaukeln wird, kann ich es sogar noch besser verstehen. Ich hoffe, Sie sind seefest."

„Zieht ein Sturm auf?", fragte der Konsul besorgt.

„Machen Sie sich keine Sorgen. Nur eine steife Brise."

„Ich kannte noch den alten Mellon", erzählte McCloy Lüder, während die Tischstewards den ersten Gang auftrugen. „Ein Freund von Frick und wie er ein absoluter Bildernarr."

Während des Essens erzählte McCloy, wie er nach dem Jurastudium einige Jahre in der Rechtsabteilung der Mellon-Bank gearbeitet hatte. Der alte Fuchs hätte ihm viele Tricks beigebracht, die ihm noch als Präsident der Weltbank genutzt hatten. „Sie müssen Ihn doch auch noch gekannt haben, Ascher, richtig?"

„Natürlich. Während seiner Zeit als Botschafter in London Anfang der Dreißiger hatte ich wiederholt mit ihm zu tun", bestätigte der Konsul.

„Dieser Mann hatte nicht nur ein gutes Händchen in Geldfragen und einen sicheren Schritt auf dem blanken diplomatischen Parkett, sondern auch eine goldene Nase bei Alten Meistern."

Die Tischstewards räumten ab und brachten das Dessert.

„Mellon war Treuhänder der Frick Collection und lenkte nach dem Tode Fricks weiter die Geschicke des Museums", erzählte McCloy.

„Frick war nicht sehr beliebt, kann man lesen. Warum?", fragte Lüder.

McCloy, der sich eine Zigarette angesteckt hatte, winkte ab. „Alles dummes Gerede. In Wahrheit wollten die Roten ihm ans Leder und wir können von Glück reden, dass er lebend davon kam. Sonst wäre uns diese prächtige Sammlung vorenthalten worden, was wirklich sehr schade wäre."

Kapitän North verabschiedete sich. Die kommenden Stunden verlangten ihn auf der Brücke, entschuldigte er sich.

„Wissen Sie, Gustav, Frick war einer von dem Kaliber unseres Kapitäns. Der behielt auch bei rauer See immer Kurs. In der Wirtschaft kann manchmal ein sehr heftiger Wind von vorn blasen und es sind diese Industriekapitäne, wie Frick einer war, die ihre Mannschaft und ihr Schiff mit wertvoller Fracht sicher in den Heimathafen lenken. Das kann man den Roten mit ihrer ewigen Gleichmacherei und Sozialisierung nicht klar machen. Frick wehrte schon in früher Zeit den unheilvollen Anfängen des Kommunismus und blieb sich in seiner Haltung ein Leben lang treu. Und er war erfolgreich. Nur deshalb konnte er der Öffentlichkeit dieses grandiose Museum stiften."

„Keine Politik, John! Nicht heute Abend", befahl Mrs. McCloy und warf Lüder einen entschuldigenden Blick zu.

Lüder fühlte sich müde und brauchte unbedingt etwas frische Luft. „Wenn Sie gestatten, ziehe ich mich zurück. Am ersten Tag will ich es nicht übertreiben."

Die McCloys und der Konsul hatten Verständnis und wünschten ihm angenehme Nachtruhe.

Lüder fuhr mit dem Fahrstuhl nach oben und ging aufs Deck. Draußen blies ein starker Wind. Das Meer hatte eine lange, rollende Dünnung und das Schiff schlingerte. Drinnen hatte es Lüder kaum wahrgenommen. Er lehnte sich an eine Wand und betrachtete die Wellentäler. Die Luft war gischtgeschwängert.

„Da braut sich ein ganz schönes Süppchen zusammen", sagte ein Mann zu ihm, der seinen Hut tief in die Stirn gezogen hatte und mit einer Hand festhielt. Er war auf dem Weg nach Drinnen.

„Wie können Sie das wissen?", fragte Lüder.

„Sie sind wohl das erste Mal auf dem Atlantik?"

Lüder nickte.

„Dachte ich mir. Schauen Sie einmal die See genauer an. Sehen Sie, wie aufgewühlt die ist? Das ist wie beim Wasserkochen. Irgendwann ist der Siedepunkt erreicht und es brodelt. Die Wellen werden höher und höher, schwappen über und wenn wir Pech haben, dreschen sie bald frontal auf das Schiff ein. Aufbrandende Wellen bis zu fünfundzwanzig Meter über der Wasserlinie sind bei einem ausgewachsenen Hurrikan keine Seltenheit. Eigentlich müsste der Kapitän bald die Geschwindigkeit drosseln, um diesen Hammerschlägen auf den Bug zu begegnen. Das Wetter beeindruckt diese Kerle aber nicht. Die Sicherheitsvorschriften stehen hinter der Einhaltung des Fahrplans zurück."

„Sind Sie Meteorologe?"

„Nee, bin selbst zur See gefahren. Gute Nacht!" Der Mann nickte Lüder zu und verschwand durch die Tür.

Tote bewegen sich nicht

Manzoni ließ die *New York Times* sinken.

Die Unruhe im Großraumbüro störte seine Konzentration. Es war ein ständiges Kommen und Gehen. Telefone klingelten. Gesprächsfetzen der Kollegen drangen an sein Ohr.

Der Dreizeiler über den toten Wachmann verärgerte ihn. Wie hatte die Presse davon wieder Wind bekommen? Vom Polizeisprecher sicher nicht, der war angewiesen, noch Stillschweigen zu bewahren, bis die Untersuchung vollständig abgeschlossen war. Diese Entscheidung war mit dem Museum abgestimmt. Nach Manzonis Einschätzung hatte Conolly sowieso kein sonderliches Interesse an einem breiten Medienecho in dieser Angelegenheit. Das war verständlich. Die Indizien legten eine natürliche Todesursache nahe. Wozu also die Aufregung? Wer kippte nicht alles um, ohne das die Welt davon Notiz nahm? Trotzdem hatte wieder einer nicht dicht gehalten? In der Behörde gab es irgendwo ein Leck, jemand besserte sich auf Kosten der anderen sein mageres Gehalt auf durch ein lukratives Zubrot. Dem Kerl gehörte das Maul gestopft, damit das Durchsickern von Polizeiinterna endlich aufhörte. Oder war der Chefkurator zur Presse gegangen? Aus der Zeitungsmeldung war das nicht ersichtlich. Manzoni hielt es aber für ziemlich unwahrscheinlich, dass sich Dr. Bell über die Wünsche seines Chefs hinwegsetzte. Auch er musste ein Interesse daran haben, erst die Todesumstände zu klären, ehe die Nachrichtenmaschinerie gefüttert wurde. Den Schreiberling jedenfalls hatte das alles nicht gekümmert. Er beflügelte die Phantasie seiner Leser mit sonderbaren Todesumständen, die die Polizei auf den Plan gerufen hatten. Na, Conolly dürfte sich freuen. Auf die Polizei, dein Freund und Helfer, war Verlass.

Manzoni blickte aus dem Fenster auf die rußige Ziegelwand. Das hohe Gebäude, zu der sie gehörte, ragte schwarz in den blauen Himmel. Der Ermittlungsstand befriedigte ihn nicht. Sie hatten nicht einmal mit dem Chefkurator gesprochen. Der Mann war immer, wenn sie ihn treffen wollten, im St. Lukes-Krankenhaus in Upper Manhattan. Ihnen blieb nichts anderes übrig, als ihn dort abzupassen. Und die Ehefrau des Wachmanns? rekapitulierte er seine Ermittlungsergebnisse. Eine einzige Enttäuschung. Mrs. Meiss stand unter Schock. Viel war aus der nicht rauszubekommen und ihr Hausarzt passte auf wie ein Luchs.

Manzoni wählte Morris' Telefonnummer. Ein Assistent war dran. Manzoni erfuhr, dass der Gerichtsarzt gerade das Haus verlassen hatte. „Was ist mit seinem Bericht?"

„Aber den hat vor wenigen Minuten Duncan rausgeholt", verteidigte sich der Helfer eingeschnappt.

„Warum sagen Sie das nicht gleich!", fauchte Manzoni zurück und legte auf. Kaum hatte er sich in seinen Schreibtischstuhl zurückgelehnt, kam der irische Feuerschopf herein und winkte mit einer dünnen Akte. In der anderen Hand trug er eine Papiertüte. Duncans und Manzonis Schreibtische standen sich gegenüber. Die Inspektoren hatten einen Ausblick auf den tristesten aller asphaltierten Höfe, die New Yorks Polizeipräsidien aufzuweisen hatten. Von zwei Seiten wurde der Parkplatz von einer rußigen Mauer begrenzt.

Duncan warf den Bericht auf Manzonis Schreibtisch und nahm einen Donut aus der Tüte. Er hielt sie seinem Kollegen hin. „Du auch?"

Manzoni betrachtete ihn schweigend und überlegte, woher er vor ihm wusste, wann der Doc seinen Bericht fertig geschrieben hatte? Duncan war stets der Erste, der ihn zu fassen kriegte. Manzoni nahm die Tüte und schaute hinein. Er nahm einen Hefering mit rosa Zuckerguss und bunten Streuseln. Bevor er herzhaft hinein biss, fragte er: „Schon einen Blick in die Akte rein geworfen?"

„Nein, ist ganz frisch", erwiderte Duncan und warf sich auf seinen Stuhl. Er legte die Beine hoch und vertilgte in aller Ruhe das Gebäck, während er Manzoni beim Lesen zusah. „Und? Gui, mach's nicht so spannend."

„Herzinfarkt", fasste Manzoni seine Lektüre in einem Wort zusammen. „Keine Anzeichen von Fremdeinwirkung."

„Schön, dann sind wir aus dem Schneider." Duncan griff zufrieden in die Donut-Tüte.

„Leider nicht. Morris hat wieder einmal Recht, der Körper weist Druckstellen unter den Achselhöhlen auf. Diese sind nach dem Tod infolge des Transports entstanden."

Duncan stellte das Kauen ein.

„Hast du was über die Organisation des Wachschutzes rausbekommen?", fragte Manzoni.

„Ich habe mit zwei Kollegen von Meiss gesprochen. Der Wachschutz ist in drei Schichten organisiert. Tagsüber zwei Männer, nachts einer. Sie rotieren. Diese Woche hatte Meiss das Los getroffen."

Manzoni aß seinen Donut auf und strich sich mit dem Handrücken über den Mund. „Einbruchspuren oder andere Auffälligkeiten?"

„Nein. Die Nachtschicht beginnt um 22 Uhr. Um viertel vor zehn ist die Übergabe. Die Nachtschicht geht bis sechs. Zweimal macht der Wachmann seine Runde. Um eins und um vier. Dafür ist er etwa eineinhalb

Stunden unterwegs. Das gesamte Gebäude ist abgeschlossen. In Ford Knox hineinzukommen, ist einfacher. Der Wachmann hält sich in einem Raum im Erdgeschoss auf, ganz in der Nähe des Eingangs. Seine Wachgänge hat er zu protokollieren. Für die besagte Nacht fehlt ein Eintrag. Entweder verstarb Meiss auf seiner ersten Runde oder er hat sie nie angetreten."

„Ersteres ist wahrscheinlicher. Es deckt sich mit dem Todeszeitpunkt, der zwischen ein und zwei Uhr liegt."

„Die anderen Wachmänner sind sich sicher, dass sich keine andere Person in der Nacht im Museum aufhielt?"

„Absolut. Meiss galt als zuverlässig. In den vielen Jahren ist er nie negativ aufgefallen."

Manzoni fuhr sich mit den Händen durchs Haar. Er schwitzte. Die Kühlgeräte, die das Büro mit kühler Luft versorgen sollten, funktionierten wieder nicht.

„Irgendjemand spielt falsch", sagte er. „Meiss schleppte sich doch nicht selbst ab! Hat die Spurensicherung was ergeben?"

„Nichts. Nur, dass Meiss in der Westgalerie lag. Haha!"

„Duncan, treib mich nicht in den Wahnsinn!"

„Was davor oder danach geschah und wie er dorthin kam, wissen wir nicht."

Sie schwiegen eine Weile und betrachten den Rummel um sich herum. Duncan versuchte Manzoni aufzuheitern. „Eigentlich fällt Herzkasper nicht in unser Ressort", meinte er.

Manzoni blieb ernst. „An der Sache stimmt etwas nicht. Es muss ein zweiter Mann im Gebäude gewesen sein und das dürfte der Leitung nicht gleichgültig sein. Das bedeutet doch, dass Sicherheitsmechanismen versagen. Darüber müssen wir die Leitung unterrichten. Aber noch mehr beschäftigt mich die Frage, weshalb jemand die Leiche herumschleppte. Er hätte Meiss dort liegen lassen können, wo er starb."

„Wenn es diesen Unbekannten wirklich gibt."

„Nun mach mal einen Punkt, Stanley! Tote bewegen sich nicht! Hier steht schwarz auf weiß, jemand hat Meiss über eine längere Strecke getragen."

„Aber könnte das nicht auch vor dem Tod gewesen sein", gab Duncan zu bedenken.

„Glaubst du, Meiss holte sich für die Nacht einen Sparringspartner? Stanley! Nach Morris' Untersuchungsergebnissen sind diese Druckspuren *nach* dem Eintreten des Todes entstanden. Das heißt, unser Unbekannter muss das Gebäude wieder verlassen haben. Wenn er nicht durch Mauern geht, muss er zu einem späteren Zeitpunkt aus dem Gebäude heraus gekommen sein."

„Nachdem die Putzfrau mit ihrer Arbeit begann."

„Richtig. Meiss hat diese Person selbst hineingelassen und während der Zusammenkunft ist es zu dem Vorfall gekommen. Der Unbekannte geriet in Panik. Nur: Was trieb Meiss in dieser Nacht? Was veranlasste seinen Gast, den Fundort der Leiche zu verändern? Hierzu sollten wir endlich einmal den Chefkurator befragen."

Steve Bell küsste Claire auf die Stirn. Ihre Haut war feucht und warm. Er saß neben dem Krankenbett und hielt ihre Hand. Auch sie war schwitzig. Claire war intubiert worden. Das monotone Geräusch der Beatmungsmaschine und das Surren der anderen Apparate machten ihn müde. Steve gähnte. Der Kardiograph zeichnete eine regelmäßige Kurve auf. Steves Augen folgten eine Zeit lang der Linie von Claires Herzschlag. Sie hatte die erste Nacht überstanden, der Albtraum aber war noch nicht vorbei. Steve legte die zierliche Hand zurück aufs Laken und stützte seinen Kopf in beide Hände. Ihm fielen die Augen zu und er schlief ein.

Er wachte erst auf, als eine Schwester ihm auf die Schulter tippte.

„Dr. Bell!"

Er blinzelte mit den Augen, sah schemenhaft die Kranke vor sich, dann die freundliche Schwester.

„Draußen sind zwei Herren von der Polizei. Sie wollen Sie unbedingt sprechen."

Er rieb sich die Augen und gähnte hinter vorgehaltener Hand. „Ich komme." Auf dem Flur warteten ein kleiner drahtiger, schwarzhaariger Mann mit einer verbeulten Nase und ein großer Karottenkopf. Das ungleiche Paar trug seine Jacken auf dem Arm und hatte die Krawatten gelockert. Beide schwitzten und hatten gerötete Gesichter.

Bell gab ihnen die Hand.

„Inspektor Manzoni, mein Kollege Inspektor Duncan." Manzoni zeigte seine Dienstmarke. „Es tut uns furchtbar Leid, Sie in dieser Situation behelligen zu müssen, aber es ist dringend."

„Gehen wir in den Aufenthaltsraum. Dort sind wir ungestört", sagte Bell und führte die beiden Inspektoren in ein Zimmer, das schlicht mit Holzstühlen und Holztischen möbliert war. Man hatte einen Blick auf einen begrünten Hof und die umliegenden Gebäude des großen Krankenhauses. Die Männer nahmen am Fenster Platz und Bell zündete sich eine Zigarette an. Er lehnte sich zurück und wartete. Duncan hatte seinen Notizblock vor sich auf den Tisch gelegt.

„Wie geht es Ihrer Frau?", begann Manzoni.

Bell zuckte mit den Schultern und sah in den Hof. Eine Arzt und eine Ärztin liefen mit wehenden Kitteln vorbei. „Ihre Situation ist unverändert kritisch. Wir können nur hoffen und beten."

„Und Ihrem Kind?"

Über Bells Gesicht huschte ein kleines Lächeln. „Dem geht es gut. Gott sei Dank."

„Wir möchten Sie nicht lange belästigen. Der tote Wachmann gibt uns Rätsel auf. Darüber müssen wir mit Ihnen sprechen."

Bell zog die Augenbrauen hoch. „Rätsel? Starb Meiss nicht an einem Herzinfarkt?"

„Doch, doch. Aber es gibt einen Beweis, dass er bei seinem Tod nicht allein gewesen war."

„Wie bitte? Das müssen Sie mir erklären." Bell machte ein verständnisloses Gesicht.

Manzoni erinnerte der Chefkurator entfernt an einen großen Engel. Der Mann hatte ein schönes Gesicht mit ebenmäßigen Zügen. Blonde Locken umrahmten es.

„Meiss kann nicht allein im Museum gewesen sein. Die Leiche wurde bewegt. Wir fragen uns, warum."

Bell drückte seine halb aufgerauchte Zigarette nervös in einem billigen Bakelitaschenbecher aus. „Das begreife ich nicht. Was heißt: Die Leiche wurde bewegt?"

„Nachdem Meiss verstorben war, schaffte ihn jemand in die Westgalerie."

„Aber das Museum war verschlossen! Niemand anderes wurde gefunden. Es wurde zudem nichts gestohlen. Warum sollte jemand dem schweren Mann unter die Arme greifen und durchs halbe Museum tragen? Das ist doch blanker Unsinn."

„Wir hofften, dass Sie uns das erklären können."

Duncan schaltete sich ein. „Sie sind der Sicherheitsbeauftragte des Hauses. Halten Sie es für vorstellbar, dass sich eine weitere Person unerlaubt im Museum aufhielt?"

Bell zögerte nicht mit seiner Antwort. „Nein. Mr. Meiss war über jeden Verdacht erhaben. Er war hundertprozentig zuverlässig. Als wir ihn einstellten, brachte er die besten Referenzen mit. Und er rechtfertigte sie. Er hätte in seiner Nachtschicht niemals eine ihm bekannte oder unbekannte Person ins Gebäude gelassen. Das wäre ein schwerer Verstoß gegen die Vorschriften gewesen und Mr. Meiss verhielt sich in dieser Hinsicht immer tadellos."

„Wie schätzten Sie seinen Gesundheitszustand ein?", fragte Manzoni und knetete sein Kinn.

„Sie haben ihn ja gesehen. Er war Kriegsveteran. Bei Arnheim wurde er schwer verwundet. Ganz erholt hatte er sich davon nie, aber kränker als andere war er auch nicht. Ich kann mich da nur wiederholen: Er war ein zuverlässiger Mitarbeiter, der nie Anlass zur Klage gegeben hat. Ich bedauere seinen Tod sehr. Es ist ein wirklicher Verlust. Woher wissen Sie, dass der Leichnam bewegt wurde?"

Manzoni schilderte Bell die Details.

Der überlegte. „Wo genau wurde Meiss gefunden?"

„Am Eingang der Westgalerie, zu Füßen eines Gemäldes von –" Manzoni sah Duncan fragend an und dieser schaute in seinem Notizblock nach. „In solchen Dingen habe ich ein schlechtes Namensgedächtnis", entschuldigte sich Manzoni.

„Goya", sagte Duncan.

Bell blickte einen Moment lang Duncan überrascht an. Er hatte sich aber gleich wieder unter Kontrolle und setzte eine betont gelassene Miene auf. Manzoni tat, als hätte er es nicht bemerkt.

„Das Bild heißt *Die Schmiede*", sagte Bell langsam.

„Können Sie sich erklären, warum Meiss gerade hier lag?"

„Das Gemälde liegt auf der üblichen Runde der Nachtschicht. Der Wachmann kommt immer daran vorbei, wenn er von der Westgalerie in den Emaillraum und weiter in den ovalen Raum geht. Vielleicht wurde er deshalb hierhin getragen, auch wenn ich es wirklich kaum glauben kann."

„Uns ging es genauso. Aber aus eigener Kraft kann Meiss nicht dorthin gekommen sein."

„Es sei denn, er hatte übernatürliche Kräfte", sagte Duncan spöttisch. Er war katholisch erzogen worden, hatte mit Heiligen aber nichts am Hut.

„Das ist in der Tat sonderbar", räumte Bell ein und steckte seine Zigarettenpackung weg. „Vielleicht hatte er in jener Nacht tatsächlich jemanden bei sich im Wachzimmer. Sein plötzlicher Tod versetzte die Person in Panik und sie versuchte alles, um von ihrer Anwesenheit abzulenken."

„Warum sollte man Meiss nicht im Wachzimmer finden?"

Bell hatte dafür eine Erklärung. Dort hätte ihn zuerst die Putzfrau gefunden, sagte er. Wenn sie Meiss am Morgen im Wachraum antraf, pflegten die beiden für gewöhnlich ein kurzes Schwätzchen zu halten. Die unbekannte Person hätte dann ein Problem gehabt. Wie hätte sie entkommen sollen, wo es doch sehr wahrscheinlich war, dass die Putzfrau sofort die Polizei verständigt hätte? Es war daher wichtig, dass sie erst mit ihrer Arbeit begann, bevor sie Meiss fand.

„Und in der Zwischenzeit –"

„Verließ der Unbekannte das Museum. Bisschen spekulativ, finden Sie nicht?"

„Haben Sie eine bessere Erklärung? Ich glaube nicht an übersinnliche Kräfte, Inspektor. Keines der Schlösser ist beschädigt. Unsere Putzfrau betritt das Gebäude am frühen Morgen durch den Personaleingang und lässt ihren Schlüssel von innen stecken. Er hat gewartet, bis sie im Gebäude unterwegs ist und seine Gelegenheit zur Flucht genutzt."

Manzoni nickte nachdenklich. Bells Erklärung klang einleuchtend.

„Danke, Dr. Bell. Wir möchten nicht länger stören und wünschen Ihrer Frau gute Besserung."

Manzoni und Duncan verließen das Krankenhaus. Sie blinzelten in das helle Tageslicht, als sie aus dem düsteren Eingangsbereich ins Freie traten und zum Parkplatz gingen. Wie eine undurchdringliche Glocke lag die Hitze über der Stadt. Ihr Wagen stand in der prallen Sonne und hatte sich wie ein Backofen aufgeheizt. Sie öffneten die Türen und warteten, bis sich der Innenraum etwas abgekühlt hatte.

„Hast du dir das Schloss am Personaleingang angesehen, Stanley?"

„Es ist ein Schnappschloss. Die Tür fällt ins Schloss und lässt sich von außen nicht mehr öffnen. Der Unbekannte hätte in der Tat das Weite suchen können."

Manzoni sah auf die Fassade des Krankenhauses.

„Findest du es nicht eigenartig, dass Meiss, angeblich ein Mann ohne Fehl und Tadel, von heut auf morgen seine Prinzipien über den Haufen wirft?"

„Was willst du, Gui! Der Mann hatte einen Herzkasper. Daran kannst auch du nicht deuteln. Es liegt kein Diebstahl vor. Das Museum hat keine Anzeige erstattet. Damit ist der Fall klar und wir sind raus aus der Sache. Sie geht uns nichts mehr an, und das ist auch gut so. Ich frage dich, warum sollen wir uns über deren Mängel im Sicherheitssystem den Kopf zerbrechen? Sind das unsere Kunstwerke?"

Duncan hatte immer so bestechend einfache und nüchterne Einschätzungen.

Reden ist Silber, Schweigen ist Gold

Conolly hatte Bell ins Museum bestellt. Auf seinem Schreibtisch lag der geöffnete Briefumschlag, den er am Morgen vorgefunden hatte. Bell erstattete ihm einen kurzen Bericht über das Gespräch mit den beiden Inspektoren und schloss mit den Worten: „Ich halte dieses Versteckspiel für keine gute Lösung." Conolly stand am Fenster, die Hände auf den Rükken verschränkt, und sah auf den dichten Verkehr auf der Fünften Avenue. Unten im Garten machte sich der Hausmeister am Rasensprenger zu schaffen. „Brauchst du Urlaub, Steve?", fragte Conolly, ohne sich nach seinem Freund umzudrehen.

„Jetzt! In dieser Situation!", fragte der verständnislos. „Meinst du im Ernst, ich könnte jetzt Urlaub machen?"

„Alter Junge, glaubst du, ich bin blind? Schau dich an! Du siehst verheerend aus. Wann hast du das letzte Mal durchgeschlafen?"

Bell antwortete nicht.

„Du brauchst eine Pause. Gönne dir ein paar Tage Auszeit." Conolly ging zu Bell und legte ihm freundschaftlich die Hand auf die Schulter.

Bell sah ihn an. „Willst du mich loswerden?", fragte er misstrauisch.

„Beleidige mich nicht! Natürlich kannst du weiterarbeiten, bis es dir so ergeht wie Meiss. Nur, wem wäre damit gedient? Claire nicht und deinen Kindern auch nicht." Conolly ging zurück zu seinem Schreibtisch und setzte sich. Er drehte und wendete das Kuvert.

Bell sagte: „Er spielt mit uns."

„Ja, in der Tat. Aber jeder Spieler macht mal einen Fehler." Conolly ließ das Kuvert fallen wie eine heiße Kartoffel.

Die beiden Männer kannten sich von der Harvard Universität. Beide hatten in der Eliteschmiede Kunstgeschichte studiert und den Kontakt auch nicht abbrechen lassen, als Bell in Berlin studierte und während des Krieges in Deutschland stationiert war. Conolly war nur ein Jahr älter als sein Freund.

„Was kann es schaden, wenn du Inspektor Manzoni reinen Wein einschenkst, Sam? Wir könnten das Haus unter Polizeischutz stellen." Bell schlug die Beine über und verschränkte seine gepflegten Hände.

„Damit die ganze alte Geschichte wieder hoch gekocht wird? Steve, deine Vorschläge waren auch schon mal besser."

Beide Männer verfielen in Schweigen. Dann versuchte es Bell noch einmal.

„Es ist dir doch wohl klar, dass der Wink mit dem ‚Goya' ein deutliches Zeichen ist."

„Die Anspielung ist mir nicht entgangen", erwiderte Conolly, der bei der Erwähnung des Gemäldes sehr nachdenklich geworden war. Diese Sache gefiel auch ihm ganz und gar nicht. Und er konnte die Bedeutung des Winks durchaus ermessen, denn er selbst hatte einen langen wissenschaftlichen Essay über Goyas spätes Werk geschrieben, der zuhause, unveröffentlicht, in der Schublade lag, weil bisher nicht der geeignete Zeitpunkt zu einer Drucklegung gekommen war. In dem angespannten, von Streiks bestimmten politischen Klima, das im Land herrschte, passte der Text über eine Arbeiterdarstellung nicht recht in die Landschaft. Umso mehr nicht, wenn es sich wie bei Goyas „Schmiede" um eine Inkunabel des realistischen Arbeiterbildes handelte. Conolly wollte sich keinem unliebsamen Verdacht aussetzen und seinem Renommee als politisch unverdächtiger Kunsthistoriker Schaden zufügen. Wie schnell wurde heutzutage etwas missverstanden oder falsch ausgelegt. Ihn persönlich hatte bei seiner Untersuchung weniger die Frage nach dem Bild der Arbeiter geleitet, danach stand ihm nicht der Sinn, sondern der Wunsch, den irritierenden Umstand zu erklären, dass der alte Frick überhaupt diese Komposition mit lebensgroßen Figuren kurz vor dem Ersten Weltkrieg im Juli 1914 von seinen Kunsthändlern Colnaghi und Knoedler erwarb. Denn das Werk fiel völlig aus dem Rahmen der Sammlung. Es war als die einzige Arbeitsdarstellung im gesamten Haus ein Fremdkörper unter den vielen Porträts schöner Frauen, den exquisiten Landschaften, den vielen Artefakten aus der Welt des Ästhetischen. Conolly hatte klären wollen, warum Frick gerade bei diesem großen Gemälde schwitzender Männerkörper als Sammler seinen Grundsätzen untreu geworden war. Erinnerte ihn die „Schmiede" an seine eigene heroische Frühzeit? An seinen Aufstieg zum Gesellschafter des weltgrößten Stahlkonzerns?
Conolly war sich in einem Punkt sicher. Frick sah in dem Bild in der Tat etwas von seiner eigenen Vergangenheit. Er sah drei hart arbeitende Männer, die Eisen formten. Den Stoff, der ihn groß machte.
Mit eigenen finanziellen Rücklagen hatte der junge, ehrgeizige Buchhalter Frick ein Koksimperium aufgebaut. Keine Stahlindustrie ohne Kohlen. Pittsburgh war das Zentrum der rasend schnell wachsenden Eisenindustrie, und darin lag Homestead, das die modernsten Produktionsanlagen besaß. Frick bediente den unersättlichen Hunger nach Energie. Er erwarb eine Kohlemine nach der anderen und kaufte seine Konkurrenten auf. Schon bald war seine Kompanie der größte Koksproduzent der Welt mit der riesigen Zahl von 12.000 Koksöfen, an denen unzählige Menschen schufteten. Die Arbeit in den Minen, an den Öfen und in den Stahlfabri-

ken war hart und Kräfte zehrend. Kein Motiv, das sich ein Millionär gern in seine Kunstsammlung hängte. Schwitzende Arbeiter entsprachen nicht dem herrschenden Kunstgeschmack, sie galten nicht als schön. Ebenso wenig waren das die sozialkritischen Bilder, die die Schattenseiten der Arbeitswelt und die soziale Frage einfingen. Doch Frick bewies auch hier wiederum Eigensinn, er kaufte fünf Jahre vor seinem Tod den ‚Goya' in dem Wissen, das das große Bild einmal Teil seines Museums werden würde.

Ließ sich diese Erwerbung auf eine bloße Sentimentalität des Sammlers zurückführen? Oder stand dahinter die wohl kalkulierte Wertsteigerung der Sammlung durch das Werk eines bedeutenden Malers?

Conolly fragte sich in seiner Untersuchung, ob es der Versuch des alten Kapitalisten war, am Ende seines Lebens der Arbeiterschaft zumindest im Kosmos seiner Kunstsammlung einen Platz zuzugestehen? Conolly ging nicht soweit zu glauben, dass Frick am Ende seiner Tage milder geworden wäre. Sein harter Führungsstil resultierte immer aus Überzeugung. Aber vielleicht sollte das Bild seine Arbeiterpolitik in ein günstigeres Licht tauchen, indem er als Sammler das Bild der Arbeitswelt ins sein Reich der Kunst holte und es am Ende doch ein wenig würdigte. Es hatte für Conolly etwas von einem Akt des schlechten Gewissens.

Jedenfalls musste der Mann, der den Nachtwächter Meiss vor der „Schmiede" abgelegt hatte, eine Ahnung von diesen Hintergründen haben. Die Wahl des Fundortes konnte kein Zufall sein, zu offensichtlich war die Beziehung zwischen der Forderung des Erpressers, an die toten Stahlarbeiter von Homestead zu erinnern, und den dargestellten Schmieden.

Conolly verscheuchte den unangenehmen Gedanken und meinte zu Bell: „Es hat mich keine große Mühe gekostet, bei den Inspektoren jeden Verdacht hinsichtlich des Gemäldes zu zerstreuen. Gott sei Dank gehören die Cops nicht zu den hellsten. Sie wussten nicht einmal, wer Goya war. Es ist also nichts passiert."

Bell lacht empört auf. „Meiss ist tot und du faselst davon, es sei nichts passiert! Und der Brief da?"

„Beruhig' dich, Steve! Es war Herzinfarkt, nicht Mord. Soweit ist unser Freund nicht gegangen."

„Noch nicht. Woher nimmst du die Gewissheit, dass es dabei bleibt? Es ist offensichtlich, dass der Mann ins Museum gelangte, ohne dass wir ihn daran hindern konnten. Was das für unser Sicherheitssystem bedeutet, brauche ich dir nicht erklären." Bell wischte sich mit einem Taschentuch den Schweiß von der Stirn.

„Reg dich nicht auf", sagte Conolly. „Lass uns nüchtern überlegen, wie er ins Gebäude reingekommen ist."

„Woher soll ich das wissen!" Bell war aufgesprungen und ging nervös im Zimmer umher. „Wahrscheinlich ist er durch eine Unachtsamkeit hineingelangt. Der gute Meiss war kein Heiliger. Er wurde einige Male rauchend im Garten erwischt."

„Warum erfahre ich davon erst jetzt?"

„Weil ich es selbst erst bei der Befragung der Wachleute herausgefunden habe. Das machten alle so. Es passierte ja nie etwas."

Conolly schlug mit den Handflächen auf die Tischplatte. „Das darf doch nicht wahr sein!"

„Welchen Vorwurf willst du ihnen machen? Es wurde nichts gestohlen. Die Männer haben korrekt ihren Dienst erfüllt – bis auf die Raucherpausen."

„Kann er auf diesem Wege ins Gebäude gelangt sein?"

„Anders kann ich es mir nicht erklären. Drinnen müssen Meiss und er aufeinander getroffen sein. Meiss hat sich wohl zu Tode erschrocken."

„Ein schreckhafter Wachmann? War dir seine Herzschwäche bekannt?"

„Ja, er war Veteran. Aber es wussten nicht viele und Meiss war durch sie in seiner Einsatzfähigkeit nicht eingeschränkt. Unser Freund hat diesen Zwischenfall sicher nicht beabsichtigt. Er wollte uns nur an sein Ultimatum erinnern." Bell zeigte auf das Kuvert. „Sollten wir das nicht auf Spuren untersuchen lassen?"

„Aussichtslos. Es handelt sich um gewöhnliches Briefpapier, wie du es an jeder Ecke kaufen kannst."

„Wir müssen die Polizei benachrichtigen und das Museum rund um die Uhr überwachen lassen", insistierte Bell.

„Nein! Das kann ich nicht tun und das werde ich nicht tun. Wenn ich das mache, stehen wir morgen mit einer riesigen Schlagzeile in der Zeitung. Der Dreizeiler reicht mir. Seinetwegen habe ich mir einige lästige Fragen anhören müssen. Es beweist, dass auf die Polizei kein Verlass ist. Ich will dir wirklich keinen Vorwurf machen, besonders nicht in deiner jetzigen Situation, aber wegen Claire bist du nicht mehr auf dem Laufenden. Gestern Nachmittag hatte ich ein Krisentreffen mit dem Stiftungsvorstand. Er hat es erneut kategorisch abgelehnt, nur einen Jota der Forderung nachzugeben."

Bell schüttelte zornig den Kopf. „Das ist verrückt! Wir müssen reagieren."

„Die Zustimmung des Vorstands erhalten wir nur ‚über seine Leiche' – das waren die Worte –, er weigert sich, das Andenken Fricks durch den Schmutz zu ziehen. Weißt du, was mir die Herren vorwarfen? Ich sei im Begriff, das Kapital des Hauses zu verspielen, indem ich es wage, überhaupt nur in eine solche Richtung zu denken. Das grenze an Kollaboration mit den Roten."

Bell wurde gegen seine Gewohnheit laut. „Was stellen sie sich vor? Sollen wir diese Krise aussitzen?"

„Sie erwarten von uns Stehvermögen. Fünfzehn Jahre habe das Museum an seiner eindeutigen Politik festgehalten und diese Leitlinie gelte auch für die Zukunft. Mensch, Steve, denk doch einmal nach! Helen Frick war gestern dabei. Sie kann niemals in die Forderung einwilligen. Für sie ist ihr Vater ein Heiliger, auf dem sie nichts kommen lässt." Conolly legte seine Schuhe auf den Tisch und blickte Bell an.

Der blieb bei einer florentinischen Bronzestatue auf einer Renaissance-Kommode stehen. Sie stellte einen David dar.

„Wie würde es bei unseren Freunden und Unterstützern ankommen, wenn das Museum durch eine unüberlegte Aktion den Erben Fricks in den Rücken fällt? Wie willst du das kommunizieren?", sagte Conolly und gähnte. Er nahm sich eine Zigarette aus einem schwarzen lackierten Holzkästchen und zündete sie an. „Uns sind im Moment die Hände gebunden. Wir müssen die Angelegenheit absolut diskret behandeln, besonders jetzt, wo die allgemeine politische Lage angespannt ist."

„Sam, kapierst du es nicht? Er droht, das Haus in die Luft zu jagen. Wir brauchen die Hilfe von Experten. Ohne sie können wir gegen ihn nichts ausrichten."

Conolly betrachtete seinen Freund ruhig durch den Rauch seiner Zigarette. „Du nimmst dir diese Woche frei."

„Aber —", wollte Bell widersprechen, doch Conolly duldete keine Widerrede. „Das ist ein Befehl, Steve. Du bist völlig erschöpft und Dreiviertel deiner Arbeitszeit am Krankenbett deiner Frau. Ich brauche in dieser Situation einen Mitarbeiter, der hundertprozentig fit ist. Du ruhst einige Tage aus, organisierst dein Privatleben neu und kehrst am Montag ins Büro zurück. Bis zum Ende des Ultimatums haben wir noch ein paar Wochen. Wir stehen diese Sache gemeinsam durch."

Bell fehlten die Worte. Zum ersten Mal kehrte Conolly ausdrücklich den Chef heraus. Das war sonst nie seine Art. Bell fühlte sich müde und ausgelaugt, er hatte keine Kraft und Lust aufzubegehren. Wortlos wandte er sich ab und ging aus dem Zimmer.

Conolly sah ihm nicht lange nach. Die Gegensprechanlage auf seinem Schreibtisch summte. „Was gibt es, Shirley?"

„In fünf Minuten kommen die beiden Herren von der *Times*."

„Danke." Er nahm nervös den Briefumschlag und holte den kleinen Bogen Briefpapier heraus. In der Mitte standen nur eine einzige Zahl und ein Monatsname, die auf einer abgenutzten Schreibmaschine getippt worden waren: **22. August.**

Er zerriss das Blatt, knüllte den Umschlag und warf alles in den Papierkorb. Ihm machte man keine Angst! Er würde dem Erpresser schon das Handwerk legen.

Die Tür öffnete sich und Shirley führte die beiden Journalisten ins Direktionsbüro. Conolly straffte sich und lief den beiden Männern mit ausgestreckter Hand und einem strahlenden Lächeln entgegen. „Dave, Bob, wie geht's, wie steht's?"

„Wir können nicht klagen, Sam. Und selbst? Da ist dir ja wieder ein hübscher Coup gelungen."

Conolly lachte breit. „Danke für die Rosen. Es freut mich, dass die phantastische Erwerbung in der Öffentlichkeit die ihr gebührende Würdigung erfährt. Das hat mich mein ganzes Genie gekostet, das könnt ihr mir glauben."

Man nahm am Konferenztisch Platz. Den Journalisten war warm. Dave wischte sich mit einem rot karierten Taschentuch den Schweiß aus dem Nacken. Shirley brachte drei Gläser und eine Karaffe mit eisgekühltem Tafelwasser.

„Danke, dass Ihr Zeit gefunden habt, um euch persönlich über das Bild zu informieren. Shirley hat euch gebrieft?"

„Danke, Sam. Es ist mehr, als wir benötigen", sagte Dave. Der Journalist setzte seine Brille ab und putzte sie umständlich.

„Man kann nie wissen, vielleicht könnt ihr ja auch eine längere Story draus machen.

„Sam, wir berichten natürlich gern über den Zuwachs deiner Galerie", sagte Bob, der seinen Notizblock und einen gespitzten Bleistift gezückt hatte. „Das war dieses Mal eine unerhörte Bieterschlacht bei Christies. Wie behält man in solch einer Situation einen kühlen Kopf?"

„Langjährige Erfahrung ist unerlässlich. Ich habe schon einige solche Kämpfe ausgefochten und bin immer als Sieger hervorgegangen. Ein Quantum Glück gehört natürlich auch dazu, aber das ist bei allen Dingen im Leben so."

„Das Anfangsgebot für das Porträt von Antonio B. Bruni lag viel tiefer als der fabelhafte Kaufpreis. Wie kommt das? Und alle Kunstexperten, mit denen wir sprachen, hat die Summe erstaunt. War dem Auktionshaus die wirkliche Bedeutung des Werkes unklar?"

„So etwas kommt immer wieder vor. Es tauchen plötzlich Sammler auf, die jede erdenkliche Summe für ein Bild zu zahlen bereit sind, um damit ihre Sammlung zu schließen oder in einem außerordentlichen Maße zu steigern. In unserem Falle ist das Porträt ein außergewöhnliches Werk, das im Œuvre der Künstlerin eine Sonderstellung einnimmt. Das ist Experten sofort bewusst gewesen, den Leuten von Christies aber nicht, denn dafür sind Bilder von Césarine-Henriette-Flore Davin-Mirvault zu selten auf dem Markt."

„Und du bist ein solcher Experte?"

„In aller Bescheidenheit muss ich zugeben, ja. Allerdings war ich selbst erstaunt, dass plötzlich ein Interessent über Telefon mit bot und es fast schon so aussah, als wenn wir passen müssten. Ich bin an die Grenze dessen gegangen, was die Frick Collection bereit war, für das Gemälde auszugeben."

„Mal ernsthaft, Sam. Ist diese Kaufsumme für einen relativ unbekannten Maler nicht völlig überzogen? Trägt Ihr Haus nicht zur Überhitzung des Kunstmarktes bei, die wir grade beobachten können?"

„Nein, das denke ich nicht. Das Frick Museum hat einen jährlichen Ankaufsetat, der ausgeschöpft werden kann. Und bei außergewöhnlichen Stücken sind die Freunde des Hauses bereit, weitere Mittel aufzubringen, um den einzigartigen Status unserer Sammlung weiter auszubauen. Mit der Neuerwerbung ist mir das wieder gelungen, da wir nun in unseren Sammlungsschwerpunkt Porträtmalerei um ein Werk bereichern können, das sich sonst in keinem anderen Museum findet. Die New Yorker Besucher erhalten gewissermaßen ein Exklusivrecht. Meint ihr nicht, dass das jede Anstrengung rechtfertigt?"

Die beiden Journalisten hatten unermüdlich mitgeschrieben und nickten zustimmend am Ende von Conollys Ausführungen.

Dave kam auf einen anderen Punkt zu sprechen. „Du verstehst vielleicht, dass wir auch etwas über diesen Vorfall erfahren möchten. Stimmt es, dass die Polizei wegen eines toten Wachmanns Ermittlungen aufgenommen hat?"

„Halt, halt!", rief Conolly und zwang sich zu einem Lächeln. „Der Mann erlitt einen Herzinfarkt. An dem ist nun wirklich weder etwas Ungewöhnliches, noch Dramatisches. Ich bedaure den Tod meines Mitarbeiters außerordentlich, aber es gibt in dieser Angelegenheit nichts, dass die Polizei aufklären müsste. Angesichts der Umstände, unter denen der Wachmann gefunden wurde, hielt es unsere Putzfrau für das Klügste, sofort die Polizei zu benachrichtigen, eine völlig normale Reaktion, denn sie wäre beinahe über den Leichnam gefallen." Conolly lachte fröhlich. „Aber die Untersuchungen haben eindeutig ergeben, dass ein schwaches Herz für den Wirbel verantwortlich ist." Dave nickte und sah Bob an. „Noch was?" „Ja. Sam, eine ganz andere Frage, die unsere Leser interessiert. Wie stehst du zum derzeitigen großen Stahlstreik in Pittsburgh, in dem die Verhandlungen letzten Sonntag zwischen Arbeitgebern und Gewerkschaften gescheitert sind. 600.000 Arbeiter sind im Ausstand. Pittsburgh hat eine lange Tradition an Streiks in der Stahlindustrie und ist zugleich die Heimatstadt des Gründers dieses Museums gewesen. Ich kann mir vorstellen, dass dir aus diesem Grunde der gegenwärtige Arbeitskampf nicht völlig gleichgültig ist, weil durch ihn wieder an Homestead erinnert werden könnte. Wie kein anderer Räuberbaron bekämpfte Frick die Gewerkschaften und war verantwortlich für die blutigsten Arbeitskämpfe in der Geschichte der Staaten. Hat die Frick Collection damit ein ideelles Problem? Oder anders gefragt: Wie stehst du zu dem Stahlarbeiterstreik in Fricks Heimatstadt, in der heute das Henry Clay Frick Institute for Fine Arts Department und die Henry Clay Frick Fine Arts Library an ihn erinnern, die von seiner Tochter ins Leben gerufen wurden? Ist es angesichts der jetzigen Arbeitskämpfe nicht ein ambivalentes Erbe, das du verwaltest?"

Auf die Frage war Conolly nicht vorbereitet. Er kannte Bob und Dave von früheren Interviews. Die beiden gehörten nicht zur Creme der Schreiberlinge in der Stadt, aber sie übten ihr Handwerk ordentlich aus. Ihm gegenüber hatten sie sich immer korrekt verhalten und nur selten den vereinbarten Pfad verlassen. An sich konnte er sich auf sie verlassen. Er hatte erwartet, allein das neu erworbene Gemälde, die wachsende öffentliche Bedeutung der Sammlung und ihre glänzende Zukunft zu behandeln. Ein Gespräch über die wochenlangen Auseinandersetzungen in der Stahlindustrie von Pittsburgh war nicht in seinem Interesse. Überrascht überlegte er einen Moment. Die Journalisten sahen ihn erwartungsvoll an. Conolly legte die Fingerspitzen aufeinander und sagte: „Da du Homestead genannt hast, Bob, lasse mich auch daran erinnern, dass dieses tragische Ereignis inzwischen sechzig Jahre zurückliegt. Das sind zwei Generationen, die uns von diesen Geschehnissen trennen! Bist du mit mir nicht auch der Meinung, dass wir nach einer so langen Zeit endlich vergessen sollten? Das öffentliche Ansehen Fricks hat sich nach seinem Tod stark verändert und es ist sicher kein kleiner Verdienst dieser Kunstsammlung, dass es heute positiv besetzt ist. Die Verbindung zwischen Pittsburgh heute und Homestead damals erscheint mir daher sehr konstruiert und trägt in keiner Weise zu einer gerechten Bewertung der Leistungen Fricks bei."

„In Homestead gab es Tote. Das vergessen ihm einige Arbeiterführer bis heute nicht", wandte Bob ein.

„Bitte, das ist vergangen und vorbei. Geschichte. Frick wurde selbst ein Opfer. Hätte er nicht das lebensgefährliche Attentat überlebt, säßet ihr und ich heute nicht in diesem Raum. Es gäbe überhaupt nicht dieses einzigartige Museum. Lasst es mich mit aller Deutlichkeit klarstellen: Die Frick Collection ist zu einem Herzstück der New Yorker Museumslandschaft geworden und aus ihr nicht mehr wegzudenken. Sie ist der feste Bestandteil der Museumsmeile an der Fünften Avenue. All die Kritikaster und Querulanten, die Frick noch heute seinen Reichtum und seinen Erfolg neiden und immer wieder den Finger in die längst verheilte Wunde Homestead legen wollen, haben nicht begriffen, was dieser Mann für unser Land getan hat. Sie missachten mit einer unglaublichen Arroganz eine Lebensleistung, eines der größten kulturellen Werke, die ein einziger Mann jemals für diese Stadt zu leisten vermocht hat. Angesichts unserer Vormachtstellung in der Welt sollten wir endlich gemeinsam die Leistung der Westinghouse, Rockefeller, Carnegie, Ford, Frick und anderer Architekten unseres materiellen Wachstums neu und positiver bewerten. Warum sollen wir die Liebe zum Dollar verurteilen, wo es gerade das schnelle Wirtschaftswachstum ist, durch das wir die Herausforderungen des Kommunismus bestehen? Ich will euch mal etwas sagen: Armut ist die Gewohnheit, ärmlich zu denken. Persönlichkeiten wie Carnegie und Frick ließen sich davon nicht infizieren. Sie erhoben sich über die geistige Armut und bekämpften sie. Nimmt Andrew Carnegie, den Sohn eines schottischen Webers und Fricks langjährigen Geschäftspartner. Er wanderte mit seiner Familie 1848 in die USA aus und arbeitete sich zum reichsten Menschen seiner Zeit hoch. Im Alter von dreizehn Jahren schuftete er als Spuler in einer Baumwollspinnerei für 1,20 Dollar die Woche! Und ging nach seinem Zwölf-Stunden-Arbeitstag noch auf die Abendschule. Im Alter von achtunddreißig Jahren errichtete er sein erstes Stahlwerk. Einige Jahre später fusionierte er mit Frick und zog sich schließlich aus dem operativen Geschäft zurück, damit Frick die Führung übernahm. Carnegie war der berühmteste Philanthrop seiner Zeit. Auf ihn gehen die heutigen Ursprünge unseres Stiftungswesens zurück."

„Er war sehr umstritten", warf Bob ein.

„Große Männer, die etwas wagen, sind nie unumstritten. Wahr aber ist, Carnegie mehrte seinen Reichtum als Dienst am Allgemeinwohl. Er spendete von seinen mehr als 400 Millionen Dollar mehr als 350 Millionen, das wäre nach heutiger Kaufkraft ein Milliardenbetrag. Und unter Fricks Ägide florierte das Unternehmen und entwickelte sich zu dem, was es am Ende war. Hätte es Carnegie ansonsten für 400 Millionen an die New Yorker Morgan Bank verkaufen können? Fricks Leistungen und Wohltätigkeiten stehen denen Carnegies in nichts nach, auch wenn der es besser verstand, sich öffentlich als Wohltäter zu inszenieren. Seine Friedensstiftung und seine Förderung von Bildung, Wissenschaft und Kunst waren sicher einzigartig."

„Und was ist dran an dem Einwand, Stiftungen seien Schweigegelder für das Gewissen?"

„Bob! Komm mir jetzt nicht mit Upton Sinclair! Wir verdanken den privaten Stiftungsgründungen unserer Industriekapitäne sehr viel. Und dazu gehört dieses Museum, Fricks Hinterlassenschaft. Seiner Leistung gebührt Anerkennung und sie wird nicht durch ein paar tote, ungebildete Arbeiter geschmälert. Tatsächlich fallen sie nicht ins Gewicht, weil das eine mit dem anderen nichts zu tun hat. Frick erschoss die armen Männer ja nicht eigenhändig, oder? Er tat nur, was alle großen Unternehmer dieses Landes taten und auch heute verpflichtet sind zu tun, er verteidigte die Freiheit des Unternehmertums und unterwarf seine legitimen Interessen nicht dem Gewerkschaftsdiktat. Er war stolz und prinzipienfest. Werte, die dieses Land groß machten und ein Museum wie dieses ermöglichten."

Die Journalisten hatten eifrig mitgeschrieben. „Du bist demnach der Auffassung, es gibt keine Verbindung zwischen dem robusten Geschäftsmann und dem feinsinnigen Kunstsammler? Immerhin kann man das Gerücht hören, Frick hätte wegen der Luftverschmutzung durch die Stahlwerke in Pittsburgh seine Kunstsammlung in die Fünfte Avenue gebracht."

„Unsinn! Woher hast du den Quatsch?" Conolly war sauer. Das Interview ging in eine Richtung, die er nicht akzeptieren konnte. „Diese Behauptung entbehrt jeder historischen Grundlage, und wenn ich das sage, dann könntet ihr sicher sein, was ich sage. Niemand kennt die Geschichte dieses Hauses und die Biographie des Kunstsammlers Frick besser als ich. Ihr gestattet mir, dass ich euch nicht mit einem langen Vortrag über die Gründungsgeschichte dieses Hauses langweile, der bewiese, warum an der Behauptung nichts dran ist. Entweder kommen wir jetzt zurück zum eigentlichen Thema oder ich muss mich wieder meinen Amtsgeschäften zuwenden. Meine Zeit ist zu knapp bemessen, dass ich mich über langweilige Vorurteile äußere, die auf Sozialneid gedeihen."

Die Journalisten nickten verständnisvoll und kehrten für einen Moment zur Neuerwerbung zurück. Ihnen war anzumerken, dass es sie kaum interessierte. Dann verabschiedeten sie sich. Conolly lächelte säuerlich. Die Kerle hatten alles, was sie haben wollten – dank seiner Redseligkeit. Mit ihm war der Gaul durchgegangen. Warum hatte er sich nicht strikt an sein Manuskript und über alles andere den Mund gehalten? Die beiden waren ausgekochte Profis. Was hatte er denen bloß erzählt? Wie konnte er nur so dämlich sein und sich aufs Glatteis führen lassen!

Teuflische See

In nur wenigen Stunden verwandelte sich der Nordatlantik in einen wilden Ozean. Orkanböen fegten über das Schiff. Gigantische Wellen von zwanzig Metern Höhe türmten sich auf und zwangen die *America*, ihre Fahrt zu drosseln. Lüder lag wach in seinem Bett und beobachtete durch das Fenster die Naturgewalt, die die Luft zum Kreisen brachte.

Zu seiner Verwunderung zeigte er keine Anzeichen von Seekrankheit.

Eine hohe Welle klatschte mit voller Wucht gegen sein Fenster. Er zuckte zusammen und überlegte, während die schaumige Gischt die Scheibe hinab lief, wie viel Druck das Glas standhielt. Lautes Pochen an der Tür schreckte ihn hoch. Sein Reisewecker zeigte 3 Uhr 45 an.

„Einen Augenblick!", rief er und stieg steif aus dem Bett. In der Dunkelheit fand er seine Pantoffeln nicht. Er gab die Suche auf, griff im Vorbeigehen nach dem Morgenmantel, der über der Sessellehne lag, schlüpfte hinein und trat barfuss an die Tür. Seine Knie schmerzten leicht.

Wieder wurde angeklopft.

„Ja doch!" Er schloss auf und öffnete. „Was ist denn –"

Entsetzt brach er ab und wich einen Schritt zurück. Im Schein der fahlen Gangbeleuchtung stand vor ihm leicht zusammengesunken sein Kabinennachbar, der Pyjama vollgespien, das Gesicht grün-gelb. Am grausigsten aber schaute die rechte Gesichtshälfte aus. Dem Mann fehlte ein Auge.

Fassungslos starrte Lüder auf die leere Höhle.

„Ich brauche dringend Hilfe", hauchte Professor Rex.

„Das seh' ich", sagte Lüder, der seine Fassung wieder gewonnen hatte.

„Nein, nicht, was Sie denken. Das mit dem Auge ist in Ordnung. Mir ist mein Glasauge auf den Boden gefallen und ich kann es nicht wiederfinden", klagte der Einäugige. „Bitte helfen Sie mir!"

Das Schiff erzitterte und die beiden Männer fühlten, wie sie den Halt unter den Füßen verloren. Sie klammerten sich an das nächst Beste, um das Gleichgewicht zu behalten. Die Schieflage wurde immer stärker, bis sie Lüder auf 20 Grad schätzte. Dann kehrte das Schiff abrupt in die Horizontale zurück. Professor Rex verzog merkwürdig das Gesicht, als leide er unter Zahnschmerzen, und sein eines Auge zuckte nervös. Lüder wurde unbehaglich zumute.

„Bei diesem irrsinnigen Schwanken muss es irgendwohin gerollt sein. Könnten Sie mir bei der Suche helfen, Mr. –?

„Lüder. Gustav Lüder. Warum klingeln Sie nicht nach dem Steward?"

„Geht nicht."

Lüder verstand nicht. „Warum nicht? Ist die Klingel kaputt?"

Ehe er eine Antwort erhielt, legte sich das Schiff auf die andere Seite. Professor Rex überkam ein Würgen, sein Auge weitete sich voller Schrecken, er riss eine Hand hoch, presste sie auf den Mund und schwankte zurück in seine Kabine. Lüder seufzte, schloss seine Tür von außen und ging hinterher. Kaum war er in der Kabine von Professor Rex, hörte er diesen sich erbrechen. Im Raum roch es unangenehm säuerlich und verschwitzt. Unbegreiflich viel Gepäck stand herum. Es türmte sich übereinander gestapelt mannshoch auf und schwankte gefährlich. Lüder hatte wenig Platz, sich zu bewegen, schob sich vorsichtig an den Koffertürmen vorbei und bemerkte vor dem Bett auf dem Boden die große Lache mit grünlich-gelb schimmernden Erbrochenem. Angeekelt verzog er sein Gesicht. Professor Rex schleppte sich aus dem Bad und fiel aufs Bett. Er stöhnte wie jemand, der das Ende seines Lebens unmittelbar vor sich hatte.

Den Seekranken gar nicht weiter beachtend, eilte Lüder in den Kabinengang hinaus und suchte nach einem Steward. Der Gang war menschenleer. Dem Schiffspersonal erging es wahrscheinlich so wie ihm, es hatte alle Hände voll zu tun mit seekranken Passagieren. Kurz entschlossen kehrte er zurück und machte sich ans Werk. Zuerst bereitete er im Waschbecken eine warme Seifenlauge, in die er einen Waschlappen tauchte. Dann reinigte er mühsam den Teppich. Während er die Speisereste aufwischte und das Gewebe sauber rubbelte, stöhnte es über ihn herzerweichend. Anschließend zog er dem Professor die beschmutzte Pyjamajacke aus und wusch ihm Hände und Gesicht. Der Einäugige war nicht die Krönung seiner Gattung. Alles an ihm schien lang gezogen. Der Schädel, die Nase. Darunter ein Pferdegebiss mit großen wulstigen Lippen. Die Ohren standen weit vom Kopf ab. Die Haare waren verschwitzt. Nur in einem Aspekt wich der Professor von dem unvorteilhaften Bild ab, das Lüder beim Waschen von ihm gewann. Auf dem Kai hatte Professor Rex wie ein ungelenker Schlack gewirkt, doch der breite, stark behaarte Oberkörper vermittelte einen völlig gegenteiligen Eindruck. Der Mann war muskulös und kräftig. Die ausgeprägte Bauchmuskulatur deutete auf eine regelmäßige sportliche Betätigung hin.

Einem offen stehenden Koffer entnahm Lüder ein sauberes Unterhemd und streifte es dem apathischen Patienten über, der in einem fort stöhnte, wie schlecht es ihm ginge. Lüder legte ihn zurück in die Kissen, dabei unverwandt beobachtet von dem gesunden Auge.

Die Lippen von Professor Rex waren trocken und rissig, Lüder füllte ihm daher ein Glas Wasser ein und gab ihm zu trinken. Langsam wurde der Patient ruhiger. Die körperliche Nähe und Intimität hatte Lüder schnell die Einäugigkeit vergessen lassen. Nun, wo der Patient versorgt dalag, erinnerte sich der Pfleger an das verschwundene Glasauge. Er glitt auf die Knie und kroch auf dem Boden zwischen Gepäckstücken und Möbeln herum. Er suchte systematisch die Freiräume ab. Unter dem Schreibtisch wurde er fündig. „Sie sollten es wie Ihren eigenen Augapfel hüten!", sagte er, als er seine Hand nach der bemalten Murmel ausstreckte, die ihn kalt anglotzte. Sie war zwischen Tischbein und Wand gerollt und dort stecken geblieben. Widerwillig sammelte er die Prothese ein und trug sie zum Waschbecken, wo er sie unter dem laufenden Hahn abspülte. Wieder begann die Kabine so gefährlich zu schwanken, dass er die Prozedur abkürzte und sich in den sicheren Hafen eines Sessels rettete. Das Stöhnen auf dem Bett hatte wieder zugenommen. Professor Rex stützte sich auf seinen Unterarmen auf. „Sie verdienen Finderlohn", sagte er.

Lüder gab ihm den noch feuchten Glaskörper. Professor Rex setzte sich auf, wischte das Kunstauge flüchtig an seinem Unterhemd trocken und setzte es, ohne mit der Wimper zu zucken, ein. Lüder ertrug den Anblick nicht und schaute weg. Erst der gemurmelte Dank des Professors veranlasste ihn, wieder hinzuschauen. Professor Rex fiel in die Kissen zurück und seufzte erleichtert. Lüder reichte ihm das halbvolle Wasserglas. Professor Rex trank einige Schluck und setzte es auf seiner Brust ab.

„Wohin fahren Sie?", fragte Lüder und holte sich selbst ein Glas Wasser.
„New York."
„Ach, Sie auch."
Professor Rex strich sich sein verschwitztes Haar aus der Stirn. „Ich arbeite an einer großen kulturgeschichtlichen Studie über Philanthropen."
„Diesen Menschheitsbeglückern mit prall gefülltem Portemonnaie."

„Wenn Sie es so betrachten, ja. Ich bin Kulturhistoriker. Am Wochenende ging mein Forschungsjahr in London zu Ende und nun bin ich auf der Rückreise. Oorrh!" Professor Rex krümmte sich und nahm eine Embryonalstellung ein. Das Schiff schien plötzlich tief zu fallen. Der Abgrund war endlos. Professor Rex lief gefährlich grün an und Lüder blieb gerade genügend Zeit, ein Handtuch auf seinem Schoß auszubreiten, in das er sich erbrechen konnte. Professor Rex wischte sich mit seinem behaarten Handrücken den Mund ab. „Nun ist genug. Im Koffer ist eine Arznei. Holen Sie die bitte."

Lüder entsorgte das Handtuch im Bad und suchte nach dem Medikament. Er fand die Schachtel Tabletten und gab Professor Rex zwei, die dieser mit Wasser herunterspülte. Erschöpft schloss er die Augen. „Und weshalb fahren Sie nach New York?"

Lüder erzählte von der Geburt seines zweiten Enkelkindes. „Glauben Sie, Sie stehen die verbleibenden Stunden allein durch?", fragte er dann.

Professor Rex winkte nur schwach. „Ich komme zurecht."

„Wenn was ist, klopfen Sie. Bis morgen. Da sehe ich nach Ihnen", verabschiedete sich Lüder. Er nahm den Kabinenschlüssel des Seekranken an sich und zog sich müde in seine Kabine zurück.

Als er am nächsten Morgen Rex aufsuchte, war das Bett frisch bezogen und das Zimmer aufgeräumt. Der Teppich hatte eine Reinigung erhalten, es roch frisch nach Zitrone.

Rex begrüßte ihn mit den Worten: „Die Stewards haben alle Hände voll zu tun. Vier Fünftel aller Passagiere hat es umgehauen. Die Köche sind verzweifelt, die Küche bleibt kalt. Der viele Haferschleim macht sie ganz krank."

Im Tageslicht sah Lüder, wie jung der Professor war. Er schätzte ihn auf höchstens Ende Zwanzig.

„Sagten Sie nicht gestern, Ihr Schwiegersohn heiße Bell und arbeite im Frick Museum?"

„Ja."

„Die Welt ist klein. Ich kenne ihn. Dr. Bell und die Henry Clay Frick Stiftung unterstützen mein Forschungsprojekt. Sie ermöglichen mir die großzügige Einsicht in ihr Archiv."

„Welch ein Zufall."

„Nicht unbedingt. Wer sich mit Menschenfreunden beschäftigt, kommt an Menschenfeinden nicht vorbei."

„War Frick ein Misanthrop?"

„Das wäre ein unpassender Begriff, aber zu den Philanthropen wird er gewiss auch nicht gezählt. Dennoch hinterließ er zum Wohle der Menschheit eine der großartigsten Kunstsammlungen, die die Welt gesehen hat. Damit gehört er zu den typischen amerikanischen Reichen, die große Teile ihres Vermögens in wohltätigen Zwecken zugute kommen ließen. Dieser Widerspruch macht ihn für mich so anziehend."

„Ein Menschenfreund scheint er nicht gerade gewesen zu sein. Mein Schwiegersohn deutete an, einige seiner Mitmenschen hätten ihn gehasst."

„Für die Roten war er ein rotes Tuch. Vielleicht sogar der Buhmann schlechthin. Man könnte in ihm gar die personifizierte Fratze des Kapitals sehen."

„Behaupten das die Kommunisten?"

„Welche Kommunisten? In diesem Land gibt es keine Kommunisten mehr. Die sind entweder gegangen oder untergetaucht. Nein, das sage ich und ich muss Ihnen wohl nicht versichern, dass an amerikanischen Universitäten Kommunisten keinen Platz haben. Heute ist bei uns ein totaler Loyalismus angesagt und wer nicht konform geht, muss die Kürzung seiner Forschungsmittel hinnehmen oder gehen. Waren Sie schon einmal in den USA, Gustav?"

„Nein."

„Sie besuchen ein merkwürdiges Land." Das Gesicht des Professors hatte sich verdüstert. „Vor einigen Jahren flog der Direktor des Germanistischen Seminars der New Yorker Universität ins Gefängnis, weil er sich weigerte, vor dem Komitee für unamerikanische Aktivitäten Exkommunisten zu denunzieren. Sagt Ihnen das Komitee etwas?"

„Wir leben in Deutschland nicht hinter dem Berg, Professor."

„Entschuldigen Sie, ich wollte Sie nicht kränken. In Deutschland bin ich schon viele Jahre nicht mehr gewesen."

„Sprechen Sie Deutsch?"

Die Antwort kam prompt – in akzentfreiem Deutsch. „Mein Vater kam von dort. Aus dem Weserbergland. Bei uns zuhause sprach er mit mir Deutsch. Seit allerdings bei uns bekannt wurde, welche Verbrechen die Deutschen im letzten Krieg verübten, spricht keiner mehr die Sprache. Zu häufig erzeugte es Irritationen. Gestatten Sie mir deshalb, meine Muttersprache vorzuziehen." Lächelnd schaute Rex Lüder an. „Klingt in Ihren Ohren vielleicht etwas seltsam. Die Sprache meiner Mutter war Englisch, aber mein Vater sprach Deutsch mit mir."

„Weniger als Sie denken. Meine Tochter handhabt es mit ihrer Tochter genauso."

„In Wisconsin, dem Bundesstaat mit den meisten deutschen Einwanderern und Milchkühen, unterrichtete man bis in die Dreißigerjahre selbst in der Schule auf Deutsch. Heute ist das undenkbar."

„Warum verließ Ihr Vater das Land?"

Rex sah zum Fenster, gegen das heftiger Regen prasselte. „Er fand keine Arbeit mehr. Die Staaten erschienen ihm als Ausweg."

„Verstehe." Lüder ahnte, dass es nicht die ganze Wahrheit war.

Rex saß mit gefalteten Händen da wie ein Beter und meinte nachdenklich: „In unserer Ära ist es zu einer amerikanischen Spezialität geworden, politische Gegner zur Preisgabe der Namen ihrer Mitstreiter und Freunde zu zwingen. In diesem Land herrscht zurzeit eine Hysterie. Ich will Ihnen eine kleine Anekdote erzählen. In New York verständigte ein Passant die Polizei allein deswegen, weil sich zwei Männer in einem Ruderboot auf dem East River mit einer roten Fahne – das ist wichtig – einer roten Fahne Signale gaben. Wissen Sie, was das für Leute waren, Gustav?"

„Nein."

„Kabelleger einer Elektrizitätsgesellschaft." Rex lachte, doch Lüder war nicht zum Lachen zumute.

„Die größten Gefahren für mein Land sind die kriminelle kommunistische Weltverschwörung, die Krankheit des Kollektivismus in Gestalt einer mächtigen Zentralregierung und die Zunahme von Unmoral und Unsittlichkeit. Das müsste Ihnen doch irgendwie vertraut vorkommen."

„Ich dachte, Ihr Land hätte uns davon befreit."

„Irgendwie hat es das auch, aber jetzt erleben wir, wie die Vereinigten Staaten auf irgendeine Weise die Kulturbarbarei nachholen. Und da sind sie wieder, die Generäle. Ike Eisenhower sagt über die Intellektuellen, sie seien Menschen, die viele Worte brauchen, um mehr zu sagen als sie wissen. Für Ike bin ich ein Eierschädel."

„Ein was?"

„Eierschädel. Als solche beschimpft er gern im Präsidentschaftswahlkampf die Anhänger seines demokratischen Konkurrenten."

Rex legte plötzlich seine Hand auf den Bauch und stöhnte. Er warf einige Kissen auf den Boden und streckte sich unter der Decke lang aus. „Haben Sie eine Ahnung, wie lange so ein Sturm geht?"

„Nein."

„Sie sind ein Glückspilz. In Ihrer Verfassung wäre ich gern. Wollen Sie nicht tauschen?"

Lüder musste schmunzeln. „Danke, nein. Sie sollten etwas schlafen. Ich komme später wieder."

In den Baumwipfeln New Yorks

Der Mann in der olivgrünen Arbeitskleidung eines Gärtners wurde von den wenigen Spaziergängern und Hundebesitzern nicht beachtet. Er trug von einem grünen Lieferwagen Holzbretter und anderes Baumaterial in das eingezäunte Areal, das Hinweisschilder als besonderen Naturschutzbereich auswiesen. Der Gärtner hatte seine Schirmmütze in die Stirn gezogen. Hinten auf der Jacke prangte das Logo des Städtischen Gartenbauamtes.

Cole hatte den Platz im Norden des Central Parks mit Bedacht gewählt. Der Park war hier weniger frequentiert und im geschützten Bereich nahm er den Charakter eines naturbelassenen Stadtwaldes an, den man wie einen Urwald sich selbst überließ. Ein vor Menschen geschütztes Biotop. Die hohen Bäume und das Unterholz waren von menschlichen Eingriffen weitgehend unberührt. Diese Enklave in New Yorks grüner Lunge war Zufluchtsort für seltene Vogelarten und Pflanzen, die unter Naturschutz standen und für die es in der Megalopolis ansonsten keinen Platz mehr gab. Der wilde Zustand erschwerte zwar die Durchführung seines Projektes, garantierte aber die Sicherheit des Basislagers, von dem aus Cole die zweite Phase einleiten wollte. An der Baumhütte baute er nur nachts. Er verzichtete auf eine konventionelle Bauweise, die Hammer und Nägel nötig und Lärm gemacht hätte. Er führte stattdessen eine Konstruktion aus Seilen und Tragegurten aus, mit der er die Hütte in der Krone eines Ahornbaumes aufhängte. Sie war derart schonend in ihre Umgebung eingepasst, dass sie nicht einmal die Baumrinde verletzte. Im Herzen des Wäldchens liegend, war die Hütte von den Wegen nicht auszumachen. Cole war trotzdem vorsichtig genug, für alle Fälle auch die Unterseite zu tarnen, so dass sie vom Boden aus von Menschen, die sich zufällig hierher verirrten, nicht bemerkt werden konnte.

Die Baumhütte war schlicht und ohne Komfort. Sie bot ausreichend Platz zum Schlafen und für die Lagerung von Dingen im begrenzten Umfang. Cole konnte sich Essen zubereiten und hatte ein Dach über den Kopf, das ihn und seine Sachen vor Regen schützte. Das Versteck war nur für den temporären Aufenthalt vorgesehen, entsprechend einfach hielt Cole die Ausstattung. Für die Fertigstellung der Baumhütte brauchte er nur drei Nächte, denn die Bauelemente hatte er in einer Fertigbauweise selbst angefertigt, so dass sie sich in der luftigen Höhe leicht montieren ließen. In der dritten Nacht zog Cole ein und betrachtete zufrieden sein Werk. Er konnte den Sternenhimmel über New York bewundern. In den Bäumen um ihn herum raschelte es. Die Silhouette eines Eichhörnchens huschte auf einem weit ausladenden Ast vorbei und verschwand in der Krone des nebenstehenden Baumes. Cole saß mit nacktem Oberkörper auf seiner Matte und trank aus einer Feldflasche Wasser. Es war bereits lauwarm und schmeckte abgestanden, aber das störte ihn nicht. Die schwere Arbeit hatte ihn durstig gemacht und er leerte die Flasche in einem Zug. Aus seinem Rucksack nahm er eine Packung Kaugummi und steckte sich eines in den Mund. Lieber hätte er geraucht, aber er wollte kein Risiko eingehen. Das Glimmen der Zigarette hätte gesehen werden können und ein von ihm selbst verursachter Brand wäre das Dümmste gewesen, das ihm hätte passieren können. Die vergangenen Nächte hatten ihn sehr aufgewühlt und trotz der weit fortgeschrittenen Stunde – bald würde der Morgen grauen – wollte sich kein Schlaf einstellen. Er dachte an den Zeitungsartikel über die Frick Collection auf den Kulturseiten der *Times*. Das Museum hatte eine Neuerwerbung gemacht. Ein seltenes Porträt war auf einer New Yorker Auktion bei Christies ersteigert worden und nun der stolze Besitz der Sammlung. Im Interview nahm der Direktor Stellung dazu. Seine Ausführungen über die Bedeutung des Porträts langweilten Cole, doch das restliche Interview las er mit großer Aufmerksamkeit und dabei verkrampfte sich sein Magen vor lauter Abscheu, die am Ende des Artikels in nackte Wut umschlug. Dieses arrogante Arschloch! Wie konnte er so etwas sagen? Frick hätte nicht anders handeln können?! Sascha hätte auch anders handeln können. Aber er hatte sich für die Tat entschieden. Nicht anders verhielt es sich bei Fricks Entscheidung, die Pinkertons in den Kampf zu schicken. Spätestens hier musste ihm doch klar gewesen sein, dass es Tote gäbe. Niemand, aber auch wirklich niemand hatte ihn zu dieser Entscheidung gezwungen. Cole wischte sich mit dem Handrücken den Schweiß von der Stirn. Der spielte auf Zeit. Er tat, als gäbe es kein Ultimatum. Oder waren diese dreisten Aussagen direkt an ihn, an Cole Winter, gerichtet? Provozierte ihn der Direktor via Presse? Forderte er ihn heraus? Er *ihn*?! Cole dachte angewidert an das Foto. Conolly in der Westgalerie vor dem Bild mit seinem strahlenden Siegerlächeln. Cole hätte dem Mann, wenn er ihm gegenüber stünde, ohne zu Zögern ins Gesicht geschlagen. Doch er durfte sich keine unbedachten Schritte leisten. Ihm war klar, dass er nun die Daumenschrauben ansetzen musste, wenn er nicht selbst der Lächerlichkeit anheim fallen wollte. Ganz offensichtlich nahmen Conolly und Konsorten ihn nicht ernst. In ihren Augen war er ein Wicht, kein satisfaktionsfähiger Gegner. Nicht einmal die Polizei schienen sie informiert zu haben. Nirgendwo ist von seiner Forderung zu lesen. Conolly versuchte, sie totzuschweigen und ihn dadurch zu demütigen, ihn spüren zu lassen, wie bedeutungslos und schwach er war. Conolly hatte nichts begriffen. Cole würde keineswegs zögern, mit Nachdruck aufzutreten, wenn es die Situation verlangte. Und jetzt verlangte sie es.

Er streckte sich auf seiner Matte aus. Conolly wohnte nicht weit entfernt vom Basislager in der 91. Straße der Upper East Side in einem der luxuriösen Appartements mit direktem Parkblick. Für gewöhnlich ging er abends mit der hässlichen kleinen Töle Gassi, die er lächerlicherweise nach einem großen Maler benannt hatte. Wie konnte man seinem Hund einen solchen Namen geben? Manchmal begleitete Conolly seine Frau. An den schweren Parfüm-Geruch und dem süßlichen Kirscharoma seines Pfeifentabaks erinnerte sich Cole nur ungern. Es hing noch in der Luft, wenn das Ehepaar mit seinem reinrassigen Kläffer auf dem Heimweg war.

Cole dachte an sein Manöver mit dem Brief und musste sich unumwunden eingestehen, dass es seinen Zweck verfehlt hatte. Sie hielten ihn für einen durchgedrehten Spinner. Er sah zu den Sternen auf. Bisher hatte er Gewalt nur angedroht. Sein nächster Schachzug zeichnete sich klar und deutlich ab. Morgen stünden sie unter Zugzwang.

Das Telegramm

Der Sturm dauerte zwei weitere Tage. Lüder verbrachte die Zeit mit seinem Buch.

Amerikanische Sammler und Sammlerinnen hatten sich regelrecht die Alten Meister in Europa abgejagt. Die Bankiers und Industriellen umgaben sich mit Dutzenden von Porträts des einstmals ein Weltreich beherrschenden englischen Adels, obwohl sich die Vereinigten Staaten schon lange von dem Mutterland der Kolonien gelöst hatten. Diese Porträts, früher Symbole von gesellschaftlichem Rang, von Macht und Reichtum, gelangten über den Atlantik zu neuen Eigentümern und strahlten ihren Glanz und Ruhm auf sie ab. Beim Betrachten der Abbildungen spürte Lüder, dass die Bilder mehr waren als großartige Zeugnisse der Schönheit und Kunstfertigkeit, sie waren als neue Bewohner in die Wohn- und Arbeitszimmer des amerikanischen Geldadels eingezogen, um diesen mit Stolz und Genugtuung zu erfüllen, weil er es jetzt war, der bestimmte, wer sie besaß. Frick gehörte zu den Reichsten unter den Superreichen und auch er bildete keine Ausnahme. Sein Stadtpalais an der Fünften Avenue war voll von den englischen Porträts aus der Zeit des 18. Jahrhunderts. Auf Lüder machte er geradezu den Eindruck eines verrückten Sammlers von Frauenporträts. Vierundzwanzig Stück trug er zusammen, aber darunter kein einziges Bild seiner Gattin. Frick konnte 350 Jahre englische Porträtkunst zeigen und stach damit nicht wenige Museen aus. Über dem Kamin seines Esszimmers hängte er das berühmte Doppelbildnis der Ladies Sarah und Catherine Bligh. Das von dem Engländer John Hoppner geschaffene Porträt hatte er im Ersten Weltkrieg gekauft, weil er meinte, in den beiden brünetten Schwestern eine Ähnlichkeit zu seiner Frau Adelaide und seiner gerade verstorbenen Schwägerin Attie erkennen zu können. In seinem Wohnzimmer hing das Porträt von Lady Sarah Innes, das von dem angesehenen und teuersten Maler seiner Zeit, Thomas Gainsborough, gemalt worden war. Die allerfeinsten Leute der englischen Porträtmalerei versammelten sich im Hause Frick. Der Sammler besaß alle Künstler von Rang und Namen, von einem Meister wie Hans Holbein der Jüngere hatte er gleich zwei Werke, die beiden atemberaubenden Bildnisse von Thomas Morus und Thomas Cromwell. Sie hatten ihren Stammplatz im Wohnzimmer neben dem Kamin. Frauenhüte hatten es den Kokstycoon besonders angetan. Er liebte ihre Darstellung in der Kunst desto mehr, je aufwendiger, versponnener und prächtiger sie waren und seine Entscheidung für den Kauf eines Frauenporträts hing ganz entscheidend davon ab, welchen Eindruck auf ihn der Hut, der modistische Erfindungsreichtum des Malers machte. Der Maler Joshua Reynolds traf in dieser Hinsicht seinen Geschmack voll und ganz, denn dessen Bilder brillierten in diesem einen Detail der Kleidung. Frick wollte nur das Beste und bekam nur das Beste, er war abonniert auf die künstlerische Ausnahmeerscheinung, ganz nach dem Motto, das Außerordentliche steht dem Genie zu. Frick kaufte van Dycks Porträt der Marchesea Giovanni Cattaneo und William Hogarths Bildnis der Miss Mary Edwards. Beide Bilder stellten im Frick Museum nicht nur zwei attraktive Frauen in aufwendigen Garderoben dar, sie machten die Sammlung auch erst zu dem, was sie offenbar war, eine illustre und außerordentlich kostspielige Ansammlung von Meisterwerken, die der Stolz jedes Kunsthauses gewesen wären und die nicht zufällig in der Kunstgeschichte einen Ehrenplatz einnahmen. Wie hatte dieser nüchterne, gänzlich uncharismatische Buchhaltertyp einen solchen Heißhunger nach Bildnissen reizvoller Damen entwickeln können? Dieser Mann der Zahlen war im wirklichen Leben ein prüder Monogamist, in der Welt der Bilder hingegen schwang er sich auf zum Haremsherrn.

Am fünften Tag der Überfahrt färbte sich der bleigraue Atlantik blau. Lüder nahm mit Rex das Abendessen ein.

„Berichten Sie mir von Ihrem Forschungsprojekt", bat er.

„Meine Studie könnte auch unter dem Motto stehen, das unlängst der Industrielle Getty als Begründung für seine zahlreichen kulturellen Aktivitäten gegeben hat: Kunstförderung ist die Basis menschlichen Zusammenlebens."

„Wer ist der Adressat Ihrer Forschung?"

Ihr Gespräch wurde unterbrochen, der Steward brachte ein Telegramm.

++ claires zustand verschlechtert sich ++ ärzte tun alles in ihrer macht stehende ++ direktor der frick collection spurlos verschwunden ++ führe jetzt die amtsgeschäfte weiter ++ brauche dich hier ++ steve ++

Betroffen ließ Lüder das Blatt sinken.

„Schlechte Nachrichten?", erkundigte sich Rex.

Lüder musste raus an die frische Luft. Wortlos stand er auf und steckte das Blatt ein.

„Soll ich Sie begleiten?", fragte Rex.

Lüder nickte nur und ging automatisch auf den Ausgang zu. Bis zum Deck wechselten die beiden Männer kein Wort. Lüder fühlte sich wie nach einem KO-Schlag im Ring. Er lehnte an die Reling und holte mit zittrigen Händen seine Zigaretten aus der Smokinginnentasche heraus, versuchte, sich eine Zigarette anzuzünden, scheiterte aber mehrmals und delegierte es an Rex. Der nahm den Glimmstängel und die Streichhölzer, zündete ihn an und nahm einen Zug, bevor er ihn Lüder zurückgab. Der inhalierte tief.

Rex legte ihm die Hand auf die Schulter. „Wollen Sie mir sagen, was in dem Telegramm steht?"

„Meine Tochter liegt im Krankenhaus. Ihr geht es sehr schlecht."

„Was hat sie?"

„Am Ende der Schwangerschaft gab es Komplikationen. Starke Blutungen. Ein Ausfall von Organen. Sie ist ins Koma gefallen."

Die beiden Männer sahen schweigend aufs Wasser.

„Meine Mutter starb nach der Geburt meines jüngeren Bruders Christopher. Die Ärzte konnten nichts für sie tun", sagte Rex dann.

„Das tut mir Leid. Es war nicht die einzige schlechte Nachricht im Telegramm", sagte Lüder. „Der Direktor der Frick Collection wird vermisst."

„Sie sind also nicht nur wegen Ihrer Tochter auf dem Weg nach New York?"

„Nein."

„Was geht in der Frick Collection vor? Wird sie wieder mal bedroht?"

„Sie wissen davon?"

„Die Polizei suchte das Gebäude schon nach Bomben ab, da war es für die Besucher noch gar nicht offiziell geöffnet. Bei seiner Eröffnung ging zuerst eine Hundestaffel durch die Ausstellungsräume und suchte nach Sprengstoff. An Frick scheiden sich bis heute die Geister. Es wundert mich nicht, wenn irgendein Unzufriedener mit dem Toten angeblich offen gebliebene Rechnungen begleichen will."

„Das Frick Museum wird seit einigen Wochen erpresst. Ich weiß nichts über den Erpresser und seine Forderung, außer dass sie unannehmbar sein soll. Wird ihr nicht nachgegeben, droht er mit der Sprengung des Hauses."

„Ist diese Drohung glaubhaft? Das Museum ist groß. Es nimmt die Breite eines ganzen Straßenblocks ein. So was jagt man nicht mal eben in die Luft."

„Mein Schwiegersohn nimmt sie sehr ernst. Doch die Stiftung kann angeblich unter keinen Umständen die Forderung erfüllen. Hat etwas mit Gesichtsverlust zu tun."

„Was haben die schon zu verlieren als die Maske des Kapitals? Entschuldigen Sie, ein dummer Scherz." Rex rieb sich die Hände. „Lassen Sie uns in Ihre Kabine gehen. Mir ist kühl."

Auf dem Weg nach unten erzählte Rex, dass New York berühmt sei für seine neue Kunst, die im 20. Jahrhundert begeistert gesammelt und ausgestellt worden sei. Die Millionäre der Stadt hätten Alte Meister gehortet und das Metropolitan Museum of Art zu ihrer dauerhaften Heimstätte gemacht. Aber nicht alle Reichen mochten sich von ihren Schätzen trennen, selbst nach dem Tode nicht, so dass es dazu kam, dass das Met, wie die New Yorker liebevoll ihr Metropolitan Museum nannten, von einigen Mausoleen umzingelt sei, deren Besitzer sich mit knalligen Grabmalen dem Vergessen entgegenstemmten. Sie gehörten Altman, Lehman, Annenberg. Henry Clay Frick war vielleicht der Reichste von allen gewesen und er ging deshalb noch einen Schritt weiter und machte seine Kunstsammlung in der Fünften Avenue zum Grabmal für die Ewigkeit.

„Wenn die Arbeiter einen gern mit dem völligen Vergessen gestraft hätten, dann sicher Frick, aber der schlaue Fuchs hat ihnen mit seinem Museum einen kräftigen Strich durch die Rechnung gemacht."

Lüder schloss seine Kabine auf.

„Einen Augenblick, bin gleich wieder da", entschuldigte sich Rex und ging in seine Kabine. Kurz darauf erschien er bei Lüder mit einer Flasche Glenfiddich und zwei Whiskybechern.

„Echter schottischer Maltwhisky", sagte Lüder anerkennend mit einem Blick auf das Etikett. „Das habe ich schon lange nicht mehr getrunken." „In den wilden Highlands, der Heimat des Whiskys, heißt er ‚Wasser des Lebens'. Passt gut, nicht?" Rex füllte die Becher. „Auf das Leben Ihrer Tochter!" Er prostete Lüder zu und sie tranken.

„Es gibt also einige, die ein solches Attentat begehen könnten", sagte Lüder dann.

„Ich kenne niemanden, dessen Hass soweit ginge, ein Museum anzugreifen. Ein Museum, Gustav! Das ist nicht irgendeine Institution, das ist ein Ort, an dem Kulturschätze, das kulturelle Erbe der Menschheit aufbewahrt wird. Mir ist kein Fall in der jungen Geschichte meines Landes bekannt, wo sich ein Attentäter an einem Kunsttempel vergriffen hätte. Eine solche Tat wäre ungeheuerlich. Sie gliche einem Zivilisationsbruch."

„Wann erreichen wir New York?"

„Übermorgen, wenn nicht noch etwas dazwischen kommt."

Rex goss Lüders Glas voll und Lüder trank. Warum sich nicht betrinken? Es war das einzige, was er tun konnte.

„Sie kennen sich doch in der New Yorker Szene aus. Was können Sie mir über den Direktor des Frick Museums sagen?"

„Sam Conolly."

„Ist das sein Name?"

„Ja. Professor Dr. Sam Conolly."

„Sie kennen ihn?"

„Gustav, das Frick Museum ist keine Klitsche! Wer dort Leiter ist, gehört zum Establishment. Und ist Hohepriester eines Tempels, an dem niemand in der Stadt vorbei kommt. Der Leiter verkehrt selbstverständlich in den akademischen Kreisen. Er gibt Vorlesungen an den städtischen Universitäten. Conolly ist ein zwiespältiger Typ. Einerseits konziliant und andererseits berüchtigt für sein ruppiges Gebaren. Er hat eine ungewöhnliche Karriere. Von Haus aus Kalifornier und 1908 in San Francisco geboren als Sohn eines Schmuckhändlers, wuchs er wie ich auf einer Farm auf. Er erwarb einen Universitätsabschluss in Philosophie und graduierte in Harvard zum Dr. phil. der Kunstgeschichte. Einen unphilosophischeren Typ als ihn kann man sich nicht vorstellen. Wie der auf dieses Fach verfallen ist, kann ich mir bis heute nicht erklären. Bei der Kunstgeschichte ist das etwas anderes. Hier kann er seinen Charme und sein Geltungsbewusstsein ausspielen, die Mächtigen und Reichen becircen. Er durchlief nach der Universität mehrere Stationen, war Leiter der Abteilung Europäische Kunst des 17. und 18. Jahrhunderts im Museum der schönen Künste in Boston und ging bald als Oberkurator zum Wadsworth Atheneum Museum der Kunst in Hartford. Dieses Städtchen liegt in Connecticut, dem Bundesstaat, der gleich über New York ist. Auf dem Weg nach Boston kommt man daran vorbei. Die Böden dort sind schlecht, deshalb spezialisierte man sich auf die Waffenindustrie. Das Museum profitierte vor allem von einem Industriellen – Colt. Der Name sagt Ihnen sicher etwas."

„*Der* Colt?"

„Genau der."

„Waffen und Kunst, seltsame Mischung."

„Bei uns sieht man das nicht so eng. Die Waffenindustrie und der Handel damit ist ein seriöses Gewerbe. Wer durch die Säle des Wadsworth Atheneum flaniert, fragt nicht mehr, woher das Geld für die angesammelten Schätze stammt."

„Conolly fiel also die Karriereleiter hoch und das Frick Museum ist die Krönung seiner Laufbahn."

„Wer Einfluss haben will im kulturellen Leben der USA, der muss in New York sein. Conolly sah in Hartford nur eine Durchgangsstation, machte Networking, knüpfte wichtige Kontakte, machte sich weiter bekannt. Und Hartford liegt näher an New York als Boston. Curator ante portas könnte man sagen. Er lag auf der Lauer und wartete auf seine Chance. Die kam mit seiner Ernennung zum Direktor des Frick Museums. Er ist der jüngste Museumsdirektor und bringt dennoch alle wichtigen Voraussetzungen mit. Stets trägt er nur maßgeschneiderte Nadelstreifenanzüge, besitzt exzellente Kenntnisse und Manieren, kann aber, wenn es die Situation erfordert, ein Raubein sein, das skrupellos seine Interessen durchboxt." Rex nahm einen Schluck aus seinem Whiskybecher. „Seine Schwäche ist vielleicht, dass er in Interviews zu undiplomatischen Äußerungen neigt. Er sagt Dinge, die besonders bei denjenigen, die sich zu den Benachteiligten dieses Landes rechnen, sauer aufstoßen. Aber die gehen auch nicht in die Frick Collection. Trotzdem ist er ein großer Kommunikator. Böse Zungen behaupten allerdings, er sei ein gnadenloser Opportunist."

„Sie mögen ihn nicht."

Rex schüttelte den Kopf. „Nicht besonders."

„Haben Sie von meinem Schwiegersohn eine ähnlich niedrige Meinung?"

„Dr. Bell schätze ich. Ist ein völlig anderer Charakter. Ihre Tochter ist sicher stolz auf ihn. So, und nun muss ich schlafen. Die Flasche lasse ich Ihnen hier."

Lüder fand keinen Schlaf. Das Verschwinden von Steves Chef ließ ihm keine Ruhe. Er hielt es für keinen Zufall. Wenn Conolly ein solcher Mensch war, wie Rex ihn beschrieb, dann musste der Erpresser sich unweigerlich an ihm die Zähne ausbeißen. Es war kaum anzunehmen, dass er sich das lange mit ansehen würde, wenn er sein Ziel ernsthaft verfolgte. Was lag also näher, als eines der Hindernisse auf dem Weg dorthin auszuräumen. Conolly hatte sich ganz offensichtlich quergestellt, deshalb musste er weg. Doch was hatte der Erpresser mit ihm gemacht? Was würde er mit Steve tun, wenn der die Linie Conollys nicht aufgab? Nach Steves Worten war es ihm überhaupt nicht anheim gestellt, eigenmächtig Entscheidungen zu fällen. Museumsleitung und Stiftungsvorstand mussten eine Übereinkunft für das weitere Vorgehen treffen. Wenn er doch nur mehr Informationen hätte! fluchte Lüder leise. Was wusste er schon über diesen Fall? Nichts. Außer dass der Erpresser und Attentäter in spe sich radikalisiert hatte, sah man einmal davon ab, dass es wohl nichts Radikaleres gab, als die Absicht, ein komplettes Gebäude in die Luft jagen zu wollen. Lüder wunderte sich, dass der Täter zu Beginn ein Maximum an Zerstörung androhte und dann mit einer Entführung weitermachte. Das erschien ihm inkonsequent und widersprüchlich. Oder war der Mann weitergegangen? War es vorstellbar, dass er vor einem Mord nicht zurückschreckte? Das Ganze ergab wenig Sinn. Und solange Lüder die Forderung nicht kannte, die für den Vorstand unannehmbar war, würde er sich auch keinen Reim auf die Sache machen können. Aber eines schien ihm klar zu sein: Der Erpresser wurde ungeduldig. Und die Gefahr war real. Diese Bombendrohung war nicht einfach im Zorn ausgestoßen worden, der Mann verfügte über Mittel und Wege, sie wahr zu machen. Und auch Steve war in Gefahr. Wenn der Täter Conolly einfach verschwinden lassen konnte, dann musste auch das Schlimmste für seinen Schwiegersohn gelten. War es wirklich denkbar, dass sich der Stiftungsvorstand auch nicht von der möglichen Entführung seines Direktors erweichen ließ und fest auf seiner Position beharrte? Über diese Frage schlief Lüder ein.

Die Teezeit war gerade vorüber, als sich Rex mit einem Buch unter dem Arm und einer dunklen Sonnenbrille im Gesicht zeigte. Erfreut entdeckte er Lüder in seinem Liegestuhl, wechselte einige Worte mit dem Decksteward und nahm dann in dem leeren Liegestuhl neben ihm Platz. „Sie haben doch nichts dagegen?"
„Nein. Ich habe Sie heute Morgen beim Frühstücksbüffet vermisst."

„Ich habe seit Tagen mal wieder durchgeschlafen."

Lüder blinzelte in die Sonne. „Wann verließ Ihr Vater Deutschland?"

Rex schob die Sonnenbrille zurück. „Im Sommer 1919. Er war bei der Kriegsmarine gewesen und hatte sich am Kieler Matrosenaufstand beteiligt. Ein Bauer aus dem Weserbergland, den es zur Marine gezogen hatte. Im Krieg hatte er wieder Pech. Die Flotte kam nie zum richtigen Kampfeinsatz und bei Kriegsende sollten die Matrosen ihre Schiffe auch noch selbst versenken. Kein Wunder, dass mein Vater aufbegehrte. Das Wenige über ihn weiß ich nur von meinen Pflegeeltern und aus eigenen Recherchen. Nach dem Scheitern der Revolution musste er untertauchen, schließlich entschied er sich zum Verlassen des Landes und schiffte sich in die Vereinigten Staaten ein, wo sein zwölf Jahre älterer Bruder lebte. Ein Rätekommunist, das war er, glaube ich, flieht 1919 in die USA! Wissen Sie, was das hieß? Völlige Verleugnung der eigenen politischen Identität. Mein Vater kam zu einem Zeitpunkt in die USA, als die Behörden auf der Grundlage des Aufwieglergesetzes und der Anarchistengesetze viele Radikale als unerwünschte Personen des Landes verwiesen. Einen denkbar schlechteren Zeitpunkt hätte er sich nicht auswählen können, denn die Deportationen fanden 1919 statt. Die USA war nach dem gewonnenen Krieg in Europa in eine schwere wirtschaftliche Depression gefallen. Die Arbeitslosigkeit war hoch, die Preise auch. Streiks und Kriminalität begleiteten den wirtschaftlichen Niedergang. Ich frage mich heute immer wieder, wie verzweifelt er gewesen sein muss, in ein Land mit solch bedrückenden Verhältnissen zu emigrieren. Der American Dream jedenfalls war es nicht, an den glaube er nie. Auf der Farm meines Onkels in Madison kam er erst einmal unter, aber die Brüder verstanden sich nicht. Für Michael politisierte Thomas zuviel, er fürchtete, ins Fadenkreuz der aufgeschreckten Behörden zu kommen. Stellen Sie sich vor, zu einem seit dreizehn Jahren in den USA lebenden Milchbauern kommt ein junger, zorniger Mann. Kurz zuvor hatte die kommunistische Revolution in Russland die politische Führung der USA in Angst versetzt. Sie fürchtete, linke Kräfte könnten an politischer Bedeutung gewinnen, die Revolution bei ihnen wiederholen. Amerika, das Land der Revolution, hatte Angst vor der Revolution. Die war vielleicht kein völliges Hirngespinst. Denn im September 1919, mein Vater war gerade eingetroffen, spaltete sich die Sozialistische Partei und es gründeten sich zwei kommunistische Ableger, die Kommunistische Partei und die Kommunistische Arbeiterpartei. Andere radikale Gruppen wie die Anarchisten, traditionell in den USA stark von den deutschen

Einwanderern getragen, hatten zur Aufheizung des politischen Klimas beigetragen. Im Krieg hatten sie vehement gegen den Kriegseintritt der USA gekämpft. An vorderster Front standen einer der schärfsten Feinde Fricks, der Anarchist Alexander Berkman, und seine Mitstreiterin Emma Goldman. Beide agitierten gegen den Krieg und Goldman wanderte dafür wegen Verschwörung zur Verhinderung der Einberufung zur Armee zeitweise in den Knast. Das schüchterte diese beiden Galionsfigur aber nicht ein, sie und Berkman schrieben weiter in ihren Organen gegen den Krieg an und forderten ihre Landsleute auf, sich der Registrierung und Einberufung zu widersetzen. Da wurde es den Bundesbehörden zu bunt, sie gingen gegen Goldmans Zeitschrift *Mutter Erde* vor, durchsuchten die Redaktionsräume und beschlagnahmten umfangreiches Material wie Abonnementslisten und andere Daten. Goldman wurde erneut in Haft genommen, dieses Mal wegen des Vergehens gegen Bundesgesetze. Das trug ihr zwei Jahre Gefängnis ein. Ihr komplettes Register der Freunde der Anarchie in den Vereinigten Staaten fiel in die Hände der Behörden, so dass es für die ein Leichtes war, die Personen zu identifizieren, die im anarchistischen Schriftgut auftauchten. Während mein Vater versuchte, in dem neuen, unbekannten Land Fuß zu fassen, wurden Tausende verhaftet und viele mit der Ausweisung bedroht. Bei der Beschaffung von Beweisen war die Regierung nicht zimperlich, sie hörte Telefone ab, trat das Recht der geschützten Wohnung mit Füßen, indem sie ohne richterliche Anweisung Durchsuchungen vornahm. Goldman verlor nach der damaligen US-Gesetzgebung ihre Staatsbürgerschaft, obwohl sie zu diesem Zeitpunkt dreiunddreißig Jahre Bürgerin des Landes war. Mit siebzehn war sie aus Litauen nach Amerika gekommen, als unerwünschte Ausländerin wurde sie abgeschoben auf der Grundlage der neuen Gesetze. Ihre zweimalige Haft trug das Übrige zu der Abschiebung bei. Ein Schiff brachte sie und Berkman in die Sowjetunion, ein Land, das beide gar nicht kannten. Die Regierungspropaganda machte die politische Linke im Land für die schlechte Situation verantwortlich und behauptete, sie wolle in den USA eine kommunistische Revolution anzetteln. Wären da nicht die Bombenattentate gewesen, für die man Anarchisten verantwortlich machte, diese Rote Angst wäre einfach nur lächerlich gewesen. Aber am 2. Juni 1919 explodierten in verschiedenen Städten acht Bomben. Das reichte. Einwanderer wurden nun pauschal verdächtigt, weil sie angeblich neunzig Prozent aller Radikalen der USA ausmachten. Mein Onkel hatte Angst, das Gerede seines jüngeren Bruders könnte ihn in diesen Strudel hinabreißen. Die beiden gerieten heftig aneinander, Michael verlangte von Thomas, dass er still sein und sich anpassen solle, ansonsten müsse er die Farm verlassen. Mein Vater entschied sich für das Gehen und brach in den Süden auf. In Oklahoma blieb er hängen. Mit Gelegenheitsarbeiten hielt er sich über Wasser. Als Pächter eines Hofs gelang es ihm schließlich, sesshaft zu werden. Er lernte meine Mutter kennen, eine einfache Frau vom Lande, und sie heirateten. Das Landerschließungsprogramm ermöglichte ihnen Anfang der Dreißigerjahre, selbst Boden zu erwerben und eine eigene Farm aufzuziehen. Aber das, was sie für den Anfang eines großen Glücks gehalten hatten, erwies sich in den Jahren der Dürre als Katastrophe mit unermesslichen Ausmaßen. Mein Vater meldete sich im Krieg freiwillig zur Armee, um Europa vom Faschismus zu befreien. Die Ironie der Geschichte wollte es, dass der Befreier, der in sein Geburtsland zurückgekehrte, dort kurz vor Kriegsende durch ein verführtes Kind den Tod fand. Der Philanthropismus in Deutschland hatte mal begonnen, Kinder zu Menschenfreunden zu erziehen. Das Scheitern dieser Bewegung hätte nicht vernichtender ausfallen können."

„Es tut mir Leid."

„Ich erfuhr von dieser ganzen Geschichte erst nach seinem Tod. Seine politischen Überzeugungen hatte mein Vater bis zu den Todesurteilen von Sacco und Vanzetti still begraben. Doch aus diesem Anlass ging er ein letztes Mal für seine Ansichten auf die Straße und reihte sich in die Massendemonstrationen gegen die Verurteilung der beiden ein. Nach der Vollstreckung des Urteils sprach er nie wieder über Politik."

Menschen drängten sich plötzlich an die Reling.

„Kommen Sie", sagte Rex. „Die haben sicher Wale entdeckt."

Er hatte Recht. In der Ferne spritzten die Wasserfontänen der großen Meeressäuger in die Luft.

Rubens im Straßengraben

Die Conollys wohnten in einem Appartementhaus in der Fünften Avenue, Ecke 91. Straße, genau vor dem Reservoir. Rechts davon lag die große Carnegie-Villa. Ein Portier öffnete mit einem Summer die Eingangstür. Manzoni und Duncan umfing in dem dämmrigen, mit Marmor ausgelegten Foyer die angenehme Kühle einer Klimaanlage. Draußen auf dem Asphalt flimmerte dagegen die Luft. Der Portier residierte hinter einem imposanten Mahagonitresen, auf dem ein Blumenbouquet Heimeligkeit verströmte. Der Eingangsbereich wurde dezent von Wandleuchten aus Messing angestrahlt.

Manzoni erklärte, sie hätten eine Verabredung mit Mrs. Conolly, und der Portier meldete sie telefonisch an. Er stand auf und zeigte ihnen den Lift. „Mrs. Conolly bittet Sie hinauf. Wenn Sie bitte dort den Fahrstuhl nehmen wollen." Fast geräuschlos und sanft glitt die Fahrgastkabine in den siebten Stock.

In dem rundum verspiegelten Raum sahen sie sich viel tausendfach und Duncan fühlte sich ermutigt, zu grimassieren und die Geschmeidigkeit seiner Gesichtsmuskulatur zu prüfen. Manzoni konzentrierte sich auf die Anzeige. Durch einen breiten Flur gingen sie zur Haustür. Er war mit dickem, weichem Teppich ausgelegt und mit einer teuer aussehenden Kommode, einer chinesischen Vase voller Blumen und wiederum einem Spiegel im Goldrahmen ausgestattet. Auf das Klingeln öffnete ein Dienstmädchen im schwarzen Kleid mit weißem, gestärktem Schürzchen die Haustür und führte sie durch eine verwirrend geschnittene Wohnung in ein prächtiges Wohnzimmer. Die Inneneinrichtung des Appartements glich einem der Vorbilder aus den eleganten Inneneinrichtungsmagazinen, die ihren Leserinnen Tipps gaben, wie sie ihr Home zum Castle aufrüsteten und dennoch eine individuelle Note wahrten. Atemberaubend war auch der Ausblick. Durch eine große Glasschiebetür sah man auf die Dachterrasse und das Panorama Manhattans. Unten lag die grüne Insel, die in allen Himmelsrichtungen flankiert wurde von Doppeltürmen und sich in der gezackten Umrahmung ausnahm wie der geschützte Innenhof einer mit Zinnen bewehrten Ritterburg.

Die Hausherrin erwartete sie bereits ungeduldig. Mrs. Conolly trug zu ihrem unnatürlich blauschwarz gefärbten, in Locken gelegten Haar einen elfenbeinfarbenen Hosenanzug und erinnerte an Schneewittchen. Sie rauchte hektisch eine lange Zigarette.

Manzoni und Duncan stellten sich vor. Sie reichte ihnen gnädig ihre kleine, rundliche Hand, die zahlreiche Ringe schmückte. „Kommen Sie doch bitte auf die Terrasse." Sie führte ihren Besuch hinaus zu einer modischen Sitzgruppe, die im Schatten eines Sonnenschirms stand. Das Dienstmädchen brachte kalte Erfrischungsgetränke. Die Polizisten begnügten sich mit Cola. Die Gastgeberin nahm einen Martini on the rocks, schlug dann ihre Beine übereinander und blickte die Inspektoren abwartend an.

Manzoni befand, dass man es bei der Affenhitze hier oben ausgezeichnet aushalten konnte. Es strich ein angenehmer Wind über die mit sepiafarbenen Kacheln ausgelegte Fläche und machte die stickig stockende Luft unten in den Straßen vergessen. Für einen kurzen Moment saß er auf der Sonnenseite des Lebens.

Duncan war weniger interessiert an dem Ambiente, er kam gleich zur Sache und leitete das Gespräch mit einigen Fragen ein. Manzoni beschränkte sich auf die Rolle des Beobachters.

„Warum warteten Sie mit der Vermisstenmeldung bis zum frühen Morgen, Mrs. Conolly?"

„Weil ich erst abwartete, Inspektor. Es kommt öfters vor, dass Sam über Nacht fortbleibt. Er arbeitet gern spät und geht dafür immer mit Rubens ins Büro."

„Rubens?"

„Unser Mops. Rubens ist eine siebenjährige Hündin."

„Hündin?"

„Spreche ich so undeutlich?", erwiderte Mrs. Conolly schnippisch.

Duncan verzog keine Miene. „Gewiss nicht. Ich vergewissere mich nur der Fakten."

„Fakten. Soso", sagte Mrs. Conolly geringschätzig und drückte ihre Zigarette aus, um sofort eine neue anzuzünden.

„Sie gaben zu Protokoll, Ihr Mann habe vorgestern Abend wie gewöhnlich die Wohnung verlassen, um mit Rubens Gassi zu gehen. Der Portier habe erzählt, dass er einige Worte mit ihm wechselte und dann die Richtung zum Conservation Garden einschlug. Nahm er jedes Mal diesen Weg, wenn er einen Abendspaziergang mit dem Hund machte?"

„Es ist seine feste Runde. Eigentlich hätte ich ihn begleiten sollen, aber ich fühlte mich nicht wohl und blieb zuhause."

„Informierte Ihr Mann Sie, wenn er länger unterwegs sein wollte?"

„Es kommt vor, dass er es tut, meistens aber kündigt er es nicht vorher an. Manchmal beschäftigt ihn eine Sache derart, dass er sie sofort zu Papier bringen muss. Das kann er am besten im Büro, dort hat er die Museumsbibliothek zur Hand. Da ich Bescheid weiß, benachrichtigt er mich nicht immer. Der Weg zum Museum ist nicht weit, man kann die Strecke gut zu Fuß zurücklegen. Mein Mann übernachtet in solchen Fällen dort im Gästezimmer und kehrt am Morgen zum Frühstück zurück."

„Gestern Morgen aber kam er nicht wieder."

„Ja. Ich rief im Büro an und erkundigte mich nach ihm. Zu meiner Überraschung teilte mir seine Sekretärin mit, er wäre die Nacht über nicht im Museum gewesen. Daraufhin fragte ich bei Freunden und Bekannten nach, weil ich annahm, er hätte vielleicht jemanden auf der Straße getroffen. Das ist aber nicht der Fall. Auch die umliegenden Krankenhäuser hatten keinen Patienten aufgenommen, der den Namen meines Mannes trägt oder ihm vom Aussehen her gleicht. Schließlich ging ich zur Polizei und meldete ihn als vermisst. Ein Kollege klärte mich unnötigerweise darüber auf, die Polizei könne erst nach achtundvierzig Stunden aktiv werden, weil es sich um einen Erwachsenen handele. Ich bitte Sie! Warum sollten Sam und Rubens so mir nichts dir nichts für zwei Tage verschwinden? Das ist noch nie vorgekommen und ich bin immerhin mit meinem Mann bald zwanzig Jahre verheiratet."

Mrs. Conolly zündete sich an der heruntergebrannten Zigarette eine neue an. Die beiden Inspektoren betrachteten die erregte Frau. Für den frühen Morgen war sie ungewöhnlich herausgeputzt. An ihren Handgelenken klirrten goldene Armreifen und um den kurzen, stämmigen Hals hing ein Perlenkollier, an dem sie immer wieder spielte. Die Ungewissheit der vergangenen beiden Tage hatte in ihrem bleichen Gesicht Spuren hinterlassen.

Manzoni übernahm die Gesprächsführung. „Mrs. Conolly, ich verstehe Ihre schwierige Situation –"

Sie schaute ihn alarmiert an und Manzoni wusste, dass die schmerzliche Botschaft ihr zusetzen würde.

„Leider muss ich Ihnen mitteilen, dass Rubens tot ist."

Mrs. Conolly hielt die Hand vor den Mund, ihre Augen waren schreckgeweitet. „Tot?"

„Man fand ihn mit gebrochenem Genick."

„Wie entsetzlich!", flüsterte sie. Tränen traten ihr in die Augen. Nervös drückte sie ihre Zigarette aus und wischte mit beiden Händen sich die Tränen aus dem Gesicht. „Bitte entschuldigen Sie." Sie versuchte sich zu fassen.

„Es war kein Unfall. Ihre Hündin ist auf unnatürliche Weise zu Tode gekommen. Wir machen uns große Sorgen um Ihren Mann. Deshalb bitte ich Sie, sich noch einmal an jedes Detail Ihres letzten gemeinsamen Abend zu erinnern. War irgendetwas anders als sonst? Sprach er von etwas, das für uns von Bedeutung sein könnte?"

Mrs. Conolly fingerte am Kollier. „Wo hat man Rubens gefunden? Im Park?"

„Nein. Im Straßengraben hinter einem Rastplatz des Merritt Parkway, auf der Straße nach Boston."

„In Connecticut?!"

„Ja."

Manzoni erwiderte ruhig ihren fassungslosen Blick.

„Aber wie soll Rubens dorthin gekommen sein?"

„Wir hofften darauf eine Antwort von Ihnen zu bekommen."

„Sie sind ganz sicher, dass es unsere Hündin ist?"

Die beiden Inspektoren spürten, dass bei Mrs. Conolly etwas Hoffnung aufkeimte.

„Der gefundene Hund ist ein Mops weiblichen Geschlechts. Er trägt am Halsband eine kleine Silberkapsel mit Ihrer Adresse und eine New Yorker Hundemarke. Es tut uns sehr Leid, aber es ist Ihr Hund. Natürlich müssen Sie ihn identifizieren, aber wir können Ihnen wenig Hoffnung machen. Eine Verwechslung ist auszuschließen."

„Wer fand ihn?"

„Ein Autofahrer. Er sah das Tier und glaubte, ihm noch helfen zu können, bis er feststellte, dass es tot war. Er nahm Rubens mit und meldete den Vorfall auf der Polizeidienststelle in Hartford. Die hätte die Sache vielleicht gar nicht weiter verfolgt, wenn nicht die Metallkapsel gewesen wäre. Wie also war der letzte Abend mit Ihrem Mann?"

„Alles war wie immer. Vielleicht war Sam ein bisschen abgespannter als sonst. Aber er hat nicht geklagt. Er arbeitete meines Wissens auch nicht an einem besonderen Projekt, das ihn sehr in Anspruch nahm. Zumindest weiß ich davon nichts."

„Welchen Weg nahm er genau bei seiner Runde?"

„Für gewöhnlich läuft er am Conservation Garden vorbei und biegt in den Park ein. Dort dreht er meistens eine kleine Runde. Zehn bis zwanzig Minuten. Hat er größere Lust zum Laufen, kann es auch schon mal bis zum Harlem Meer gehen. Das ist aber selten." Sie hatte hektische rote Flecken am Hals. Eine neue Zigarette wurde angesteckt. „Ich verstehe das nicht. Unser Wagen war die ganze Zeit in der Garage. Warum sollte mein Mann am späten Abend die Stadt verlassen, ohne mich darüber zu informieren?" Sie brach ab und zog an ihrer Zigarette. „Sie glauben doch nicht, er hat Rubens umgebracht?"

Tränen rannen ihr die Wangen hinunter und hinterließen unschöne Spuren auf ihrem Makeup.

„Bitte beruhigen Sie sich. Im Augenblick glauben wir gar nichts. Natürlich fragen wir uns, wie Ihr Hund da hingekommen ist und ob es einen Zusammenhang mit dem Verschwinden Ihres Mannes gibt."

„Könnte es eine Verbindung zur Arbeitsstelle Ihres Mannes geben?", fragte Duncan.

Seine Frage schien Mrs. Conolly nicht gehört zu haben, sie reagierte nicht und blickte geistesabwesend auf den Park.

„Hatte er Probleme auf der Arbeit?", versuchte es Duncan erneut.

Sie schüttelte langsam den Kopf. „Nein. Aber vielleicht kann Ihnen Dr. Bell mehr sagen. Sie wissen, wer Dr. Bell ist?"

„Ja, wir sprachen bereits mit ihm."

„Also gut, das wäre es fürs erste." Manzoni erhob sich und nahm aus seiner Brieftasche zwei Visitenkarten, die er Mrs. Conolly reichte. „Hier ist die Adresse der Gerichtspathologie, wo Sie Ihren Hund identifizieren sollen, und hier ist unsere Adresse. Bitte gehen Sie noch heute hin. Es ist sehr wichtig, dass wir in dieser Sache Gewissheit haben. Danach ist Rubens freigegeben und sie können ihn abholen lassen."

Mrs. Conolly wollte ebenfalls aufstehen, doch Mazoni winkte ab. „Bitte machen Sie sich keine Umstände, wir finden allein hinaus. Es kommt noch im Laufe des Tages ein Kollege vorbei, der Sie nach weiteren Details zu Ihrem Mann befragt, die uns weiterhelfen sollen. Versuchen Sie, so genau wie möglich seine Fragen zu beantworten. Wir nehmen den gewaltsamen Tod Ihres Hundes sehr ernst, er muss aber nicht bedeuten, dass es um Ihren Mann schlimm steht. Für eine solche Bewertung der Ereignisse ist es noch zu früh. Auf Wiedersehen, Mrs. Conolly."

Auf dem Weg hinunter meinte Duncan: „Wie kann man sein Vieh bloß Rubens nennen."

Manzoni zuckte mit den Schultern.

„In diesen Kreisen haben die alle einen Spleen, was ihre Fiffis angeht. Reinrassig! Wenn ich das schon höre. Diese Möpse sehen doch aus, als wenn sie eins mit dem Brett über die Schnauze gezogen bekommen haben."

Manzoni schüttelte sich bei dem Gedanken. „Vergiss die Hündin. Sag mir lieber, ob das Museum auf das Verschwinden seines Chefs schon reagiert hat. Ist doch merkwürdig, oder nicht? Erst der tote Wachmann, nun der ins Jenseits beförderte vierbeinige Freund und der verschwundene Direktor. Und zwischen allem das Museum. Bisschen viel Zufall für die kurze Zeit, findest du nicht?"

Die Fahrstuhltüren öffneten sich lautlos und gaben den Weg frei ins Foyer. Sie nickten dem Portier zu und traten hinaus in die Hitze.

Auf dem Weg zum Wagen sagte Duncan: „Vom Museum habe ich dazu nichts gehört. Nur seine Frau ist bis jetzt vorstellig geworden."

„Dann sollten wir da mal nachhaken. Diese kurzatmige Töle wäre doch nicht einmal bis Südmanhattan gekommen, geschweige denn nach Hartford. Kümmerst du dich darum?"

„Okay."

Manzoni sehnte sich nach einem Espresso in seinem Diner, aber da sie schon einmal in der Upper East Side waren, konnten sie auch gleich bei der Frick Collection vorbeifahren. Was hatte Dr. Bell zum Verschwinden seines Chefs zu sagen?

Ankunft im amerikanischen Traum

Am frühen Morgen näherte sich das Schiff dem riesigen Hafen, dessen Docks und Fähranleger die Südspitze Manhattans wie einen Kapellenkranz umgab. Dahinter erhob sich das Architekturgebirge, eine chaotische, beängstigende Masse aus Beton, Stahl und Glas. Der Anblick löste bei Lüder Beklemmung aus. Skeptisch schaute er auf den amerikanischen Traum.

Sie fuhren langsam den Hudson rauf zu den Piers der United States Lines. Ein Feuerwehrschiff begrüßte den Ozeandampfer mit einem Wasserfontänenfeuerwerk, das die Löschkanonen aufführten. Viele kleinere Schiffe, die im Korso Geleit gaben, stimmten ein Dampfsirenenkonzert an.

Ein Boot brachte die Kontrollbeamten der Einwanderungsbehörde an Bord. Eine halbe Stunde später, es war mittlerweile 10 Uhr, machte das Schiff am Pier fest. Die Pässe und Visa wurden an Bord geprüft. Lüder musste sich in eine lange Menschenschlange einreihen, die sich sehr langsam nach vorn bewegte. Die Beamten arbeiteten penibel und zeigten wenig Verständnis für die Passagiere, die seit sieben Tagen keinen festen Boden mehr unter den Füßen gehabt hatten und denen nicht der Sinn danach stand, sich stundenlang die Beine in den Bauch zu stehen. Das schleppende Vorankommen frustrierte Lüder gleich wieder und immer öfters ging sein Blick zum Ziffernblatt seiner Armbanduhr. Und der Anfang der Schlange war noch weit. Nirgendwo gab es eine Sitzmöglichkeit. Lüder fühlte seine Beine. An die Alten denkt hier wohl keiner! Plötzlich kam Bewegung in das Ende der Schlange. Ein Tumult, begleitet von lautstarken Protesten. Lüder drehte sich um. Ganz hinten stand Rex und winkte ihm zu. Ohne sich um die Beschimpfungen zu scheren, drängelte er sich zu Lüder vor. Empörte Ausrufe wie „So eine Unverschämtheit!" und „Was bildet der Kerl sich ein" parierte Rex mit Entschuldigungen. Völlig außer Atem und mit hochrotem Kopf stand er endlich neben Lüder. Die bösen Blicke der Umstehenden ignorierte er geflissentlich.

„Habe ich Sie doch noch erwischt", schnaufte er und wischte sich den Schweiß von der Stirn. „Werden Sie abgeholt?"

„Ich weiß es nicht", antwortete Lüder gereizt.

„Nun werten Sie das nicht gleich als Katastrophe. Bei dem, was Ihr Schwiegersohn um die Ohren hat, wäre es nur zu verständlich, wenn ihm das Ganze über den Kopf gewachsen ist und er den Termin verschwitzt hat."

„Trotzdem bin ich beunruhigt."

Rex gab ihm seine Visitenkarte. „Für alle Fälle, falls wir uns in diesem Gewimmel verlieren sollten."

Nach einer, wie Lüder fand, unverschämt langen Zeit, die ihm auch das letzte Quantum Verständnis für die Einreiseformalitäten raubte, trat er vor einen reservierten Beamten, der kaum aufschaute und seinen Pass so eingehend prüfte, als wollte man ihm ein bisher unbekanntes Exemplar des amerikanischen Unabhängigkeitsvertrages unterjubeln. Dann fragte er: „Sind Sie Kommunist?"

„Wer? Ich?" Lüder glaubte, sich verhört zu haben. Er war irritiert und verunsichert.

Der Beamte sah ihn blutleer an und wartete.

„Nein, kein Kommunist."

In Lüders Pass wurde ein Stempel hineingedrückt und das Dokument ging an ihn zurück. Lüder war schweißgebadet. Nach über eineinhalb Stunden Stehen rückten er und Rex in die Abfertigungshalle vor, wo das Treiben noch hektischer war. Überall stapelten sich Berge von Gepäck, dazwischen sauertöpfische Zöllner, die Koffer öffneten und akribisch auf verbotene Inhalte prüften. Wo war die glamouröse Ankunft in der Weltmetropole, die Kameras und Reporter, das Flair der Auserwählten, von dem alle träumten. Das ist doch nicht dieses Chaos! Lüder sparte sich seine Bewunderung für später auf und wünschte die ganze Beamtenbagage in der Zwischenzeit zum Teufel. Sein Gepäck war wider Erwarten schnell abgefertigt, dafür brauchte Rex wegen seiner Reisebibliothek länger. Er bekam sie nur mit Mordio und Gezeter durch den Zoll, wobei die Drohung, sich ganz oben zu beschweren, den widerspenstigen Zöllner letztendlich zur Einsicht bewegte. Triumphierend verfolgte Rex, wie auf jeden einzelnen seiner Koffer ein kleiner Zettel geklebt wurde, aber die Menschen, die hinter ihm anstanden, hatten ihn längst mit ihren Blicken erdolcht.

In Windeseile organisierte Rex einen Träger und ordnete an, dass es zu ihm nach Hause gebracht werden solle. Nach Stunden traten er und Lüder aus dem stickigen und staubigen Abfertigungsbereich in die kühlere Empfangshalle.

„Wir sind angekommen!", sagte Rex zufrieden.

Lüder fühlte sich zerschlagen, war völlig ausgetrocknet und brauchte unbedingt etwas zu trinken. Doch noch war daran nicht zu denken, erst kam die Familie. Wo war sie? Niemand war da. Kein Schwiegersohn, kein Schild, auf dem sein Name in die Höhe gehalten wurde. Deprimiert stand er da, während sich die Menschen um ihn herum in die Arme fielen, lachten, jauchzten, vor Glück weinten, Hände schüttelten, Küsschen gaben. Lüder fühlte sich wie ein fehlgeleitetes Gepäckstück.

„Warten Sie, Gustav, bin gleich wieder bei Ihnen", rief Rex und lief zu einem Büro der Hafenverwaltung. Lüder sah, wie er mit einem Beamten sprach und dieser den Kopf schüttelte.

„Für Sie ist keine Nachricht abgegeben worden", erklärte Rex bei seiner Rückkehr. „Wir müssen die Sache selbst in die Hand nehmen. Die Adresse Ihrer Tochter haben Sie?"

„Selbstverständlich."

„Dann schicken Sie Ihr Gepäck dorthin. Gemeinsam suchen wir Ihren Schwiegersohn."

„Vielleicht wurde er im Museum aufgehalten. Oder er ist im Krankenhaus."

„Eins nach dem anderen. Erst Frick. Dort kann man Ihnen bestimmt sagen, wo er sich aufhält. Dann sehen wir weiter. Es ist Ihnen doch Recht, dass ich Sie begleite?"

Lüder hatte dagegen keine Einwände. „Wenn es Ihnen keine Umstände macht."

„Für heute habe ich keine weiteren Verpflichtungen. Sie können also ganz über mich verfügen. Es ist mir eine Freude, Ihr Führer durch den Asphaltdschungel zu sein."

„Dann auf zum Frick Museum. Hoffentlich steht es noch."

Vor der Empfangshalle stießen sie auf eine Hitzewand. Die Luft stand und Lüder brach der Schweiß aus.

Das Taxi brachte sie in die Upper East Side. Von der Fünften Avenue ging es in Richtung Central Park. Das Stadtbild änderte sich. Die Asphaltschluchten weiteten sich zur grünen Ebene. Überrascht bemerkte Lüder den Park, an dem sie entlang fuhren. Die Gegend war vornehm. Hohe Häuser mit strahlenden Kalksteinfassaden, gepflegte Vorgärten, teure Autos am Straßenrand.

Rex zeigte auf ein zweistöckiges Gebäude, das in Sichtweite kam. „Wir sind da."

Das Taxi stoppte vor dem Eingang. Lüder blickte beeindruckt vom breiten Trottoir zum imposanten Portal des Museums auf. Die hohe, hölzerne Eingangstür wurde eingefasst von zwei Säulen, die ein prächtig geschmücktes Tympanon stützten. Der Palast erstreckte sich gut dreißig Meter tief in die Seitenstraße hinein und nahm einen Großteil von ihr ein. Lüder erschien er wie ein Echo vom Alten Griechenland, von Rom und der Renaissance. Im zweiten Stock ließ der Kalkstein das Museum im Sonnenlicht erstrahlen, hüllte es ein wie in einer Mandorla und hob es zugleich aus den umliegenden verschatteten Appartementhäusern heraus. Ein Mann spritzte mit einem Wasserschlauch die Treppenstufen ab. Lüders Blick wanderte hinauf zu dem Relief im Rundgiebel. Eine nackte Liegende, die sich auf einem Arm aufstützte, ein Putto reichte ihr einen Spiegel. Zu seinen Füßen ein Helm, neben ihrem aufgestützten Arm ein Gefäß, aus dem sich Wasser ergoss.

„Make love, not war", störte Rex seine Betrachtungen.

„Wie bitte?" Verdutzt schaute Lüder ihn an. „Ist das die Botschaft?"

„Sehr vereinfacht, ja. Viel Gedöns um nichts, aber großartig verpackt. Sie müssen das doch kennen. Die Schöne ist Venus und der Helm dort der Stellvertreter für Mars, dem Kriegsgott. Schönheit und Krieg, nicht besonders originell, an diesem Ort aber interessant. Das Haus erweist der Liebe vor dem Krieg seine Referenz. Das ist bemerkenswert in Zeiten von Produktionsschlachten. Die lassen keinen Raum für Liebe. Sie finden im Skulpturenprogramm des Gebäudes überall solche Anspielungen. Allerdings sind Sie der Erste, den ich zum Tympanon hinaufschauen sehe. Die meisten Museumsbesucher eilen achtlos durch die Tür. Bloß schnell rein, Bilder gucken gehen."

Der Museumsangestellte schwenkte freundlicherweise den Schlauch weg, um sie nicht nass zu machen. Sie gingen hoch.

„Zu Fricks Zeiten sah der Eingangsbereich selbstverständlich anders aus. Da gab es an dieser Stelle einen Hof mit einem Ehrfurcht gebietenden schmiedeeisernen Tor. Mit dem Automobil fuhr man direkt vor den Haupteingang, der auf den Hof folgte."

„Das Haus wurde baulich verändert?"

„Das war unvermeidlich, schließlich sollte es ein Museum werden. Sie finden heute den Zustand vor, den der Umbau herstellte."

Sie betraten das Gebäude, durchschritten das Vestibül und kamen in die Eingangshalle. Das Ambiente eines kleinen Palastes bot sich ihnen dar. Lüder hatte eine solche Prachtentfaltung nicht erwartet. An der Rezeption, die zugleich Kasse war, meldete Rex sie an. Hinter dem Tresen wachte eine alte Dame mit verkniffenem Mund, die sie durch ihre Nickelbrille eingehend musterte. Als sie nicht gleich reagierte, erklärte ihr Rex eindringlich, sein Begleiter sei der Schwiegervater des Stellvertretenden Direktors und käme extra aus Deutschland, um heute, sofort, mit Dr. Bell zusammenzutreffen. Ob es ein Problem gäbe? Die Lippen der Empfangsdame verengten sich zu einem Strich. Bei dem Wort Deutschland wurde ihr Gesicht kalt und abweisend. Wortlos griff sie zum Telefonhörer und wählte eine Nummer.

„Rose hier. Zwei Herren sind bei mir und möchten zum Chef. Angeblich der Schwiegervater ... – Gut, ich richte es ihnen aus."

„Mr.?"

„Rex, und das ist Mr. Luder."

„Dr. Bells Sekretärin kommt sofort. Einen Augenblick Geduld."

„Bitte", fügte Rex leise hinzu und sagte zu Lüder: „Na, geht doch."

„Und nun?", fragte Lüder.

„Seine Sekretärin kommt."

Der Kettenhund verlor jegliches Interesse an ihnen und vertiefte sich in etwas hinter dem Tresen. Die Zwangspause nutzte Lüder zum Umsehen. Er war in keinem gewöhnlichen Museum. Ohne den Tresen, die dezenten Hinweisschilder für die Garderobe und die Toiletten und die sich unauffällig im Hintergrund haltenden Aufsichten in ihren roten Uniformen hätte man glauben können, in ein Privathaus eingetreten zu sein und jeden Augenblick seinen Bewohnern zu begegnen. Die Ausstattung war geschmackvoll und kostspielig. Nur die edelsten und teuersten Materialien waren verbaut worden und das umherstehende ausgewählte Mobiliar verhehlte nicht seine vornehme barocke Herkunft.

In der Empfangshalle war es so still und angenehm kühl wie in einer Kirche. Beunruhigt sah Rex auf seine Armbanduhr und runzelte die Stirn. Er wollte gerade zurück zum Tresen, als eine Frau im mittleren Alter und luftigen Baumwollkleid auf sie zueilte.

„Mr. Luder?", fragte sie aufgeregt.

Der Angesprochene hob wie ein Schüler leicht die Hand. Sie schritt auf ihn zu und hielt ihm zum Gruß die Hand hin.

„Shirley Morse, die Sekretärin des Direktors. Bitte entschuldigen Sie, heute geht alles drunter und drüber." Sie schüttelte beiden Männern die Hand. „Es tut uns schrecklich Leid, dass Sie den Weg vom Hafen hierher allein machen mussten. Aber ich sehe, Sie sind in bester Begleitung. Guten Tag, Professor. Schön, Sie wieder einmal in unserem Haus begrüßen zu dürfen. Wieder aus England zurück?"

„Ja. Mr. Luder und ich haben uns auf dem Schiff kennen gelernt und ich habe mich als Stadtführer angeboten."

„Wie aufmerksam von Ihnen! Da war er wirklich in erstklassigen Händen." Sie wandte sich wieder Lüder zu. „Dr. Bell erwartet Sie im Krankenhaus."

„Wie geht es meiner Tochter?"

„Sie brauchen sich keine Sorgen mehr zu machen. Sie hat das Gröbste überstanden."

Lüder atmete auf.

„Ich habe ein Taxi für Sie rufen lassen. Es ist gleich hier."

„Bei der Familienzusammenführung möchte ich nicht stören", sagte Rex und reichte Lüder die Hand. Der schüttelte sie dankbar.

Das Taxi brachte Lüder in die Upper West Side. Der Verkehr war zäh, die Ampelschaltung zwang sie, an großen Kreuzungen anzuhalten und zu warten. Die Hitze trieb ihm den Schweiß auf die Stirn. Eine Viertelstunde brauchten sie, bis sie in Harlem waren und in den Cathedral Parkway einbogen, an dem sich die Kathedrale Saint John the Divine erhob. Lüder beugte sich zum Seitenfenster und versuchte, einen Überblick von der kolossalen Fassade mit den zwei mächtigen, unvollendeten Türmen und der riesigen Rose zu erheischen, doch das erwies sich als unmöglich. Auf den Stufen standen Touristengruppen, die die Köpfe weit in den Nacken gelegt hatten, nach oben zu den Skulpturen schauten und dem Vortrag eines Reiseführers lauschten.

Das Saint Lukes Krankenhaus befand sich in unmittelbarer Nachbarschaft. Der Taxifahrer setzte Lüder vor dem Eingang der gynäkologischen Klinik ab und nahm das dargebotene Geld nicht an. Die Rechnung werde von der Frick Stiftung beglichen, sagte er grinsend und kaute dabei weiter auf seinem Kaugummi.

Im Schatten des Krankenhauseingangs warteten Steve und Susan. Das Mädchen, das Locken wie seine Mutter hatte, blickte ihm schüchtern entgegen und wich nicht vom Hosenbein ihres Vaters, der beruhigend auf sie einsprach. Lüder ging vor dem Kind in die Knie, stöhnte dabei etwas, weil seine Gelenke knackten. Er sah in Susans graublaue Augen.

„Den Opa erkennst du nicht mehr wieder, nicht, meine Süße? Als wir uns das letzte Mal sahen, warst du noch ein Baby, aber jetzt bist du schon ein großes Mädchen."

Susan verbarg ihr Gesicht im Hosenstoff, der fremde, bärtige Mann mit dem merkwürdigen Akzent verängstigte sie. Vorsichtig spähte sie mit einem Auge zu ihm und blickte dann sofort wieder weg. Lüder strich ihr sanft über das Haar und stand auf.

„Steve! Was für eine Erleichterung." Er drückte seinem Schwiegersohn fest die Hand. Der zog ihn an sich und umarmte ihn. Für einen Augenblick waren die Männer stumm, bis Susan ungeduldig an der Hose ihres Vaters zehrte. Sie wollte zurück in die Klinik.

„Komm, alter Knabe, lass uns zu ihr gehen. Sie erwartet dich", sagte Steve, nahm die Hand seiner Tochter und legte Lüder seine andere Hand auf die Schulter.

Im Krankenhaus herrschte reger Betrieb. Mit dem Fahrstuhl mussten sie in den sechsten Stock. Schweigend betrachtete Lüder seinen Schwiegersohn, der seiner Tochter zulächelte. Er sah übernächtigt und abgespannt aus, das sonst runde Gesicht war kantig und durch einen Dreitagebart verändert. Steve schien seinen Gedanken erraten zu haben, er strich sich über die Bartstoppeln. „Die letzten Tage werde ich nie vergessen", sagte er müde. „Seit wann bist du denn unter die Bartträger gegangen, Gustav?"

„Noch nicht lange."

Der Fahrstuhl hielt und sie gingen auf die Station. Susan hopste voran zum Zimmer ihrer Mutter. Ihr rosa Röckchen und ihre Locken wippten dabei auf und nieder.

„Wie geht es Claire?"

„Sie ist noch sehr schwach. Aber das Schlimmste ist überstanden. Gott sei Dank."

„Kann sie sprechen?"

„Nein, sie versteht aber alles. Ich habe ihr gesagt, du kämest heute und würdest sie besuchen kommen. Sie lächelte, als sie das hörte. Ich glaube, sie freut sich wirklich auf dich."

Lüder war mulmig zumute. Was erwartet mich?

„Es waren für uns alle sehr schwere Tage", meinte Steve und klopfte seinem Schwiegervater vertraulich auf die Schulter. Eine Krankenschwester nickte ihnen zu und verschwand im Stationszimmer. Sie betraten ein Zweibettzimmer, in dem aber nur Claire lag. Susan saß bei ihr und ließ sich von ihr den Kopf streicheln.

„Susan, komm zu Papa! Wir wollen Opa und Mama einen Augenblick allein lassen."

Das Kind hörte aufs Wort und lief an Lüder vorbei zu Steve, der mit ihr Claire zuwinkte und das Zimmer verließ.

Claire schaute ihren Vater aus tief liegenden, matten Augen an. Ihre blaue Iris wirkte stumpf, die blasse Haut beinahe wächsern. Von den Sommersprossen um die Nase und auf den Wangen war nichts mehr zu sehen, als seien sie aus Lichtmangel verblichen. Sie hing an einem Tropf mit einem Medikamentencocktail, alle anderen Apparate hatte man entfernt. Lüder nahm ihre dünne Hand, die sie ihm entgegenhielt. Tränen rannen ihm übers Gesicht, doch er ließ es zu. Sie betrachtete ihn still und bat ihn mit einem Blick, sich zu setzen. Er gab ihr einen Kuss auf die Stirn und sagte leise: „Du glaubst gar nicht, wie froh ich bin, dich wiederzusehen." Er setzte sich aufs Bett und schaute sie verlegen an. In ihren Augen standen viele Fragen, er wusste aber nicht, wie er beginnen sollte. „In den letzten

Tagen habe ich mit dem Schlimmsten gerechnet und viel über uns nachgedacht. Ich hoffe, von nun an einiges anders zu machen."

Sie bedeutete ihm mit dem Finger auf den Lippen, still zu sein. Eine Krankenschwester kam herein.

„Sind Sie der Besuch aus Deutschland? Der Vater?" Sie kam auf Lüder zu und gab ihm die Hand. „Schwester Aretha."

„Lüder. Ja, ich bin der Vater."

„Einen besseren Zeitpunkt hätten Sie nicht abpassen können", sagte Schwester Aretha lachend.

„Ihnen und allen Mitarbeitern Ihres Krankenhauses, die meiner Tochter geholfen haben, mein aufrichtiger Dank."

„Dafür sind wir ja da. Unsere kleine Mutter ist noch ein bisschen schwach, aber das gibt sich bald. In einigen Tagen wird sie ihr süßes Knuddelchen in den Armen halten können."

Sie lächelte Claire aufmunternd zu und verschwand. Vater und Tochter schwiegen. Lüder überlegte, ob er ihr von der langen Überfahrt, von seiner Angst erzählen sollte. Doch sie hatte ihre Augen wieder geschlossen und er fragte besorgt, ob sie schlafen wolle. Sie deutete ein Nicken an und schenkte ihm ein kleines Lächeln.

„Dann schlaf, mein Kind. Morgen ist auch noch ein Tag." Er strich ihr über die Stirn und ging leise.

Vor der Tür unterhielt sich Steve mit dem Stationsarzt. Susan eilte auf Lüder zu und reichte ihm ihr Händchen. Er ergriff sie. „Na, meine Süße? Hättest du Lust, mit Opa den Zoo zu besuchen?"

Sie schaute ihn stumm mit ihren großen blauen Augen an, ohne zu antworten. Hatte sie ihn nicht verstanden wegen seines starken Akzents? Verunsichert fragte er erneut: „New York hat doch einen Zoo?"

Sie nickte. „Ja."

Steve kam zu ihnen. „Schläft sie?"

„Ja."

„Opa will mit mir in den Zoo", plapperte Susan und streckte zu ihrem Vater die Arme hoch. Sie wollte auf den Arm.

„Engelchen, muss das sein? Du bist schon so schwer", stöhnte Steve und hob seine Tochter vom Boden auf. Zu Lüder sagte er: „Das Beste ist, wir fahren jetzt zu uns nach Hause. Du kannst dich frisch machen und ein wenig ausruhen. Und Emily kennen lernen."

„Emily ist mein Baby", sagte Susan.

„Einverstanden. Eine Dusche kann ich brauchen. Die Stadt ist wie ein Schmelztiegel."

„Wir haben den heißesten Sommer seit Beginn der Wetteraufzeichnungen. Müssen wir dein Gepäck holen?"

„Ist bereits bei euch. Ein Taxi brachte es hin."

In Steves grüner Buick-Limousine fuhren sie zurück in die Upper West Side. Das Haus der Bells lag nicht weit entfernt von Harlem. Die ganze Fahrt über bestürmte Susan Lüder, der neben ihr auf der Rückbank saß, mit Geschichten und er musste sehr aufpassen, ihrem Redefluss zu folgen. Wenn er etwas nicht verstand, nickte er trotzdem in der Hoffnung, es würde schon richtig sein, doch löste er damit bei seiner Enkelin Verwunderung aus, weil es die falsche Reaktion war. Steve beobachtete amüsiert Lüders Hilflosigkeit im Rückspiegel und kommentierte: „Sag niemals Ja, wenn du nichts verstanden hast, Gustav! Bei Kindern kann das riskant sein."

„Das ist unser Haus, Grandpa!", rief Susan und zeigte mit dem ausgestreckten Finger auf ein dreistöckiges Reihenhaus mit einem Dreieckgiebel. Die Fassade war von einem dichten Laubkranz bedeckt, der wie ein ovaler Rahmen den Erker und die Fenster einfasste. Steve parkte auf der gegenüberliegenden Straßenseite. Es war nicht der einzige Wagen, mehrere solcher Limousinen standen am Straßenrand. Das Quartier wirkte vornehm, geradezu gediegen und nicht wie das Viertel einer überfüllten, rastlosen Megacity. Ungewöhnlich ruhig war es.

„Ein hübsches Haus", sagte Lüder anerkennend und ging mit seiner Enkelin an der Hand darauf zu.

„Hatten wir es dir nicht geschrieben? Wir kauften das Haus vor zwei Jahren. Von Claires Erbteil", sagte Steve.

„Ich erinnere mich", sagte Lüder und stieg mit Susan die Treppe zur Haustür hinauf. Das Mädchen war schneller, zog ungeduldig an seiner Hand, so dass er sie los ließ.

Steve schloss auf und ließ seinem Schwiegervater den Vortritt. „Willkommen bei uns zuhause, Gustav!"

Durch einen stilvoll eingerichteten Flur gingen sie zu einer Treppe, die in einer kleinen Halle lag. An ihr grenzten das Wohnzimmer und weitere Räume. Das Haus erstreckte sich in die Tiefe. Am Fuße der Treppe standen Lüders Koffer. Aus dem Wohnzimmer kam eine ältere Frau mit einem Säugling auf dem Arm, dem sie sanft über den Rücken strich. Ihre rundes, freundliches Gesicht und ihre hellen, aufmerksamen Augen glichen denen Steves. Sie lächelte Lüder an und gab ihm die Hand.

„Ruth Bell", stellte sie sich vor und musterte den Neuankömmling neugierig. Sie war zwei Kopf kleiner als Lüder und musste zum ihm emporsehen. „Schön, dass wir uns endlich kennen lernen." Es klang nicht nach einem Vorwurf. Sie zupfte das Spucktuch des Säuglings zurecht, damit er nicht ihr elegantes Kleid voll sabberte.

„Die Freude ist ganz meinerseits", sagte Lüder und schaute neugierig auf das Kind.

„Wollen Sie Emily einmal auf den Arm nehmen?"

„Gern."

Ruth Bell streckte ihm das Baby entgegen. Vorsichtig nahm er es und stützte das kleine Köpfchen ab. Es war ein hübsches Kind. Gerührt betrachtete er den Wurm, der kaum die Augen offen halten konnte und mit seinen Ärmchen und Beinchen strampelte.

„Sagen Sie mal ehrlich, Gustav, ist sie nicht ein Wonneproppen?" Ruth Bell streichelte Emily die Wange. „Allerliebst. Da möchte ich glatt noch mal wieder Mutter sein."

Sie lachte hell.

„Ja, es ist ein entzückendes Kind", pflichtete ihr Lüder bei und reichte es ihr vorsichtig zurück.

„Frauen und Babys, das ist eine geheimnisvolle Welt", sagte Steve scherzhaft und tippte Lüder an den Arm. „Jetzt zeige ich dir dein Zimmer und das Bad. Du kannst dich frisch machen und umziehen, wenn du möchtest. Anschließend essen wir eine Kleinigkeit. Oder möchtest du dich ein wenig ausruhen?"

„Nein, ich richte mich ganz nach euch."

Steve nahm die Koffer und ging nach oben. Bevor Lüder hinterher konnte, hielt ihn Ruth Bell zurück und sagte leise: „Heute Nacht hat Gott unsere Gebete erhört. Ich hätte es ihm nie verziehen, wenn er Claire schon jetzt zu sich genommen hätte."

„Ja", sagte Lüder etwas verdutzt. Er nickte ihr zu und folgte Steve nach oben.

„Nun lass den alten Herrn doch erst mal richtig ankommen, Mum!", rief der.

Die Treppe war steil. Oben schnappte Lüder nach Luft. „Nichts für alte Leute", bemerkte er.

Auf dem Weg zum Gästezimmer mussten sie durch einen langen Flur. Steve erzählte, wie sehr seine Mutter um Claire gebangt hatte. An den Wänden hingen gerahmte Zeichnungen und Drucke. Kleine Lampen leuchteten die Bilder an und verwandelten den Gang in ein privates Kabinett.

„In jeder freien Minute saß sie an ihrem Bett. Anschließend besuchte sie die Kathedrale, zündete für sie eine Kerze an und betete."

Das Gästezimmer war einladend und gemütlich. Lüder meinte in der Einrichtung die Handschrift seiner Tochter erkennen zu können. Vom Fenster hatte er einen Blick auf einen handtuchgroßen Garten, der in einem Hinterhof lag. Ein alter hoher Baum, dessen Krone die Hälfte des Gartens bedeckte, überragte das Haus.

„Das Bad ist gleich nebenan", erklärte Steve und öffnete eine Tür. Er knipste das Licht an und trat ins Badezimmer. Die sanitären Anlagen mussten erst kürzlich eingebaut worden sein, alle Keramiken und Armaturen blitzten wie neu. Die weißen Fliesen waren mit einem Blumendekor versehen und die Schränke aus einem warmen dunklen Holz gebaut, das mit Transparentlack versiegelt worden war und damit das natürliche Aussehen erhielt. Die Unterkunft strahlte Behaglichkeit aus und Lüder spürte, er würde sich hier wohl fühlen. Er war zufrieden. Susan kam herein gelaufen und hängte sich an das Hosenbein ihres Vaters.

„Daddy, liest du mir was vor?"

„Daddy ist gerade mit Grandpa beschäftigt. Kann das nicht Grandma Ruth tun?"

Susan zog einen Flunsch. „Grandma wickelt das Baby!"

„Na, wenn das so ist, dann kommt Daddy gleich zu dir, Engelchen." Susan trollte sich.

„Handtücher findest du im Schrank. Wenn du was brauchst, ruf einfach", sagte Steve und ging zur Tür.

„Hast du etwas von deinem Chef gehört?", fragte Lüder.

Schlagartig war die Miene seines Schwiegersohns ernst. „Nein. Es fehlt jede Spur von ihm."

„Daddy! Wo bleibst du?"

„Seit ihre Mutter im Krankenhaus ist, braucht sie besonders viel Zuwendung. Wir sehen uns gleich unten, alter Knabe. Und heute Abend, wenn Ruhe im Haus eingekehrt ist, stehe ich dem Inspektor Rede und Antwort. Okay?"

Lüder musste bei diesen Worten lächeln. „Okay."

Erst am späten Abend fanden die beiden Männer Zeit für ihr Gespräch. Steve hatte noch einmal in die Klinik fahren müssen, während Ruth und Lüder babysitteten. Steves Mutter war eine gutmütige, tiefgläubige Frau. Lüder ließ sich nichts anmerken, aber die Religiosität befremdete ihn. Offenbar hatte sie auf den Sohn nicht abgefärbt oder er hatte sie abgelegt. Steves Mutter war New Yorkerin, sie wohnte in Brooklyn Heights. Ruth war als Kindermädchen eingesprungen und ins Haus ihres Sohnes gezogen, bis Claire ihren Haushalt wieder allein versorgen konnte. Vom Krankenhaus heimgekehrt, brachte Steve Susan ins Bett und las ihr noch eine Gutenachtgeschichte vor, bei der das Mädchen einschlief. Der aufregende Tag hatte sie vollkommen erschöpft. Danach unterhielt er sich bei einem Glas Wein mit Ruth und Lüder im Wohnzimmer, bis sich auch seine Mutter mit dem Baby auf ihr Zimmer zurückzog. Steve gähnte herzhaft und Lüder schlug vor, das Gespräch auf morgen zu verschieben, aber Steve winkte ab, sie sollten keine weitere Zeit verlieren. Gemeinsam stiegen sie unters Dach, wo Steves Arbeitszimmer lag. Hier konnte er vom Lärm der spielenden Kinder ungestört schreiben, wenn er zu Hause war. Es war sehr warm im Zimmer, obwohl alle Fenster offen standen. Lüder musste sich gebückt halten, damit er sich nicht den Kopf an den offen daliegenden Dachbalken stieß. Der Raum war voll gestopft mit Büchern, einem mit Papieren übersäten Schreibtisch, und einer Sitzecke, die aus einem Ledersofa, einem Couchtisch und einem Louis XVI.-Stuhl mit auffällig gelbgestreiften Seidenstoff bestand.

Vom Couchtisch nahm Steve eine Zigarettenschachtel und hielt sie Lüder hin. „Hast du nicht damals geraucht?"

„Ich rauche nur in Gesellschaft."

„Na, dann nimm."

Lüder ließ sich die Zigarette von Steve anzünden. Der nahm selbst eine und setzte sich Lüder gegenüber in den Louis XVI.-Stuhl. „Meine Mutter weiß weder etwas von der Erpressung noch von der Entführung. Sie würde das zu sehr aufregen. Schon die Sache mit Claire geht an die Grenze ihrer Belastbarkeit. Sie mag sie sehr." Steve blies den Rauch hinauf zu den Dachbalken.

„Hattest du schon die Polizei verständigt?", fragte Lüder.

„Gleich, als die Kriminalpolizei wegen des Verschwindens meines Chefs im Museum erneut vorstellig wurde, habe ich ihr die Erpressung gemeldet. Unser Direktor, Professor Conolly, hatte dies stets abgelehnt, aber ich hielt es nun für notwendig, kein weiteres Versteckspiel mehr zu betreiben. Die Lage ist zu ernst nach den beiden Vorfällen."

„Von welchen zwei Vorfällen sprichst du?"

„Ach, das weißt du ja noch nicht. Einer unserer Wachmänner wurde vor ein paar Tagen tot im Museum gefunden. Herzinfarkt. Die Ärzte konnten keine Fremdeinwirkung feststellen, aber ein wenig merkwürdig ist die Sache schon. Dass er gerade jetzt verstarb. Und kurz darauf die Entführung. Es gibt bis zur jetzigen Minute keine Nachricht von den Kidnappern oder dem Kidnapper. Sam verschwand mir nichts dir nichts. Er führte seinen

Hund im Central Park aus und wurde von diesem Zeitpunkt an nicht mehr gesehen. Niemand hat etwas Ungewöhnliches bemerkt. Nur seinen Hund fand man. Weit entfernt von New York. Tot in einem Straßengraben, an einem Autobahnrastplatz im Nachbarstaat Connecticut."

„Irgendwelche Spuren? Geht ihr von einem Erpresser oder mehreren Erpressern aus?"

„Die Polizei hält einen Einzeltäter für am wahrscheinlichsten. Aber wir bewegen uns auf dem Feld der Spekulation. Eigentlich wissen wir nichts Genaues!" Steve strich sich mit einer Hand durchs Haar und unterdrückte ein Gähnen.

„Er hat bisher nur ein einziges Mal mit euch Kontakt aufgenommen und seine Forderung gestellt?"

„Nein. Ich weiß von zwei Kontaktaufnahmen, aber vielleicht hat mir Sam weitere verschwiegen. An dem Morgen, als der Wachmann tot in der Westgalerie entdeckt wurde, fand Sam auf seinem Schreibtisch ein Kuvert, von dem er nicht weiß, wie es dorthin gekommen ist. Darin befand sich ein Blatt Papier, auf dem das Datum des 22. August geschrieben stand. Der Tag, an dem das Ultimatum ausläuft. Ich hatte Sam aufgefordert, mit der Erpressung endlich zur Polizei zu gehen, aber er lehnte ab. Stattdessen schickte er mich wegen Claire ein paar Tage in den Sonderurlaub. Ich sollte die Doppelbelastung loswerden und mich richtig um sie kümmern."

„Wie kam dieser Brief in sein Büro?"

Steve hob ratlos die Arme. „Vielleicht ist jemand, der als Besucher ins Haus kam, unbemerkt ins Büro gelangt und hat ihn dort abgelegt. Das ist zwar merkwürdig, aber ganz auszuschließen ist es nicht. Ansonsten habe ich dafür keine Erklärung. Sam hat ihn leider weggeschmissen. Er behauptete, das Papier sei Dutzendware gewesen, das man an jeder Ecke hätte kaufen können. Ich konnte ihn in seinem Büro nicht mehr finden. Das Einzige, das wir haben, ist die Forderung des Erpressers."

„Was will er?"

Steve verschränkte die Arme vor der Brust. Ein bitterer Zug legte sich um seinen Mund. „Kurz zusammengefasst würde ich sagen: Das Museum fertig machen. Ich bin in einer verflixt schwierigen und unangenehmen Situation."

„Inwiefern?"

„Im Haus soll für das Publikum gut sichtbar eine Erinnerungstafel an die Toten von Homestead angebracht werden. Homestead, ist dir das ein Begriff?"

„Steve, ich bitte dich! Bin ich Amerikaner?"

118

„Der Homesteadstreik war einer der schlimmsten Arbeitskämpfe in der Geschichte unseres Landes. Es soll dort offenbar sehr blutig zugegangen sein. Der Streik fand 1892 in Homestead statt, einem Industriestädtchen, das nicht weit entfernt liegt von Pittsburgh im Bundesstaat Pennsylvania. Frick spielte dabei eine etwas unglückliche Rolle, die man ihm noch Jahrzehnte später anlastete. Wir sollen darüber hinaus in einem Buch die Zusammenhänge zwischen den Vorfällen und seiner Kunstsammlung darstellen."

„Das ist alles? Wo liegt das Problem?"

„Was heißt, ‚das ist alles‘? Das ist mehr, als wir erfüllen können!"

Steve stand auf und ging zum Fenster. Er legte die Hände auf den Rücken und sah hinaus. Irgendwo im Hinterhof spielte leise Musik.

„Es leben der Sohn und die Tochter von Frick. Beide sind im Vorstand und spielen eine herausragende Rolle in der Stiftung, die das Museum betreibt. Ohne sie geht nichts. Jede Entscheidung muss von ihnen gegengezeichnet werden. Mehr muss ich dir wohl nicht erklären. Das Museum ist wie ein Denkmal für ihren Vater und ihre Familie. Die Forderungen kommen für sie einem Frontalangriff auf die Familienehre und Integrität gleich. Sie stellen eine Verunglimpfung der Lebensleistung ihres Vaters dar. Das können sie nicht zulassen und der übrige Vorstand teilt ihre Ansicht. Sam war derselben Meinung. Dass er den Erpresser nicht wirklich ernst nahm, erweist sich nun als schwerer Fehler."

„Wie steht der Vorstand zur Entführung?"

„Der ist schockiert, rückt aber von seiner Haltung nicht ab. Er sehe die Angelegenheit nun differenzierter, ist von ihm zu hören."

Lüder überlegte. Im Aufsatz hatte nichts über den Homesteadstreik gestanden. „Gab es früher ähnliche Erpressungsversuche oder ist die Forderung neu?"

„Weiß ich nicht."

„Warum jetzt? Diese Geschichte liegt doch über ein halbes Jahrhundert zurück. Warum gräbt der Erpresser sie aus?"

Steve gab einen Stoßseufzer von sich. „Wenn ich das wüsste."

„Hat er denn Recht?"

„Wie Recht?"

„Gibt es die Verbindung zwischen dem Streik und dem Museum?"

Steve brauste auf. „Natürlich nicht! Die Villa wurde von Frick und seiner Familie erst 1915 bezogen. Diese Verbindung ist an den Haaren herbeigezogen, total konstruiert. Frick hatte lange vorher Kunst gesammelt, er war schon immer ein Bildernarr gewesen. Mein Vorschlag an den Vorstand war trotzdem, zum Schein teilweise auf die Forderung einzugehen, um den Täter aus der Reserve zu locken." Steve rieb sich die Augen. Auch Lüder musste gähnen. „Ich hätte auch gleich vorschlagen können, ich wolle Frick posthum vor ein historisches Tribunal stellen. Die Aufregung im Vorstand hätte nicht kleiner sein können."

„Warum lasst ihr das Museum nicht rund um die Uhr von der Polizei überwachen? Was kann dann noch geschehen?"

„Wenn es so einfach wäre! Der Vorstand hat Angst, er könne die Sache nicht mehr kontrollieren. Wie willst du es vor den hiesigen Medien verheimlichen, wenn Cops Tag und Nacht ums Gebäude patrouillieren? Die stürzen sich auf die Geschichte wie die Aasgeier. Genüsslich würden sie alles ins Rampenlicht zerren und es gäbe erneut Diskussionen um diese Vorfälle von damals. Der Erpresser weiß das. Er hat uns am Haken, egal, wie wir entscheiden. Er führt uns vor."

„Aber warum dann die Entführung? Die hätte er nicht nötig in deinem Szenario. Was bezweckt er damit?"

„Sam, dieser Idiot, hat ihn meiner Ansicht nach provoziert. In einem Interview vor der Entführung wurde er nach Parallelen zum jüngsten Stahlarbeiterstreik in Pittsburgh befragt, der dieser Tage zu Ende gegangen ist. Er nahm Frick vor den Anschuldigungen in Schutz. Ein völlig unnötiges Manöver."

„Was geschah wirklich bei diesem Streik? Wer waren die Toten?"

„Gustav, ich weiß darüber nicht viel. Es hat mich nie interessiert. Es waren wohl streikende Arbeiter."

Lüder spürte, dass Steve das Thema unangenehm war und mied. „Wenn jemand ein Bombenattentat verüben will, muss mehr dahinter stecken als nur eine Kränkung." Er suchte den Blick seines Schwiegersohns. Doch der wich ihm aus. „Was rät die Polizei?"

„Hör mir mit der auf! Die kann erst etwas tun, wenn es eine erneute Kontaktaufnahme gibt. Und nach Conolly ist eine bundesweite Vermisstenanzeige raus gegangen. Die Polizei ist in dieser Sache keine große Hilfe."

„Sie haben ja auch nichts in der Hand", sprang Lüder den New Yorker Kollegen bei. „Hatte Conolly Feinde? Könnten hinter seinem Verschwinden auch andere Gründe oder ein persönliches Motiv stecken?"

Steve schüttelte den Kopf. „Mir ist in dieser Richtung nichts bekannt. Ich kenne Sam seit der Universität."

„Nicht alle schätzen ihn."

„Wer sagt so was?", entgegnete Steve gereizt, doch sogleich hatte er sich wieder unter Kontrolle. „Entschuldige, es ist zu viel. Woher weißt du, was man über Sam denkt?"

Ausweichend nannte Lüder eine Reisebekanntschaft vom Schiff, die sich in dieser Weise geäußert hätte.

„Reine Missgunst", sagte Steve, „nicht allen gefiel sein kometenhafter Aufstieg. Schon im Studium kam der smarte Sam schneller voran als die anderen."

„Warum bist du nicht im Met geblieben?", wollte Lüder wissen.

„Dort war ich einer von vielen Mittelalterexperten. In der Frick Collection mit ihrem kleinen Team bin ich der Stellvertretende Direktor. Sam und ich sind noch verhältnismäßig jung. Ihn können noch größere Häuser rufen, dann steige ich auf. Aber nur, wenn das Verhältnis zwischen mir und dem Vorstand lupenrein ist. Verstehst du jetzt, warum ich Rücksicht nehmen muss? Ich will beruflich noch mehr erreichen. Im Met hätte ich bis zur Rente nur Abteilungsleiter auf meinem Gebiet sein können."

„Hm", sagte Lüder. Ihm leuchtete die Motivation seines Schwiegersohns ein.

„Kannst du mir in dieser Sache nicht helfen? Irgendwie muss doch einem solchen Erpresser das Handwerk zu legen sein. Ich kann doch nicht nur warten."

Lüder nahm sich noch eine Zigarette und rauchte nachdenklich. „Was soll ich denn deiner Ansicht nach tun?", fragte er.

„Ermitteln, recherchieren, was weiß ich. Was ein Polizist eben so tut. Du hast die Erfahrung, nicht ich."

„Um recherchieren zu können, brauche ich Informationen. Viele hast du mir bisher nicht gegeben."

„Das lässt sich nachholen. Du erfährst alles, was du wissen willst."

„Und was hielte die Stiftung von einem solchen Auftrag?"

„Die darf um Himmels Willen davon nichts wissen", sagte Steve schnell.

Lüder zog die Augenbrauen hoch.

„Helen Frick, die Tochter, hasst Deutsche", erklärte Steve entschuldigend.

„Sie tut was?" Lüder glaubte, sich verhört zu haben. „Aber du bist mit einer Deutschen verheiratet, hast zwei Kinder mit ihr."

„Sie macht Ausnahmen. Ansonsten geht sie den Deutschen aus dem Weg. Sie half im Ersten Weltkrieg als Rotkreuzschwester in Frankreich. Die Erlebnisse dort haben bei ihr zu einer Phobie gegen alles Deutsche und – fast – alle Deutschen geführt. Hinzu kommen die deutschen Wurzeln ihrer Familie, die sie verneint. Ende der Zwanzigerjahre kam dieser Deutschenhass voll zum Ausbruch, es wird berichtet, sie wäre einmal nur deshalb

außer sich gewesen, weil dem berühmten Direktor der Münchner Pinako-
thek, Dr. Mayer, der Zutritt zur Frick-Residenz gewährt worden war. Bei
dem anschließenden Streit hätte man den Eindruck gewinnen können, der
Attentäter ihres Vaters höchstpersönlich wäre durch die Räume flaniert.
Als Hausherrin verweigerte sie Leuten mit teutonisch klingenden Namen grundsätzlich den Zutritt zur Sammlung, mehr noch wachte sie strikt
darüber, dass keine Produkte Made in Germany ins Haus und in die Art
Reference Library kamen. Denn dadurch hätte ja die deutsche Wirtschaft
gestärkt werden können. Das alles mag für einen Außenstehenden völlig
verrückt klingen, aber ihre Angst, die Deutschen könnten ihre Bibliothek
für einen Kunstraub missbrauchen, erscheint aus heutiger Sicht weit weniger irrational als vor dem Krieg. Bereits im Ersten Weltkrieg hatte Helen
das Vorgehen des deutschen Heeres in Sachen Kultur erlebt und in den
Dreißigerjahren, besonders 1936 nach der Wiederbesetzung der Ruhr, befürchtete sie eine Wiederholung der Ereignisse. Die Entwicklung gab ihr
dann in gewisser Weise auch Recht. Ein Mann wie Hitlers Kulturminister,
der einflussreiche Nazi und Namensvetter Wilhelm Frick erhöhte kaum
das Vertrauen in die Deutschen. Im Ersten Weltkrieg war Wilhelm Frick in
Kunstdiebstählen des Kaiserreichs verwickelt, die möglich wurden durch
deutsche Spione in Archiven und Museen in ganz Europa. Ihre Angst, die
Deutschen könnten Bomben auf die Frick Collection und die Bibliothek
werfen, war so groß, dass sie sämtliche Bibliotheksbestände fotografieren
und die Filme in einen Banktresor einlagern ließ. Die Übergabe an die Bank
erfolgte vier Tage vor der japanischen Bombardierung von Pearl Harbor,
wodurch ihre Hysterie nicht vollkommen unbegründet zu sein schien. Nun
ist sie vierundsechzig und es ist inzwischen zwecklos, mit ihr über ihr Bild
der Deutschen zu streiten."

„Aber ich bin Deutscher! Wie soll ich da für dein Haus ermitteln?"

„Du sollst nicht für den Vorstand arbeiten, sondern für mich. Niemand
sonst wird davon Kenntnis haben."

„Wie naiv bist du eigentlich, Steve? Glaubst du, ich könnte unbemerkt
von der Polizei Befragungen durchführen? Der muss ich irgendwann in
die Quere kommen und die wäre, wie ihr so schön formuliert, alles andere als ‚amused'."

„Dir traue ich zu, Erkundigungen einzuholen, ohne dass jemand Verdacht schöpft."

„Als Deutscher falle ich doch gerade auf."

„Niemand brächte dich mit dem Museum in Verbindung. Du könntest als
ein Forscher aus Deutschland auftreten. Claires Familiennahme ist nur

wenigen bekannt. Keiner würde dich mit ihr oder mich in Verbindung bringen."

Lüder dachte darüber nach. Sie schwiegen beide eine Weile.

„Lass uns ins Bett gehen und eine Nacht darüber schlafen", schlug Steve vor. „Bevor du eine Entscheidung fällst, zeige ich dir morgen das Museum. Für heute lass es uns gut sein. Der Tag war für uns beide anstrengend genug."

„Einen Moment noch. Hast du über deine eigene Sicherheit nachgedacht?"

„Du meinst, er könnte auch mich angreifen?"

„Wenn ihm eure Entscheidungen nicht passen."

„Du malst den Teufel an die Wand."

„Ich spiele nur die Rolle des Advocatus Diaboli. Er ist nicht davor zurückgeschreckt, deinen Chef zu entführen – vorausgesetzt, er war es. Warum sollte er zögern, mit dir das Gleiche zu machen?"

Nervös griff Steve zur Zigarettenpackung. „Es gibt überhaupt keinen Grund für ihn, das zu tun."

„Du bist jetzt der Leiter und Repräsentant des Hauses, das ist Grund genug. Du vertrittst das Museum in der Öffentlichkeit. Hast du schon darüber nachgedacht, dir einen Bodyguard zuzulegen? Ich kenne die Gepflogenheiten dieses Landes nicht, aber die Polizei dürfte dir noch keinen Personenschutz gewähren. Du bist nicht tätlich angegriffen worden."

„Wie beruhigend."

„Nach der Entführung kann es doch kein Problem sein, dem Vorstand gegenüber die Notwendigkeit deines Personenschutzes zu begründen."

Steve legte die Zigaretten wieder weg. „Ich hätte im Met bleiben sollen."

Licht im Dunkel

Der Eisenring scheuerte am Handgelenk. Conolly versuchte auf dem harten Boden eine bequemere Stellung einzunehmen, dabei klirrte die Kette, die den Eisenring mit der Verankerung in der Wand verband. Die Länge der Kette war so bemessen, dass er sich in einem Radius von zwei Metern bewegen und den Scheißeimer erreichen konnte. In der Nähe seines Sitz- und Liegeplatzes stand ein weiterer Blecheimer, der Trinkwasser enthielt. Mit einer Schöpfkelle konnte er es herausholen. Seine Augen hatten sich an die Dunkelheit gewöhnt. Von irgendwoher kam ein schwacher Lichtstrahl. Sein Gefängnis maß vielleicht vier mal drei Meter und war völlig leer. Die Luft war verbraucht, trotz des Deckels stanken die Exkremente. Conolly hatte die Wände nach einem Fenster oder einer

Öffnung abgesucht, aber keine gefunden. Es gab nur die Eisentür, die beim Öffnen in den Angeln quietschte, für ihn aber wegen der Kette unerreichbar war. Er lag auf dem nackten Betonboden und roch den Staub. Seine Augen starrten zur Tür. Würde er zurückkommen? Conolly hatte Durst und tastete mit der Hand nach dem Wassereimer. Als seine Finger das Blech berührten, tauchte er seine Hand hinein und versuchte abzuschätzen, wie viel Flüssigkeit noch vorhanden war. Er schätzte es auf einige Fingerbreit. Die Kelle konnte er nicht mehr eintauchen. Besorgt zog er seine feuchte Hand zurück und leckte sie sorgsam ab. Mit dem Trinken solltest du warten. Wer weiß, wie lange du hier noch ausharren musst, sprach er leise mit sich und legte sich wieder hin. Beim Ausstrecken seiner Beine stieß er mit den Schuhen an einen Gegenstand. Er drehte sich und tastete mit der freien Hand den Boden ab. Seine Finger berührten ein abgerundetes Ding. Er schloss seine Hand darum und hob ihn an. Dann besah er ihn aus der Nähe und wurde ganz aufgeregt. Es war eine Stabtaschenlampe! Er drückte den Schalter runter. Der Lichtschein schoss schmerzhaft in sein Hirn und er musste die Augen schließen. Gequält stöhnte er auf und löschte sofort die Taschenlampe. Vorgewarnt vom ersten Versuch, legte er eine Handfläche über das Glas und schaltete die Lampe erneut an. An der rosa leuchtenden Haut vorbei drangen Lichtstrahlen in seine Umgebung und seine Augen begannen sich langsam an die Helligkeit zu gewöhnen. Er konnte es nicht fassen. Man hatte ihm die ganze Zeit eine Lichtquelle dagelassen und er hatte in der Dunkelheit ausgeharrt. Er richtete den Lichtstrahl der mit der Hand nur noch halb abgedeckten Lampe auf verschiedene Punkte seines Gefängnisses. Der Lichtkegel tastete Wände und Boden ab, holte den Wassereimer aus der Dunkelheit und blieb an einem Buch hängen, das nicht weit entfernt von der Wasserquelle lag. Dort, wo er auch die Lampe entdeckt hatte. Hektisch kroch er auf allen Vieren zu dem Buch und störte sich nicht daran, dass der Eisenring schmerzhaft auf einer wunden Stelle seines Handgelenks drückte. Er griff nach dem zerlesenen Buch und schlug den speckigen Einband auf:

Die Schlacht am Monongahela
von Edgar Schumm

Titel und Autorenname sagten Conolly nichts, enttäuscht blätterte er zur nächsten Seite um. Dort stand eine Widmung.

Für Alice
Und in Erinnerung an die Eisen- und Stahlarbeiter, die in Homestead,
Pennsylvania, am 6. Juli 1892 getötet wurden, als sie zur Verteidigung ihrer
amerikanischen Rechte gegen die Carnegie-Stahlgesellschaft streikten.

Das „größte" Museum der Welt

Steve und Lüder fuhren früh mit dem Buick hinüber in die Upper East
Side. An einer Kreuzung rief ein Zeitungsverkäufer die Schlagzeile des
Tages aus. „Mad Bomber schlägt zu! Sein vierzehnter Anschlag!"
Steve winkte den Jungen heran und kaufte das Blatt. Er reichte es Lüder.
„Hoffentlich sind es nicht wir."
Lüder überflog den Artikel. In der Grand Central Station war eine Bombe
in der Gepäckaufbewahrung explodiert. Vier Mitarbeiter des Bahnhofs
waren verletzt worden, einer schwer.
„War das wieder der Irre?", fragte Steve mit einem Blick auf die Schlag-
zeile.
„Wenn du damit den Mad Bomber meinst, ja."
„Das geht nun schon seit zwölf Jahren so. Er deponiert auf öffentlichen
Plätzen seine Sprengsätze und bringt sie zur Explosion. Niemand weiß,
wer er ist und warum er das macht. Ein Verrückter, der in dieser Stadt der
Verrückten nicht auffällt."
„Gab es bei den Anschlägen Tote?"
„Nein, Gott sei Dank bis jetzt nicht. Er achtet darauf, dass vor allem
Sachschaden entsteht. Er will anscheinend die Stadt treffen. Kannst du
dir das vorstellen? Seit zwölf Jahren verläuft die Suche erfolglos. Die
New Yorker Polizei ist machtlos. Und du musst damit rechnen, dass mindestens einmal im Jahr irgendwo ein Sprengsatz von diesem Wahnsinnigen hochgeht. Er warnt niemals vor."
Sie waren am Museum. Steve parkte den Buick in der Tiefgarage eines Appartementhauses in der 71. Straße, wo er einen Stellplatz hatte.
Das Museum machte von hier aus einen sehr abweisenden Eindruck. Die
lang gestreckte Fassade war fensterlos und das glatt verputzte Mauerwerk nur untergliedert von acht Doppelpfeilern. Die massigen Quader
des Sockelgeschosses unterbrachen sieben tief eingeschnittene Keller-
fenster, die von massiven Eisengittern gesichert waren. Jeweils am Anfang und am Ende des Gebäudes gab es ein großes, einstmals aus einem
Rundbogen gebildetes Fenster, das von einem runden Giebel abgeschlossen wurde und die Gestaltung des Eingangs wiederholte. Im Zuge des
Umbaus waren beide Fenster zugemauert worden.

Zwei Cops hielten beim Museum Wache. Sie trugen blaue Sommeruniformen mit kurzem Arm. Im gemächlichen Schritttempo bogen sie gerade um die Ecke an der Fünften Avenue.

Steve wies über den Fahrdamm auf den Eingang eines mehrstöckigen Gebäudes, das direkt ans Museum angrenzte. Hinter einem von vier mächtigen Säulen mit korinthischen Kapitellen getragenen Rundbogen lag der Eingang, durch den sie mussten. In den Kalkstein der Fassade waren die Worte gemeißelt: Frick Art Reference Library.

„Unsere Bibliothek", erklärte Steve und schloss die Tür auf. „Sie öffnet um zehn."

„Sie ist Teil des Museums?", fragte Lüder.

„Ja. Helen Frick war interessiert am Katalogisieren der Sammlung ihres Vaters und baute aus diesem Grund eine Bibliothek für Kunst und Kunstreproduktionen auf. Zu Beginn war sie im Billard-Zimmer und in der Bowlingbahn untergebracht, nach dem Tod ihres Vaters schlug sie den Bau einer eigenen Kunstreferenzbibliothek neben dem Museum vor, da das Grundstück zum Besitz der Familie gehört. Die Bibliothek sollte ein eigenes Fotoarchiv bekommen, das europäische und amerikanische Bilder in öffentlichen und privaten Sammlungen dokumentiert. 1924 öffnete man die damals noch einstöckige Institution für den Publikumsverkehr. Sie war in den USA einmalig und Vorbild für ähnliche Einrichtungen. Da die Bestände über die Jahrzehnte stetig anwuchsen, stockte man das Gebäude auf."

Mit einem Fahrstuhl fuhren sie in den ersten Stock und kamen durch einen schmalen Gang zu der Verbindungstür, die den Bibliothekstrakt mit der Verwaltungsetage des Museums verband. Es war eine dicke Stahltür.

„Da wären wir", sagte Steve.

Sie gingen in einen Bibliothekskorridor.

„Es ist noch früh. Die ersten Mitarbeiter kommen um neun ins Büro", erklärte Steve die Stille. Er führte Lüder ins Direktionszimmer und bat ihn, an einem ovalen Tisch Platz zu nehmen.

„Möchtest du etwas trinken oder soll ich dich gleich mit dem Gebäude vertraut machen?"

„Ich würde gern gleich beginnen."

„Okay, aber bevor wir runtergehen, ein paar Worte zu dieser Etage. Das war früher der Schlaf- und Wohnbereich. In dem Raum, in dem wir uns jetzt befinden, heute das Büro des Direktors, war früher Fricks Wohnzimmer und Bad. Nebenan, wo heute das Sekretariat ist, war sein Schlafzimmer. Die Fricks schliefen getrennt. Zwischen den Schlafzimmern der Eltern hatte Helen ihr Zimmer. Auf der anderen Seite des Korridors und des Flurs waren drei Räume für Gäste, die Bäder und ein Wohnzimmer. Zur Fünften Avenue hin lag Mrs. Fricks Boudoir, das Frühstückszimmer und ein Büro. Nicht zu vergessen ist das Orgelzimmer. Bis zum Tode von Adelaide Frick, der Witwe, blieb alles unverändert, danach begannen die Umbauarbeiten, die auch dieses Stockwerk veränderten. Aus den vielen Schlaf- und Gästezimmern wurden Büros gemacht. Du kannst aber die Handschrift des Alten in den Räumen noch gut erkennen, man wandelte sie behutsam um. Der Kamin dort, die Holzdecke und die Lampe sind original. Natürlich heizen wir nicht mehr mit den Kaminen, in das gesamte Haus wurde eine moderne Zentralheizung und ein Belüftungssystem eingebaut."

Steve trat an eines der Fenster. Er winkte Lüder zu sich heran. „Von diesem Zimmer aus pflegte der Alte das Leben auf der Fünften Avenue zu beobachten."

Lüder schaute nach draußen. Unten lag der Garten, den ein Gärtner gerade wässerte. Ein hoher schmiedeeiserner Zaun mit scharfen Spitzen grenzte das Grundstück von der Straße ab. Auf der anderen Seite des breiten Boulevards lag der Park. Das Grundstück hatte eine phantastische Lage.

„Der Alte war sehr an neuesten Trends in der Frauenmode interessiert. Auf der Fünften Avenue flanierten die feinen Damen der New Yorker Gesellschaft in ihren extravaganten Garderoben. Von hier aus hatte er einen exklusiven Blick auf den Catwalk. Er saß in der ersten Reihe."

Lüder wandte sich vom Fenster ab. „Dieser obere Bereich ist für Museumsbesucher nicht zugänglich?"

„Ja. Die Kordel unten an der Treppe weist die oberen Etagen als Privatbereich aus."

„Was ist über uns?"

„Weitere Büros und Lagerräume. Ehemals waren es die Schlafräume des Hauspersonals. Wir benutzen sie nur teilweise. Die eigentliche Arbeit findet auf dieser Etage statt."

„Ist es möglich, von außen in das Gebäude einzudringen?"

„Den hohen Zaun vorn an der Straße hast du gesehen. Den unbemerkt zu überwinden, ohne sich dabei zu verletzen, halte ich für unwahrscheinlich. Die Fünfte Avenue ist eine Hauptverkehrsader, also viel befahren. Es ist beinahe ausgeschlossen, von dort in den Garten und ins Gebäude zu gelangen. Vergiss nicht die Appartementhäuser. Von den oberen Stockwerken hat man einen guten Einblick auf das Museumsgrundstück. Und die Stadt schläft nie. Die Wahrscheinlichkeit ist sehr groß, dass irgendjemand den unbefugten Zutritt beobachtet. Meines Wissens ist so etwas in der Geschichte des Museums noch nie vorgekommen."

Lüder schaute seinen Schwiegersohn an. „Aber wie will er dann seine Bombe in das Haus bringen? Etwa in den Öffnungszeiten? Getarnt als normaler Besucher?" Steve hörte durch die angelehnte Tür Geräusche im Sekretariat. Er gab Lüder ein verstohlenes Zeichen, nicht weiter zu sprechen. Kurz darauf schaute Shirley herein und wünschte beiden einen guten Morgen.

„Wie geht es deiner Frau, Steve?"

„Gestern Abend hatte sie noch einmal einen großen Fortschritt gemacht. Sie konnte mir ein paar Worte zuflüstern."

Shirley strahlte ihn an. „Wie schön. Soll ich heute für dich im Terminkalender wieder Zeitfenster einplanen?"

„Ich bitte darum. Ich fahre heute Mittag wieder in die Klinik."

Shirley nickte und zog sich zurück. Sie schloss hinter sich die erste, schallgedämmte Tür.

„Nur ganz wenige Mitarbeiter im Haus wissen von der Attentatsdrohung. Das aber auch erst, seit ich die Polizei informiert habe. Ich bitte dich, nur mit mir darüber zu sprechen. Was deine Frage angeht, das Aufsichtspersonal ist während der Öffnungszeiten zur äußersten Wachsamkeit angehalten. Ich kann mir deshalb nicht vorstellen, dass jemand Unbefugtes Sprengstoff anbringen kann. Experten der Polizei sind mit Sprengstoffspürhunden durch das Museum gegangen, ohne etwas zu finden. Sie prüften dabei auch das Gebäude auf eventuelle Verstecke, wo eine Bombe deponiert werden könnte. Diese Punkte haben wir auf einer Karte verzeichnet und sie wurden seitdem besonders gut im Auge behalten."

Lüder nickte. Er stellte fest, dass Steve die Sache systematisch und penibel angegangen war. Dadurch erschienen die Spielräume des Erpressers auf ein Minimum eingeengt. Oder täuschte er sich?

„Hast du über deinen Personenschutz nachgedacht?", fragte Lüder und legte seine Hand auf Steves Unterarm.

„Ich nehme deinen Rat an. Noch heute werde ich mich mit dem Vorsitzenden der Stiftung treffen und ihn darüber informieren, dass ab morgen ein Bodyguard immer in meiner Nähe ist. Falls sie die Kosten dafür nicht tragen wollen, werde ich ihn selbst bezahlen. Ich gehe aber davon aus, dass sie keine Schwierigkeiten machen werden, da es sich nur um eine zeitlich befristete Maßnahme handelt."

„Sehr gut, Steve. Es darf kein weiteres Risiko eingegangen werden. Wir haben heute den 31. Juli. Es bleiben nur noch drei Wochen, bis das Ultimatum abläuft."

Sie gingen hinunter ins Erdgeschoss und kamen an einer großen Orgel vorbei, die ins Treppenhaus eingebaut worden war. Die Konsole bildete ein bronzener Figurenfries. Darüber erhoben sich die vergoldeten Orgelpfeifen über die gesamte Wandfläche vom Zwischenpodest bis zur Decke. Sie waren in eine Art Alkoven eingepasst, der aus weißem Marmor gemeißelt war und von vier Spiralsäulen aus venezianischen roten Marmor getragen wurde.

„Man kolportierte damals, es sei ein originales Nürnberger Musikinstrument aus dem 17. Jahrhundert und Frick hätte dafür 100.000 Dollar hingeblättert. In Wahrheit kostete die Orgel ‚nur' 40.000 und ist Made in USA. Aber sie ist die größte je für ein New Yorker Haus gebaute Orgel", sagte Steve.

„Ungewöhnlich, ein solches Musikinstrument im Wohnhaus zu haben."

„In der Tat."

In den Ausstellungsräumen hielt sich niemand auf. Die Aufsichtskräfte träfen um viertel vor zehn ein und nähmen vor der Öffnung des Museums ihre Plätze ein, erläuterte Steve. Den Rundgang begann er in der Eingangshalle. Er skizzierte Lüder kurz den Aufbau der Sammlung. Angesichts der enormen Qualität jedes einzelnen Bildes verböte sich eigentlich eine oberflächliche Erwähnung oder auch nur eine Auswahl. Dennoch nannte er ein paar Beispiele, um Lüder einen Eindruck zu vermitteln. Vertreten seien alle Epochen vom 14. bis zum 19. Jahrhundert und darunter ihre herausragendsten Maler. Etwa Rembrandt mit einem späten Selbstbildnis von 1658, das grandios im Ausdruck und in der gestalterischen Monumentalität sei. Man habe erstklassige Werke weiterer Niederländer, von Aelbert Cuyp, Hobbema, Jacob van Ruisdael, Hals und Vermeer. Italien werde repräsentiert etwa durch Gemälde von Piero della Francesca und Tizian. Aus der englischen Kunst könne man gleich mehrere Schwergewichte aufbieten. Zwei zentrale Werke von Holbein den Jüngeren, allein sechs Porträts von van Dyck, darüber hinaus Landschaften von Turner und Constable. Von den Franzosen zeige man Bilder von Corot und Ingres. Dessen berühmtes Porträt der Comtesse d'Haussonville wäre allerdings lange nach Fricks Tod 1927 angekauft worden. Fricks Sammlungskatalog von 1916 weise 116 Gemälde aus der holländischen, flämischen, spanischen, deutschen, italienischen und britischen Schule auf. Dazu kämen einige Impressionisten – Spitzenwerke von Degas, Manet, Renoir –, doch mit den Modernen hätte es Frick nicht so gehabt, das war nicht mehr seine Zeit. Auch ein paar Amerikaner nahm er in seine Sammlung auf, dazu gehören die vier Porträts von Whistler und Gilbert Stuarts Porträt von George Washington. Ergänzt werde dieser hervorragende Gemäldebestand durch Statuen, Emaillen, Bronzen, Porzellane, Möbel und Preziosen. All diese Kunstwerke verteilten sich vor allem auf die Räume des Erdgeschosses, führte Steve weiter aus und zeigte Lüder auf einem Raumplan den Grundriss. Der zentrale Flur erstreckte sich bis zum Vordergarten. Beleuchtet wurde er durch achtarmige elektrische Leuchter, deren kleine Lampenschirme ein gelbes Licht abstrahlten. Alle Türen und Fenster zur Gartenfront waren mehrfach gesichert. Langsam durchschritten sie die einzelnen Räume, die in die längst vergangene Welt eines bürgerlichen Palastes entführten. Frick hatte ganze, originale Wandausstattungen des Rokoko wie diejenige des Boucher-Raums in Frankreich gekauft und in sein Haus einbauen lassen. Bei den Boucher-Tafeln hätte man lange angenommen, Madame Pompadour, die Mätresse des französischen Königs Ludwig XV., hätte die Serie von Darstellungen der Künste und Wissenschaften für ihr Schloss in Crécy in Auftrag gegeben, sagte Steve, doch heute wüsste man, dass sie in der Werkstatt des berühmten Malers François Boucher für einen unbekannten Auftraggeber entstanden waren. Ursprünglich wären die Bilder in Mrs. Fricks Boudoir im ersten Stock eingebaut gewesen, wofür die Decken angehoben worden waren. Für den Raum hatte man speziell französische Möbel und andere Einrichtungsgegenstände aus dem 18. Jahrhundert erworben. Um die Umwandlung des Zimmers zu finanzieren, hatte Frick andere Möbel, Porzellan und Skulpturen aus seiner Sammlung verkauft.

Von der weißen Decke hing ein Kristalllüster, dessen Licht sich im glänzenden Parkettboden spiegelte.

Jedes Ausstellungszimmer, dem nicht immer sein früherer Verwendungszweck anzusehen war, wies Besonderheiten und künstlerische Raritäten auf und nach einer Weile gab es Lüder auf, sich die vielen Kunstwerke zu merken, auf die ihn sein Führer aufmerksam machte und zu denen er einige Dinge erklärte. Lüder beschränkte sich darauf, die besondere Atmosphäre des Hauses in sich aufzunehmen und auf sich wirken zu lassen.

In der Südhalle gingen sie an einem prächtigen Männerbildnis von Bronzino vorbei zu einem aufwendig mit Pflanzenornamenten verzierten marmornen Türbogen, den ein Dreieckgiebel überdachte. Dahinter lag der große Salon. Als sie eintraten, staunte Lüder. Welch ein Raum! Er wusste nicht, wohin er zuerst blicken sollte. Steve schwieg und ließ ihn in Ruhe alles in sich aufnehmen. Das größte Zimmer des Palastes befand sich genau in der Mittelachse des Grundstücks. Hier war der Zugang zur Terrasse und zum Garten. Durch drei bis zum Boden reichende Fenster blickte man auf den Park. Schwere Gardinenschals sorgten dafür, dass nur ein Teil des Sonnenlichts hereingelassen wurde und dass ein dämmriges Licht herrschte. Auf der gegenüberliegenden Seite ermöglichten drei Fenster den Durchblick in einen grandiosen, von einem gläsernen Tonnengewölbe überdachten Gartenhof, in dessen Zentrum ein Brunnen in einem Wasserbasin plätscherte. Das Becken rahmten zierliche, tiefgrüne Farne, den darum geführten Weg säumten Beete mit anderen Pflanzen, unter denen einige mit purpurroten Blüten heraus stachen. Umgeben war dieser betörende Platz von einem Säulengang. Zusammen mit dem hellen Marmor und dem sandfarbenen Kalkstein entstand eine anrührende Farbkombination, die den Hof zu einer Oase innerhalb der Oase machte. Von weither erklang plötzlich Orgelmusik, die das Plätschern des Brunnens untermalte.

„Die Orgel spielt immer eine Viertelstunde nach der vollen Stunde", erklärte Steve.

Lüder wandte sich wieder dem Wohnzimmer zu. Die Einrichtung vereinte englische, französische, italienische, chinesische und japanische Stilrichtungen. Vielleicht nirgendwo sonst in dem weiträumigen Palast wurde das großbürgerliche Ambiente sichtbarer. Durch die Türen aller angrenzenden Räume, der Süd- und Nordhalle, des Fragonard-Zimmers und der Bibliothek, konnte man ihn betreten. Er war von allen vier Seiten begehbar.

„Hier hängen vier der kostbarsten Werke der Sammlung", sagte Steve und zeigte auf ein großes Gemälde von Giovanni Bellini, das den heiligen Franziskus beim Empfang der Stigmata zeigte.

„Eines der religiösen Werke, die Frick erwarb. Er kaufte es im Ersten Weltkrieg. Dort über dem Kamin hängt ein ‚El Greco', über den seine Tochter sagte, die Darstellung des Heiligen Jerome mit dem langen grauen Bart erinnere sie an das Gesicht ihres Vaters. Und neben dem Kamin siehst du zwei berühmte Porträts, die Hans Holbein der Jüngere gemalt hat." Steve schaute auf die Uhr. „Können wir weiter?"

„Selbstverständlich. Ich richte mich ganz nach dir", sagte Lüder und folgte seinem Schwiegersohn in den nächsten Raum, der Bibliothek. Wie der große Salon war auch dieses Zimmer mit edlen Holzpanelen ausgestattet, die auf der Seite des Kamins mit geschnitzten floralen Ornamenten geschmückt waren. Den gesamten Raum umgaben Regale, die vom Boden einen Meter in die Höhe reichten und oben von einer schwarzen Marmorplatte abgedeckt waren. Darauf standen chinesische Vasen und

Bronzestatuetten. Lüder ging an den Wänden entlang, betrachtete die Frauenporträts und Landschaften, und ging einmal in die Knie, um die Buchtitel zu lesen: Geschichte der Vereinigten Staaten; Geschichte Englands; Die Entstehung Englands; Thoreaus Schriften I-XI; Thackerays Arbeiten ... Alle Bücher hatten exklusive Ledereinbände mit Goldprägung. Neben einem Tisch standen zwei grüne Lesesessel.

„Frick pflegte sich hier auf einem Sofa auszuruhen. Dort hinten in der Ecke ist ein lebensgroßes Porträt in Öl von ihm."

„Wie viele Ausstellungsräume gibt es?"

„Fünfzehn. Die Anlage des Gebäudes ist auf das Engste verbunden mit Fricks Ambition, einer der größten Kunstsammler seiner Zeit zu sein. Diesem Ziel begegnest du auf Schritt und Tritt in dem Gebäude, insbesondere aber hier im Erdgeschoss. Wir wissen, dass der Alte von Beginn der Planungen für sein letztes Haus die Absicht hatte, es nach seinem Tode in ein Museum umzuwandeln. Entsprechend hat sein Architekt für die Voraussetzungen gesorgt, die nötig waren, um eine so große Sammlung aufzunehmen. Das Haus war das Zuhause für die Familie und siebenundzwanzig Diener und es war Schauraum der unvergleichlichen Sammlung alter Meister und Gemälde aus dem 18. Jahrhundert. Zum hervorragenden Sammler von Möbeln, Porzellan, Kunsthandwerk und Skulpturen ist Frick erst in diesem Haus geworden, das ihn bewusst werden ließ, dass er seine Gemälde in die angemessene Umgebung hängen musste und dass es dafür die entsprechenden Einrichtungsgegenstände aus der jeweiligen historischen Epoche bedurfte. Wahrscheinlich hat die Ausstellung der Sammlung von Pierpont Morgan das ihrige dazu beigetragen. Morgan war der reichste Bankier New Yorks, der Frick im Sammelwahn weit überbot. Er starb im März 1913 in Rom und zu seinem Gedenken veranstaltete das Met diese Ausstellung. Frick besuchte sie und was er dort sah, muss seinen Ehrgeiz enorm angestachelt haben, es dem Banker gleich zu tun und sein neues Haus ganz in diesem Sinne mit dem Schönsten und Besten zu füllen, das der damalige Kunstmarkt hergab. Mit Hilfe eines englischen Kunsthändlers erwarb er viele der besten Stücke aus Morgans Sammlung und legte das Fundament für ein Museum, das mit seiner Sammlung einzigartig in der Welt ist."

„Lässt sich ihr Wert beziffern?"

„Der materielle Wert sicher. Für jedes einzelne Kunstwerk lässt sich der Marktwert in Dollar berechnen. Schwieriger ist es beim ideellen Wert. Auch explodierten schon damals die Preise für bestimmte Künstler.

Nimm zum Beispiel Vermeer. In den 1890er Jahren waren die Preise für seine Bilder verhältnismäßig niedrig, der Bankier Marquand zahlte 1887 für ein Gemälde 800 Dollar. Nur vier Jahre später kaufte die Großsammlerin Isabella Stewart Gardner einen ‚Vermeer' für etwas weniger als 5000 Dollar. Der Alte dagegen blätterte für unser Gemälde ‚Offizier und lachendes Mädchen' 1911 225.000 Dollar hin und seinen zweiten ‚Vermeer' ließ er sich sogar 265.000 Dollar plus 10 Prozent Kommission kosten. Er kaufte sogar noch ein drittes Werk des Malers und schaffte damit das Kunststück, als einziger Privatsammler auf der Welt drei Bilder dieses Meisters zu besitzen. Anhand der Zahlen bekommst du eine Vorstellung davon, wie die Werte dieser Sammlung in den vergangenen Jahrzehnten gewachsen sind. Die beiden ‚Vermeers' allein sind schon unbezahlbar. Und als Ensemble ist die Sammlung ein unschätzbares Kulturdenkmal."

„Somit unersetzlich."

„Richtig. Würde eine Bombe das Haus zerstören, ginge mit ihm auch der einzigartige Charakter des Museums verloren. Die Sammlung ist durch das Haus zu dem geworden, was sie seit seiner Eröffnung für das Publikum bedeutet. Natürlich könnten wir bis zum Ultimatum einfach die Kunstwerke in Sicherheit bringen. Die beweglichen Werte lassen sich schützen, bei den immobilen wie der Immobilie ist das unmöglich. In seinem Todesjahr belief sich Fricks Privatvermögen auf die schon damals phantastische Summe von 150 bis 200 Millionen Dollar, in der das Haus und sein Inhalt den Löwenanteil ausmachten. Nur ein Sechstel erbte die Familie, der Rest ging an öffentliche Institutionen und Wohlfahrtsorganisationen. Mehr als 117 Millionen flossen zurück in die Gesellschaft. Das war die größte Stiftung, die bis 1919 jemals durch ein einzelnes Testament gemacht wurde. In seinem letzten Willen sorgte der Alte auch dafür, dass seine Frau ihren Lebensabend hier verbringen durfte. Erst nach ihrem Ableben sollte die Umwandlung in das Museum vollzogen werden."

„Seiner Frau hätte doch ein weitaus größerer Erbteil zugestanden."

Steve nickte und sein Gesicht war ernst. „Klar, nach den Gesetzen des Staates Pennsylvania, wo sie heirateten, hätte er ihr um die 68 Millionen geben müssen. Aber Adelaide Frick spielte nie eine führende Rolle in der Familie, sie war immer sehr still und zurückhaltend, oft krank und psychisch labil. Der Tod von zwei Kindern hinterließ seine tiefen Spuren. Sie focht das Testament nicht an. Entweder wollte sie es nicht oder sie hatte nicht mehr die Kraft dazu."

„Was bekam sie denn?", fragte Lüder, der nun neugierig geworden war.

Steve druckste herum.

„Nun stell dich nicht an. Du sollst kein Staatsgeheimnis preisgeben."

„Sie erhielt eine Million in bar, fünf Millionen zu treuen Händen und den Inhalt der beiden Häuser in Eagle Rock und Clayton in Pittsburgh sowie das Recht, in Eagle Rock ebenfalls bis zum Ende ihres Lebens wohnen zu dürfen."

„Sechs Millionen! Das ist ja nicht einmal ein Zehntel der ihr zustehenden Summe! Was für ein Geizkragen!" Lüder schüttelte den Kopf. „Und die anderen Familienmitglieder?"

Steve zögerte erneut mit seiner Antwort, als wäre sie ihm peinlich. Er blickte zum Fenster der Bibliothek hinaus, als er sagte: „Den Löwenanteil bekam Helen, die Tochter. Deshalb krönte sie eine New Yorker Zeitung als Amerikas reichste Junggesellin. Ihr wurden fünf Millionen Dollar in bar, die Frickschen Gebäude und Nebengebäude in Pittsburgh im Wert von zwölf Millionen und eine Million für die Unterhaltung zugesprochen. Hinzu kamen die Grundstücke der Eisenbahn in Westham, Massachusetts, und dreizehn der hundert Anteile des übrigens Vermögens ihres Vaters, dessen Wert auf sechs Millionen Dollar geschätzt wurde. Nach dem Tod ihrer Mutter ging das Haus Eagle Rock in Boston in ihren Besitz über. Eine zweite Klausel sah des Weiteren vor, dass sie dieses Haus an der Fünften Avenue und die Sammlung erben sollte, wenn die Übergabe an die Öffentlichkeit und die Einrichtung des Museums scheitern sollte."

„Der Patriarch übte also noch Einfluss aus dem Grab heraus. Was ist mit dem Bruder?"

„Childs Frick war schon anlässlich seiner Hochzeit 1913 komfortabel ausgestattet worden. Aber um ehrlich zu sein, allzu viel Zutrauen in seine geschäftlichen Fähigkeiten hatte der Vater nicht. Das Testament legte leider das Fundament für eine von Liebe und Hass geprägte Beziehung zwischen Bruder und Schwester und, ironischer Weise, muss man wohl sagen, zu ihrem verstorbenen Vater. Die Abhängigkeit überdauerte seinen Tod. Das ist grad unser Problem in dieser heiklen und äußerst delikaten Situation. Durch den Alten ist Helen alles, was sie heute ist. Dafür liebt sie ihn und hält ihn im hohen Ansehen. Das väterliche Andenken durch ein Bekenntnis des Museums in Form einer Gedenktafel und einer Publikation zu beflecken, käme für sie niemals in Frage. Für sie ist es außerhalb jedes Vorstellungsvermögens, auch wenn ihr Umfeld das differenzierter sieht. Gustav, wir müssen weiter."

Die Westgalerie überbot alles, was Lüder bis dahin gesehen hatte. Ein Gemäldesaal mit einer Länge von dreißig Metern, angefüllt mit zwei Dutzend großformatigen Gemälden in Prunkrahmen, alten, reich verzierten Renaissancekommoden und Samtsofas, auf denen der Besucher sich ausruhen und bequem auf die Kunst schauen konnte. Den Boden bedeckte ein grüner Teppich, auf dem in der Saalmitte ein großer Perser mit Floralmuster in den Farben Rot und Blau lag. Darauf drei große wuchtige Tische, auf denen kleine Bronzeplastiken präsentiert wurden. Durch das gewölbte Oberlicht fiel Tageslicht. An den Kopfenden des Saals waren Wandöffnungen in Form von Triumphbögen, durch die man in die angrenzenden Räume gelangte. Die Wände waren im gleichen Ton gehalten wie der Boden. Grüne Samtbahnen bedeckten sie.

„An dieser Stelle wurde der tote Wachmann gefunden."

Sie standen vor dem Gemälde „Die Schmiede" von Goya und Steve zeigte auf den Boden zu ihren Füßen. „Der Obduktionsbefund geht von Herzversagen aus. Trotzdem bleibt der Tod rätselhaft."

„Warum?"

„Der Wachmann kann nicht an dieser Stelle gestorben sein. Alle Indizien weisen darauf hin, dass der Leichnam hierher geschleppt wurde. Das muss eine ziemliche Ochserei gewesen sein, denn Meiss, so hieß der Wachmann, brachte mindestens 110 Kilo auf die Waage. Natürlich entging auch den ermittelnden Beamten dieses merkwürdige Detail nicht. An sich hätte niemand anderes außer Meiss im Gebäude sein dürfen. Wer trug ihn also hierher? Warum an diese Stelle?"

Lüder wurden vor lauter Stehen die Beine schwer. Sie setzten sich auf ein Sofa.

„Kommt es vor, dass einer vom wissenschaftlichen Personal spät abends oder nachts ins Haus kommt?", wollte Lüder wissen.

„Immer wieder. Besonders Sam hat die Angewohnheit, hier nachts zu arbeiten."

„Wäre es denkbar, dass er sich in der fraglichen Nacht im Museum aufgehalten hat, als Meiss starb?"

„Sam?" Steve sah Lüder überrascht an. „Vorstellbar allemal, aber erkläre mir, warum unser Direktor den Toten durch das halbe Museum hätte zerren sollen."

Sie schwiegen beide. Lüder betrachtete ein Landschaftsbild auf der gegenüberliegenden Wand.

„Aber ich muss zugeben, ich weiß nicht, ob Sam an dem Abend oder in der Nacht im Museum war. Das Besucherbuch des Wachmanns verzeichnet natürlich keinen entsprechenden Eintrag. Mitarbeiter des Hauses werden nicht registriert. Das machen wir nur bei auswärtigen Besuchern oder Lieferanten. Trotzdem ist es merkwürdig. Jetzt, wo du es sagst, fällt mir ein, dass keiner danach gefragt hat. Die Polizei hat an unseren Direktor oder mich überhaupt nicht gedacht. Warte! Nachdem Meiss gefunden wurde, wollte Sam unbedingt, dass ich ein paar Tage Sonderurlaub nehme. Das fand ich seltsam. Und noch etwas ist mir aufgefallen."

„Ja?"

„Dafür müssen wir zu dem ‚Goya' da hinten."

Lüder folgte Steve zu dem Gemälde „Die Schmiede".

„Spontan dachte ich, es kann kein Zufall sein, dass der Tote genau hier liegt. Dieses Bild des spanischen Malers Francisco de Goya ist eine Besonderheit in der Sammlung. Es ist die einzige Arbeitsdarstellung im gesamten Museum. Nirgendwo sonst findest du in den Bildern arbeitende Menschen. Diese Schmiede hat einen direkten Bezug zu den Unternehmen Fricks, die alle mit der Herstellung von Eisen und Stahl und ihrer Verwendung zu tun hatten. Deshalb glauben wir auch, er hätte das Bild als Reminiszenz an seine Ursprünge gekauft, eine Erinnerung an die Welt, die ihn groß machte. Eine Art nostalgische Anwandlung. Wegen ihr brach er aus seinen sonstigen Sammelgewohnheiten aus. Der Herkules, der Meiss vor diesem Bild zur letzten Ruhe bettete, kann einen versteckten Hinweis auf Fricks eigene Herkunft gegeben haben."

„Auf Homestead?"

„Gut möglich. Der Tote vor der ‚Schmiede'. Der tote Wachmann als Symbol für die Toten des Stahlarbeiterstreiks? Dieser Gedanke kam mir, als ich von dem toten Meiss erfuhr und ich bin mir absolut sicher, dass Conolly Ähnliches gedacht haben muss. Aber dieser versteckte Hinweis, dieses demonstrative ‚Ich war hier' wäre am ehesten dem Erpresser zuzutrauen, jemanden, der davon weiß und sein böses Spiel mit uns treibt."

„Wer könnte das sein?"

„Frag mich etwas Leichteres. An die Möglichkeit, dass der Erpresser nachts hier umherwandert und mit Toten seinen Schabernack treibt, mag ich gar nicht denken."

„Wann fand Conolly den Brief auf seinem Schreibtisch?"

„Am Morgen, als Meiss entdeckt wurde."

Lüder strich sich durch den Bart. „In der Tat ist das alles sehr merkwürdig." Er betrachtete das Gemälde. Homestead. Immer wieder Homestead.

Die Stadt stand für ein Trauma.

Die Schlacht am Monongahela-Strom

Vorbemerkung des Herausgebers

Über vierzig Jahre dauerte es, bis wir unserer Toten in Homestead in würdiger und angemessener Form gedenken durften. Erst vierzig Jahre nach der bittersten Niederlage in der Geschichte unserer Organisation haben wir die Schwächung und den Bedeutungsverlust überwunden und können endlich daran gehen, jene Auseinandersetzung zu erinnern, die beinahe das Ende unserer Gewerkschaft bedeutet hätte: die Schlacht am Monongahela-Fluss. *Die Errichtung des Gedenksteins an der Kreuzung in Homestead brauchte viel Zeit – für viele zu viel Zeit, sie erlebten diesen Augenblick nicht mehr –, da lange die finanziellen Mittel fehlten und die Möglichkeit, diesen Akt des öffentlichen Erinnerns und der Wiedergutmachung politisch durchzusetzen. Auch fehlte über Jahrzehnte hinweg eine unvoreingenommene Niederschrift der folgenschweren Ereignisse. Da viele Augenzeugen mittlerweile verstorben sind, ohne befragt werden zu können, droht die Geschichte völlig in Vergessenheit zu geraten. Die Zeit drängt, dass diejenigen, die noch Zeugnis abzulegen vermögen, endlich erzählen, was damals wirklich geschah am Monongahela-Fluss. Deshalb hat der Autor dieses Buches dem Drängen und Bitten seiner Freunde und ehemaligen Kollegen schließlich nachgegeben und sich einverstanden erklärt, dass der Herausgeber hier erstmals seine unveröffentlichten Aufzeichnungen abdruckt. Damit wurde eine einmalige Quelle der Zeugenschaft erschlossen und der geneigten Leserschaft zugänglich gemacht.*

Edgar Schumm war mit ganzem Herzen ein unermüdlicher Kämpfer für die Interessen der Arbeiterschaft. Im Jahr der hier geschilderten Ereignisse war er zweiunddreißig Jahre alt, ein Gewerkschafter und ein besonnener Familienvater, der Verantwortung trug für Frau und fünf Kinder. Seine Erfahrenheit und sein selbstbewusstes Auftreten trugen ihm Respekt ein. Er konnte reden und andere für die Ziele der Amalgamated Association *gewinnen, die 1891 24.000 Mitglieder zählte. Schumm gehörte zu ihrem Führungsstab und seine Chronik hält Homestead, das 7000 Seelen zählende Städtchen, das allein von der Eisen- und Stahlerzeugung der Carnegie-Fabrik lebte, für immer im Gedächtnis.*

Seine Chronik ist den Opfern gewidmet und darin folgt ihm der Herausgeber. Leider verstarb der Kämpfer für die Arbeiterrechte im hohen Alter von fünfundsiebzig Jahren, kurz vor der Drucklegung, so dass ihm die Genugtuung verwehrt blieb, sein Werk noch selbst in den Händen zu halten.

Zur besseren Verständlichkeit hat sich der Herausgeber die editorische Freiheit erlaubt, den Text zu ergänzen durch wichtige Geschehnisse, die Schumm nicht erwähnt. Diese Passagen sind kursiv gesetzt und damit deutlich vom Bericht des Autors unterschieden.

*

Die Nachricht verbreitete sich am 12. Juni wie ein Lauffeuer in der Stadt und in der Stahlhütte. Kinder beobachteten die Bauarbeiten am Zaun als erste. Darunter meine zwölfjährige Tochter Alice. „Sie ziehen einen Zaun!", kam sie atemlos ins Walzwerk gelaufen, wo ich gerade in die Mittagspause ging. Sie brachte mir stets das Essen. „Mum sagt, sie bauen einen Schutzwall um die Fabrik", keuchte meine Kleine und reichte mir in heller Aufregung den Henkelmann mit der warmen Suppe. Ich beruhigte sie und ließ mir berichten, während ich aß. Meine Kollegen hörten ihr ebenfalls neugierig zu. Wir entnahmen dem Bericht meiner Tochter, dass die Leitung der Carnegie-Fabrik damit begonnen hatte, einen Zaun um das gesamte Fabrikgelände zu ziehen. Ich war damals im Juni 1892 Mitglied des Gewerkschaftskomitees der vereinigten Eisen-, Stahl- und Zinnarbeiter und in dieser Eigenschaft an der Verhandlung eines neuen Arbeitsvertrags für die Gewerkschaftsmitglieder beteiligt. Der alte Vertrag sollte am 30. Juni auslaufen und ein neuer war nicht in Sicht. Die Gewerkschaft und der Vorstand der Carnegie-Fabriken konnten sich in den monatelangen Verhandlungen auf keine neuen Vereinbarungen einigen. Der Vorstandsvorsitzende Henry Clay Frick wollte neben einer 22-prozentigen Lohnkürzung den Einfluss der Gewerkschaft auf weiteren Gebieten zurückdrängen, was einer offenen Kriegserklärung an uns gleichkam. Der Zaun war das Startzeichen. Frick rüstete zum letzten Gefecht. Er wollte die Arbeiter aussperren und zwingen, den neuen Arbeitsvertrag der Fabrikleitung zu akzeptieren. Alices Nachricht musste uns im höchsten Maße alarmieren. Ohne rechten Appetit löffelte ich meine Suppe aus und kehrte zurück an die schweißtreibende Arbeit. Ich versuchte in den folgenden Stunden immer wieder zu ermessen, was es bedeutete, die gesamte Fabrikanlage von drei Seiten einzuzäumen. Das musste ein meilenlanges Bollwerk werden. Der Arbeitstag wollte nicht vergehen und es fiel mir schwer, mich zu konzentrieren. Immer wieder lenkten mich die Gedanken an die neueste Entwicklung ab. Wegen Unaufmerksamkeit verbrannte ich mir am glühenden Metall den Unterarm und fluchte. Die Komiteemitglieder hatten sich um sechs Uhr verabredet, gleich nach Schichtende den Zaun selbst in Augenschein zu nehmen und eine Lagebeurteilung vorzunehmen. Mit bösen Vorahnungen ging ich mit fünf weiteren Männern zum Fluss hinüber, wo mit dem Bau des Zauns begonnen worden war. Wir waren von unserem Arbeitstag erschöpft und die Aussicht auf den kommenden Konflikt drückte unsere Stimmung. Arbeiter und Frauen sprachen uns auf dem Weg an und fragten, ob wir mehr über den Zaun wüssten. Wir konnten sie nur auf später vertrösten. Den Zaun sahen wir von weitem. Er erstreckte sich bereits auf hundert Meter und hatte vielleicht die Höhe von drei Metern. Stumm und ungläubig blickten wir nach oben zur Zaunkrone. Die dort befestigten Halter ließen keinen Zweifel daran, was noch fehlte – der Stacheldraht. Ich arbeitete seit zehn Jahren in Homestead und hatte die wechselvolle Geschichte der Eisen- und Stahlfabrik aus nächster Nähe erlebt. Lohnkämpfe waren hier nichts Ungewöhnliches gewesen, die letzte große Auseinandersetzung lag keine fünf Jahre zurück. Ich hatte da bereits für die Gewerkschaft mit verhandelt. Aber das hier verschlug mir die Sprache. Wenn der Zaun fertig war, würden wir einem monströsen Bauwerk gegenüberstehen.

Die anderen Männer sahen mich fragend an, warteten auf meinen Kommentar. Ich schwieg. Mir fehlten die Worte. Statt nach Hause zu gehen, liefen wir direkt zum Gewerkschaftshaus. Beinahe körperlich spürte ich, wie es in den schmutzigen Straßen und Häusern gärte. Diese neuerliche Maßnahme schürte den Hass und verstärkte den Glauben, dass von den Fabrikbesitzern nichts Gutes und schon gar nicht Gerechtigkeit zu erwarten war.

Als wir in den Versammlungssaal traten, herrschte dort eine aufgeregte Stimmung. Unser Sekretär Herbert Wells diskutierte mit Mitgliedern über den Zweck des bedrohlichen Bauwerks. Breitbeinig stand er auf einem Tisch und versuchte die erhitzten Gemüter abzukühlen.

„Männer, ich bin nicht weniger beunruhigt als ihr, aber im Moment können wir nichts anderes tun als abzuwarten."

„Wie kannst du nur zusehen und abwarten?", schrie ein junger Arbeiter in schmutziger Arbeitskleidung. Wegen der vielen Menschen im Saal war die Luft schlecht, es roch säuerlich nach Männerschweiß, verbrannter Kohle, Tabak und Bier.

„Was erwartest du von mir, Rusty? Soll ich zu ungesetzlichen Aktionen auffordern, die uns ins Gefängnis bringen? Noch ist es nur ein Zaun! Niemand, und ich betone, wirklich niemand kann Carnegie und Frick verbieten, auf ihrem Grund und Boden einen Zaun zu errichten. Jede Maßnahme dagegen setzt uns ins Unrecht und schwächt unsere Position bei den Lohnverhandlungen."

„Aber die wollen uns aussperren! Siehst du das nicht?", empörte sich ein anderer Arbeiter wütend. „Glaubst du, vom bloßen Hingaffen wie das Karnickel vor der Schlange werden wir stärker?" Herbert gestikulierte wild mit den Armen und verlangte Ruhe. „Natürlich wollen sie uns aussperren. Aber erst wenn das geschieht und Frick uns ganz offiziell den Kampf angesagt hat, können wir zurückschlagen. Keine Macht der Welt wird uns daran hindern, vom öffentlichen Boden aus unsere Rechte zu verteidigen."

Ich drängte mich durch die dichten Reihen nach vorn zu dem Tisch, drehte mich zu der Versammlung und rief: „Herbert hat Recht. Lasst euch nicht provozieren. Das will doch der Fuchs. Jetzt, wo er seine Maske heruntergerissen hat und sein wahres Gesicht zeigt, ist es an der Zeit, dass wir einen Verteidigungsplan entwerfen. Soll er sich doch verbarrikadieren hinter seinem Zaun! Ohne Arbeiter in der Fabrik nutzt ihm das gar nichts. Wir werden mit allen Mitteln verhindern, dass auch nur eine Maus auf das Fabrikgelände gelangt. Diesen Zaun wird kein Streikbrecher überwinden!"

Herbert nickte, andere klatschten Beifall oder grölten zustimmend. „Edgar hat Recht!", rief Herbert. „Und jetzt machen wir uns ans Werk." Er sprang vom Tisch herunter und landete sehr elastisch lächelnd neben mir. Er legte mir seine schwere Hand auf die Schulter und nickte anerkennend. Zusammen zogen wir uns mit weiteren Komiteemitgliedern in ein Hinterzimmer zur weiteren Beratung zurück. Herbert ließ sich auf einen klapprigen Stuhl fallen und seufzte. Er war vierzig Jahre alt, sah aber aus wie fünfundfünfzig. Das Gesicht wettergegerbt und faltig, das Haar ergraut. Um Nase und Mund hatten sich tiefe Sorgenfalten eingegraben. Er strich sich eine fettige Strähne aus der Stirn. „Das hab' ich in meinem ganzen Leben noch nicht erlebt und das will was heißen. Wenn ihr mich fragt, wollen die keine Verhandlungen. Der Zaun ist eine Kriegserklärung."

„Wie lange werden sie brauchen, bis er fertig ist?", fragte der Schriftführer.

„Zwei Wochen", mutmaßte ich. „Bis zum 24. Juni müssen wir der neuen Vereinbarung zugestimmt haben, am 29. ist unser alter Vertrag ungültig und wir sitzen rechtmäßig auf der Straße."

„Sachte, sachte. So aussichtslos ist unsere Lage nicht", hielt mir Herbert entgegen und versuchte gute Miene zum bösen Spiel zu machen. „Im November sind Präsidentschaftswahlen. Die Reps werden sich hüten, uns anzugreifen. Dadurch böten sie gegenüber der uns wohl gesonnenen

Presse eine offene Flanke. Andere Fabriken stünden uns bei. Sie riskierten einen landesweiten Aufstand der Stahlarbeiter. Das werden sie nicht wagen."

„Und sie müssen Verträge erfüllen", stimmte der Schriftführer Herbert zu.

„Genau. Die Panzerplatten für die Navy sind noch nicht fertig."

„Wenn du dich da man nicht täuscht, mein Lieber", sagte ich. „An der Planerfüllung wird mit Hochdruck gearbeitet. Bis Ende Juni könnte alles in trockenen Tüchern sein. Dann Gnade uns Gott."

„Edgar, du bist der geborene Schwarzseher."

Herbert mochte es nie, wenn ich die Lage kritischer einschätzte als es sein Pragmatismus erlaubte. Aber dieses Mal teilte ich seinen Standpunkt nicht. Die Situation war meiner Meinung nach bedrohlich. Ich blieb dabei. „Frick ist ein anderes Kaliber als Carnegie, sag' ich euch. Der Mann zieht im Gegensatz zu dem sein Ding gnadenlos und gegen alle Widerstände und Verluste durch."

„Hat das letzte Gespräch mit Frick was gebracht?", fragte Harvey, ein kränklich aussehender Arbeiter mit einer ungesund gelben Haut.

Herbert schüttelte den Kopf. „Nee. Er will kein Jota von seiner 22-prozentigen Kürzung der Löhne abrücken. Und wir sollen keinen Einfluss mehr auf die Neueinstellungen haben. Auch Forderungen von unserer Seite hinsichtlich der Produktion wären fortan tabu. Er will, dass wir raus aus dem Geschäft sind. Aber zu Tode schuften für Hungerlöhne, das erlaubt er noch."

„Homestead wird die Nagelprobe. Entweder das Management oder wir", meinte ich.

„Genauso ist es. Wir sind hier für Frick und Carnegie auf heiligem Boden. Ihre moderne Fabrik duldet unseren Einfluss nicht mehr." Herbert stand auf und reckte sich. „Aber wir bieten ihnen die Stirn. Kampflos räumen wir nicht das Feld – oder seid ihr anderer Ansicht?"

„Nein!", war die einhellige Meinung der Anwesenden.

„Gut. Auch die anderen Arbeiter werden uns unterstützen. Für alle geht es um alles oder nichts. Fast ein Viertel Lohneinbuße bei gleicher Arbeit oder Mehrarbeit, das wird sich keiner bieten lassen."

Was also war zu tun? Wir steckten die Köpfe zusammen und berieten bis spät in die Nacht hinein. Wir ahnten jedoch nicht, dass wir längst auf verlorenem Posten standen. Zu groß war die Übermacht, die nur auf den Befehl zum Angriff wartete.

*

Denn kurz vorher hatte Frick Robert Pinkerton, Besitzer der weltweit ersten Privatdetektei, in das Gebäude der Frick Koks Company zum vertraulichen Gespräch unter vier Augen gebeten. Der Treffpunkt in Pittsburgh bei Frick war mit Absicht gewählt. In den Büros von Carnegie wäre der Besuch aufgefallen und hätte Unruhe bei den Beschäftigten gestiftet. Frick brauchte aber alles andere als Unruhe für seine nächsten Schritte. Pinkerton traf pünktlich ein. Er war ein Mann von ernsthaftem Äußeren und sehr bestimmtem Auftreten. Seine etwas steife Art sollte Seriösität signalisieren. Sie war die Visitenkarte dieses Geschäftsmannes. Frick hielt sich nicht lange mit Konversation auf und kam gleich zur Sache. Die Pinkerton Agentur sollte für den Schutz des Fabrikgeländes in Homestead sorgen, nachdem am 29. Juni die Arbeitsverträge mit der Gewerkschaft ausgelaufen und die Fabriktore geschlossen sein würden. Pinkerton legte seine Planungen dar.

„Wir bewachen das Gelände mit 300 Mann. Gewehre, Revolver und Munition gehören zur Ausstattung. Meine Männer tragen dafür Sorge, dass an verschiedenen neuralgischen Punkten des Zauns Wachtürme errichtet werden, die die Überwachung der Straße und des Fabrikgeländes zulassen. Auf den Plattformen sind elektrische Scheinwerfer, die die Bewachung des Terrains auch in den Nachtstunden garantieren."

Robert Pinkerton rollte eine Karte des Firmengeländes aus und zeigte Frick, wo Türme vorgesehen waren. Frick studierte alles genauestens.

Pinkerton führte weiter aus: „Die natürliche Beschaffenheit des Geländes erleichtert unsere Aufgabe. Der Fluss ist eine natürliche Barriere, vergleichbar mit einem breiten Burggraben. Auf der gegenüberliegenden Seite sind die Eisenbahngleise. Die breite Trasse ist gut einsehbar und kann nicht unbemerkt überwunden werden. Die Berge im Westen machen einen Angriff von dort sehr unwahrscheinlich. Der Schwachpunkt bleibt die Seite zur Stadt hin, da die Arbeitersiedlung dicht an den Zaun heranreicht. Diese verletzliche Stelle im Verteidigungsring müssen wir besonders sichern."

Pinkerton strich sich versonnen über seinen dünnen Schnurbart. „Deshalb rüsten wir den Zaun auf dieser Seite mit Schießscharten aus. Wir bohren Löcher, durch die die Wachmannschaften feuern können."

„Gut, gut", sagte Frick zufrieden. „Meinen Sie wirklich, dreihundert Männer sind genug, damit willige Arbeiter auf das Gelände kommen und dort unter Schutz arbeiten können?"

„Davon bin ich fest überzeugt. Der Plan sieht vor, dass wir am 5. Juli die Schutztruppen von Ashtabula mit dem Zug bis Bellevue transportieren. Das ist fünf Meilen flussabwärts von Pittsburgh. Uniformen, Bewaffnung *und Munition gehen in Kisten mit dem Zug, so dass alles schön unauf-fällig bleibt. Gegen Mitternacht werden unsere Leute in Bellevue ankom-men und dort auf zwei Barken umsteigen. Ein Schlepper wird die Schiffe begleiten. An Bord werden meine Leute erst ihre Uniformen anziehen."*

"Sehr weise. Und ich will, dass Mr. Potter, der Leiter unseres Wach-schutzes, mitfährt. Er trägt die Verantwortung dafür, dass keine Gesetze gebrochen werden! Ich bestehe darauf, dass von Ihren Leuten keine Aggressionen oder Angriffe ausgehen. Ihr Auftrag lautet, das Werk zu schützen und bei der eventuellen Verteidigung des Firmenbesitzes zu hel-fen. Mehr nicht! Haben Sie verstanden?"

Pinkerton beeilte sich, Frick den Defensivcharakter seiner Truppe zuzusi-chern. Es war kein Zufall, dass der Unternehmensboss auf diesen Vertrags-passus bestand. Der Ruf der Agentur war seit dem Tod ihres Gründers Allan Pinkerton keineswegs der beste. Von der Verbrechensbekämpfung hatte sie sich auf das einträglichere Geschäft der Unterdrückung der Ge-werkschaften verlegt und damit den Hass der organisierten Arbeiterschaft auf sich gezogen. Die „privaten Augen", wie die Privatdetektive wegen des Firmenlogos auch genannt wurden – es stellte ein weit geöffnetes Auge mit dem Slogan „Wir schlafen nie" dar –, hatten den sozialen Frieden im Land dermaßen vergiftet, dass einige Bundesstaaten ihren Einsatz bei Streiks gesetzlich untersagt hatten. Pennsylvanias Gesetze erlaubten den Einsatz der Pinks und Frick zögerte nicht, sich das zunutze zu machen.

Nachdem der Chef der Detektivagentur gegangen war, diktierte Frick seinem Sekretär sofort ein Kabel, das an Carnegie gehen sollte. Er unter-richtete seinen Partner, der in den Sommerferien in Schottland weilte, über die weiteren Schritte. Erst dann gönnte er sich an seinem Schreib-tisch eine kurze Pause. Er konnte zufrieden sein und hoffnungsvoll in die Zukunft schauen. In den vergangenen fünf Jahre hatte er alle Streiks in seiner eigenen Koks Company und in den Carnegie-Fabriken gebrochen. Seine Strategie hatte er im letzten Jahr erfolgreich verbessert, indem er Neueinwanderer mit anderem ethnischen Hintergrund rekrutierte, die zu jeder Arbeit bereit waren, auch zu der des Streikbrechers. Frick war überzeugt, der richtige Zeitpunkt sei jetzt gekommen, ein für alle Mal mit den Gewerkschaften Schluss zu machen. Unsere Forderungen nach hö-heren Löhnen, verbesserten Arbeitszeiten und Arbeitsbedingungen, nach Mitspracherechten bei der Neueinstellung von Facharbeitern und bei der Produktion stellten für ihn eine Provokation dar. Die Bindung der Löhne der Gewerkschaftsmitglieder an das erzielte Produktionsergebnis emp-fand er als eine Entmündigung des Managements. Solche Regelungen

gefährdeten seiner Ansicht nach die Effizienz der Fabrik und widerspra-
chen dem Recht der Unternehmensleitung, uneingeschränkt zu führen.
Für Frick entschied nur einer über die Einstellung und Entlassung von
Arbeitskräften – er selbst. Deshalb behauptete er in der Öffentlichkeit,
die Gewerkschaft wolle die Fabrik beherrschen und das könnten die Un-
ternehmer niemals zulassen. Unseren Versuch, für Homestead bessere
Löhne durchzusetzen, wertete das Management als Erpressung. Wo soll
das enden? argumentierten sie. Die Löhne der Arbeiter waren an die
erzielte Tonnage gekoppelt und da in den vergangenen Jahren ein dra-
matischer Anstieg der Produktion zu verzeichnen war, forderte die Ge-
werkschaft konsequenterweise den entsprechend prozentualen Anstieg
der Löhne. Frick dagegen hielt das für eine unzulässige und inakzep-
table Steigerung der Lohnausgaben, die mit nichts zu rechtfertigen sei.
Der Produktionsanstieg sei in Wirklichkeit ein Erfolg der Mechanisie-
rung durch den verstärkten Einsatz von Maschinen, die das Management
durchgesetzt habe. An der gestiegenen Produktivität hätten die Arbeiter
keinen Anteil. Deshalb seien ihre Lohnforderungen unvernünftig hoch
und weit davon entfernt, was die Konkurrenz zahlte.

Zu Beginn des Streiks machte Fricks neue Position als Vorsitzender von
Carnegie Brothers & Company und Carnegie Phipps & Company ihn
zum leitenden Kopf des vereinigten Carnegie Imperiums. Seine neue ge-
ballte Macht wollte er nun nutzen, die Anmaßungen der Arbeiter in die
Schranken zu weisen und die Gewerkschaft endgültig zu brechen. Das
Carnegie Imperium sollte zur gewerkschaftsfreien Zone werden, in der
nur noch einer das Sagen hatte: das Management.

*

Der Zaun wuchs. Von Tag zu Tag wurde er länger und meine Kinder ver-
folgten den Fortgang des Baus mit Staunen. Über Nacht war plötzlich vor
unserer Hütte eine hohe Wand aus dem Boden gewachsen und versperrte
den Blick auf das Fabrikgelände, das gleich auf der anderen Straßenseite
lag. Die Jüngsten bezogen die Bretterwand sofort in ihr Spiel ein, die
Älteren aber lauschten den Flüchen und Tiraden der Erwachsenen auf Frick
und sie ahnten, dass sich hinter dem Zaun ein Unheil zusammenbraute.
Zuhause beim Abendbrot verbat ich mir jede Frage wegen des Zauns.
Die Kinder und meine Frau hatten darüber zu schweigen. Trotzdem
wurde meine Laune immer schlechter und die Atmosphäre in unserem
armseligen Heim begann vor Spannung zu knistern, wenn ich wieder
einmal spät aus dem Gewerkschaftshaus zurückkehrte. Als allerdings ei-

nes Morgens die bis zum Horizont reichende Bretterwand im frischen, jungfräulichen Weiß erstrahlte und sich phantastisch aus dem schmutzigen Grau unserer Umgebung heraushob, da waren auch die Kinder mit ihren Fragen nicht mehr ruhig zustellen. Homestead war ja die Stadt der Schlote, alles war hier vom Russ schwarz. Selbst die Bäume überzog ein schwarzer Firnis, der nur wich, wenn ein starker Regenschauer ihn abwusch und für einen kurzen Moment frisches Grün hervorzauberte, das wir längst vergessen hatten, weil unser ganzes Leben und die Natur unter der Russ- und Schmutzschicht begraben zu sein schien. Die unansehnliche Schicht überzog alles, Straßen, Trottoirs, selbst der Himmel und Fluss waren für den Großteil des Jahres grau. Im Sommer drang die Sonne nicht durch die Smogglocke, unter der die Stadt brütete, und der Monongahela war zu einem stinkenden Abwasserkanal verkommen, eine Kloake, in der die Fabrik und die Menschen ihre Abwässer entsorgten. Entsprechend grotesk war der blütenweiße, geradezu unschuldige und rein wirkende Zaun, selbst mit seiner Stacheldrahtkrone. Nachts machte er das Laufen in der dunklen Stadt einfacher, wir mussten uns nur an dem weißen Band orientieren, das sich durch die Stadt zog.

Aber für noch größere Verwirrung sorgten die Löcher, die von der Seite des Fabrikgeländes in regelmäßigen Abständen in die dicken Bretter gebohrt worden waren. Was hatte das nun wieder zu bedeuten? Erst versperrte man den Zugang samt Sicht und nun gewährte man doch wieder einen Blick durch die Barriere nach drüben. Dem Gewerkschaftskomitee und mir war allerdings sofort klar, welche Bewandtnis es mit den Öffnungen hatte. Es bestärkte uns in dem Bemühen, eine militärische Taktik zu entwickeln, mit der wir den Angriff abwehren konnten. Im Gewerkschaftsbüro liefen unsere Planungen auf Hochtouren. Nach der Arbeit gönnte sich keiner Ruhe. Alle halfen mit.

„Wie viele Arbeiter sind auf unserer Seite?"

„Alle."

„Alle viertausend? Wirklich?"

„Ja."

Herbert stopfte seine Pfeife und war ganz entspannt. „Was ist mit den Polen und den Slawen?"

„Sind mit uns. Übersetzer organisieren sie und sorgen dafür, dass sie bereitstehen, sobald es losgeht."

Auf einem Blatt machte sich Herbert eine Notiz und erläuterte dann: „Wir teilen die viertausend in drei Divisionen ein, die im Achtstundenrhythmus Wache schieben. Unterabteilungen besetzen die Schlüsselpositionen an den Fabriktoren, am Fluss, am Wassertor, am Pumpenhaus und am Bahnhof."

„Was ist mit dem Fluss?", fragte ich und holte ebenfalls meine Pfeife hervor.

„Ist geklärt. Tausend Mann werden ihn auf beiden Seiten fünf Meilen flussaufwärts und fünf Meilen flussabwärts kontrollieren. Eine Gruppe patrouilliert auf dem Fluss und eine andere kümmert sich um den elektrischen Suchscheinwerfer, der die Ufer und das Wasser überwacht."

Ein weiterer Arbeiter meldete sich zu Wort. „Herbert, die Drähte sind nun alle gespannt."

„Danke, Bob. Gute Arbeit. Männer, damit steht unsere Zentrale."

Wir machten uns mit Begeisterungsrufen Mut.

„Und was ist mit unserer Beobachtungsplattform?"

„Fast fertig."

„Gut, weiter. Wie steht es mit den Dampfsirenen. Edgar?"

Ich stellte unseren Plan vor. Ein Netz von Sirenen würde für die schnelle Kommunikation innerhalb der Stadt sorgen. Jeder fragliche Punkt, der zum Kampfplatz werden konnte, wurde mit einer bestimmten Anzahl von Sirenensignalen kodiert, so dass beim Ertönen des Warnsystems sofort alle wussten, wo es brannte und wohin Truppen zur Abwehr eines Angriffs geschickt werden mussten.

„Wir sind gewappnet", stellte ich fest.

„In die Knie werden wir ihn zwingen!", donnerte Herbert und reckte die Faust in die Höhe. Wir übrigen Männer fielen ein.

Doch, was dann folgte, war ein zermürbendes Warten, das an unseren Nerven zehrte. Die Situation glich einem Katz- und Maus-Spiel. Was tat der Gegner? Welchen Schachzug plante er als nächstes? Beide Seiten belauerten sich, während die Arbeit in der Fabrik weiter ging. Kurz vor dem Auslaufen des Ultimatums schloss Frick einzelne Bereiche der Fabrik. Die entlassenen Arbeiter hängten Stoffpuppen an Telegrafenmasten, die Frick symbolisierten, und verbrannten sie. Am 25. Juni klebten auf dem Zaun Plakate, die uns darüber informierten, dass das Management nur noch individuelle Verträge mit den Arbeitern abschließe. In den Menschentrauben, die sich vor den Anschlägen bildeten, wurde heftig und laut diskutiert. Die Gewerkschaft lehnte Fricks Forderung ab. Die organisierten und nicht organisierten Arbeiter, Facharbeiter, Hilfsarbeiter und Tagelöhner, waren sich einig. Niemals diese Bedingungen akzeptieren! Der Sheriff von Allegheny County versuchte, für Ruhe und Ordnung zu sorgen, doch die Arbeiter folgten seinen Aufforderungen nicht mehr, ignorierten ihn wie einen dummen Jungen.

Am 29. Juni verließ die Spätschicht müde das Werk. Die Nachschicht versammelte sich vor den Werkstoren, wurde aber nicht eingelassen. Der Werksschutz schickte sie fort mit dem lapidaren Hinweis, in zwei Stunden sei ihr Arbeitsverhältnis beendet. Wer weiterarbeiten wolle, solle individuell mit Frick einen Vertrag abschließen, wer es ablehne, sei entlassen und verlöre das Recht, weiterhin in der Wohnung zu bleiben, die der Gesellschaft gehöre. Hinter dem letzten Mann der Spätschicht schlossen sich die Tore. Auf einen Schlag standen viertausend Männer auf der Straße. In den folgenden Tagen legte sich eine lähmende Stille über die Stadt, die an Friedhofsruhe erinnerte. In diese Spannung platzte die Nachricht, in Zeitungen in Boston, St. Louis und Philadelphia seien Stellenanzeigen geschaltet, in denen Arbeiter für Homestead gesucht werden. Viele Interessenten sollten sich bereits gemeldet haben. Die Rekrutierung von Streikbrechern hatte begonnen. Gleichzeitig verkündete Frick über die Presse, alle Fabriken der Carnegie Stahl Gesellschaft verlören ab dem 30. Juni ihre selbstständige Verwaltung und würden nun zu einer neuen, größeren Gesellschaft verschmolzen, zur Carnegie Stahl. Er, Henry Clay Frick, sei zum neuen Vorstandsvorsitzenden des größten Stahlunternehmens der Welt ernannt worden und leite fortan die Geschicke des Konzerns.

„Frick gegen die Gewerkschaft", war Herberts knapper Kommentar und er rechnete uns unsere Chancen vor. Auf der Seite des neuen Unternehmens stand die geballte Macht von 25 Millionen Dollar, auf unserer eine spärlich gefüllte Streikkasse. Konnten wir damit Frick wirklich die Stirn bieten?

Unbegründete Sorge

Am Vormittag besuchte Lüder noch einmal Claire. Sie war weiterhin schwach und das Sprechen strengte sie an. Ihr angegriffener Zustand setzte ihm zu, doch er versuchte, sich nichts anmerken zu lassen. Er hielt den Besuch auf Wunsch der Schwestern kurz und machte sich bald auf den Weg zur Columbia Universität, die ganz in der Nähe lag. Das Quartier machte den Eindruck eines Studentenviertels. Viele junge Leute, überwiegend Weiße, waren auf der Straße. Ein Schwarzer kehrte mit einem großen Reisigbesen Müll am Straßenrand zusammen. Vor einem Café auf dem Trottoir saßen alte Männer und tranken Kaffee. An einer Kreuzung fragte Lüder einen jungen Mann nach dem Weg.

„Ich suche die Columbia Universität."

„Gleich da hinten, Mister." Der Mann wies in die schmale Seitenstraße, vor der sie standen. „Auf der linken Seite. Bei der Butler Library ist der Durchgang zum Campus."

Lüder schritt die 114. Straße hinunter und gelangte nach kurzer Zeit zu einem schmiedeeisernen, schwarz gestrichenen Tor, auf dem eine elektrische Laterne angebracht war. Das Tor lag zwischen zwei hohen Gebäuden und stand offen. Es gab einen schmalen Durchgang frei, der zu einer Treppe führte. In der Straße war kein Verkehr, eine merkwürdige Stille herrschte. Oben auf der Treppe öffnete sich vor seinen Augen das weiträumige Areal der Universität mit ihren vielen großen Gebäuden. Zeugen einer vergangenen Epoche. Auf einer großen grünen Wiese, die sich bis zur 115. Straße erstreckte, arbeiteten unermüdlich Wassersprenger. Die wuchtige Fassade der Butler Library mit ihrer Kolonnadenreihe aus fünfzehn hohen Säulen schloss den Campus wie ein Riegel ab. Der Platz war menschenleer. Wie ausgestorben. Der Stadtplan half Lüder hier nicht mehr weiter. Er war nicht detailliert genug und führte nicht die einzelnen Institute der Universität auf. Lüder fühlte sich verloren. Auf gut Glück überquerte er die 115. Straße und hielt auf ein großes Gebäude mit einer hohen Kuppel zu, das auf einer Anhöhe lag. Er musste eine breite Treppe hinauf. Für die überlebensgroße Bronzeskulptur der Alma Mater brachte er nur mäßiges Interesse auf. Sie thronte auf einem weißen Sockel in der Mitte der Treppe. Oben angekommen, hatte er einen schönen Überblick über den Campus. Inmitten der rastlosen Großstadt herrschte hier eine unwirkliche Ruhe. Aus dem imposanten Gebäude mit der Kuppel kam eine junge Frau, die Bücher unter dem Arm trug. Lüder ergriff schnell seine Chance und sprach sie an. Er hielt ihr die Visitenkarte von Professor Rex hin und fragte, wo er dessen Büro fände.

Die Frau führte ihn an die Ecke des Gebäudes. „Das Schermerhorn ist gleich dort hinten, Mister. Gehen Sie an der Low Memorial Library vorbei – das ist das Gebäude, vor dem wir stehen – und laufen Sie bis zur Universitätshalle, die genau vor uns ist. Rechts davon liegt Schermerhorn."

Lüder bedankte sich und die Studentin schenkte ihm ein strahlendes Lächeln. Er fand das Institut gleich. Es war ein altes, dreistöckiges Gebäude aus rotem Backstein, das mit zwei anderen Häusern einen kleinen intimen Hof bildete, der mit Bäumen und Blumenrabatten bepflanzt war und im strahlenden Sonnenschein ein südländisches Flair versprühte. Auch hier war kein Mensch zu sehen. Lüder betrat das Institut und suchte im Foyer auf der Hinweistafel nach dem Büro von Professor Rex. Es lag im zweiten Stock und nirgendwo fand Lüder einen Fahrstuhl. Er brummte ärgerlich und nahm erneut die Treppe. Das Büro von Rex lag an einem langen, dunklen Flur, in dem es nach Bohnerwachs roch. Er schritt die Türen ab und suchte nach der Nummer. Eine Frau in einem grauen Rock und einer hochgeschlossenen Bluse sah ihn, als sie aus einem Büro kam, und fragte mit strenger Stimme, was er suche.

„Das Büro von Professor Rex?"

„Am Ende des Ganges auf der linken Seite", antwortete sie knapp und ging ihres Weges.

Das Büro des Professors war der letzte Raum auf dem Flur. Auf seiner Tür klebte ein mit der Maschine getippter Hinweis auf seine Feriensprechstunden. Darunter hing ein Plakat mit der Ankündigung einer Ringvorlesung im Wintersemester. Lüder klopfte an die Tür, aber nichts rührte sich. Er klopfte erneut, aber hinter der Tür war es still. Hatte er den Weg umsonst gemacht? Hilfe suchend blickte Lüder den Gang hinunter, aber weit und breit war niemand zu sehen. Er legte die Hand auf den Türgriff und drückte ihn herunter. Die Tür gab nach. Langsam öffnete er sie und schaute vorsichtig in das geräumige Zimmer. Im Raum war es dämmrig, die Vorhänge waren zur Hälfte vor das Fenster gezogen und hielten das Sonnenlicht draußen. Auf dem Schreibtisch brannte eine Lampe. Gegenüber gab es einen mit Büchern und Manuskripten überladenen Tisch, zwei Stühle und ein Regal mit Aktenordnern und Büchern. Auf dem Boden, zwischen Tisch und Schreibtisch, schauten ein Paar staubige, schwarze Lederschuhe hervor. – Lüder erschrak.

Der brennende Fluss

„Streik! Wir rufen den Streik aus! Die Arbeiter von Homestead stehen hinter der Gewerkschaft."

Wir waren entschlossen und die Mehrheit der Arbeiter stand hinter uns. Inzwischen ging ich nicht mehr nach Hause, sondern schlief im Gewerkschaftshaus. Alice brachte mir das Essen und war auch ansonsten oft in meiner Nähe. Meine Tochter war ein sehr aufgewecktes Mädchen, die sich für alles interessierte. Ich duldete ihre Gegenwart und sie wurde zu einer Art Maskottchen der streikenden Männer, die sich an der kindlichen Unbeschwertheit in schwierigen Stunden aufrichteten.

„Es wurden Pinks gesichtet", gab ich am 30. Juni an die Zentrale weiter.

„Frick will die Streikbrecher bald hereinbringen", mutmaßte Herbert.

„Das ist die Vorhut, die alles organisiert. Sie werden versuchen, mehr Pinks über den Fluss in die Fabrik zu schleusen, unter deren Schutz die

Arbeit wieder aufgenommen werden soll. Aber vor dem 4. Juli wird Frick diesen Angriff nicht wagen, aus Rücksicht auf die Presse. Am 5. Juli wird ihn jedoch das Presseecho nicht mehr scheren, dann hat er freie Hand und unsere Schonzeit ist vorbei. Bis dahin also Augen und Ohren auf." Am Vortag der Feierlichkeiten zum Unabhängigkeitstag nieselte es. Die Straßen weichten auf und verwandelten sich in klebrig gelben Matsch. Am 4. Juli schlossen wir bis auf zwei alle Kneipen. Damit verhinderten wir eventuelle Gewaltexzesse unter Alkoholeinfluss. Zum Feiern war aber sowieso niemandem zumute. Bis auf einen. Frick. Den ließ die angespannte Situation vollkommen kalt. Wieder waren es Kinder, die es zuerst erfuhren. Sie beobachten, wie Frick in seinem Haus in Pittsburgh alles für ein Feuerwerk für seinen kleinen Sohn vorbereitete. Kinder, die um Clayton, dem Sitz der Familie Frick herumstreunten, sahen, wie der Vater mit seinem Sohn den richtigen Platz auskundschaftete, auf dem das Feuerwerk gemacht werden sollte. Als wir davon hörten, empfanden wir es wie eine schallende Ohrfeige. Unsere Kinder sahen in eine ungewisse Zukunft, in der ihre Familien mit weniger Lohn auskommen sollten – und bereits jetzt lebten wir mehr recht als schlecht! –, und das karge Streikgeld reichte kaum zum Überleben. Aber der Vorstandsvorsitzende veranstaltete ein Privatfeuerwerk im Wert mehrerer Hundert Dollar für seinen neunjährigen Sohn. Wir wussten natürlich, dass im Hause Clayton noch immer tiefe Trauer herrschte über den Tod der 6-jährigen Martha, die nach langer schwerer Krankheit im vorangegangenem Jahr gestorben war. Das hatte die Familie sehr erschüttert und insbesondere über Frick wurde sich erzählt, der Tod seiner Zweitgeborenen habe ihn nicht nur im Innersten erschüttert, sondern auch verändert. Doch rechtfertigte sein persönliches Schicksal die Verhöhnung unserer Familien? Unsere Löhne wollte er senken zur Steigerung des Profits und selbst leistete er sich den Luxus, seinen Sohn für einige Minuten aufzuheitern für einen Betrag, der ausreichte, eine Arbeiterfamilie ein Jahr lang zu ernähren. Empörung machte sich bei uns breit. Selbstverständlich sahen unsere Kinder das anders, die aus der Ferne dem bunten Spektakel am Nachthimmel staunend beiwohnten und sich danach sehnten, selbst einmal eine Rakete zünden zu dürfen wie der Junge dort, der ihnen unerreichbar fern war. Den Erwachsenen aber versetzte Fricks Verhalten einen tiefen Stich in der Brust. Umso entschlossener waren wir, dem Management jeden erdenklichen Widerstand entgegenzusetzen und für unsere Rechte zu kämpfen. Da niemand sich einen Rausch ansaufen konnte, war unsere Aufmerksamkeit am folgenden Tag ungetrübt. Wir waren uns sicher, Frick würde nicht länger warten. Die Zeit verstrich in quälender Langsamkeit. Stündlich trafen im Hauptquartier die Berichte unserer Posten ein, aber nirgendwo wurden verdächtige Bewegungen beobachtet. Herbert und ich gingen zum Fluss und machten uns selbst ein Bild von der Lage. Hier war es unmöglich für die Pinks, unbemerkt anzulanden. Unsere Männer kontrollierten unablässig die Ufer. Der Abend brach an, ohne dass etwas geschah. Einige Streikposten wurden nervös und wollten schon nach Hause gehen im Glauben, sie würden nicht mehr gebraucht. Es gelang uns aber, sie vom Gegenteil zu überzeugen und jeden auf den ihm zugeteilten Posten zu halten. Um Mitternacht kämpften alle gegen die Müdigkeit an und die Stimmung sank auf den Tiefpunkt. Wir Gewerkschaftsfunktionäre mussten uns vorhalten lassen, die Lage fehl eingeschätzt zu haben. Uns blieb nichts anderes übrig, als darauf zu pochen, der Angriff erfolge am frühen Morgen. Unsere Glaubwürdigkeit stand auf dem Spiel und mit jeder weiteren Stunde, in der nichts geschah, schwand unsere Hoffnung, Recht zu behalten. Zu allem Überdruss war die Nacht lausig kalt und feucht. Fetter Nebel kroch vom Fluss die Ufer hoch und behinderte die Sicht.

2.45 Uhr. Die erlösende Nachricht brachte ein Reiter im vollen Galopp ins Hauptquartier. Sirenen schlugen Alarm. Zwei Barken und ein Schlepper waren einige Meilen vor Homestead gesichtet worden. Frauen, Männer und Kinder trugen Schläger, Revolver, Gewehre, Hacken und Sturmleitern hinunter zum Fluss. Um 3.30 Uhr waren tausend Arbeiter an verschiedenen Anlandepunkten und an den Fabriktoren zusammengezogen. Herbert koordinierte unsere Verteidigung aus dem Hauptquartier, ich war bei den Männern, die die Piere überwachten. Im Pumpenhaus hatten wir den 28-jährigen John Morris postiert, der aus erhöhter Stellung das Terrain überblickte. Als die Barken sich auf eine Meile der Fabrik genähert hatten, eröffneten wir das Feuer. Die Schiffe setzten unbeeindruckt ihre Fahrt fort und trotz des Sperrfeuers, unter das wir die drei Schiffe nahmen, näherten sie sich unaufhaltsam dem Hafen. Verletzte schien es auf der anderen Seite nicht zu geben und die Pinks machten einen unbewaffneten Eindruck. Der Kapitän der ersten Barke hielt unbeirrt auf das Fabrikufer zu und machte alle Anstalten, am Pier anzulegen. Unsere Männer auf dem Fluss schafften es nicht, dieses Manöver entscheidend zu stören, auch der dichte Nebel behinderte sie. Eine Übersicht zu gewinnen war nahezu unmöglich und der Suchscheinwerfer vermochte die dicke Suppe auf dem Fluss kaum zu durchdringen. Wollten wir das Anlegen abwehren, mussten wir selbst auf das Fabrikgelände gelangen und das Ufer besetzen. Wir rissen den Zaun nieder und drangen vor. Unter dem Schlachtruf „Lasst die schwarzen Schafe nicht landen!" stürmten wir zum Ufer und brachten es unter unsere Kontrolle. Den Männern auf den Barken wurde ein Ultimatum hinüber geschrieen: Entweder Rückzug oder Versenkung der Schiffe! Die Antwort der Pinks war knapp und bündig. Sie seien zur Erfüllung ihres Vertrags verpflichtet. Sie setzten das Landungsmanöver fort. Wir beantworteten ihre Weigerung, den Rückzug anzutreten, mit dem Feuer aus unseren Gewehren und jetzt schossen sie zurück. Dreißig Mann von uns gingen zu Boden. Morris in der Pumpenstation war so unvorsichtig, seinen Kopf aus seinem Beobachtungsposten herauszustrecken, ein Pink nahm ihn aufs Korn und schoss ihn in den Vorderkopf. Morris verlor das Gleichgewicht und stürzte achtzehn Meter in die Tiefe. Er war auf der Stelle tot.

Wir brachten zwei alte Kanonen aus dem Bürgerkrieg in Stellung, die die Schiffe versenken sollten. Doch wir waren zu unerfahren mit den rostigen Ungetümen, die zu allem Überdruss nicht genau feuerten. Eine Kanonenkugel durchschlug zwar das Dach der ersten Barke, ein anderer Schuss traf aber einen unserer eigenen Leute und riss ihm den Bauch auf. In unserer Verzweiflung öffneten wir die Gasleitung der Fabrik und steckten sie in Brand. In die Flammen warfen wir Dynamitstangen in der Hoffnung, so den Schiffen den Garaus zu machen. Aber weit gefehlt, unser Versuch war zum Scheitern verurteilt wie auch die sich daran anschließende Aktion, in den Monongahela Öl zu pumpen und es mit einem Floss und einen Waggon mit einem Öltank in Brand zu setzen. Der Pier wurde zu einer Feuerhölle, doch die Teufel auf den Schiffen blieben wie durch ein Wunder unversehrt. Der Schlepper hatte längst beigedreht und war davon gedampft. Damit waren die Barken manövrierunfähig geworden. Die Gewehre und die ausreichende Munition ermöglichte es den Pinks aber, jeden Eroberungsversuch abzuschlagen. Vierzehn Stunden tobte die Schlacht. Erst gegen 7 Uhr abends wurde auf den Barken die weiße Fahne gehisst. Dabei wurde der Fahnenträger niedergestreckt und ein weiterer Pink getötet. Mit hundert Männern erstürmte ich das zweite Schiff und nahm Fricks angeheuerte Truppe gefangen. Die Uniformjacken und Pistolen flogen in den brennenden Fluss. Alle Gewehrkisten wurden beschlagnahmt und die sichergestellten Lebensmittel unter unseren Frauen und Kindern verteilt. Die Schiffe überantworteten wir den Flammen.

Für die große Menge der Gefangenen war das Gefängnis von Homestead viel zu klein, wir wollten sie daher einen Hügel hinauf zum Eisenbahngelände führen, wo sie festgesetzt werden sollten. Bei der Durchquerung der Stadt waren die Bewohner aber nicht mehr zu halten und es kam zu Übergriffen auf die Gefangenen. Der über Tage aufgestaute Zorn und die Wut und Trauer über die Toten entluden sich in schlimmen Prügelszenen gegen die entwaffneten, wehrlosen Pinks. Man beschimpfte sie als Mörder, traktierte sie mit Schlägern, bewarf sie mit Steinen. Einen Mann schlug die Menge bewusstlos, einem anderen stach eine Arbeiterin mit dem Regenschirm ein Auge aus. Es war für das Komitee unmöglich, den Gewaltexzessen Einhalt zu gebieten, da die Menschen wegen der zehn Toten und sechzig Verletzten nach Rache dürsteten. Wie sich am bitteren Ende zeigen sollte, schadeten gerade diese Ausschreitungen unseren Interessen sehr.

Patriotische Gefühle

„Professor Rex?", rief Lüder und eilte auf den Mann zu, der auf dem Boden lag. Eine Zeitung bedeckte den Kopf, die Hände waren wie zum Gebet auf der Brust verschränkt.

Lüder beugte sich hinunter und tippte den Mann an. Er reagierte nicht.

„Walter?"

Erschrocken fuhr der Mann hoch, die Zeitung fiel zu Boden und ehe sich Lüder versah, stießen ihre Köpfe schmerzhaft zusammen. Lüder stöhnte auf und schaute Rex verärgert an.

„Was ist los?" Rex blinzelte den Eindringling an. „Sie, Gustav? Warum erschrecken Sie mich so?"

Lüder rieb sich die Beule an der Stirn. „Kann ich ahnen, dass Sie hochschnellen wie ein Klappmesser?"

„Wie würden Sie denn reagieren, wenn jemand Wildfremdes in Ihr Büro eindringt –"

„Ich habe kein Büro mehr."

„– und einen Ahnungslosen zu Tode erschreckt?"

„Nun aber halblang. Ich habe angeklopft. Zweimal! Sind Sie inzwischen taub geworden? Dann habe ich mein Glück mit dem Türgriff versucht. Ihre Tür ist nicht abgeschlossen."

„Ah, der Logiker und Pedant." Rex warf die Zeitung beiseite und erhob sich.

„Ich hoffe, ich störe nicht", sagte Lüder.

„Natürlich stören Sie! Was glauben Sie wohl, was ich hier mache?"

Lüder war sprachlos.

„Ich arbeite."

„Im Liegen auf dem Boden? Mit einer Zeitung auf dem Gesicht?"

„In dieser Position kann ich immer am besten nachdenken. Eine alte Angewohnheit."

Lüder konnte darauf nichts erwidern. Rex streckte sich. Die Ärmel seines weißen Oberhemds waren hochgekrempelt, der oberste Hemdenknopf geöffnet und der Knoten seiner dunkelblauen Krawatte gelockert. Er machte sich daran, die beiden Stühle frei zu räumen und forderte Lüder auf, sich zu setzen. „Nette Überraschung. Ist der glückliche Großvater oder der Kommissar zu Besuch? Ich befürchte, der Polizist." Rex gähnte.

„Der Kommissar im Ruhestand."

„Wo drückt der Schuh, Gustav? Ein so ernstes Gesicht haben Sie nicht einmal auf dem Dampfer gemacht."

Rex holte sich vom Schreibtisch die Zigaretten und zündete sich eine an. „Die Unordnung in meinem Büro müssen Sie entschuldigen. Ich hatte seit meiner Rückkehr noch keine Zeit zum Aufräumen."

Lüder hatte die Empfindung, dass das Zimmer auch sonst nie aufgeräumt wurde. In ihm herrschte eine Art kreatives Chaos.

„Ich brauche dringend Ihre Unterstützung", sagte er und lehnte die von Rex angebotene Zigarette ab.

„Was ist so brandeilig? Diese Erpressung, von der Sie erzählten?"

„Ja. Mein Schwiegersohn bittet mich um Mithilfe bei der Aufklärung des Falls, da die New Yorker Kripo nicht weiterzukommen scheint. Von dem Direktor der Frick Collection fehlt noch immer jede Spur."

„Bevor Sie in die Details gehen, Gustav, lassen Sie uns etwas zu trinken holen. Ich habe Durst. Möchten Sie auch etwas? Ein Wasser, eine Cola?"

„Ein Wasser könnte nicht schaden."

„Im ersten Stock befindet sich ein Getränkeautomat. Auf dem Weg dorthin zeige ich Ihnen das Institut."

Ehe sie den Flur hinuntergingen, schloss Rex hinter ihnen die Tür ab und erzählte, dass Semesterferien seien und sich deshalb kaum jemand im Institut aufhalte. „Im Hochsommer ist hier alles wie ausgestorben. Alle fliehen ans Meer."

„Sie aber nicht."

„Ich muss meine Forschungsarbeit abschließen."

Der Automat stand in einem kleinen, gemütlich eingerichteten Aufenthaltsraum, dessen Luft vom Summen des Kühlaggregats erfüllt war. Rex zog zwei Flaschen Mineralwasser, öffnete den Kronendeckel am Automaten und reichte Lüder die eisgekühlte Flasche. Sie nahmen bei-

de einen Schluck im Stehen und gingen dann langsam wieder zurück.
„Diese Uni ist eine der ältesten und größten des Landes und nach der
katholischen Kirche der zweitgrößte Immobilienbesitzer der Stadt." Rex
lachte. „Auf diesem Campus hat Präsident Roosevelt gebüffelt."
„Eine Eliteschmiede?"
„Elite bedeutet Auslese und wo die ist, herrschen die drei ‚A‘s: Anma-
ßung, Arroganz, Angeberei. Autorität verwechselt man mit autoritärem
Gehabe. Nein, ich möchte nicht von einer Eliteschule sprechen, auch
wenn einige meiner Kollegen die altehrwürdigen Mauern dafür halten.
Trotzdem ist die Universität ganz ordentlich, wenn man nicht gerade vor
das Komitee für unamerikanische Aktivitäten gezerrt wird." Den letzten
Satz sagte Rex erst, als sie wieder in seinem Büro waren.
„Walter, ich brauche jemanden, der sich bestens auskennt mit der Stadt,
ihrer Geschichte und vor allem ihren Menschen. Wie sie denken und füh-
len, wo die sozialen Grenzen verlaufen. Ich vermute das Motiv für die
Erpressung in einer wie auch immer gearteten Kränkung des Erpressers,
die etwas mit der Geschichte des Museums zu tun haben muss."
„Das ist mehr als vage."
„Natürlich, aber es ist ein Ansatzpunkt. Aus Ihren Erzählungen auf dem
Schiff habe ich erfahren, dass Sie ein hervorragender Kenner der Materie
sind und sich besser auskennen als jeder andere."
„Sehr schmeichelhaft, aber das ist übertrieben."
„Sie kennen sicher die Archive der Stadt. Recherchieren Sie für mich."
„Wissen Sie, wie viele Archive New York hat? Eine solche Untersuchung
kann Monate, wenn nicht Jahre dauern."
„Soviel Zeit habe ich nicht. Das Ultimatum verstreicht am 22. August."
„Das ist nicht zu schaffen! Sie wissen ja nicht einmal, wonach Sie eigent-
lich suchen."
„Da muss ich Sie korrigieren. Ich suche nach einer Person, die vor nichts
zurückschreckt und vielleicht sogar bereit ist, zur Erreichung ihres Ziels
Tote in Kauf zu nehmen."
Rex warf Lüder nur einen müden Blick zu. Er ging zu seinem Schreib-
tisch und stützte sich mit beiden Armen auf die Tischplatte. Seine be-
sorgte Miene betrachtete die Berge von Arbeit. „Was macht Sie so sicher,
dass ich Ihnen helfen kann?"
„Mein Instinkt."
„Instinkt? Na, ich weiß nicht –"
„Walter, ich sehe selbst, dass Sie genügend zu tun haben. In diesem Fall
reicht der Sachverstand der New Yorker Polizei aber nicht aus. Mein

Schwiegersohn glaubt, jemand von außen könnte mehr erreichen und ich möchte ihn nicht enttäuschen, ohne einen Versuch gemacht zu haben. Allein kann ich aber nichts unternehmen, ich brauche zusätzlichen Sachverstand. Sie sind der Richtige, davon bin ich überzeugt. Eine Ermittlungsstrategie wird sich finden, wenn wir die Arbeit aufgenommen haben. Ihr Wissen kann mir bei der Suche helfen. Geben Sie sich einen Ruck, seien Sie Patriot."

Bei den letzten Worten erstarrte Rex wie vom Donner gerührt. „Das eben meinen Sie nicht ernst?"

Lüder verzog keine Miene. „Warum fragen Sie?"

„Patriotische Gefühle für Frick! Da könnten Sie auch gleich zur Verbrüderung mit McCarthy auffordern. Die Frick Collection ist vielleicht das Engagement wert, aber ihr Begründer?"

„Alle Amerikaner gelten als unbedingte Patrioten, die in jeder Situation, auch in der schlechten, stramm zur Fahne stehen."

„Ist der Erpresser auch ein Patriot? War Frick einer, als er auf seine Arbeiter schießen ließ?" Rex schwieg einen Moment und überlegte. Drei Wochen müsste er seine Arbeit vernachlässigen. Diese Vorstellung behagte ihm ganz und gar nicht.

„Haben Sie dieses Jahr überhaupt schon einmal Urlaub gemacht?", versuchte es Lüder anders.

„Ich mache nie Urlaub. Ich entspanne bei meiner Arbeit. Überhaupt glaube ich, dass ein Einäugiger für Ihren Job denkbar ungeeignet ist. Und für mich ist das Risiko nicht abschätzbar. Ich will nicht auch noch mein anderes Auge verlieren."

„Ich brauche keinen Helden, sondern jemanden mit Hirn. Man sieht nur das, was man weiß. Ihr gesundes Auge wird nie in Gefahr sein bei dem, was Sie für mich tun sollen."

„Sie wollen doch nicht, dass ich den Job umsonst tue. Ich bin teuer, damit Sie das gleich wissen. Ich mache nie etwas umsonst."

„Nennen Sie mir Ihr Honorar und ich stelle Ihnen auf der Stelle einen Scheck aus. Das Geld ist in wenigen Tagen auf Ihrem Bankkonto."

Rex gab sich geschlagen und sank in seinen Schreibtischsessel. „Sie geben wohl nie auf?"

„Nein."

„Aber nur für drei Wochen. Keinen Tag länger! Wenn wir bis dahin den Irren nicht von seinen Attentatsplänen abgebracht haben sollten, ist das der Lauf der Dinge. Das hätte sich der alte Frick dann selbst zuzuschreiben."

Lüder war erleichtert.

„Wie steht es mit der hiesigen Polizei? Kommen wir denen nicht in die Quere mit unseren Ermittlungen?"

„Das ist ein heikler Punkt, da niemand von unserem Auftrag etwas weiß. Nicht einmal die Frick Stiftung."

„Wir können uns demnach überall nur Freunde machen."

Lüder zuckte mit den Schultern. „Sollte es Schwierigkeiten geben, schieben Sie alles auf mich."

„Auf den unwissenden Ausländer? Das würde nicht viel nützen. Man würde fragen, warum sich ein amerikanischer Professor mit einem potentiellen Ex-Nazi einlässt."

„Trotzdem danke."

„Über meine Honorarforderung denke ich noch einmal in Ruhe nach. Was sind Ihre nächsten Schritte?"

„Ich habe über den Erpresser nachgedacht. Wir wissen nicht viel, trotz allem lassen sich erste Schlussfolgerungen zu seiner Persönlichkeit ziehen."

„Welche sind das?"

„Lassen Sie mich erst Sie fragen. Was glauben Sie, was das für ein Mann ist?"

„Wissen wir denn mit Gewissheit, dass es ein Mann ist?"

„Könnte es denn eine Frau sein?", fragte Lüder zurück.

„Das ist sehr unwahrscheinlich. Eine Frau droht nicht mit einem Bombenattentat. Zumindest ist mir aus der Geschichte kein Beispiel bekannt, wo eine Frau ein solches Attentat geplant und ausgeführt hätte."

„Die Frauen emanzipieren sich gerade."

„Das ist richtig, aber das Bombenwerfen ist noch ein Privileg des starken Geschlechts, wenn Sie mir diese rückständige Ansicht gestatten. In diesem Haus lehrt zwar die verehrte Kollegin, Frau Professor Margaret Mead, die vor drei Jahren ein viel beachtetes Buch über die Geschlechter veröffentlicht und für einigen Wirbel gesorgt hat, aber der Gedanke, dass nun auch schon die Frauen mit Sprengstoff ihre Ansprüche durchsetzen, erscheint mir völlig abwegig. Kein Zweifel, es muss ein Mann sein."

„In welchem Alter?"

Rex sah verzweifelt zur Decke. „Sie fragen mich Sachen! Keine Ahnung. Gibt es ein Alter, in dem man derart abgestumpft ist, dass man Bombe Bombe sein lässt? Vielleicht, auf alle Fälle scheint er noch nicht völlig vergreist zu sein. Ein Attentat zu organisieren und in die Tat umzusetzen, verlangt Mut und Kraft. Unser Freund hat sich noch den Glauben an die symbolische Tat erhalten."

„In welcher Schicht sehen Sie ihn? Ein armer, ein reicher Amerikaner? Arbeiter, Professor?"

Rex lachte. „Professoren neigen im Allgemeinen nicht zu Gewaltakten, aber sicher, völlig ausgeschlossen ist auch das nicht. Arbeiter? Ich weiß nicht. Amerikas Arbeiter waren nie so radikal, dass sie zu Dynamit griffen. Und ob sie überhaupt in Museen gehen, ist, glaube ich, noch gar nicht untersucht worden. Wäre eine lohnenswerte sozialwissenschaftliche Studie. Wir kennen ihre sexuellen Praktiken, ihre Heiratsriten, Trinkgewohnheiten, über ihre Liebe zum Museum ist uns nichts bekannt."

„Was ist mit einem Gewerkschafter?"

Rex schüttelte sofort den Kopf. „Niemals. Gewerkschafter kämpfen und schrecken vor körperlicher Gewalt nicht zurück, aber sie sind keine Attentäter. Das widerspräche völlig ihrer Vorstellung von der Reformierung ungleicher Verhältnisse. In der amerikanischen Gewerkschaftsbewegung hat diese Art der Gewalt keine Tradition. Der einzelne Attentäter schon, doch nicht einmal die Anarchisten in den USA sind als Bewegung aufgefallen, die die Gewalt zum Mittel für die Durchsetzung ihrer Vorstellungen gemacht hätten. Die redeten viel davon, sie praktizierten sie aber nicht."

„Wer käme also in Frage, von einer hoch angesehenen öffentlichen Institution zu fordern, ihre Leichen aus dem Keller zu holen und im prächtigen Garten schön säuberlich aufzureihen?"

„Von Ihnen kann ich noch etwas lernen, Gustav! Eine berechtigte Frage. Respekt. In der Tat würde nur ein ideologisch verblendeter Eiferer oder Hitzkopf oder ein Schwachkopf in diesen Tagen auf die Idee kommen, so etwas zu fordern. Das Engagement für erschossene Arbeiter weckte sofort den Verdacht auf kommunistische Hetze und riefe McCarthy und seine Freunde auf den Plan."

„Und trotzdem läuft da draußen ein Mann rum, den das nicht zu schrecken scheint, der im Gegenteil genau das tut. Finden Sie das nicht seltsam?"

„Ja. Und spinnen wir Ihren Gedanken noch etwas weiter, fallen weitere Details auf, die in Ihre Richtung weisen. Der Zeitpunkt kann kein Zufall sein. Vor gut zwei Monaten brach der Stahlarbeiterstreik in Pittsburgh aus, bei dem natürlich alle wieder an die historischen Ereignisse von Homestead denken mussten. Frick, wie Sie vielleicht wissen, wohnte mit seiner Familie in Pittsburgh, bis er nach New York zog. Pittsburgh ist voll mit Erinnerungen an Frick. Dort befindet sich das Henry Clay Frick Fine Arts Department und die Henry Clay Frick Kunstbibliothek der Universität von Pittsburgh. Erpresst er die auch?"

„Darüber ist mir nichts bekannt."

„Glauben Sie, der Mann kommt aus dem Umfeld der streikenden Arbeiter?"

„Vielleicht. Es drängt sich jedenfalls der Eindruck auf, dass es einen direkten Bezug zwischen Homestead und den aktuellen Ereignissen gibt. Unser Täter liebt versteckte Anspielungen mit symbolischer Bedeutung."

„Wie meinen Sie das?"

Rex hatte sich neugierig zu Lüder an den Tisch gesetzt. Seine abwehrende Haltung war verschwunden, in seinem Gesicht stand wachsendes Interesse.

„Dieses Datum 22. August hat mir keine Ruhe gelassen. Warum fällt gerade auf diesen Tag das Ultimatum?"

„Ein Ereignis drängt sich als Erklärung auf. In der Nacht vom 22. August 1927 wurden Sacco und Vanzetti hingerichtet."

„Richtig. Man brachte die beiden auf den elektrischen Stuhl für einen doppelten Raubmord, den sie nach eigener Aussage nie begangen hatten. Die Folge war weltweite Empörung über einen angeblichen Justizskandal."

Lüder spürte sein Kreuz auf dem unbequemen Stuhl und stand deshalb auf, um seinen Rücken zu entlasten. „Ich habe kein anderes Ereignis gefunden, das in einen sinnvollen Zusammenhang mit Homestead und den toten Arbeitern gebracht werden könnte. Vielmehr treffen wir in Homestead auf einen anderen Mann, der tatsächlich einen Mordversuch unternahm. Nach der Niederschlagung des Streiks verübte ein junger Einwanderer auf Frick ein Attentat, das dieser schwer verletzt überlebte. Unser Mann scheint all diese Details zu kennen. Vielleicht ließe sich diese Reihe noch ergänzen durch das im vergangenen Herbst wegen Atomspionage verurteilte Ehepaar Rosenberg, dem ebenfalls der elektrische Stuhl bevorsteht. Weltweit wird dagegen protestiert."

Rex verschränkte seine Hände hinter dem Kopf und streckte seine Beine aus. Er sah zu Lüder hoch. „Die Rosenbergs sind die ersten amerikanischen Zivilisten, die jemals wegen Spionage verurteilt wurden. Sie sind das hässliche Beispiel einer Hexenjagd gegen Kommunisten in diesem Land. Aber ich sehe hier nicht die Verbindung zu unserem Fall." Rex dachte kurz nach. „Es sei denn, Sie meinen mit Ihrer Reihe, da kämpfe einer gegen ein sehr ungesundes gesellschaftliches Klima."

„Unseren Mann scheint kein materielles Problem zu drücken. Es gibt keine finanzielle Forderung. Seine Sorge gilt der moralischen Hygiene."

„Er fordert Gerechtigkeit."

„Genau. Solch ein Altruismus ist unter gemeinen Verbrechern sehr selten anzutreffen. Der Erpresser ist kein gewöhnlicher Krimineller und er ist ganz offensichtlich gebildet."

„Sie haben mich überzeugt, Gustav. Wie kann ich Ihnen konkret in dieser Angelegenheit zur Seite stehen?"

„Nehmen Sie sich noch einmal die Geschichte Homesteads vor und fahnden Sie nach irgendwelchen Anhaltspunkten, die uns bei der Suche nach dem Täter weiterhelfen können. Durchforsten Sie Ihre Unterlagen über Frick und seine Sammlung nach Hinweisen. Gehen Sie in die Archive und suchen Sie dort nach Spuren. Wenn Sie etwas finden, rufen Sie mich an."

Lüder reichte Rex die Telefonnummer des Hausanschlusses der Familie Bell. „Sagen Sie am Telefon nichts, verlangen Sie nur nach meiner Person. Sollten Sie mich nicht antreffen, hinterlassen Sie Ihre Rufnummer oder die Adresse, wo ich Sie treffen kann. Wie lange werden Sie brauchen für eine solche Recherche?"

„Gemach, gemach! Ein paar Tage müssen Sie mir schon geben."

„Drei Tage. Sollte ich bis dahin nichts von Ihnen hören, komme ich zur gleichen Zeit in Ihr Büro."

Lüder marschierte zur Tür und hielt kurz inne, bevor er den Raum verließ.

„Vergessen Sie nicht Ihre Honorarforderung. Ich möchte nicht, dass Sie der erste Amerikaner sind, der umsonst arbeitet. Nach der Abschaffung der Sklaverei."

Der Verdacht

Manzoni beugte sich mürrisch über den Aktenordner und studierte die Sammlung von Zeitungsausschnitten über Dr. Sam Conolly. Alle Artikel waren voll des Lobes über den Shooting Star der New Yorker Museumsszene. Er war ein wirklicher Smartie, den alle mochten, zumindest wenn ihnen ein Mikrofon vor die Nase gehalten und sie zu dem Kollegen befragt wurden. Der Mann kam bei allen gut an, er verkörperte die neue Generation jungdynamischer Direktoren, in die große Hoffnungen gesetzt wurden. Niemand wusste, wie weit er es noch bringen würde, entsprechend vorsichtig war man und machte ihn sich lieber nicht zum Gegner. Der Opportunismus fiel auch gar nicht weiter auf, weil alle Opportunisten waren. Typen wie diesen Dr. Conolly konnte Manzoni nicht ausstehen. Vor lauter Überlegenheitsgrinsen hatten die einen Krampf in der Gesichtsmuskulatur. Die konnten gar nicht mehr anders. Entsprechend mussten die Zahnarztrechnungen aussehen. Dauerlächeln mit belegten oder gelben Zähnen kam nicht gut und löste Irritationen und Skepsis aus. Strahlendweiß und makellos waren Dr. Conollys Zähne. Vielleicht habe ich es deshalb nicht weit gebracht, philosophierte Manzoni über sein Leben. Aber niemand war makellos, auch ein Dr. Conolly nicht. Die Blöße, die er sich jetzt gegeben hatte, machte das schonungslos deutlich. Er hatte der Polizei nicht alles gesagt und sich hinter Halbwahrheiten verschanzt. Direkt gelogen hatte er nicht, so dumm war er nicht gewesen, aber er hatte mit der ganzen Wahrheit hinter dem Berg gehalten. Es war unglaublich! Da lag ein toter Wachmann vor seinen Füßen in der Galerie, bei dem die Begleitumstände nach dem Ableben mehr als mysteriös waren und dieser Strahlemann unterschlug die Erpressung des Museums, die er seit Monaten an der Backe hatte. Wie viel Vertrauen haben die Leute eigentlich noch zu uns? Das Ansehen der New Yorker Polizei war gut, aber es musste noch verbessert werden, damit auch Leute wie Dr. Conolly ihr Vertrauen schenkten. Hätte Dr. Bell die Linie seines Chefs verlassen, wenn der nicht verschwunden wäre und in möglicher Gefahr schwebte? Manzoni hatte da seine Zweifel, auch wenn ihm der Stellvertretende Direktor sympathischer war. Wirklich über dem Weg traute er aber auch dem nicht. Dr. Bell hatte aus einer Notlage heraus die Heimlichtuerei beendet. Sollte sich Conolly tatsächlich in den Händen des Erpressers befinden, konnte ihm nur durch die Polizei geholfen werden.

Manzoni überflog Dr. Conollys letztes Interview mit der *New York Times*. Riskiert eine ziemlich große Lippe, dachte er bei sich und klappte endlich den Ordner zu. Dr. Bells Begründung für die restriktive Informationspolitik des Museums leuchtete Manzoni nicht ein. Bei einer Bombendrohung war es notwendig, die Polizei auf der Stelle zu benachrichtigen. Unvorstellbar, was alles hätte passieren können. Die Museumsleitung hatte das Leben ihrer Besucher auf eine unverantwortliche Weise der Gefahr ausgesetzt. Dr. Bell hatte ein betretenes Gesicht gemacht und Manzonis Gardinenpredigt über sich ergehen lassen. Aber Manzoni glaubte dem Stellvertreter, dass er selbst früher zur Polizei gegangen wäre, wenn der Chef nicht gewesen wäre. Sein jetziger Schritt unterstrich zumindest in diesem Punkt seine Glaubwürdigkeit.

Kaffeedurst trieb Manzoni auf den Flur zum Getränkeautomaten. Er nickte einem Officer zu, den er flüchtig kannte. Der Automat schluckte seine Münze, doch nichts geschah, nachdem Manzoni die Taste für Kaffee mit Milch und Zucker gedrückt hatte. Manzoni blickte schnell den Flur hinauf und hinunter und trat dann gleichmütig gegen das Gerät. Der Becher fiel unter die Düse und der Automat tat seinen Dienst. Duncan und er hatten nicht lange gebraucht, um herauszufinden, dass die Frick Collection ein heikler Fall unter den New Yorker Museen war. Niemals zuvor war es vorgekommen, dass vor einer offiziellen Eröffnung eines Kunstmuseums Sprengstoffspürhunde das Gebäude absuchten. Natürlich lebten sie in einer Stadt der Verrückten. Der Mad Bomber sprach eine so eindeutige Sprache wie die hohe Selbstmordrate unter den Polizisten. Ihr Erpresser war wie der Mad Bomber ein Anonymus und das Wenige, was Dr. Bell ihnen über ihn erzählen konnte, machte es wenig wahrscheinlich, ihn jemals zu überführen. Sie konnten nicht mehr tun, als das Museum zu überwachen und zu warten. Ein Fehler von ihm war ihre einzige Chance. Er trug den heißen Becher zum Schreibtisch. Wo blieb bloß Stanley? Am brühend heißen Kaffee verbrannte er sich die Zunge und fluchte.

Es war beinahe unmöglich, Sprengstoff unbemerkt ins Gebäude zu schmuggeln. Das Museum hatte sein Aufsichtspersonal aufgestockt und zu besonderer Wachsamkeit angehalten. Sämtliche Taschen hatten an der Garderobe abgegeben zu werden und wurden unauffällig gefilzt, wenn sich ein Besucher verdächtig benahm. Rund um die Uhr, in drei Schichten, bewachten zwei Beamte außen und ein dritter innen das Museum. Das Sicherheitsnetz war eng geknüpft und nicht zu überwinden.

In hohem Bogen warf Manzoni den leeren Becher in den Müllkorb, der in zwei Meter Entfernung vom Schreibtisch stand. Er traf und lächelte selbstzufrieden. Ein anerkennendes Pfeifen erklang hinter seinem Rükken und er wandte den Kopf um. Duncan klatschte und ließ sich auf seinen Stuhl fallen.

Manzoni sah auf die Uhr. „Hast du einen halben Tag frei genommen?"

Duncan überhörte den Vorwurf. „Habe einen Journalisten der *Times* getroffen." Er legte seine Füße auf den Tisch und erntete dafür einen missbilligenden Blick. „Bob Porter rief mich überraschend zuhause an und bot mir einen Deal an."

„Lass mich raten. Unsere gegen seine Infos."

„Sind eben Aasgeier."

„Wie kommen die nur immer so schnell dahinter? Wir sind doch noch gar nicht an die Öffentlichkeit getreten. In unserem Laden muss es ein Informationsleck geben."

„Übertreib nicht. Porter hat eine andere überzeugende Erklärung für Conollys Verschwinden parat. Irgendjemand von der Presse hat Wind davon bekommen, dass Dr. Bell stellvertretend die Amtsgeschäfte im Frick übernommen hat. Und Dr. Bell hatte Mrs. Conolly nach unserem Besuch über die mögliche Entführung ihres Gatten informiert. Als die nun einen der Edelfedern im Haus hatte, verplapperte sie sich. Klingt alles sehr logisch."

Da Manzoni statt einer Entgegnung feindselig auf seine Schuhe starrte, nahm Duncan seine Füße vom Tisch und rückte an den Schreibtisch heran. „Porter kennt einige interessante Details."

„Welche?"

„Conolly hatte vor kurzem mit einer spektakulären Neuerwerbung von sich reden gemacht."

Manzoni gähnte und tippte auf den Aktenordner, der vor ihm lag. „Weiß ich alles schon. Weiter."

„Bei der Erwerbung des Kunstwerkes ging angeblich nicht alles mit rechten Dingen zu. Die Versteigerung könnte manipuliert gewesen sein, mutmaßt Porter."

„Inwiefern?"

„In der Kunst- und Museumsszene wunderte man sich über den ungewöhnlich hohen Preis für das Gemälde, das Conolly ersteigerte. Niemand unter den Kennern hatte das erwartet. Ein anonymer Telefonanbieter hat sich mit dem Frick ein Bietgefecht geliefert und dabei den Preis in ungeahnte Höhen getrieben. Für ein Bild der Malerin war nie zuvor so viel bezahlt worden. Das Museum will mit dem Porträt angeblich seine Sammlung bereichern, trotzdem hält sich das hartnäckige Gerücht, hinter dem anonymen Bieter stecke ein Strohmann Conollys und Christies. Direktor und Auktionshaus sollen gemeinsame Sache gemacht haben, um zu Lasten des Museums in die eigene Tasche wirtschaften zu können."

„So etwas gibt es?"

„Öfters als der Laie denkt, habe ich mir sagen lassen."

„Und was entgegnet Christies auf die Vorwürfe?"

„Das Auktionshaus weist sie von sich. Den Namen des Mitbieters rükken sie allerdings aus Gründen des Kundenschutzes nicht heraus. Solche Absprachen werden immer mal wieder kolportiert, aber niemand, die Auktionshäuser natürlich schon gar nicht, geben dazu Stellungnahmen ab. In der Szene halten alle Beteiligten dicht." Duncan fischte aus seinem Anzug einen Zettel. Auf ihm hatte er sich einen langen Namen notiert. „Diese französische Künstlerin heißt Césarine-Henriette-Flore Davin-Mirvault. Spätes 18., frühes 19. Jahrhundert. Auf dem Kunstmarkt ist sie weitestgehend ein unbeschriebenes Blatt und nur Spezialisten der französischen Malerei ein Begriff. Deshalb war die Überraschung so groß über den enormen Preis. Dass die Frick für ein Porträt von einer Malerin aus der zweiten Garde so viel hingeblättert hat, sorgte bei Kennern für Kopfschütteln."

„Was hat sich das Museum denn da geangelt?"

„Für meinen Geschmack einen ziemlich langweiligen Ölschinken. Das Bildnis eines Geigers. Soll um 1800 entstanden sein."

„Warum ist es eine Bereicherung der Sammlung? Klingt alles andere als nach einem spektakulären Zugewinn."

„Darüber rätseln alle. Vielleicht hat sich Conolly in die Künstlerin verliebt." Duncan grinste, Manzoni verstand nicht. „Es ist das einzige Werk einer Malerin in der gesamten Sammlung, sagt Porter. Vielleicht deshalb."

„Ist es denn in der Ausstellung?", fragte Manzoni, während er nach dem Artikel suchte, der ein Foto Conollys vor der Neuerwerbung zeigte.

„Eben nicht. Da blättert er eine Heidensumme für dieses Stück bemalten Stoff hin und zeigt es nicht mal."

„Wo ist das Bild jetzt?"

„Im Büro des Direktors. Wir müssen es gesehen haben, ohne dass es uns auffiel. Ich habe mich telefonisch im Museum danach erkundigt."

„Was meint Dr. Bell dazu?"

„Der findet den hohen Preis zwar auch erstaunlich, die Summe bewege sich aber im Rahmen des Jahresankaufsetats des Museums. Der Direktor hat den Ermessensspielraum, diesen ganz auszuschöpfen und da in diesem Jahr keine weiteren Erwerbungen anstehen, nahm er ihn ganz in Anspruch. Der Stiftungsvorstand steht hinter seinem Direktor. Bell findet, das Gerücht entbehre jeder Grundlage, es handele sich dabei um den üblichen rufschädigenden Klatsch und Sozialneid, den es immer gebe und der Conollys gesamte Karriere begleite. Hinter seinem Rücken sind offenbar nicht alle auf den Sunny Boy gut zu sprechen."

„Die Artikel über ihn vermitteln aber einen anderen Eindruck. Darin ist er der Liebling der Gesellschaft."

„Wir sollten uns seine Kontoauszüge ansehen", schlug Duncan vor und legte den Zettel zur Ablage.

„In Ordnung. Das übernehme ich. Du fühlst dem Auktionshaus auf den Zahn. Sollten sie mauern, droh ihnen mit einer Buchprüfung durch die Abteilung für Wirtschaftsdelikte."

„Porter bringt in der Sonntagsausgabe der *Times* eine große Hintergrundstory über die Frick. Darin will er Conollys Verschwinden im Lichte der Neuerwerbung beleuchten."

„Sieht er da einen Zusammenhang?"

„Seiner Theorie nach hat Conolly private Geschäfte auf Kosten der Stiftung gemacht und weil ihm nun die Luft zu dünn geworden ist, hat er sich abgesetzt."

„Bisschen gewagt. Hat er Beweise dafür?"

„Wir würden alles im Blatt nachlesen können, sagt er."

Manzoni blieb skeptisch.

„Hast du dich nie gefragt, wie ein Museumsdirektor sich ein solches Appartement an der Fünften leisten kann. Ist ein Direktorengehalt so üppig?", fragte Duncan.

„Vielleicht ist in der Familie Geld. Conolly war auf Harvard. Vermögen scheint vorhanden sein. Mal etwas anderes, Stanley. Wurde kontrolliert, ob er unter seinem Namen das Land verlassen hat?"

„Sind wir dran."

„Ich halte es eher für unwahrscheinlich, dass jemand wie Dr. Conolly sich in solche halsbrecherischen Transaktionen stürzt und seine ganze Karriere aufs Spiel setzt."

Manzonis Telefon klingelte.

„Manzoni – okay, wir sind unterwegs."

Duncan schaute fragend herüber.

„Ein Toter in der 63. Straße, East."

Es war eine kleine Wohnung in einem Mietshaus. Vor dem Eingang stand der Polizeiwagen. Manzoni und Duncan grüßten den Polizeioffizier und gingen hinein. Das Treppenhaus war heruntergekommen und renovierungsbedürftig. Farbe blätterte von der Decke, die Luft roch übel. Irgendwie nach Katzenpisse. Sie begaben sich in den zweiten Stock, wo ein weiterer Polizeioffizier vor der Wohnung wartete. Die Tür stand offen.

„Der Tote liegt in der Küche, Sir. Der Doc ist schon drinnen."

„Was ist passiert?", erkundigte sich Manzoni.

„Nachbarn haben Gas im Treppenhaus gerochen und uns alarmiert", sagte der Beamte.

Auf der Tür stand der Name „Raphael".

Die Wohnung war klein und bescheiden. Zwei winzige Zimmer, ein kleines Bad, Küche. Die Räume gingen zu einem dunklen Hinterhof hinaus. Die Fenster waren sperrangelweit aufgerissen, trotzdem fiel nur wenig Licht herein. Hoch oben sah man ein kleines Stück Himmel. Die Bewohner lebten in ärmlichen Verhältnissen, hatten aber einen ausgeprägten Sinn für die Kunst. Es gab viele Regale mit Büchern, an den Wänden hingen Gemälde und Fotos. Manzoni erkannte auf einer Aufnahme die Akropolis in Athen.

Der Mann lag auf dem Küchenboden. Das dunkle Haar streng mit Gel zurückgekämmt. Sein Oberhemd war weiß und sauber. Der Teint war sehr blass, die Wangen eingefallen. Der Tote war um die sechzig. Der Gerichtsmediziner erwartete sie schon. „Sehr wahrscheinlich Gasvergiftung", erklärte er. „Sieht nach Selbstmord aus, es sei denn, er hat vergessen, den Gashahn zuzudrehen. Soweit ich feststellen konnte, gibt es keine Spuren fremder Gewalteinwirkung. Vielleicht war er einer von diesen armen ausländischen Teufeln, die ihre Situation nicht mehr ertragen konnten."

„Wer ist der Mann?"

„Der Mieter der Wohnung, nehme ich an. Im Wohnzimmer habe ich ein Foto gesehen, das ihn in einem Lehnstuhl im Freien zeigt."

Der Arzt hatte es eilig und verabschiedete sich. Der nächste Termin wartete.

„Ruf die Spurensicherung", sagte Manzoni zu Duncan und beugte sich zu dem Toten hinunter, um die Hosentaschen zu kontrollieren. Außer einem Taschentuch enthielten sie nichts. Er blickte sich in der engen Küche um. Neben dem Spülstein befanden sich darin ein altes, abgenutztes Küchenbüffet, ein Tisch, auf dem eine saubere, rot karierte Decke lag und zwei Küchenstühle. Das Geschirr im Schrank hatte schon bessere Zeiten gesehen. Der Körper war zwischen dem Büffet und dem Tisch auf den Dielenboden gestürzt. Der Mann hatte praktisch gedacht. In der Küche konnte er keinen Schaden anrichten. Ein spitzer Schrei ließ Manzoni erschrocken herumfahren. Eine Frau stand im Türrahmen und starrte entsetzt auf den Toten. Sie zitterte am ganzen Leib. Hinter ihr stand der Polizeioffizier und warf Manzoni einen entschuldigenden Blick zu. „Sie stürzte einfach an mir vorbei."

Manzoni fasste die Frau sanft an den Arm. „Sind Sie Mrs. Raphael?"

Sie nickte mit Tränen in den Augen.

„Ist das Ihr Mann, Mr. Raphael?"

„Ja", flüsterte sie.

„Mein aufrichtiges Beileid, Mrs. Raphael."

„Darf ich?", fragte sie und wollte zu dem Toten gehen. Ihr Englisch hatte einen starken Akzent.

„Nicht jetzt. Erst muss die Spurensicherung alles aufnehmen. Später können Sie noch einmal zu Ihrem Mann", sagte er und führte sie in das Wohnzimmer. Duncan kam zurück und erklärte, die Spurensicherung träfe jeden Augenblick ein. Er begann, sich in der Wohnung umzusehen, während Manzoni die Witwe zu einem Lesesessel führte und sie hinein-bugsierte. Er gab ihr einen Moment, in dem sie sich fassen konnte. Duncan trat zu ihm und sagte leise, dass er nirgendwo einen Abschieds-brief gesehen habe. Manzoni nickte und wandte sich wieder der Frau zu. Sie trug ihre mittellangen Haare streng zu einem Zopf zurückgebunden. Dadurch wirkte ihr Kopf etwas herb. Das Ereignis hatte sie tief erschüttert und sie wirkte um viele Jahre gealtert. Ihre Kleidung war einfach, aber sauber und in einem ordentlichen Zustand. Die gesamte Wohnung machte einen ordentlichen Eindruck.

Mrs. Raphael starrte vor sich hin. Die Männer von der Spurensicherung drängten in die Wohnung und Duncan zeigte ihnen die Küche. Es wurde unruhig.

„Können Sie mir etwas über Ihren Mann sagen?", fragte Manzoni die Witwe.

„Ich muss an die frische Luft, Inspektor! Ich kann hier nicht sprechen, solange Ra in der Küche liegt."

„Okay. Wohin möchten Sie?"

„In den Park. Zu seiner Lieblingsbank."

„Ging er oft im Park spazieren."

„Regelmäßig."

Manzoni gab Duncan Bescheid und begab sich mit Mrs. Raphael auf die Straße. Sie liefen fünf Blocks, bis sie zum Central Park kamen und Mrs. Raphael die Richtung zum Met einschlug.

„Diese Stadt hat Ra fertig gemacht", sagte sie zornig. „Er hielt nur durch, um mich wieder zu sehen. Doch das Warten hat zu lang gedauert. Er war nicht mehr der Alte, als ich endlich eintraf."

„Wovon sprechen Sie?", fragte Manzoni nach.

„Max flüchtete im Krieg aus Frankreich in die USA. Ich musste in Europa bleiben und es dauerte Jahre, bis wir in New York wieder zusammen kamen."

Sie gelangten zur Mall, einer langen, schnurgeraden Promenade, die von Denkmälern gesäumt war. Der breite Weg lag in einer prachtvollen Baumallee und viele Parkbänke luden unter dem schattigen und kühlen Blätterdach zum Verweilen ein.

Mrs. Raphael steuerte eine Bank an, die genau gegenüber dem Denkmal des schottischen Dichters Walter Scott stand.

„In Frankreich war er noch guter Dinge gewesen. Voller Pläne für New York. In seinen Briefen, die er mir ins Lager schickte, konnte er sehr empfindsam sein", sagte sie und ordnete ihren Rock, ehe sie sich setzte.

„Lager?"

„Mein Mann ist deutscher Jude. Er emigrierte 1933 vor den Nazis nach Paris. Ich komme auch aus Deutschland und musste ebenfalls nach Paris flüchten. Wir lernten uns dort kennen. In einem Museum, im Louvre. Als die Nazis Frankreich überfielen, sperrten uns die Franzosen sofort ins Lager. Ra kam erst ins Stadion Buffalo in Paris, dann nach Bassens. Mich brachte man nach Gurs in die Pyrenäen. Ra gelang es, zu fliehen und er holte mich aus Gurs raus. Wir lebten einen Sommer in Orolon St. Marie, bis sie uns beide ins Lager Gurs steckten. Ra hatte Freunde in diesem Land und die besorgten ihm Roosevelts Danger-Visum. Das rettete ihm das Leben. Bis zu seiner Überfahrt nach New York wartete er allein im Emigrationszentrum von Les Milles in Aix en Provence. Ich konnte nicht mit, weil es dort keinen Frauentrakt gab. Das Schöne an den Emigrationslagern aber war, dass wir aus- und eingehen durften, um das Konsulat aufzusuchen. Tagsüber waren Ra und ich immer zusammen. Er mietete ein kleines Zimmerchen in der Altstadt in einem Hotel, wo wir uns trafen. Man gestand uns sogar vor seiner Ausreise zehn Tage Urlaub zu. Im Rathaus von Aix heirateten wir. Als man das Emigrationszentrum auch auf Frauen ausdehnte, kam ich selbst nach Les Milles."

Manzoni kannte Frankreich und Europa nicht und ihm sagten die vielen Namen nichts, die die Frau wie am Schnürchen herunterbetete. Er musste angestrengt zuhören, um ihr hartes, fehlerhaftes Englisch zu verstehen. Doch soviel wurde ihm aus ihrer Erzählung klar, sie hatte sehr viel durchmachen müssen, bis sie endlich auf amerikanischen Boden in Sicherheit war.

Mrs. Raphael sah gedankenversunken auf das Bronzedenkmal. Dann sagte sie: „Ra war oft in der Bibliothek des Metropolitan Museum wegen seiner Studien zum ägyptischen Totenkult. Danach kam er hierher und ruhte sich aus."

„Was machte Ihr Mann?"

„Er arbeitete als Kunstschriftsteller, aber eigentlich war er ein Privatgelehrter, der über Kunst forschte. Er arbeitete sehr viel, geradezu verzweifelt viel, aber ohne Erfolg. Ich kam mit dem Abtippen nicht nach."

„Sie schrieben seine Texte ab?"

„Ja. Wissen Sie, Arbeit ist keine gute Medizin gegen Verbitterung."

„Ihr Mann war frustriert?"

„Nein, verbittert. Das ist was anderes. New York brachte ihm kein Glück. Er kannte zwar einige Leute, aber was half das schon. Zwei Bücher über prähistorische Kunst konnte er veröffentlichen. Die Einnahmen aus den spärlichen Autorenhonoraren reichten zum Leben hinten und vorne nicht. Ich musste putzen gehen und er arbeitete noch härter. Aber Erfolg lässt sich nicht erzwingen. Er versuchte sich damit zu trösten, die Zeit sei noch nicht reif für seine Schriften."

„Hatte er Recht damit?"

„Das kann ich nicht beurteilen. Er hatte schon vor unserer Zeit ein sehr entbehrungsreiches Leben führen müssen, um seine Studien durchführen zu können. Über Jahrzehnte änderte sich an seiner Armut nichts. Am Ende reduzierte sich für ihn das ganze Problem des Lebens darauf, wie man sich bis zu seinem Tod durchhungern und arbeiten kann. Aber in New York war alles etwas anders, hier litt er Qualen. Dazu kam anfangs die Ungewissheit, ob ich noch am Leben war. Er war nahezu mittellos, alle Versuche, eine finanzielle Unterstützung zu erhalten, scheiterten. Mehr als einmal muss er so verzweifelt gewesen sein, dass er überlegte, Schluss zu machen. Von seinen Freunden fühlte er sich tief enttäuscht. Ihn hielt nur die Hoffnung auf unser Wiedersehen aufrecht. Mir gelang es, von Frankreich in die Schweiz zu kommen, wo ich in Sicherheit war. Ra unternahm alles, um meine Ausreise zu ermöglichen. Von New York aus war das sehr schwierig. Aber er war der festen Überzeugung, nur er könne etwas bewegen. Dabei vergaß er, dass ich gut für mich selbst sorgen konnte. Die Schweizer Verhältnisse waren für Frauen wie mich kein Zuckerschlecken. Die Arbeit in Privathaushalten war ausbeuterisch. Selbst bei solchen Herrschaften wie der Bankiersfamilie, in der ich tätig war. Ich schrieb an die Behörden und beschwerte mich. Verlangte eine Überprüfung. Sie sehen, ich war nicht still und sanft wie ein Reh. Wie hätte ich sonst überleben sollen? Er aber hielt mich dafür."

„Sie schafften es nach all den schrecklichen Wirrnissen und lebensbedrohlichen Situationen, in New York wieder zusammen zu kommen. Das war für Sie beide doch ein Triumph. Warum nahm er sich heute das Leben?"

Sie dachte nach. Ihre abgearbeiteten Hände lagen auf dem Schoß. „Arm und erfolglos zu sein, ist kein kleines Problem, besonders in diesem reichsten Lande der Welt, wo Armut eine Schande und ein Verbrechen ist. Es zählt nur der Erfolg, er ist die einzige Moral. Ra sagte zu mir gleich zu Beginn meiner Ankunft, wenn man irgendeinen Beweis gegen die Existenz Gottes als eines geistigen Wesens nötig hätte, dann könnte man ihn tagtäglich auf den Straßen New Yorks finden."

„Das klingt in der Tat bitter."

„Sie täuschen sich, wenn Sie glauben, unsere Zusammenkunft wäre ein Triumph gewesen. In Wahrheit trafen zwei veränderte Menschen wieder zusammen. Als wir uns in New York in die Arme schlossen, waren wir beide nicht mehr die Gleichen. Wir bemerkten das jedoch erst nach einiger Zeit. Anfangs glaubten wir, dass wir nur in die Normalität zurückzukehren bräuchten. Das war aber ein fataler Irrtum. Und noch etwas musste Ra in dieser Stadt erkennen. In Europa hatte er immer das Gefühl gehabt, für jemanden zu schreiben, es gab dort einen kleinen Kreis von Menschen, der an den Dingen interessiert ist und der sich unendlich weiterbilden will. Ra hatte solche Menschen unter den Armen und den Reichen gefunden und auch wenn es häufig sehr lange dauerte, bis irgendeine Reaktion kam, irgendwann nach der Veröffentlichung kam sie und deshalb verlor er nicht den Glauben daran, dass dieser Kreis von Menschen tatsächlich existierte. In New York fühlte er sich dagegen verloren, weil er die Menschen nicht verstand oder nicht einmal etwas Menschliches fand."

„Er verlor sein Selbstvertrauen."

„Ja, er glaubte nicht mehr an seine Arbeit. Nach zwanzig Jahren Exil war sie sinnlos geworden. Er hätte nach Europa zurückkehren, ein drittes Mal von vorn beginnen können, doch das traute er sich nicht mehr zu. Manhattan war anfangs die Verheißung der Freiheit, am Ende war es ohne Ausweg."

Der Park außerhalb der Allee brütete unter der Hitze. Die Luft flirrte. Ein Eichhörnchen flitzte einen Baum hinauf, gejagt von einem Artgenossen. Auch ohne Abschiedsbrief sprachen die Indizien für den Freitod des deutschen Emigranten. Die vielen Jahre des Exils hatten den Mann zermürbt. Er war nicht der Einzige und der Letzte würde er auch nicht bleiben.

„Ich war aus Liebe blind und taub für seine letzten Signale gewesen", murmelte Mrs. Raphael.

„Kommen Sie mit zurück?", fragte Manzoni und erhob sich.

„Nein, ich möchte noch ein wenig hier sitzen bleiben und an ihn denken."

„Was werden Sie jetzt tun?"

„Ra war der einzige Mensch, der mich hier hielt. Wahrscheinlich kehre ich nach Deutschland zurück", antwortete Mrs. Raphael und blickte Manzoni offen in die Augen. Ihr Blick war traurig.

„Soll ich jemanden für Sie benachrichtigen, der sich um Sie kümmert?"

„Sehr aufmerksam von Ihnen, aber es ist nicht nötig. Ich komme schon allein zurecht."

„Wir müssen den Leichnam Ihres Mannes untersuchen lassen. Ist eine reine Formalität. Danach ist er freigegeben und Sie können von ihm Abschied nehmen", sagte er und reichte ihr die Hand. Sie schüttelte sie, war im Geiste aber schon weit weg.

Manzoni nahm ein Taxi und fuhr zum Appartement der Conollys. Er war neugierig, was Elisabeth Conolly zu Porters Theorie zu sagen hatte.

Verheerende Niederlage

Im ganzen Land gab es Protestversammlungen gegen den Pinkertonismus. In Resolutionen wurde die Bestrafung der gedungenen Gangster des Millionärs Carnegie gefordert. Die Spendenbereitschaft für die Witwen und Kinder der getöteten Arbeiter war überwältigend. Wir schöpften Hoffnung. Landesweit berichtete auch die Presse. Alle zehn Pittsburgher Zeitungen hatten nur ein Thema: die Schlacht am Monongahela. Ausführlich wurde auf die unüberbrückbare Kluft zwischen unseren Interessen und den Forderungen des Unternehmens eingegangen. Trotz der Opfer glaubten wir uns auf der Siegerstraße. Der Angriff der Pinks war erfolgreich abgewehrt worden, wir kontrollierten die Fabrik und das Flussufer, selbst die Stadt. Frick dagegen behauptete, eine Bande von Kriminellen und Gesetzesbrechern besetze unrechtmäßig sein Unternehmen und trete die Eigentumsrechte mit Füßen. Die Entwicklung der letzten Tage dürfe die Obrigkeit nicht dulden und es sei Aufgabe der Polizei, Ruhe und Ordnung wiederherzustellen. Verhandlungen mit uns lehnte er kategorisch ab. Zuerst müsse die Unantastbarkeit des Gesetzes wiederhergestellt werden, forderte er in seiner unnachgiebigen Art.

Am nächsten Tag trugen wir unter großer öffentlicher Anteilnahme John Morris und zwei weitere Tote zu Grabe. Die Stimmung war aufgeheizt, für die betroffenen Familien bedeutete der Verlust eine Katastrophe. Der Ernährer war von einem Tag auf den nächsten für die Familie verloren.

*

Einen Tag nach dem Begräbnis brachte Adelaide Frick einen Jungen zur Welt. Es war eine sehr schwere Geburt, die der Mutter beinahe das Leben gekostet hätte. Das Kind war krank und schwach. Seine Überlebenschancen schätzten die Ärzte als sehr schlecht ein. Der Versuch, die Fabrik mit Streikbrechern weiterzuführen, wurde in den Zeitungen sehr kontrovers debattiert. Frick verteidigte sich in Interviews für seine kompromisslose Haltung und zeigte sich völlig unflexibel. Die Presse und Teile der öffentlichen Meinung machten ihn für die Toten mitverantwortlich und es wurde die Frage aufgeworfen, wie rechtmäßig der Einsatz der Pinks gewesen war und ob Frick hier nicht den Boden des Gesetzes verlassen habe. Nicht alle Zeitungsverleger zeigten für die Forderungen der Gewerkschaft Verständnis. Es gab auch diejenigen, die auf das Recht der Unternehmen pochten, sich nicht in ihre Personal-

politik reinreden zu lassen. Es sei schließlich deren gutes Recht ein-
zustellen und zu feuern, wen und wann immer sie wollten. Sehr schnell
wurde in der erbittert geführten Debatte deutlich, dass Frick auf der
Grundlage der bestehenden Gesetze in Pennsylvania gehandelt hatte.
Ihm war kein Gesetzesverstoß nachzuweisen. Doch trotzdem war man
angesichts der Toten selbst im Management der Carnegie-Gesellschaft
uneins darüber, ob wirklich die richtige Taktik eingeschlagen worden
war. Carnegie, der zu diesem Zeitpunkt wie üblich in Schottland weilte,
hatte es in seiner Zeit als Leiter des Unternehmens immer abgelehnt,
Streikbrecher zur Durchsetzung seiner Ziele einzusetzen. In Fricks Plä-
ne war er nur zum Teil eingeweiht gewesen, trotzdem wollte auch er
eine Steigerung der Gewinne in Homestead um jeden Preis erzielen
und das ging nur mit skrupellosen Lohndumping. Deshalb war er sich
mit seinem Vorstandsvorsitzenden Frick einig, dass dieses Ziel nur ge-
gen die Gewerkschaft zu erreichen war und dass dafür deren Rechte
ein für alle Mal negiert werden mussten. Tote allerdings waren auch für
Carnegie, den berühmten Philanthropen, schwer erträglich. Sie wider-
sprachen seinem Image als Wohltäter und Förderer der Fleißigen und
Ehrgeizigen in der Arbeiterschaft, die er unterstützte, damit sie durch
Selbsthilfe ihr Schicksal in die eigene Hand nehmen konnten. Hilfe zur
Selbsthilfe war seine Devise. Keine drei Jahre war es her, dass er mit
seinem Buch Das Evangelium des Reichtums *für Aufsehen gesorgt hat-*
te. Darin formulierte er das Leitmotiv seines Denkens: „Der Mann, der
reich stirbt, stirbt in Schande." Die Ereignisse in Homestead entspra-
chen diesem Selbstbild in keiner Weise und bedrohten Carnegies Inte-
grität. Trotzdem hielt er zu seinem Vorstandsvorsitzenden und glänzte
in der Öffentlichkeit durch Zurückhaltung. Auch er sah die Schuldigen
im Lager der Streikenden und Gewerkschaft, sie hätten die tödliche
Schießerei begonnen. Ihre Gewaltbereitschaft, ihre Brutalität hätten
sich bei den Übergriffen auf die Pinks nach deren Gefangennahme ge-
zeigt.
Fricks und Carnegies Verteidigungsstrategie verhinderte nicht, dass
eine Delegation des Repräsentantenhauses nach Homestead kam und
die Vorfälle untersuchte. Es standen Wahlen an. Keine der beiden Par-
teien durfte den Eindruck erwecken, sie stimme der Erschießung von
Arbeitern zu. Frick wurde vor den Ausschuss als Zeuge geladen. Er
unterstrich erneut die Rechtmäßigkeit seiner Schutzmaßnahmen und
seine feste Absicht, nicht mit der Gewerkschaft zu sprechen. Es gäbe
nichts mehr zu verhandeln. Es sei das Recht des Unternehmens, Strei-

kende wegen Arbeitsverweigerung zu entlassen und statt ihrer Arbeitswillige einzustellen.

*

Immer wieder forderte der Sheriff uns auf, aufzugeben und die Fabrik zu räumen. Wir dachten nicht dran. Jetzt aufgeben? Wir hatten unsere Positionen unter hohem Blutzoll errungen. Warum diese kampflos räumen? Wir hofften darauf, dass der öffentliche Druck und die Solidarität der Belegschaften anderer Fabriken des Carnegie-Imperiums das Management zum Einlenken zwingen würden. Bis zum 12. Juli wehrten wir alle Versuche der Polizei erfolgreich ab, uns vom Fabrikgelände zu vertreiben. Gegen unsere zahlenmäßige Überlegenheit konnte der Sheriff nichts ausrichten. Ich war wieder zuversichtlicher. Bis jetzt lief alles gut. Aus dem ganzen Land erhielten wir Solidaritätserklärungen. Unterstützungsgelder flossen. Mit unserer gefüllten Streikkasse könnten wir noch eine Weile durchhalten, glaubten wir. Aber es kam alles ganz anders. Auf unserer Rechnung hatten wir nicht den Gouverneur. Robert Pattison war kein Freund der Arbeiter und keineswegs gewillt, den unliebsamen Schwebezustand aufrecht zu erhalten. Er gab Fricks Forderungen nach, verhängte den Ausnahmezustand und mobilisierte 8.500 Soldaten des Bundesheeres. Plötzlich standen wir einer schwer bewaffneten Kavallerie und Infanterie gegenüber, denen wir im Kampf hoffnungslos unterlegen gewesen wären. Es blieb nur die Aufgabe. Am Tage der Mobilmachung saß bereits um 10 Uhr die Fabrikleitung wieder in ihren Büros und stellte unter dem Schutz der Nationalgarde die ersten Streikbrecher ein, die die Produktion wieder anfuhren. Ohnmächtig mussten wir zusehen, wie uns das Heft des Handels aus der Hand geschlagen wurde. Homestead war zu einer Stadt im Belagerungszustand geworden. Die Polizei führte wahllos Verhaftungen durch, auch ich kam wegen Rädelsführerschaft für einige Tage in Arrest, wurde dann aber wieder auf freien Fuß gesetzt.

Frick tat alles zu unserer Demoralisation. Wir sollten die Vergeblichkeit unseres Kampfes einsehen und zu ihm gekrochen kommen. Jede weitere Woche des Ausstandes machte unsere Situation prekärer. Am Ende waren wir nur noch schwach und willigten in jede Bedingung der Wiedereinstellung ein.

Mit dem Einzug der Nationalgarde hatte sich das Blatt gewendet und auch das Schicksal schien sich nun gegen uns zu wenden. Ein New Yorker versetzte dem Streik unfreiwillig den Todesstoß. Er hieß Alexander Berkman und war ein junger Einwanderer aus Litauen, dessen Entschiedenheit und Entschlossenheit einen merkwürdigen Charme ausstrahlten. Meine Tochter Alice war von dem jungen Mann fasziniert und sie war nicht die einzige. Berkman glaubte, er könne ein Fanal setzen und die Gerechtigkeit wiederherstellen, indem er Frick tötete. Am 23. Juli marschierte er in dessen Büro und verübte auf ihn ein Attentat, bei dem der Vorstandsvorsitzende schwer verletzt wurde. Was für ein Wahnsinn! Diese ‚Tat‘, wie Berkman sie nannte, sorgte dafür, dass unser wochenlanger Kampf über Nacht diskreditiert war. Zwar distanzierten wir uns sofort von dem Attentat, um das Schlimmste zu verhüten, auch betonten wir, dass wir solche abscheulichen Mittel ablehnten, aber die Öffentlichkeit stand längst gegen uns, aufgepeitscht von einer Presse, die eine wüste Hetze gegen uns entfaltete. Wir waren nur noch Aufrührer, die dem Land schaden wollten. Schlagzeilen, die für uns Partei ergriffen waren fortan die Ausnahme. Ich erinnere mich heute nur mehr an eine:

Frick ist ein dreckiger Hund und verdient den Tod

Es mag stimmen, Berkman hatte sich bei dem Attentatsversuch sehr ungeschickt angestellt und zudem als miserabler Schütze erwiesen, aber selbst wenn er erfolgreich gewesen wäre, hätte er uns nur schaden können, denn dann wären wir für die feindlich eingestellte Öffentlichkeit tatsächlich nur die „Mörder“ gewesen. Berkmans Mordwerkzeuge waren marode, sein Revolver rostig und alt, das Stilett defekt und stumpf. Es brach im Körper Fricks ab. Der überwältigte Berkman war das Startsignal an die Firmenleitung, zurückzuschlagen. Während Frick auf dem Krankenbett neben seinem todkranken Sohn ums Überleben kämpfte, setzte das Management alle Hebel in Bewegung, uns wegen Verrat und Mord vor Gericht zu zerren. Zwar war die Haltlosigkeit der konstruierten Vorwürfe zu offensichtlich, aber darum ging es auch gar nicht, Ziel dieser juristischen Attacke war, uns finanziell zu ruinieren. Denn die hohen Prozesskosten gingen allein zu unseren Lasten. Sie sorgten für einen besorgniserregenden Aderlass der Streikkasse. Zugleich führte der Prozess dazu, dass ein Teil der Streikenden, die unter dem Einsatz ihres Lebens für unsere Rechte gekämpft hatten, der Stadt verwiesen wurden. Andere mussten untertauchen, wollten sie der Verhaftung entgehen.
Ein kleiner Hoffnungsschimmer kam noch einmal auf, als es hieß, Frick solle nun selbst inhaftiert werden. Pinkertons wurden des Mordes angeklagt und einige Verantwortliche der Fabrik verhaftet. Gegen eine Kaution von 10.000 Dollar pro Person waren sie schnell wieder auf freien Fuß. Für diese Mitarbeiter ließ sich die Firma nicht lumpen. Fricks

Verhaftung schob man hinaus bis zu seiner vollständigen Genesung, aber es kam nie dazu. Das waren alles nur noch bedeutungslose Scharmützel, die unsere Niederlage nicht mehr abwenden konnten. Frick dagegen stand zwei Wochen später wieder in seinem Büro und führte die Geschäfte weiter. Unter dem Schutz eines Detektivs inspizierte er die Fabrik. Davor hatte er noch seinen Sohn, der die Geburt nur um wenige Monate überlebte, zu Grabe getragen. Der Mann war stahlhart und fest wie seine Produkte. Personenschutz der Polizei lehnte er ab wie auch den Einsatz von Bodyguards. Öffentlich teilte er mit, er werde auch weiterhin zu festgelegten Zeiten in seinem Wagen ins Büro fahren und einem Reporter der *New York Times* ließ er wissen, wenn ein ehrlicher Amerikaner nicht mehr in seinem Haus ohne Personenschützer leben könne, sei die Zeit reif für die Kündigung. Seine Freunde sahen das anders und bestanden darauf, sein Haus von bewaffneten Wächtern schützen zu lassen. Mitarbeiter der Carnegie-Gesellschaft hatten Drohbriefe erhalten und ihrem Sekretär war angekündigt worden, ihm blieben nur noch zwei Tage zum Leben. Wer immer hinter diesen Morddrohungen stand, uns halfen sie nicht. 1600 Arbeiter hatte die Gewerkschaft wöchentlich mit 10.000 Dollar durchzufüttern. Das Attentat hatte die Spendenbereitschaft im Land merklich zur Abkühlung gebracht. „Mördern" gibt man ungern. Und Frick holte nun unter dem Schutz der Nationalgarde die Streikbrecher über den Fluss in die Fabrik, wo sie innerhalb des eingezäunten Geländes wohnten. Die *New York Times* behauptete, Agenten von uns hätten einigen von denen Gift ins Essen gemischt und sie damit umgebracht. In Zeiten wie jenen konnte alles behauptet werden, die Tore für solcherart Rufmord waren weit offen. Heute würde man diese Strategie Propagandakrieg nennen. Tatsächlich hatten wir andere Probleme. Unsere Leute waren enttäuscht und die Angst, zu verlieren, nahm zu. Frick brauchte nur ruhig unseren Zusammenbruch abzuwarten. Ich wusste nur zu gut, was er dachte. Wahrscheinlich schrieb er seinem Freund und Geschäftspartner Carnegie, das alles sei notwendig, den Willen der Arbeiter zu brechen und ihnen zu demonstrieren, wer Herr im Hause ist. Es könne nur einen Herren geben und wenn sie das einmal begriffen hätten, hätte das Management sein Ziel erreicht. Ich höre den Ton seiner Worte: Wir können nicht erwarten, dass die Öffentlichkeit versteht, wie freundlich und entgegenkommend wir in Wahrheit mit unseren Arbeitern umgehen. Dass wir nicht weniger besorgt um ihr Wohlergehen sind wie sie selbst. Wir müssen leider akzeptieren, dass unsere Haltung falsch interpretiert wird, die Zeit wird jedoch alles heilen, wenn wir im Recht sind, und es gibt überhaupt keinen Grund, daran zu zweifeln.

Unsere Wunden heilten nicht. Waren wir deshalb im Unrecht?

Im November gaben wir auf. Unsere Streikfront war zusammen gebrochen, nachdem die Mechaniker und Tagelöhner sich entschieden hatten, die Arbeit wieder aufzunehmen. Die Firmenleitung ließ am nächsten Tag alle in Reih und Glied vor dem Fabrikdirektor antreten, die arbeiten wollten und sonderte diejenigen aus, deren Namen in seinem Buch verzeichnet waren. Hunderte Namen waren es, Hunderte wurden fortgeschickt. Alle Übrigen mussten sich für einen wesentlich niedrigeren Lohn verdingen. Unsere Demütigung war perfekt –

Die Taschenlampe erlosch inmitten des Satzes. Conolly fluchte. Er fühlte sich in die Dunkelheit zurückgestoßen und streckte sich widerwillig auf dem Boden aus. Dann musste er eingedöst sein, denn plötzlich fühlte er den Hauch eines Atems auf seinem Gesicht. Er spürte die Anwesenheit des anderen. Aus Angst, sich zu verraten, öffnete er die Augen nur einen Spalt weit, so dass er die dunkle Gestalt gerade noch erkennen konnte, die sich über ihn beugte. Conolly zögerte keine Sekunde und riss seine Hand mit der Kette hoch. Er warf sie seinem Wärter um den Hals und zog mit aller Kraft. Sein Angriff kam so überraschend, dass der Wärter ihn nicht abwehren konnte. Verzweifelte Schläge prasselten auf Conolly ein, sein Opfer würgte und schlug mit den Füßen nach hinten aus. Dabei traf er Conolly mit dem Schuh im Schritt, dieser stöhnte vor Schmerzen laut auf und musste den Zug lockern. Der Wärter griff in die Kette und zerrte die tödliche Waffe von sich weg. Beide Männer keuchten. Conolly fasste den Wärter mit der freien Hand auf die Gesichtsmaske und drückte ihm die Nase zu. Der andere hatte inzwischen aber sein Messer in der Jackentasche zu fassen bekommen und es gelang ihm, es herauszuziehen und blindlings mit ihm um sich zu stechen. Ein heftiger Schmerz explodierte in Conollys Kopf, er musste die Kette sinken lassen und den Wärter freigeben. Er spürte, wie er immer schwächer wurde und sein Bewusstsein schwand. Der Wärter stieß ihn keuchend von sich fort und brachte sich in Sicherheit. Mit beiden Händen fasste er sich an den unerträglich schmerzenden Hals. Wie ein geschlagener Hund kroch er zur Tür und lehnte sich mit dem Rücken an den Türrahmen. Er brauchte eine Weile, bis sein Atem etwas ruhiger wurde. In der Zelle war es vollkommen still. Der Gefangene regte sich nicht.

176

Explosiver Lesestoff

„Gustav! Wach auf!"

Lüder drehte sich weg. Die Hand an seiner Schulter rüttelte hartnäckig weiter.

„Gustav!"

Steves Stimme wurde drängender. Lüder schlug die Augen auf, fühlte die warme Hand auf seinem Pyjama und drehte sich zu seinem Schwiegersohn um, der angezogen auf der Bettkante saß.

„Du? Was ist los?"

„Steh bitte auf und zieh dich an! Wir müssen sofort ins Museum."

Lüder stützte sich auf die Ellbogen und gähnte. „Wie spät ist es?"

„Kurz nach eins."

„Willst du mir nicht verraten, warum ich zu dieser nachtschlafenden Zeit raus soll." Lüder schlug die Bettdecke zurück.

„Der Wachschutz rief an. Etwas Schreckliches ist passiert. Mehr weiß ich auch nicht."

„Was ist mit deinem Bodyguard?"

„Soll weiterschlafen. Dort ist genügend Polizei."

Die Fünfte Avenue war vor dem Museum weiträumig abgesperrt. Steve wies sich gegenüber dem Polizeioffizier aus und wurde mit seinem Buick durchgelassen. Von weitem sahen sie die Polizisten und Feuerwehr, die vor dem Zaun des Museums standen. Scheinwerfer waren aufgestellt worden und sorgten für Licht.

„Mein Gott!", entfuhr es Lüder unwillkürlich. Ein Mensch hing auf der Zaunkrone.

„Was ist das?", stieß Steve aus und parkte den Wagen am Straßenrand hinter einem Polizeiwagen, dessen Warnblinklichter eingeschaltet waren.

Auf den Balkonen und an den Fenstern der angrenzenden Häuser standen Menschen und beobachteten die Arbeit der Polizei. Der Tatort wurde von der Spurensicherung untersucht. Kameras blitzten auf. An der Absperrung versuchten Reporter den ermittelnden Beamten erste Erklärungen zu entlocken. Manzoni gab keinen Kommentar ab und verwies auf die Pressekonferenz am Nachmittag. Bis dahin hatte sich die Journaille zu gedulden.

Steve drängelte sich mit Lüder durch die Menschenmenge bis zur Absperrung und hielt dem Polizeioffizier seine Identitätskarte hin. Der Polizist zögerte und winkte Inspektor Duncan heran. Der erkannte den Stellvertretenden Direktor sofort und bedeutete dem Polizisten, die beiden

Männer durchzulassen. Der Polizist hob das Absperrband und Steve und Lüder schlüpften untendurch.

„Mein Schwiegervater und Kommissar a.D. Gustav Lüder", stellte Steve Lüder vor. „Er ist gerade zu Besuch in New York und ich bat ihn, mich zu begleiten. In die Geschichte ist er eingeweiht."

Duncan musterte Lüder skeptisch und gab ihm die Hand. „Angenehm, Mr. Luder."

Er führte die beiden in die Nähe des Zauns, achtete dabei aber darauf, dass sie die Männer von der Spurensicherung nicht bei ihrer Arbeit störten.

„Gui, der Direktor ist da!", rief Duncan Manzoni zu, der unterhalb der Leiche stand und mit einem Mann sprach, der einen Arztkoffer trug. Manzoni kam zu ihnen herüber. Verärgert registrierte er das fremde Gesicht. „Wer ist das?", sagte er gereizt zu Duncan.

„Mein Schwiegervater", erklärte Steve schnell, „er ist auf meine Bitte hin mitgekommen."

„Ein deutscher Inspektor a.D.", ergänzte Duncan.

„Der fehlt hier gerade noch", sagte Manzoni und musterte Lüder von Kopf bis Fuß. Er war zwei Kopf kleiner und musste den Kopf in den Nacken legen, um Lüder in die Augen zu schauen. Nachdem er seine Inspizierung beendet hatte, sagte er kalt zu Steve: „Meinen Sie, wir bräuchten Unterstützung eines Krauts?" Er gab Lüder demonstrativ nicht die Hand. Der nahm es gelassen und schwieg vorsorglich.

Der Leichnam hing in drei Meter Höhe genau in der Mitte auf den Speerspitzen, die den schmiedeeisernen Zaun sicherten. Durch das Gewicht war der Körper abgesackt und die Spitzen hatten sich in den Bauch gebohrt. Man sah sie nicht mehr. Der Tote trug einen Anzug, der knittrig, schmutzig und voller Blut war. Die Haare des Mannes standen wirr vom Kopf ab und waren ungewaschen. Es fehlten die Schuhe. Ein strenger Geruch ging vom Körper aus.

Man konnte den Eindruck erhalten, als hätte ein Obdachloser über den Zaun klettern wollen und wäre dabei tödlich verunglückt.

Von ihrem Standort aus war das Gesicht des Opfers nicht zu erkennen. Steve fragte, wer der Mann sei.

„Ihr Chef", antwortete Manzoni knapp.

„Aber wie ist er –"

„Hinaufgekommen? Gute Frage."

„Wann wurde er gefunden?" Steve musste seinen Blick abwenden. Sam so zu begegnen, war unerträglich.

„Noch so eine Merkwürdigkeit dieses denkwürdigen Abends", meinte Manzoni und schaute dabei Lüder durchdringend an. Der hielt dem Blick stand und wartete auf die weiteren Ausführungen.

„Wie konnte er dort hinaufklettern? Das Gebäude wird doch überwacht", stellte Steve fest.

„Richtig. Aber es ist zweifelhaft, ob er überhaupt aus eigener Kraft dort raufgeklettert ist. Der Doc hat zahlreiche Stichwunden am Körper festgestellt. Womöglich rühren daher die vielen Blutflecke auf der Kleidung. Einige der Stichwunden waren höchstwahrscheinlich die Todesursache. Ohne Schuhe und in diesem Aufzug hätte er im Übrigen nicht lange in New York spazieren gehen können, ohne Aufmerksamkeit zu erregen."

„Aber der Gebäudeschutz! Ihr Mann!", wandte Steve ein.

„War abgelenkt."

„Abgelenkt?" Lüder bedauerte sofort seine Einmischung.

„Sie haben richtig verstanden, Mr. Luder."

„Aber ich verstehe nicht", sagte Steve.

„Das werden Sie gleich. Kommen Sie mit."

Sie marschierten um die Ecke in die 70. Straße zum Eingang. „War das die Mafia?" Eine Journalistin hatte die Absperrung durchbrochen und stellte sich ihnen in den Weg. Manzoni schob sie unsanft zur Seite.

Es ging durch die beleuchteten Ausstellungssäle, in denen Hundeführer mit Sprengstoffspürhunden und Kriminaltechniker ihrer Arbeit nachgingen, zur Bibliothek.

„Was ist denn hier los?", rief Steve aus. „Wer gibt Ihnen das Recht, das Haus auf den Kopf zu stellen?"

„Immer mit der Ruhe, Dr. Bell. Es gab eine Explosion", sagte Manzoni.

„Eine was?!" Steve war wie vor den Kopf geschlagen. „Es gab eine Explosion und ich soll ruhig bleiben! Was hat sich in dieser Nacht eigentlich noch alles ereignet?"

Sie betraten die Bibliothek. Es roch nach verbranntem Holz und Papier. Unter einem Frauenporträt war das Bücherregal zusammengebrochen. Es war nicht vollkommen zerstört, nur das obere und mittlere Regalbrett waren eingebrochen. Die Bücher waren herausgeflogen und lagen überall auf dem Boden herum. Sie hatten teilweise gebrannt. Lose Buchseiten waren durch den Raum gesegelt.

„Wie kam es zu der Explosion, Inspektor Manzoni?"

Manzoni winkte einen Kriminaltechniker heran.

Der Techniker brachte einen zerfetzten Gegenstand, der in einem offenen Plastikbehälter aufbewahrt wurde.

„Das war einmal ein Buch", erklärte Manzoni. „Jemand hat den Papierblock innen ausgehöhlt und darin den Sprengstoff versteckt. Entweder ist ein originales Buch aus Ihrer Bibliothek entsprechend präpariert worden, ohne dass es bemerkt wurde, oder ein Originalexemplar wurde gegen ein gleich aussehendes ausgetauscht. Die Laboruntersuchungen werden darüber Aufschluss geben. Die Explosion sorgte dafür, dass der Wachmann und der Polizist Alarm schlugen und herbeieilten. Das Löschen des kleinen Brandes lenkte sie ab, so dass sie nicht bemerkten, was draußen vor sich ging. Als Polizei und Feuerwehr eintrafen, lag der Tote auf dem Zaun."

Geschickt eingefädelt, dachte Lüder und schaute durch die Vorhänge der Bibliotheksfenster in den Garten. Die Polizei hatte eine Hebebühne an den Zaun gefahren.

„Unser Täter ist einfallsreich", sagte Manzoni. „Die Sprengwirkung war genau dosiert. Sie richtete nur geringen Schaden an, lenkte die Wachen aber ab."

Steve fuhr sich mit den Händen nervös durch die Locken. Er wirkte abgespannt, die Falten um Augen, Nase und Mund traten im Licht der beiden zwölfarmigen Deckenleuchter deutlicher hervor als sonst. „Sie vermuten im Haus noch weitere Sprengladungen?"

„Wir wollen es zumindest sicher ausschließen können. Es wurden bis jetzt keine weiteren gefunden."

Steve nickte gedankenabwesend. Er stand neben Lüder und beobachtete, wie Polizisten die Leiche vorsichtig von den Spitzen hoben und auf die Hebebühne legten.

„Die Ereignisse werfen Fragen auf. Wir müssen reden, Dr. Bell."

„Gehen wir in mein Büro", sagte Steve niedergeschlagen.

Im Büro des Direktors forderte er sie auf, am großen Tisch Platz zu nehmen, doch Inspektor Manzoni hatte das Porträt des Geigers Bruni erspäht und war zur Wand gegangen, an der das Gemälde hing.

„Dafür soll Ihr Chef seine Karriere riskiert haben?", fragte er.

Steve schwieg und wartete, bis sich Manzoni auf die andere Seite des Tisches setzte und fragte: „Was wird die Stiftung nun tun, Dr. Bell?"

„Das kann ich Ihnen im Moment nicht sagen. Der Stiftungsvorstand wird sich heute im Verlauf des Tages zu einer Dringlichkeitssitzung konstituieren und dann werden wir weitersehen."

„Mit Verlaub, Dr. Bell, das sind Plattitüden. Noch einmal. Wozu werden Sie als Stellvertretender Direktor in dieser neuen, völlig veränderten Situation raten?"

Steve reagierte entnervt auf die Hartnäckigkeit seines Gegenübers. „Worauf wollen Sie hinaus, Inspektor?"

„Es ist an der Zeit, dass Tacheles geredet wird, Dr. Bell. Mittlerweile handelt es sich nicht mehr nur um eine undurchsichtige Erpressung, die ignoriert werden konnte, und um das Verschwinden des Professors, sondern um einen Mord und ein Sprengstoffattentat. Dafür, dass Ihr Haus die Angelegenheit so lange bagatellisiert und gegenüber der Polizei klein geredet hat, haben sich die Ereignisse auf dramatische Weise zugespitzt, finden Sie nicht auch? Sagen Sie mir also endlich, was in Ihrem Hause wirklich los ist. Warum diese bestialische Inszenierung da draußen auf Ihrem Gelände? Worin war Ihr Chef verwickelt?"

„Spielen Sie jetzt etwa auch auf dieses schwachsinnige Mafia-Gerücht an? Inspektor Manzoni, wenn Sie glauben, irgendjemand würde Ihnen Informationen vorenthalten und hier sei eine Verschwörung im Gange, dann irren Sie sich gewaltig!" Steve hatte seine Stimme erhoben.

„Wie erklären Sie sich das da draußen? Alles weist darauf hin, dass der Professor ermordet und wie eine Trophäe aufgespießt wurde. Das ist doch kein normales Verbrechen! Warum tut der Erpresser das? Nur, um seine dämliche Gedenktafel im Foyer an der Wand zu sehen? Das glauben sie doch selbst nicht!", bellte Manzoni zurück. Sein italienisches Temperament ging mit ihm durch.

„Müssen wir denn davon ausgehen, dass der Mörder und der Erpresser ein und dieselbe Person sind?", fragte Steve, darum bemüht, einen sachlichen Ton anzuschlagen.

„Das sagen Sie mir!", blaffte Mazoni zurück. „Wo hat sich der Professor seit seinem Verschwinden aufgehalten? Weiß das hier im Hause wirklich niemand?"

„Inspektor, unser Direktor hat zweifellos einen schweren Fehler begangen, indem er die Folgen der Erpressung nicht abzuschätzen wusste, trotzdem wurden Ihnen keinerlei Kenntnisse auf unserer Seite vorenthalten. Es war zu keinem Zeitpunkt absehbar, dass der Erpresser einen Mord begehen würde, wenn wir seinen Forderungen nicht nachkämen."

Manzoni schlug mit der flachen Hand auf den Tisch. Steve zuckte zusammen. „Gut, aber nun gibt es den ersten Toten und eine bombige Presse ist Ihnen auch sicher. Was also werden sie konkret unternehmen? Noch einen Toten riskieren?"

„Verdammt, ich kann nicht allein entscheiden! Als Stellvertreter schulde ich dem Vorstand für all mein Tun Rechenschaft. Nur er kann entscheiden, wie wir auf diese Krise reagieren. Und angesichts der derzeitigen

Entwicklung wird sich wohl auch der Vorstand nicht mehr einem Entgegenkommen verschließen können."

„Ich will Ihnen mal was sagen. Sie glauben das doch selbst nicht. Ihr Vorstand hat gerade seinen Direktor geopfert, um keinen Millimeter von seiner Position abrücken zu müssen."

„Nun gehen Sie zu weit. Das fällt nicht in Ihren Kompetenzbereich."

„Nein, aber wir sollen Ihren Laden vor Schlimmeren bewahren und in Wahrheit ist das Schlimmste heute Nacht eingetreten. Die Explosion führte uns regelrecht vor. Wenn der Täter es gewollt hätte, hätte er schon heute Nacht Ihren Kasten mitsamt seinem wertvollen Inventar den Erdboden gleich machen können. Genau so lese ich seine Botschaft. Ich verstehe deshalb nicht, wie Sie und der Vorstand so hochmütig sein können und über keinen Aktionsplan verfügen. Sie können doch angesichts der heutigen Ereignisse das Museum nicht einfach weiterlaufen lassen, als wäre nichts geschehen. Business as usual geht nicht mehr. Kapieren Sie das endlich!"

Lüder gab Manzoni Recht. Das Museum war in der Hand des Erpressers. Manzoni unterbrach seinen Gedanken. „Ihm gelingt es auf irgendeine Weise, sich ungesehen Zugang zum Haus zu verschaffen. Der Kerl geht hier ein und aus wie es ihm beliebt. Eine weitere Öffnung des Museums ist daher gar nicht denkbar, wenn wir nicht in Kauf nehmen wollen, dass unschuldige Besucher und meine Männer das nächste Mal mit in die Luft fliegen. Sie sollten auf die Forderung eingehen oder das Haus schließen."

Steve sprang von seinem Stuhl auf. „Wie stellen Sie sich das vor? Soll das Museum solange geschlossen bleiben, bis Sie sich bequemen, den Täter zu schnappen? Da könnten wir das Haus auch ebenso gut selbst abreißen und kämen damit dem Erpresser sogar noch entgegen. Ich sperre mich nicht gegen ein Einlenken, Inspektor, aber es geht hier nicht um mich, sondern um die Familie Frick. Wie sähe das aus, wenn wir der Forderung nachgeben? Ehrbares, bürgerliches Kunstinstitut von Weltrang kapituliert vor Verrückten? Das würde die Presse schreiben und die Frage stellen, warum eigentlich die Polizei uns nicht vor derlei Wahnsinnigen schützen kann."

„Beim nächsten Toten werden ganz andere unangenehme Fragen gestellt, das garantiere ich Ihnen."

„Kehren wir zu den Fakten zurück", verlangte Steve, der vor das Fenster getreten war und zusah, wie ein grauer Sarg abtransportiert wurde. „Wie konnte die Bombe gezündet werden?"

„Zeitzünder. Es wurden entsprechende Teile gefunden."

„Daraus können wir durchaus nicht folgern, dass sich der Täter nach Belieben Zugang zum Haus verschafft. Er kann als Besucher am Tage hereingekommen sein und das Buch ausgetauscht haben. Es gibt nicht in jedem Ausstellungsraum eine Aufsicht, die Aufsichten müssen jeweils zwei bis drei Räume im Auge behalten. Es ist daher gut möglich, dass der Austausch zum Zeitpunkt erfolgte, als die Aufsicht gerade nicht im Raum war."

„Aber das Buch", wandte Manzoni ein.

„Bisher haben wir unseren Besuchern das Tragen von Taschen in der Ausstellung untersagt, nicht das Mitführen von Büchern. Viele Touristen nehmen ihre Reiseführer mit, weil diese Infos über das Haus enthalten. Bis jetzt gab es keinen Grund, von dieser Praxis abzugehen."

„Okay, hierin stimme ich Ihnen zu."

„Ich kann Ihnen versichern, an den Vorwürfen, Professor Conolly habe Kontakte zur Mafia gehabt und sich an der Stiftung bereichert, ist nichts dran. Man konnte an ihm viel kritisieren, aber kriminell war er nicht."

Dazu schwieg Manzoni.

„Warum er umgebracht wurde, kann ich mir nicht erklären. Es ist für mich wie ein Schock. Ich bin kein Kriminalist, aber soviel weiß ich, dass Erpresser in seltenen Fällen ihre Opfer umbringen. Sie nehmen die Verletzung ihrer Opfer in Kauf und manchmal auch mehr, aber sie morden nicht. In der Regel bleibt es bei der Androhung einer Tötung. Sie erinnern an die widerliche Inszenierung von Conollys Tod. Das scheint mir der Schlüssel zu allem zu sein. Vielleicht kommen wir hierüber dem Täter endlich auf die Spur. Der Zaun hat ganz offensichtlich eine symbolische Bedeutung. Er verweist meiner Meinung nach erneut auf die Toten von Homestead, die selbst in gewisser Weise das Opfer eines Zaunes waren."

Steve erklärte Manzoni in Kürze die Ereignisse von Homestead. „Erst der tote Wachmann vor Goyas ‚Schmiede‘, nun Conolly auf dem Zaun. Das ist kein Zufall."

„Dr. Bell, wissen Sie, was Sie da sagen? An jenem Abend, als der Wachmann einen Infarkt erlitt, muss der Erpresser nach Ihren Ausführungen im Museum gewesen sein."

Steve nickte. Der Inspektor sprach aus, was er dunkel geahnt hatte, aber nicht wahr haben wollte. „Ja, deshalb ist es an der Zeit, herauszufinden, wer derart an der Geschichte des Hauses interessiert ist."

„Werden Sie konkreter, Dr. Bell!" Manzoni hatte die Arme vor der Brust verschränkt.

„Mein Schwiegervater und Professor Walter Rex von der Columbia Universität haben sich bereit erklärt, uns in diesem Fall mit ihrem Knowhow zu unterstützen und bei den Ermittlungen zu helfen."

Manzoni lief die Zornesröte ins Gesicht. „Soweit kommt es noch, dass sich jetzt ein Ausländer in unsere Arbeit einmischt! Mr. Luder hat keinerlei Befugnisse, in diesem Land zu ermitteln und sollte er sich nicht daran halten, werde ich nicht zögern, ihn einbuchten zu lassen und seine Abschiebung zu veranlassen. Haben wir uns verstanden?"

„Es war nicht die Rede davon, dass mein Schwiegervater Ihnen die Arbeit wegnimmt", protestierte Steve, „es war lediglich ein gut gemeinter Vorschlag zu einer konkreten Maßnahme. Sie sind in Ihren Ermittlungen nicht vorangekommen. Wir brauchen Unterstützung."

Manzoni reagierte empört. „Das schlägt dem Fass den Boden aus! Wenn Sie die Ermittlungen durch das Zurückhalten von Erkenntnissen behindern, können Sie den schleppenden Fortgang nicht uns anlasten. Sie entschuldigen mich. Ich habe Wichtigeres zu tun, als mir von Ihnen Vorhaltungen machen zu lassen." Manzoni verließ wütend das Zimmer.

Steve öffnete den Mund zu einer Entgegnung, doch die Tür fiel ins Schloss.

„Diese Reaktion war zu erwarten", meinte Lüder und schlug die Beine über.

Steve biss sich auf die Unterlippe.

„Du bist ihn hart angegangen. Aber er kann nicht Unmögliches leisten."

„Wenn er denn das Mögliche getan hätte."

„Du bist unfair. Ein Polizist hat den Ausbruch eines Brandes hier im Haus verhindert. Das ist immerhin etwas. Manzoni tut, was er kann. Ich möchte nicht in seiner Haut stecken."

„Ich denke, du willst helfen?", schnaubte Steve ärgerlich.

„Das werde ich auch. Aber du musst einen kühlen Kopf behalten. Das Signal heute Nacht war eindeutig. Der Erpresser will Bewegung im Verfahren. Du musst Druck im Vorstand machen und uns die Zeit verschaffen, dass wir suchen können."

Steve machte ein resigniertes Gesicht. „Ich habe wenig Hoffnung. Wer war schon Sam? Und wer ist dagegen Frick? Ein solches Denkmal schleift man nicht einfach." Steve legte die Hände auf den Rücken und blickte durch die Vorhänge. Der Morgen graute.

„Nimm Kontakt zu ihm auf. Verkünde in der Presse, die Stiftung sei zur Korrektur des Geschichtsbildes bereit, möchte aber über die Konditionen verhandeln. Das Manöver könnte uns Zeit verschaffen und lockt ihn eventuell aus der Deckung."

Steves Blick war gequält. „Helen Frick wird sich sperren."

„Frag sie, ob sie das Museum auf unabsehbare Zeit geschlossen sehen will. Du als Stellvertretender Direktor müsstest der Gefahreneinschätzung der Polizei zustimmen, es sei nicht zu verantworten, Mitarbeiter, Besucher und Polizisten zu gefährden. Die Presse wird dich im Übrigen löchern, sie wird fragen, was du angesichts der unglaublichen Vorkommnisse zu tun gedenkst."

„Erinnere mich nicht daran! In wenigen Stunden geht die Belagerung los. Und ich kann nichts sagen!"

Lüder rieb sich müde das Gesicht und erhob sich. „Ich nehme mir jetzt ein Taxi und fahre nach Hause. Ich brauche eine Pause. Nachher telefoniere ich mit Professor Rex und versuche, unsere Recherche zu beschleunigen."

Steve seufzte. „Und wie verhalte ich mich gegenüber Manzoni? Meinst du, er belässt es bei seinem Ausbruch?"

„Der wird sich schon wieder melden. Bis dahin ignoriere ihn. Ich werde ihm nicht in die Quere kommen. Offiziell bin ich zu Besuch in der Stadt. Niemand kann mir verwehren, als Amateurhistoriker durch die Archive zu strolchen. Das ist nicht illegal. Und da wir schon einmal beim Thema Akten sind. Wurden die Personalakten durchgesehen?"

„Die Polizei hat nach auffälligen Mitarbeitern und besonderen Vorkommnissen in den vergangenen Jahren gefragt, aber da war nichts. Es hat jemand die Akten angeschaut, aber nichts gefunden."

„Sind sie im Haus?"

„Ja. Warum?"

„Ich würde sie mir gern einmal selbst ansehen. Vertraulich, versteht sich. Kannst du veranlassen, dass sie zu dir nach Hause gebracht werden?"

„Wozu soll das gut sein?"

„Vielleicht findet sich doch ein Hinweis."

„Reine Zeitverschwendung", beharrte Steve. „Viele unserer Mitarbeiter sind seit Jahren bei uns. Es gab nie Probleme, auch keine Kündigungen wegen irregulären Verhaltens oder Ähnlichem."

„Schaden kann es trotzdem nicht. Kleinigkeiten werden schnell vergessen. Beim Studium tauchen sie wieder auf."

„Okay, ich werde meine Sekretärin anweisen, die Ordner zu mir nach Hause zu schaffen, weil ich sie in Ruhe persönlich durchgehen will. Sobald sie eintreffen, kannst du dich an die Arbeit machen."

Steve telefonierte nach dem Taxi. Lüder schaute hinaus auf die Fünfte Avenue. Der Autoverkehr floss wieder normal.

Das beste Pferdchen im Stall

Die Witwe empfing Manzoni und Duncan im leichten schwarzen Sommerkostüm. Dr. Bell war bei ihr. „Sie haben sicher nichts dagegen, wenn Dr. Bell an unserem Gespräch teilnimmt", sagte Mrs. Conolly.

Manzoni schüttelte den Kopf. „Wie gut waren Sie mit den Geschäften Ihres Mannes vertraut?", fragte er.

„Ich kümmerte mich nur darum, wenn Sam mich darum bat."

„Kam das oft vor?"

„Nein. Ab und zu."

„Haben Sie das Appartement gemeinsam erworben?"

Mrs. Conolly sah Manzoni erstaunt an. „Warum wollen Sie das wissen? Ich sehe nicht, was unsere Vermögensverhältnisse mit dem Tod meines Mannes zu tun haben." In ihrem Ton schwang Unverständnis mit.

„Sie haben sicher in den letzten Tagen die Zeitungen gelesen. Wir fragen uns, wie ein Museumsdirektor mit den für seine Position üblichen Bezügen in der 91. Straße in bester Lage eine große Wohnung besitzen kann. Hat einer von Ihnen geerbt?"

Dr. Bell drückte seine Zigarette im Aschenbecher aus und schaltete sich in das Gespräch ein. „Muss sie Ihnen das beantworten, meine Herren? Ich halte es für angebracht, dass Mrs. Conolly ihren Anwalt hinzuzieht."

Mrs. Conolly nickte. Manzoni lächelte schwach und entgegnete konziliant: „Wenn Sie uns das Leben erschweren wollen, so steht Ihnen das natürlich frei. Andererseits gehen wir davon aus, Ihnen liegt nicht weniger an der Aufklärung dieses brutalen Verbrechens wie uns. Ignorieren wir einmal für eine Minute die leidige Frage der Finanzen und wenden uns den anderen Fakten zu. Ihr Mann, Mrs. Conolly, erlag zahlreichen Messerstichen. Einer davon traf die Lunge und war tödlich. Was sehr merkwürdig an dem Tötungsprofil ist, ist die Wahllosigkeit, mit der die Tatwaffe in den Körper eingedrungen ist. Der Mörder stach nicht gezielt zu, er, ich kann den Ausdruck unseres Gerichtsmediziners nur wiederholen, tat es ‚wahllos'. Offenbar muss ein Kampf vorausgegangen sein, denn der Körper Ihres Mannes weist Hämatome auf, die von heftigen Faustschlägen herrühren. Der Leichnam ist in einem bedauerlichen Zustand. An einem Handgelenk finden sich tiefe Schürfspuren, die von einer eisernen Handfessel herrühren. Er hatte keine Gelegenheit, sich zu waschen, die Kleidung war verdreckt und legt vom Geruch her nahe, dass man ihn in einer Art Kellerverlies gefangen gehalten haben muss. Noch wissen wir nicht, wo Ihr Mann eingesperrt war, aber angesichts der Indizien nehmen wir an, dass es nicht die Absicht des Kidnappers gewesen war, Ihren Mann zu töten. Irgendetwas Unvorhergesehenes muss passiert sein, in dessen Folge Ihr Mann den Tod fand."

Mrs. Conolly sah ihn schweigend an. Duncan interpretierte es als Frage. „Sehen Sie, Ihr Mann war gefesselt. Wenn der Täter ihn hätte ermorden wollen, dann wäre das viel einfacher gegangen. Diese Stichwunden erinnern von ihrem Muster dagegen eher an eine Verteidigung des Täters. Wir glauben, Ihr Mann hatte versucht, seinen Peiniger selbst auszuschalten. Für diesen kam der Angriff überraschend, er musste sich wehren, erstach dabei Ihren Mann."

Mrs. Conolly nahm sich von Dr. Bell eine Zigarette und steckte sie sich mit zittrigen Händen an. Sie inhalierte tief und fragte dann: „Worauf wollen Sie hinaus, Inspektor?"

„Ja, inwieweit bringt uns das alles weiter, Inspektor?", begehrte auch Dr. Bell auf.

„Gedulden Sie sich, Dr. Bell. Auf Ihre berechtigte Frage kommen wir gleich zurück. Anscheinend war anfangs nur geplant, Professor Conolly Angst zu machen. Dafür dachte man sich das Spielchen mit dem Gefängnis aus. Es sollte ihn auf den Boden der Tatsachen zurückholen."

Manzoni übernahm wieder. „Hatte Ihr Mann Nebeneinnahmen, Mrs. Conolly?"

„Selbstverständlich verfügte er über Nebeneinnahmen. Was für eine blödsinnige Frage! Mein Mann war auf seinem Fachgebiet ein Experte und in der ganzen Welt geschätzt. Von überall her kamen Anfragen nach Kunstexpertisen und Gutachten. Das wird Ihnen Dr. Bell bestätigen. Er publizierte sehr erfolgreich. Seine Geschichte der europäischen Porträtmalerei ist ein Standardwerk und in zahlreiche Sprachen übersetzt worden. Dasselbe gilt für seine Kunstgeschichte der frühchristlichen Zeit bis zum Mittelalter. Seine Tantiemen waren ein einträgliches Geschäft."

„Wie gut kannten sie den Freundes- und Bekanntenkreis Ihres Mannes? Diese Frage geht auch an Sie, Dr. Bell?"

„Ich kenne viele, sicher aber nicht alle. Mein Mann verfügte über einen sehr großen, selbst für mich unüberschaubaren Bekanntenkreis. Seine Arbeit brachte es mit sich, dass er sich mit Kollegen weltweit austauschte und über viele Kontakte verfügte. Sam war einer, der Netzwerke aufbaute."

„Sam sammelte Menschen wie andere Briefmarken", pflichtete ihr Dr. Bell bei. „Selbst mir war das manchmal zuviel. Aber so war er. Durch unsere enge berufliche Zusammenarbeit kenne ich einige, aber längst nicht alle."

„Sagt Ihnen der Name Marty Genelli etwas, Dr. Bell?"

„Genelli wer? Ich kenne nur einen Genelli, mit Vornamen Bonaventura, einen Künstler. Der ist aber seit vierundachtzig Jahren tot."

„Nein, wir meinen Marty Genelli, einen New Yorker Im- und Export- kaufmann mit einem Hang zu exquisiter Kunst. Er war der geheimnis- volle Bieter am Telefon, der sich so sehr für das Violinisten-Porträt inter- essiert hat und damit den Preis in Schwindel erregende Höhen trieb."

„Ich habe nie von diesem Mann gehört", erklärte Dr. Bell.

„Seltsam. In Sammlerkreisen muss New York doch eigentlich ein Nest sein, in dem jeder jeden kennt und über die Vorlieben des anderen infor- miert ist. Aber diesen Marty Genelli kennt in der Kunstszene tatsächlich kaum jemand. Merkwürdig, nicht? Kannte Ihr Chef ihn?"

Argwöhnisch beäugte Dr. Bell die beiden Inspektoren. Wollten sie ihn aufs Glatteis führen? Von diesem Im- und Exportkaufmann hatte er in der Tat nie etwas gehört. Auch in der Gegenwart von Sam war sein Name nicht gefallen. „Sam hat mit mir nie über diesen Mann gesprochen. Auch aus dem Schriftverkehr unseres Hauses ist er mir nicht geläufig. Ich höre den Namen heute zum ersten Mal."

Manzoni schaute die Witwe an. „Erwähnte Ihr Mann Ihnen gegenüber einmal den Namen?"

Sie schüttelte den Kopf. Ihr war anzusehen, dass sie nicht mehr verstand, um was es eigentlich bei diesem Gespräch ging.

„Auf dem Konto Ihres Mannes tauchen über die Jahre regelmäßig Über- weisungen auf, die von einer Firma Genelli getätigt wurden. Marty Ge- nelli verfügt über enge Geschäftskontakte nach Italien. Offiziell ist er in der Feinkostbranche mit italienischen Spezialitäten, die er in die Staaten einführt, und er exportiert Reis, Weizen und Tabak. Inoffiziell verdächti- gen wir diesen öffentlichkeitsscheuen Kaufmann der Kunsthehlerei, des Drogenhandels und der Geldwäsche. Mit Drogen gewonnenes Geld wird auf dem Kunstmarkt gewaschen. Ich habe mir erzählen lassen, ganz Ita- lien ist ein Ruinenfeld voller ungehobener Kunstschätze. Die warten nur darauf, ans Licht der Welt gefördert und an hiesige finanzkräftige Kun- den verkauft zu werden."

Mrs. Conolly war blass geworden. Dr. Bell hatte von den Andeutungen genug und ging in die Offensive. „Wollen Sie damit sagen, Sam wäre in Geschäften dieses Genelli verwickelt gewesen? Wie hätte er einem Feinkosthändler nützlich sein könnte?"

Duncan verzog bei der despektierlichen Beschreibung keine Miene und erklärte: „Nun, Genelli war mehr. Er steht im Verdacht, Hehlerei im ganz großen Stil zu betreiben. Und der Wareneingang verlangt nach Expertisen über die Qualität. Dafür brauchte er Experten. Aber er soll nicht nur am illegalen Ausführen nationaler Kunstschätze beteiligt sein, wir nehmen an, dass er durch seine exzellenten Kontakte sehr gute Kenntnisse über Privatsammlungen und deren Sicherheitsvorkehrungen in aller Welt hat. Es ist somit ein Leichtes für ihn, aus diesen Werke stehlen oder kidnappen zu lassen. Das ist ein sehr einträgliches Geschäftsfeld. Um es aber richtig beackern zu können, braucht er Informanten, die sich ganz unverdächtig in den Sammlungen bewegen können und die das volle Vertrauen der Sammler besitzen. Würden Sie dem Direktor der Frick Collection Ihr Vertrauen vorenthalten Dr. Bell?"

„Sam als Kunstspion? Schluss mit dem Unsinn, Inspektor! Ich bin nicht länger bereit, mir solche obskuren Anschuldigungen anzuhören, wenn Sie dafür keine Beweise vorlegen können. Selbst wenn Sam für diesen Genelli als Sachverständiger tätig war, besagt das noch gar nichts. Er kann im guten Glauben für ihn gearbeitet haben."

„Ihr Freund war ein Kenner der frühchristlichen und byzantinischen Kunst, richtig?"

„Ja, er promovierte darüber."

„Sie verlangen Beweise. Ich gebe gern zu, viele unserer Schlussfolgerungen beruhen noch auf Mutmaßungen, doch ein Detail möchte ich Ihnen nicht vorenthalten. Bei dem Ankauf des Porträts von Bruni waren vor allem drei Parteien involviert. Korrigieren Sie mich, wenn ich etwas Falsches sage. Das Museum trat als Käufer auf, Christies als Vermittler und – Genelli als Gewinner."

Dr. Bell protestierte. „Der hat mit dem Gemälde überhaupt nichts zu tun."

Duncan lächelte milde. „Falsch, Dr. Bell. Genelli ist der wichtigste Mann in diesem Dreiecksgeschäft gewesen."

„Wir wollen es Ihnen erklären", sagte Manzoni. „Es ist richtig, dass Genelli offiziell in dem Geschäft gar nicht vorkam. Dennoch floss der größte Teil des Verkaufserlöses in seine Tasche. Wie das? fragen Sie sich zurecht und das verstanden wir erst auch nicht. Bis wir herausfanden, dass der Kunsthändler, der den ‚Bruni' mit eigenem Kapital erwarb, in Wahrheit zu dem Unternehmen Genellis gehört. Ich will Sie nicht mit Namen langweilen, aber die Kunsthandlung P. & D. Gutekunst ist ein Unternehmensableger der Genelli Im- und Export GmbH & CoKG. Diese beiden wussten sehr gut, in welches Museum dieses Stück passen würde und der Abnehmer stand schon fest, bevor das Bild offiziell ins

Auktionshaus eingeliefert wurde. Die Auktion diente einzig dazu, dem Melken Ihres Hauses einen seriösen Anstrich zu geben."

Steve war nun selbst blass geworden. Er konnte nicht glauben, was ihm die beiden Inspektoren da erzählten. Hinter den Kulissen war alles abgesprochen gewesen. Sam hatte den Jahresankaufsetat zugunsten dieses Genelli geplündert. „Wie viel hat das Auktionshaus daran verdient?", fragte er mit heiserer Stimme.

„Nun, das war der einzige ehrliche Akteur bei der Sache. Allerdings dürfte es sich über die hohe Provision gefreut haben, die ihm die Versteigerung des guten Stücks bescherte. Wir wissen nicht, ob es von den Verflechtungen nichts weiß, aber hätte ihm seine Geschäfte aufmerksamer betrieben, so hätte ihm auffallen müssen, dass die Verkaufssumme nicht an die Bank von P. & D. Gutekunst überwiesen wurde, sondern an eine Bank, die eng mit der Genelli-GmbH zusammenarbeitet. Unsere Prüfer vom Dezernat für Wirtschaftsverbrechen sind gerade dabei, herauszufinden, wie viel von der Summe an Genelli ging."

Insgeheim musste Steve dem Inspektor ein Kompliment machen. Das hatte er der New Yorker Polizei nicht zugetraut.

Manzoni betrachtete ihn schmunzelnd und es wirkte auf ihn, als habe der seine geheimsten Gedanken erraten. Sam hatte sich an dubiosen Machenschaften beteiligt. Warum? Reichte ihm sein Verdienst nicht mehr? War seine Gier maßlos? Aber warum der Mord?

„Sicher fragen Sie sich, warum Ihr Chef sterben musste." Manzoni strich sich gedankenvoll über sein unrasiertes Kinn. „Wir vermuten, die Geschichte mit dem ‚Bruni' ging ihm zu weit. Es wurde gefährlich und er wollte aussteigen. Genelli war aber nicht gewillt, sein bestes Pferdchen aus dem Rennen zu nehmen. Einen so wertvollen Mitarbeiter wie Professor Conolly entlässt man nicht einfach. Genelli beschloss deshalb, es wäre an der Zeit, Professor Conolly zu disziplinieren und an seine Verpflichtungen zu erinnern. Dieser sollte an den wahren Chef erinnert werden. Doch irgendetwas lief schief. Möglicherweise erinnerte sich der Bestrafte an seine verlorene Unschuld und Integrität, in deren Besitz er noch bei seinen hoffnungsvollen Anfängen gewesen war. Er entschloss sich vielleicht, zu kämpfen, Widerstand zu leisten, unterschätzte aber seinen Gegner. Und Genelli? Hatte plötzlich die Leiche eines Prominenten, die ihm teuer zu stehen kommen konnte. Wie sich ihr auf eine möglichst elegante Weise entledigen, wird er sich gefragt haben und erinnerte sich in diesem Moment an die Schwierigkeiten des Museums. Sehr wahrscheinlich war Professor Conolly so unvorsichtig gewesen und hatte sich mit der Erpressungsgeschichte dem Ehrenmann Genelli anvertraut. Vielleicht erklärt das auch sein Zögern und Taktieren. Er hegte die Hoffnung, Genelli würde für ihn das Problem lösen. Wir nehmen an, vor der dreisten Sache mit dem ‚Bruni' war die Welt zwischen den beiden Männern noch im Lot. Doch nun ist Professor Conolly tot und Genelli hat selbst ein kleines Problem. Was liegt da nicht näher, als den Toten dem Erpresser unterzujubeln und von sich selbst abzulenken."

Mrs. Conolly erhob sich. „Warum verhaften Sie ihn dann nicht, Inspektor?"

In den Tiefen der Archive

Mehrere Tage vergrub sich Rex in das Archiv der Frick Art Reference Library und studierte selbst Abseitiges. Die aufgeregte öffentliche Debatte um den Tod von Professor Conolly und die Erpressung nahm er nur am Rande wahr, sie spornte ihn vielmehr in seinen Anstrengungen an.

Seit der Im- und Exportkaufmann Genelli in Untersuchungshaft genommen worden war, war es auf der Straße vor dem Museum ruhiger geworden und Rex konnte unbelästigt in der Bibliothek ein- und ausgehen. Doch seine Untersuchung brachte nicht das gewünschte Ergebnis bei der Suche nach Hinweisen auf den Erpresser. Rex wechselte in das Archiv der Historischen Gesellschaft, die auf der anderen Seite des Parks in unmittelbarer Nachbarschaft des Museums für Naturgeschichte lag. Die Bibliothekarinnen kannten ihn gut, er war ein häufiger Gast in ihrem vornehmen Lesesaal, in dem die Stille einer Kirche herrschte. Rex studierte alte Bebauungspläne der Upper East Side, Zeitungsmeldungen über das Wachstum der Stadt, Stadtchroniken. Das ländliche New York, wie es um 1900 noch am Central Park vorzufinden war, wich langsam, aber unwiderruflich zurück und im zweiten Jahrzehnt bemächtigten sich die Reichen mit ihren repräsentativen Villen der schicken Grundstücke jenseits der 49. Straße. Frick war nicht der einzige, der am Park baute, aber die Errichtung seines Hauses erregte bei weitem die größte Aufmerksamkeit. Im Dezember 1906 erwarb er das Grundstück für die sagenhafte Summe von 2.250.000 Dollar. Vier Monate später kam eine Parzelle hinzu, die 600.000 Dollar kostete. Der Erwerb des Grundstücks glich einem Coup, denn es war neben der Villa von Carnegie an der Fünften Avenue, 91. Straße, das einzige Anwesen auf einer Anhöhe. Aus diesem Grunde und im Wissen um die andauernde, von Abneigung getragene Rivalität zwischen Frick und seinem ehemaligen Geschäftspartner glaubte die Presse, der Kokstycoon wolle das Haus des Stahlmagnaten ausstechen. Die *New York Times* mutmaßte sogar, Frick deklassiere Carnegies Villa, die keine Meile entfernt lag. Die Berichterstattung in den alten Zeitungen brachte Rex zum Grinsen. Zwei Giganten führten einen aussichtslosen Kampf, in dem es keinen Gewinner geben konnte. Carnegie rächte sich, indem er Frick in seinen Memoiren zur Fußnote degradierte. Frick schlug zurück, indem er die von Carnegie kurz vor dessen Tod dargereichte Hand zum Friedensschluss ausschlug und ihm die Worte hinterher rief: „Wir treffen uns in der Hölle wieder!" Beide starben im Jahr 1919, doch keiner vermochte über den anderen über den Tod hinaus triumphieren. Frick schaffte es zwar, dass seine New Yorker Residenz dem Haus des Rivalen den Rang ablief, aber Frick konnte sein neues Heim nur vier Jahre genießen, ehe er starb. Und in der Carnegie Hall setzte sich der andere ein unsterbliches Denkmal.

Rex arbeitete Tag und Nacht. Aus dem Diner um die Ecke ließ er Sandwiches und gebratenes Hühnchen kommen. Telefonanrufe nahm er nur widerwillig entgegen. Allein Lüder gestand er einige Minuten zu. Für den 9. August verabredeten sie sich in seinem Appartement.

Lüder ging zu Fuß zu der Adresse am Morningside Park. Die Wohnung befand sich im ersten Stock eines alten, renovierungsbedürftigen Hauses. Der Vorgarten war verwildert. Die schmucken Häuser in der Nachbarschaft unterstrichen den traurigen Zustand. Der Eingang war offen, Lüder trat in ein schmales, steiles Treppenhaus. Die Wohnungstür war nur angelehnt, Rex rief aus den Tiefen der Wohnung, Lüder solle eintreten. Der betrat eine Bibliothek. Zumindest war das sein erster Eindruck. Der Flur war von unten bis oben mit Bücherregalen eingekleidet. Von der Stuckdecke hing eine nackte Glühbirne. Lüder ging dem Tageslicht entgegen, das im nächsten Raum zu sehen war und gelangte in ein Wohnzimmer, das zugleich Arbeitszimmer des Professors zu sein schien. In dem großen Raum herrschte Unordnung, überall lag etwas herum. Die Wände waren mit Bücherregalen tapeziert. Es roch nach altem Papier und herbem Pfeifentabak.

„Kommen Sie bitte hierher zum Fenster!", forderte Rex ihn auf, der unsichtbar in einem hohen Ohrensessel saß. Über dem Möbel stiegen Tabakschwaden auf. Lüder setzte seinen Hut ab, legte ihn auf einem Tisch ab und umschiffte vorsichtig Stapel von Büchern, die auf dem Boden lagen. Rex hatte es sich im Erker bequem gemacht. Die Fenster waren nach oben geschoben, der Lärm der Straße klang herein. Man hatte einen schönen Blick auf den Park.

„Setzen Sie sich, Gustav! Ich dachte schon, Sie kommen gar nicht mehr", sagte Rex und seine schlanke Hand winkte ihn herbei. Beim Anblick des Professors zuckte Lüder heftig zusammen.

„Oh! Entschuldigen Sie, aber zuhause mache ich es mir immer bequem. Da leiste ich mir den Luxus, das Glasauge draußen zu lassen. Ich hoffe, es stört Sie nicht."

Lüder nickte nur und reichte dem Einäugigen die Hand. Rex war leger gekleidet. Sein weißes Oberhemd hatte er weit aufgeknöpft und die Ärmel hochgekrempelt, seine Füße staken nackt aus der Hose. Die weiße Haut war von einem dicken, blauen Adergeflecht durchzogen.

„Möchten Sie etwas trinken? Frisch zubereitete Zitronenlimonade? Kaffee, Tee, ein Drink?" Rex zeigte auf das Tablett mit Getränken, das er auf einem Tisch bereitgestellt hatte.

„Einen Kaffee", sagte Lüder erschöpft und Rex stand auf, um ihm eine Tasse einzuschenken.

„Sie sehen mitgenommen aus. Setzt Ihnen die Hitze zu?" Rex reichte ihm die dampfende Tasse und nahm wieder Platz. Er nahm die Pfeife aus dem Mund und stocherte im mahagonifarbenen Pfeifenkopf herum. Dabei musterte er neugierig seinen Gast.

„Es ist nichts. Der Weg zu Ihnen hinauf ist ziemlich steil."

„Ist ein gutes Training. Regt den Blutkreislauf an."

„Hm", erwiderte Lüder nur und trank von dem Kaffee. „Haben Sie etwas gefunden, das uns weiterhilft?", fragte er.

Rex schüttelte den Kopf. „Nein, es ist nicht viel, das ich Ihnen bieten kann."

Lüder war enttäuscht. „Aber Sie waren tagelang in den Archiven!"

„Über die Baugeschichte habe ich etwas herausgefunden, das selbst für mich neu war. Aber ob das was nutzt? Leider sind bis auf einen Grundriss alle Baupläne des Hauses verloren gegangen. Sie wurden bei einem Feuer zerstört, das Haus des Architekten brannte völlig nieder."

„Überlassen Sie bitte die Einschätzung der Ergebnisse mir. Erzählen Sie mir einfach, was Sie gefunden haben."

Rex nahm die Pfeife aus dem Mund. „Ich muss etwas ausschweifen und Sie einen Augenblick nach Pittsburgh entführen. Meiner Meinung sind dort die Gründe zu suchen. Denn der Sitz von Fricks Unternehmen war lange dort, doch nachdem New York City zum entscheidenden Handelszentrum der Staaten wurde und Carnegie hier längst ansässig geworden war, stellte sich auch für Frick die Frage, ob er nicht dorthin gehen musste, wo das Finanzzentrum und die mächtigsten Familien des Landes waren."

„Wann entschied er sich?"

„1902 waren für ihn die Würfel gefallen. Zwei Jahre später ließ er mit den Bauarbeiten an Eagle Rock in Boston beginnen und im Jahr 1906, in dem er seinen neuen Sommersitz bezog, erwarb er auch das Grundstück an der Fünften Avenue. Seine Entscheidung für den Bau eines New Yorker Hauses beruhte auf einer sehr einfachen gedanklichen Operation. In New York spielte die Musik und wenn er mitspielen wollte, musste er hier wohnen. Seine wichtigste Eintrittskarte in die hohe Gesellschaft war seine Kunstsammlung."

„War er da schon zum bedeutenden Sammler aufgestiegen?"

„Ja, Fricks Schätze konnten sich inzwischen sehen lassen. Er war nicht mehr nur eine Gründerpersönlickeit, die sich durch Fleiß, Energie und Härte auch gegen sich selbst ganz nach oben gearbeitet hatte, neben dem Selfmademan erwarb auch er auch als Mann von Kultur Anerkennung. Seiner Sammlung wurde Bewunderung entgegengebracht und für sie brauchte er eine repräsentative Adresse. Deshalb die Fünfte. Dort, wo bereits sein Erzrivale Carnegie wohnte."

„Woher hatte er neben seiner vielen Arbeit überhaupt die Zeit, noch Kunst einkaufen zu gehen."

„Die meisten seiner Gemälde erwarb er mit Hilfe der New Yorker Kunsthandlung Roland Knoedler & Company. Knoedler selbst war an Fricks Übersiedlung sehr interessiert, von der Nähe erhoffte er sich größeren Einfluss auf den Sammler und weitere lukrative Geschäfte. Er war mehr als nur ein Händler, er war ein Freund der Familie Frick, bei dem Frick eine Ausnahme machte. Denn für gewöhnlich hielt er Kunsthändler für Räuber, die es nur auf sein Geld abgesehen hätten. Knoedler dagegen organisierte seine Reisen nach Europa, buchte für ihn und seine Familie die Passagen, gewährte den Fricks in seinem Pariser Appartement Unterkunft und sorgte für die Eintrittskarten in die Pariser Oper und das Ballett. Auch Termine mit Künstlern im Atelier arrangierte er. Über die Jahre wurde der beiden Verhältnis so eng, dass Frick ihm in Geschmacksfragen blind vertraute und sogar Knoedler Geld zum Ankauf von Kunst für die Galerie lieh. Hastings, der Architekt, der Fricks Haus baute, war verantwortlich gewesen für das Geschäftsgebäude von Knoedler, das nur sechs Blocks von Fricks Grundstück entfernt lag."

„Die beiden waren Freunde."

„Ja, und ihre Freundschaft gedieh wohl auch deshalb, weil Knoedler nie versäumte, rechtzeitig seine Kredite zurückzuzahlen. Frick konnte sein neu erworbenes Grundstück an der Fünften Avenue nicht gleich bebauen, weil auf ihm die berühmte Lenox Library stand, die zu den Architektur-perlen der Stadt gezählt wurde. Die berühmte Büchersammlung sollte in die neue Public Library aufgehen, das Problem war nur, dass die Bauarbeiten an dem riesigen Gebäude in der 42. Straße nur langsam vorankamen. Frick musste bis zur Eröffnung im Jahre 1912 warten, ehe er an die Errichtung seines eigenen Hauses gehen konnte. Bis dahin mietete er den Stadtpalast der Vanderbilts in der Fünften Avenue."

„Hatte Frick in dieser Zeit seinen schlechten Ruf von Homestead überwunden?"

„Er arbeitete daran. Neben seinen geschäftlichen Aufgaben engagierte er sich in den ersten New Yorker Jahren zunehmend für wohltätige Zwecke."

„Was aber geschah mit der Bibliothek auf seinem Grundstück?"

„Sie wurde abgerissen. Erst wollte Frick sie auf eigene Kosten abtragen und im Central Park wieder aufbauen. Doch sein Angebot stieß nicht auf ungeteilte Zustimmung. Der Park begann sich zu einem Abladeplatz ausgedienter Architektur zu entwickeln. Vertreter der Stadt und des Staates New York wurde die steigende Zahl der Gebäude, die das Grün aufzufressen drohten, zu viel und sie legten ihr Veto ein. Frick baute aber nicht gleich, als das Grundstück frei war. Er war unentschieden, ob seine Kunstsammlung nicht doch lieber ihre Heimstadt in einem Galerieflügel in Eagle Rock bekommen sollte. Möglicherweise trugen zwei persönliche Erfahrungen dazu bei, dass New York das Rennen machte. Auf seiner ersten Auslandsreise mit dem Freund Mellon lernte Frick in London die Wallace Collection kennen. Das ist eine über drei Generationen gewachsene Familiensammlung, die nach dem Tod von Lady Wallace in den Besitz der Stadt überging und zum Museum wurde. Die Wallace Collection beeindruckte ihn schwer."

„Er sah sie als Vorbild."

„Ja, er tat in den Vorkriegsjahren des Ersten Weltkriegs alles, um diesem strahlendem Vorbild nachzueifern. In Eagle Rock wäre die Umsetzung dieser Museumsidee nur bedingt möglich gewesen. Ein Neubau aber, der sich an der Wallace Collection orientierte, barg ganz andere Möglichkeiten. In ihm konnten die grandiosesten Beispiele europäischer Kunst, die Frick in einem immer schnelleren Tempo zusammenkaufte, in einer Weise ausgestellt werden, die die Frick Collection an der Wallace Collection vorbei ziehen lassen würde."

„Ein wahrhafter Sportsmann."

„Unsere Gesellschaft lebt von der Konkurrenz."

Lüder nahm sich von der eisgekühlten Zitronenlimonade. „Was war Fricks andere Erfahrung?"

„Ägypten."

„Ägypten?"

„Im Winter 1912 reiste Frick mit seiner Familie dorthin und besuchte das Tal der Könige und den Tempel von Karnak. Diese Grabmonumente machten großen Eindruck auf ihn, sie beflügelten seine Phantasien über ein Leben nach dem Tod und die Unsterblichkeit der Seele. Frick werden Verbindungen zur Freimaurerei nachgesagt und es gibt viele Belege an seinem Haus, die als verschlüsselte Botschaften dieses Freigeistes gedeutet werden können."

„Dieser Mann macht es einem aber auch wirklich nicht leicht!"

„Da stimme ich Ihnen zu. Zum Verständnis seiner Persönlichkeit ist es wichtig zu wissen, dass er der Idee einer Universalreligion anhing, deren Ursprünge man in den alten und mystischen Religionen Ägyptens vermutete. In der frühen Hochkultur am Nil spielten Architektur und Geometrie eine entscheidende Rolle und fanden ihren glanzvollsten Ausdruck in den rätselhaften Pyramiden und Grabtempeln. Für die Freimaurer waren Architektur und Geometrie ebenfalls die Schlusssteine ihrer Philosophie. In Gott verehrten sie den großen Architekten des Universums. Zu der Museumsidee kam somit die Idee eines Grabmonuments, in dem das Andenken Fricks überdauern konnte. Und in diesem Haus sollten die Toten und die Lebenden zusammen kommen, es sollte ihr Treffpunkt werden. Ein lebender Totentempel."

„ Was heißt das denn nun wieder?"

„Er hatte die Vision eines Hauses zwischen zwei Welten. Ein großer Antrieb seiner Sammelwut war sicher seine tote Tochter Martha. Ihrem Andenken war die Sammlung zum Teil gewidmet und das neue Haus, in dem die Kunstwerke an die Verstorbene erinnern sollten, hatte dadurch den Charakter eines Totenschreins, der den ägyptischen Monumenten nicht unähnlich war. Das neue Haus sollte nach Fricks Vorstellung angefüllt sein mit Referenzen an die Freimaurerei und die symbolische Verherrlichung seiner früh verstorbenen Tochter. Daher finden sich im architektonischen Schmuck des Palastes die vielen Anspielungen auf die Reinigung der Seele und die Wiedergutmachung."

„Aber wenn ich es richtig erinnere, war Martha seit vielen Jahren tot. Sie war gerade mal sechs Jahre alt, als sie starb! Wieso bekam sie eine solche Bedeutung für ihren Vater?"

Rexes Pfeife war ausgegangen. Er klopfte den Tabak aus und stopfte sie neu. „Martha war sein Ein und Alles gewesen. Ihr Konterfei hatte er selbst auf seine persönlichen Schecks drucken lassen. Meiner Ansicht nach spielen drei Dinge hier eine Rolle. Schlechtes Gewissen, Hilflosigkeit und Homestead."

„Schon wieder Homestead! Ich kann's langsam nicht mehr hören."

„Martha war die Zweitgeborene. Man vermutet, dass sie als Kleinkind eine Nadel verschluckte, an deren Folgen sie ihr kurzes Leben lang litt. Sie blieb immer ein kränkliches Kind und die Ärzte versuchten alles in ihrer Macht Stehende, die Kleine von ihren Krankheitssymptomen zu heilen. Es war aber vergeblich und im Verlauf der Jahre wurde Martha kränker und schwächer, ohne dass die Ärzte die Gründe dafür benennen konnten. Die Eltern mussten hilflos zusehen, wie das Kind langsam dahinsiechte. Am Ende brach die Nadel sogar aus dem Körper heraus und nun ahnte man, was das Leiden des Mädchens ausgelöst hatte. Über Marthas Tod sind ihre Eltern nie hinweggekommen."

„Und was hat das mit Homestead zu tun?"

„Nach Fricks Auffassung rettete ihm seine tote Tochter das Leben."

„Walter, hören Sie auf!"

Rex war nicht eingeschnappt. Er brachte seine Pfeife zum Brennen und meinte gelassen: „Die Geschichte ist bitterernst und ohne sie hätte es vielleicht nie das Museummausoleum gegeben. Ohne die Vision hätte Frick eventuell das Attentat nicht überlebt."

Lüder sah Rex ungläubig an.

„In jenem Jahr, in dem Frick sich entscheidet, dass Haus nach seinem Ableben in ein Museum umzuwandeln, gibt er öffentlich zu, bei dem Mordanschlag Berkmans eine Vision gehabt zu haben. Martha sei ihm erschienen in einer Aureole aus Licht, die ihn derart blendete, dass er die lebensrettende Bewegung machte, die das Messer an seiner Rippe abgleiten ließ, anstatt tödlich in seine Lunge einzudringen."

„Das ist glaubwürdig?"

„Darum geht es nicht, Gustav. Frick bestätigte damals erstmals, eine Erscheinung gehabt zu haben. Martha war sein Schutzengel und ihr, seiner Heiligen, weihte er seinen Tempel und seine Sammlung."

Lüder strich sich nachdenklich übers Haar. Draußen war es plötzlich sehr still geworden.

„Gut, und was fangen wir damit an?"

„Das Museum ist kein gewöhnliches Haus wie jedes andere. Es steht in enger Beziehung zum Attentat und zur Tochter. Ohne diese Vision hätte das Leben Fricks vielleicht einen völlig anderen Verlauf genommen."

Lüder wurde ungeduldig. „Ich sehe nicht, wie uns das weiter hilft."

„Hier kann ich einen Hebel ansetzen. Wir müssen über das Attentat mehr wissen. Es könnte der Schlüssel zur Erklärung der Erpressung sein."

Lüder strengten die intellektuellen Spekulationen des Professors an. „Tut mir Leidr, aber ich kann wieder nicht folgen. Muss an diesem heißen Tag liegen."

„Es ist nicht so schwierig zu verstehen. Das Museum ist nicht das Ergebnis eines Egotrips von Frick. Es ist vielmehr das Denkmal eines Sieges. Ein Monument der Unsterblichkeit. Dagegen läuft wahrscheinlich der Erpresser Amok. Er will Gerechtigkeit für all diejenigen, die dieser Totenkult ausgrenzt und nachträglich zu Tätern abstempelt. Er klagt Gerechtigkeit für die Vergessenen von Homestead ein."

„Wenn Sie mich fragen, haben wir es mit einem totalen Spinner zu tun."

„Er ist weniger verrückt, als es den Anschein hat. Hinter seiner wahnsinnigen Drohung stecken sehr rationale Überlegungen. Denkmäler wurden im Verlauf der Geschichte immer gestürzt. Er reiht sich hier nur ein in eine gewissermaßen alte Tradition."

„Gut, er mag für sein Vorgehen Vorbilder haben. Aber entscheidend ist doch, wie wir an ihn rankommen."

„Ich werde im Umfeld Berkmans weitergraben. Er nahm sich vor sechzehn Jahren in Frankreich das Leben. Vielleicht finde ich hier etwas heraus."

„Ich höre immer ‚vielleicht'! Vielleicht hilft uns nicht weiter."

Rex war gekränkt. „Wer von uns beiden ist der Ermittler?"

„Es hat seine guten Gründe, warum ich im Ruhestand bin. Mir fehlt die Ausdauer. Ich brauche etwas, in das ich mich verbeißen kann. An diesem Fall beiße ich mir aber nur die Zähne aus."

„Fricks Architekt Hasting war nicht von Anfang an klar, dass das Haus später ein Museum werden sollte. Seine Vorgabe lautete lediglich, ein kleines Haus mit viel Licht zu bauen."

„Unter klein verstehe ich etwas anderes. Sie sagten, Sie haben Pläne gesehen. Ist in denen irgendetwas Auffälliges?"

„Nein. Hastings erster Entwurf für einen Neorenaissancepalast wurde schnell verworfen, mit ihm konnte sich Frick nicht anfreunden. Die abgespeckte, einfachere Version kam dagegen seinem Geschmack viel näher und daran arbeitete Hastings bis zu Beginn des Jahres 1913. Als der Grundriss für das Erdgeschoss stand, begann man im Frühjahr mit den Bauarbeiten. Es wurde die Ausschachtung für das Kellergeschoss vorgenommen. Schon im Sommer standen die Mauern des Erdgeschosses. An der Raumaufteilung dieser Ebene fällt auf, dass an die Stelle des repräsentativen Ballsaals, wie er für herrschaftliche Häuser Standard war, der lang gestreckte Gemäldesaal getreten ist."

„Die heutige Westgalerie, wo der tote Wachmann gefunden wurde."

„Ja. Im Verlauf der letzten zwei Jahrzehnte hat es noch einige Um- und Anbauten gegeben, die dem Museum seine heutige Gestalt geben. Zur Kunstgalerie kam der ovale Ausstellungsraum dazu, mit dem die Lücke zwischen der Reference Library und der Gemäldegalerie geschlossen und somit zur 71. Straße hin eine zusammenhängende Fassadenfront geschaffen werden konnte. Den ehemaligen Innenhof überdachte man mit Glas und gestaltete ihn zu dem Gartenhof mit Arkadengang um."

„Heißt das, dass man im Wesentlichen die ursprüngliche Raumaufteilung unangetastet ließ und nur im hinteren Teil des Hauses die große Veränderung stattfand?"

„Das ist richtig."

„Wie zuverlässig sind die vorhandenen Pläne? Ist in ihnen alles verzeichnet?" Lüder bescherte sein Sessel Rückenschmerzen. Er stand auf, streckte sich vorsichtig und ging zum Fenster.

„Auf was zielen Sie mit Ihrer Frage ab, Gustav?"

„Das Gebäude ist alt, Baumaßnahmen haben den Grundriss verändert. Die ursprünglichen Baupläne sind nicht erhalten. Vielleicht gab es damals einen Zugang, der heute in Vergessenheit geraten ist. Es gibt den Verdacht, der Erpresser könnte sich durch einen solchen Zugang Eintritt ins Gebäude verschaffen."

Rex lachte unvermittelt laut auf und Lüder warf ihm einen verärgerten Blick zu. „Was ist so komisch?"

„Ich habe das Material wirklich eingehend studiert. Es gibt keinen geheimen Gang."

„Anders gefragt: Würden wir ihn in Ihrem Material verzeichnet finden?"

„Glaube ich nicht. Ansonsten wäre er nicht mehr geheim."

„Haha. Was ist mit den Kindern? Müssten die nicht darüber Kenntnis haben, wenn es einen gäbe?"

Rex wurde müde und gähnte. „Nur Helen Frick ist mit ihren Eltern in das Haus eingezogen. Ihr Bruder hat dort nicht mehr gewohnt. Wenn sie etwas wüsste, meinen Sie nicht, sie hätte es längst der Polizei gemeldet?"

„Über die Erpressung wurde anfangs auch geschwiegen, woran der Vorstand nicht unbeteiligt war. Trotzdem haben Sie womöglich Recht. Und der Architekt, dieser Hastings? Können wir den noch fragen?"

„Ist seit 1929 tot."

Lüder legte seine Hände auf den Rücken und schaute über das Blätterdach des Parks in die Ferne. Ein Helikopter flog am Horizont vorbei. „Ich habe mir die Pläne des Kellergeschosses sehr genau angesehen. Seit der Errichtung des Hauses wurden daran keine baulichen Veränderungen durchgeführt. Hierhin gelangt man nur vom Erdgeschoss. Das hat drei Eingänge, die alle gut überwacht werden. In der 70. Straße ist es der Haupteingang des Museums und in der 71. ist es der Eingang zur Bibliothek und der Personaleingang. Es ist meiner Ansicht nach gänzlich ausgeschlossen, dass unser Mann durch einen der drei Eingänge hineingelangt sein könnte. An ihnen wurden keine Einbruchspuren entdeckt." „Ich weiß", sagte Lüder unzufrieden. „Unser Mann verfügt über Kenntnisse, die wir nicht haben. Anders kann ich es mir nicht erklären."

Alice

Cole schüttelte sich und schaute genauer auf die Mattscheibe. Im Abspann des Fernsehfilms lächelte eine junge Frau zum Helden auf, der seinen Hut in den Nacken geschoben hatte und über ihr seidig glänzendes Haar strich.

Alice. Ein Tagtraum.

Die Bilderkaskaden des Fernsehers erhellten die Wände des dunklen Zimmers. Draußen pfiff der Wind ums Haus. In der Nacht sollte ein Unwetter über Cape Cod hinweg ziehen. Die Arbeit an dem Nachlass hatte ihn träumen lassen. Coles Blick traf die Flasche Scotch, die er am Vormittag in der Stadt gekauft hatte und die noch immer unberührt vor ihm auf dem Tisch stand. Den ganzen Abend hatte er sie öffnen und sich einen antrinken wollen, doch der Gedanke, nach Jahren den Schwur zu brechen, schreckte ihn ab. Aus einem zornigen Impuls über sich selbst packte er die Flasche und brachte sie in die Küche. Er entkorkte sie und goss im hohen Bogen den teuren Schnaps in den Ausguss. Das Aroma breitete sich in der Küche aus. Cole spülte mit Wasser nach und warf die leere Flasche in einen Blecheimer.

Wie nach einer Befreiung von einem inneren Zwang atmete er auf.

Mit einer Karaffe kalten Leitungswassers kehrte er ins Wohnzimmer zurück und schenkte sich ein Glas ein. Er leerte es in wenigen Zügen und spürte, wie die kühle Flüssigkeit die Speiseröhre herunter rann und sich im Magen ausbreitete. Im Fernsehen begann die Ed Marrow Show. Der adrette, coole Moderator rauchte in die Kamera und stellte das Programm vor. Es wurde über den großen Metallarbeiterstreik berichtet. Marrow blickte ernst und fragte, ob die Forderung des Erpressers der Frick Collection durch den aktuellen Arbeitskampf ausgelöst worden war.

Cole lächelte zufrieden. Jetzt kamen sie endlich in die Gänge. Selbst CBS und ihr smarter Ed nahmen sich der Sache an.

Alte Bilder von dem Stahlwerk in Homestead und dem blutigen Streik flimmerten über den kleinen Bildschirm, dazwischen geschnitten die Interviews mit alten Arbeitern.

Cole verlor das Interesse und ging ins Schlafzimmer seiner Mutter. Dort schaltete er das Deckenlicht ein und setzte sich an den Schreibtisch. Der Ton des Fernsehers war nur noch leise und undeutlich zu hören. Der Raum war voll gestellt mit Schränken und einem breiten Bett. Auf dem hatte Cole diverse Kisten und Mappen voller Papiere und Hefte ausgebreitet. Über viele Jahre hinweg hatte Alice ein persönliches Archiv geführt. Es umfasste ihre umfangreiche private Korrespondenz, die zahlreichen Tagebücher und ihre Artikel für Zeitschriften und Zeitungen, Zeitungsausschnittsammlungen von ihren Ausstellungen und den Ausstellungen der P-Town Künstlergemeinschaft. Cole hatte nicht gewusst, dass Alice langjährige Sprecherin der Künstlerkolonie gewesen war und in dieser Funktion einen regen Austausch mit vielen Künstlern des Landes hatte. Die Künstlergemeinschaft hatte Cole gebeten, Alices schriftlichen Nachlass in ihrem Archiv übernehmen zu dürfen und Cole signalisierte seine grundsätzliche Bereitschaft dazu. Vorher aber wollte er selbst die Unterlagen einsehen und sichten. Danach könnten die Kisten und Aktenordner abgeholt werden. Er hatte da noch nicht geahnt, auf was er sich einließ.

Es war unmöglich, diese Papierflut in kurzer Zeit zu bewältigen. Er musste sich darauf beschränken, nur die persönlichen Unterlagen, Briefe, Fotos, Tagebücher, persönliche Erinnerungsstücke durchzugehen und nach Hinweisen auf Sascha zu suchen. Es war ein mühsames Geschäft, das bisher keinen Erfolg gebracht hatte. In bestimmten Bereichen ihres Archivs schien Alice Tabula rasa gemacht zu haben. Aber warum offenbarte sie sich am Ende ihres Lebens doch noch? Aus Schuldgefühlen?

Vor ihm lagen alte, vergilbte Fotos. Er nahm ein Kleines mit gezacktem Rand in die Hand und betrachtete es. Es zeigte Alice im hochgeschlossenem Sommerkleid irgendwo am Meer. Die kleine, zierliche Frau schaute selbstbewusst in die Kamera. Ein sanfter Ausdruck lag auf ihrem Gesicht. Sie trug einen hellen Hut mit bunten Blumen und einen Sonnenschirm. Unter dem Kleid zeichnete sich der schwangere Bauch ab. Cole wendete die Fotografie und las das in Schönschrift notierte Datum: September 1906. Viel Ähnlichkeit zwischen sich und der sechsundzwanzigjährigen Frau konnte er nicht feststellen. Er war größer, kräftiger, einzig in der Augenpartie gab es Übereinstimmungen. Mund und Nase jedoch kamen von einem anderen. Die Fotografie zeigte Alice im fünften Schwangerschaftsmonat. Etwa in dieser Zeit musste sie Frank Winter kennen gelernt haben. Möglicherweise hatte sogar er dieses Foto geschossen. Doch von Frank selbst gab es im gesamten Archiv kein einziges Bild. Auch Briefe hatte Cole nicht gefunden. Frank Winter schien nie existiert zu haben. Ein gesichtsloser Geist, von dem Cole nur den Namen kannte und von dem erzählt worden war, er sei gleich nach der Geburt fortgegangen. Niemand wusste, wohin. Und Alice wollte es auch nicht wissen. Nachforschungen nach ihm unternahm sie keine, und wenn das Wort doch einmal unvermeidlich auf den verschollenen Vater kam, sagte sie nur, es sei das Beste gewesen, was ihnen habe passieren können. Mit ihm hätten sie nicht glücklich werden können. Doch solange Cole zu Hause wohnte, waren sie ohne ihn auch nicht glücklich.

Immer hatte er als Kind den Eindruck, seine Mutter verheimliche ihm etwas. Affären durchzogen ihr Leben, keine der Männerbeziehungen war von Dauer. Vielleicht war das für eine Frau, die die Arbeit ins Zentrum ihres Lebens stellte, die sich ganz der Kunst und der Welt der Kunst verschrieb, nicht erstaunlich. Platz für andere blieb da naturgemäß wenig. Er hatte das am eigenen Leibe zu spüren bekommen. Um ihre Liebe hatte er mit Farbtuben, Pinseln und Leinwänden buhlen müssen. Und als er endlich lernte, sich dagegen aufzulehnen, hielt sie ihm vor, er sei wie alle Männer.

Immer teilte er sie mit irgendjemandem. Mit dem Galeristen Kootz, Künstlerfreunden, Bewunderern, Sammlern, Liebhabern. In dieser Welt fühlte er sich immer fehl am Platze. Und in der Schule war er der Sohn der Malerin, deren Bilder niemand verstand. Ihre Freunde und Bekannten waren immer ausgesucht nett zu ihm, aber je älter er wurde, desto mehr hasste er sie. War es ein Wunder, dass Frank fort gegangen war? Als Kind hatte Cole das Tuscheln über seine Mutter stets gekränkt. Irgendwann begriff er, dass die Leute nicht verstanden, wie man in einem solchen Haushalt leben konnte. Sie verstanden den verschwundenen Ehemann. Der hatte das offenbar nach der Hochzeit erkannt.

Cole waren an dem Archiv einige Merkwürdigkeiten aufgefallen. Frank tauchte nirgendwo auf. Dagegen war Sascha allgegenwärtig. Alice hatte alles über ihn und den Homesteadstreik gesammelt. Zu ihren Lebzeiten hatte Cole davon nichts gewusst. Alice erzählte ihm nie, dass ihre Familie und sie den Arbeitskampf hautnah miterlebt hatten. Über die Rolle ihres Vaters las er zum ersten Mal im Archiv. Edgars Erinnerungen über die Schlacht am Monongahela waren ihm bis dahin unbekannt gewesen. Wahrscheinlich lag es an ihm selbst, er hätte sowieso nicht hingehört, wenn sie es erzählt hätte, denn nach ihrem Zerwürfnis hörte er ihr nicht mehr zu.

Fein säuberlich hatte Alice alle historischen Überlieferungen über Homestead aufbewahrt und zu einer Chronik zusammengestellt. Zu Frick und Berkman gab es eigene umfangreiche Dossiers, die minutiös dokumentierten, was die beiden Männer nach dem Attentat bis zu ihrem Tode machten. Diese Akribie seiner Mutter mutete Cole anfangs manisch an. Erst mit ihrer Offenbarung wurde sie verständlich.

Das Archiv hat sie für dich angelegt. Diese Aufzeichnungen sind für dich bestimmt.

Cole dreht sich auf seinem Stuhl um und sein Blick schweift durchs Zimmer. Es ist der einzige Raum im gesamten Haus, in dem es keine Bilder gibt. Alle Wandflächen, die nicht von Schränken zugestellt sind, sind leer und kahl. Er sieht zur Kommode mit den vielen Büchern und Zeitschriften. Bis zu ihr ist er noch nicht vorgedrungen. Er geht hin und nimmt die Bücher der Reihe nach in die Hand. Eines trägt den Titel „Gefängniserinnerungen eines Anarchisten". Es ist eines von Saschas Büchern, die Alice erstand. Er kehrt mit dem Buch zum Schreibtisch zurück und blätterte flüchtig darin. Alice hat mit Bleistift zahlreiche Anstreichungen und Anmerkungen gemacht. Es ist die gleiche fein säuberliche Handschrift wie die auf dem Foto. Cole schlägt das letzte Kapitel auf und überfliegt es. Sascha berichtet über seine Entlassung nach vierzehn Jahren Haft. Seine Freundin Emma kümmert sich in den ersten Tagen der wieder gewonnenen Freiheit um ihn. Die Freiheit tut ihm nicht gut, er findet sich nicht mehr in der Welt zurecht, fühlt sich verlassen, überflüssig. Er denkt an Selbstmord. Dann trifft er ein Mädchen. Emma hat es arrangiert.

Am Seitenrand steht eine Notiz von Alice: „Warum? Gegen die Abmachung!"

Cole findet im Tagebuch seiner Mutter einen Eintrag zu einer Begegnung von Alice und Emma Goldman in Chicago. Emma brachte seine Mutter und Sascha zusammen. Auf einem Friedhof. Ein paradoxer Ort für eine aufkeimende Liebe. Emma hatte sie zum Waldheim-Friedhof bestellt, wo Sascha der Haymarket-Opfer gedenken wollte. Die beiden mochten sich auf Anhieb.

Nach Coles Berechnungen musste die Begegnung Ende Mai gewesen sein. Frank Winter trat erst im September in Alices Leben. Geboren wurde er am 2. März. Alice war neun Monate mit ihm schwanger, Frank konnte demnach nicht sein Vater sein. Alice hatte Frank nur geheiratet, damit ihr Sohn einen anderen Namen erhielt. Er sollte nicht Saschas Sohn sein, denn das Kind dieses Attentäters hatte keine Zukunft. Einen Cole Berkman durfte es nicht geben.

Cole legte das Tagebuch beiseite und setzte sich zwischen die Papiere aufs Bett. Er nahm seinen Kopf in die Hände.

Sie wollte mich schützen.

Sascha als leiblicher Vater durfte nicht sein. Sie beide entschieden, ihrer Zuneigung für einander nicht weiter nachzugeben und sich zu trennen. Ihre Liebe hatte keine Zukunft. Vielleicht wusste Sascha aber auch gar nicht von ihm und setzte sich daher später über die Abmachung hinweg. Nirgendwo wird erwähnt, dass Sascha Kinder hatte.

Er konnte von mir nicht wissen, weil sie die Beziehung abrupt beendete, als sie feststellte, dass sie von ihm schwanger war. Sie zog nach Boston, brachte mich zur Welt und lebte dann einige Jahre auf Cape Cod in der Künstlerkolonie. 1920 gingen wir nach New York. 1920!

Jetzt wurde ihm auch klar, warum. Ein Jahr zuvor war Sascha mit Emma und hunderten anderen Radikalen in die Sowjetunion abgeschoben worden. Die Gefahr, ihm mit ihrem Sohn auf New Yorks Straßen wieder zu begegnen, bestand nicht mehr.

Im Reich der Vogelkundler

Zuviel versprochen hatte Ruth Bell nicht. Sie führte Lüder zu den weniger besuchten Ecken des Central Parks. Er selbst hatte auf seinen Spaziergängen bemerkt, wie unterschiedlich sich die große Grünanlage präsentierte. Gemeinsam mit den beiden Kindern spazierten sie durch die Natur in Richtung Zoo. Lüder hatte gegenüber Susan noch sein Versprechen einzulösen. Ruth schob die schlafende Emily im Kinderwagen, Lüder die Kinderkarre, in der Susan fröhlich mit den Beinen wippte und am Daumen lutschte.

Am großen Reservoir machte Ruth ihn auf einen schwarzen Läufer aufmerksam, der einsam seine Bahn um das riesige Wasserbecken zog und sich rasch auf sie zu bewegte. Niemand außer ihm täte das, erzählte sie, der Mann sei mittlerweile eine Berühmtheit in New York. Er behaupte, Laufen hielte fit. Jeden Samstag käme er her und zog Leute an, die sich das merkwürdige Schauspiel aus nächster Nähe ansahen. Bisher habe sich jedoch noch kein anderer getraut, es dem Schwarzen gleich zu tun.

Der Jogger kam näher. Sein muskulöser Körper war schweißgebadet, die kräftigen Arme und Beine glänzten im Sonnenlicht. Trotz des Tempos atmete er gleichmäßig und näherte sich mit lockeren Schritten. Susan winkte ihm zu. Der Läufer lächelte zurück. Schnell war er davongezogen.

Ruth führte sie jenseits der viel benutzten Wege in ein Areal, das sie besonders schätzte, weil hier viele seltene Vogelarten zu beobachten waren, wenn man Geduld mitbrachte. Steves Mutter war eine begeisterte Hobbyvogelkundlerin, die mit einem Fernglas bewaffnet frühmorgens auf die Jagd nach ihren gefiederten Lieblingen ging und sie als Fototrophäen heimbrachte. Ihre technische Ausrüstung hatte Lüder zuhause bewundern können. Ihr hoch gezüchtetes Glas hätte jedem Feldherrn zur Zierde gereicht und die Kameraausrüstung ließ keine Wünsche offen. Ruth hatte den gewissen Blick und ihre Bilder waren faszinierende und ungewöhnliche Naturaufnahmen, bei denen die von Lüder despektierlich Piepmätze genannten Vögel groß raus kamen. Selbst als eingefleischter Naturmuffel, wie Lüder einer war, konnte er den Fotos seine Bewunderung nicht entsagen. Sie waren alles andere als langweilig, wie überhaupt diese lang gestreckte Insel alles andere als langweilig war.

Ruth hielt den Kinderwagen an und holte aus dem Netz das Fernglas. Sie reichte es Lüder und wies mit dem ausgestreckten Arm auf alte Bäume am Rande des schmalen Weges. Susan wollte etwas sagen, doch ihre Großmutter bedeutete ihr mit dem Finger auf den Lippen, einen Augenblick still zu sein, um die Vögel nicht zu verscheuchen.

„Dort ist ein Scharlachtangare. Im Frühjahr kommt diese Vogelart aus Südamerika zu uns und nistet ab Mai in den Eichen", sagte Ruth leise zu Lüder.

Der Vogel hatte einen signalroten Körper, die Flügel waren schwarz. Er putzte sich die Federn.

Ruth führte Lüders Hand mit dem Fernglas in eine andere Richtung. „Das da hinten ist ein Roter Kardinal. Das Männchen hat purpurfarbenes Gefieder."

Der Vogel stieß einige kräftige Pfeif- und Flötentöne aus, die von einer schnellen Tonfolge abgewechselt wurden.

„Der Central Park ist reich an Vogelarten", erklärte Ruth. Lüder hörte nur mit halbem Ohr zu, denn ein Mann in olivgrüner Arbeitskleidung war im Blickfeld des Glases aufgetaucht. Der Mann sah aus wie ein Gärtner. Seine Schirmmütze war tief ins Gesicht gezogen. Auf der Rückseite seiner Jakke stand das Logo des Städtischen Gartenbauamtes. In jeder Hand trug er eine prall gefüllte Packtasche. Vor einem Zaun blieb er stehen und schaute schnell zu beiden Seiten. Von seinem Standort konnte er Lüder nicht sehen. Er nahm ein Seil aus einer der Taschen, band es um die Haltegriffe und seilte beide Taschen auf der anderen Seite des Zaunes vorsichtig ab.

„Grandpa, schau, ein Eichhörnchen!" Susan zeigte begeistert mit dem Finger auf ein graues Hörnchen, das auf dem Weg mit aufgerichtetem Körper Halt gemacht hatte und neugierig in ihre Richtung blickte. Lüder schaute wieder durchs Glas und war enttäuscht. Der Mann war weg, die Stelle am Zaun leer. Auf dem Weg war niemand mehr zu sehen. Verwundert schwenkte Lüder das Glas weiter, doch der Gärtner war weg. Dabei hatte Lüder ihn nur wenige Sekunden aus den Augen gelassen. Wie konnte er so plötzlich verschwinden? Den schnurgeraden Weg an dem Naturschutzareal konnte er nicht weitergegangen sein, da hätte Lüder ihn sehen müssen. Auf der anderen Seite hätte er sich in die Büsche schlagen müssen, was auch merkwürdig gewesen wäre. Lüder zweifelte einen Moment lang, ob er überhaupt den Gärtner gesehen hatte.

Ruths kleiner Vortrag holte ihn zurück in die Wirklichkeit. „– das melancholisch klingende Gurren der Trauertaube hörst du in der Balzzeit. Gustav, wusstest du, dass viele Zugvögel in diesem Park Rast auf ihren Fernflügen machen?"

„– Nein, das wusste ich nicht", sagte er und gab Ruth das Glas zurück. „Sehr bunte Vögel, muss ich schon sagen. Kenne ich eigentlich nur in der Tropenausführung."

„In jeder Jahreszeit bietet sich ein anderes Naturschauspiel", sagte Ruth stolz und strich Susan sanft übers Haar. „Im Herbst sind es die großen Schwärme der Monarch-Falter, die auf ihrem Weg nach Mexiko hier auftauchen und mit ihren hauchzarten orangenen Flügeln die Luft zum Tanzen bringen."

„Tatsächlich?", entgegnete Lüder, der versuchte, sich interessiert zu zeigen, gedanklich aber schon wieder bei dem Gärtner war, der sich in Luft aufgelöst hatte. Warum hatte der Mann seine Taschen über den Zaun geworfen? Arbeitete er in dem Gebiet?

Ruth setzte sich in Bewegung und Lüder folgte ihr.

„Sag mal, Ruth, sind die Tiere nicht sehr menschenscheu? Werden sie nicht durch die Stadtgärtner gestört?"

„Was für Gärtner? In diesem Gebiet des Parks geht man sehr behutsam mit der Fauna und Flora um. Man hält sich mit Eingriffen so weit wie möglich zurück. Hast du nicht die Schilder bemerkt, die die Parkbesucher dazu auffordern, auf den Wegen zu bleiben?"

„Doch, die habe ich gesehen", antwortete Lüder nachdenklich.

Sie kamen zu einem Platz, wo Schachspieler unter Sonnenschirmen über ihren Figuren brüteten.

Susan wollte laufen, doch Ruth überredete sie, erst am Karussell aus der Karre zu steigen.

Sie beschleunigten ihren Schritt und gingen über eine schattige Mall zur Molkerei, wo Susan ein Eis erhielt. An der Molkerei herrschte Hochbetrieb. Viele Familien mit ihren Kindern legten hier eine Pause ein.

Das Karussell war ganz in der Nähe. Die Musik der Orgelpfeifen schallte herüber. Vor dem polygonalen roten Backsteinbau hob Lüder Susan aus dem Wagen und ging mit ihr zu den kreisenden Pferdchen. Aus dem festen Häuschen erklang Juchzen und Kinderlachen. Susan war aufgeregt, als das Karussell anhielt und Lüder sie auf ein buntbemaltes Pferdchen hob. Er schärfte ihr ein, sich gut an der verchromten Haltestange festzuhalten. Die Orgelmusik setzte ein und eine neue Fahrt begann. Eltern und Großeltern standen am Rande und winkten den Kindern zu.

Als die Musik stoppte, rief Susan von ihrem Pferdchen: „Ich will noch mal!"

Sie ließen sie. Während sie dem Mädchen zuschauten, erkundigte sich Lüder bei Ruth nach Helen Frick. „Was ist die Tochter vom alten Frick für eine Frau?"

„Ich kenne sie nicht persönlich. Man erzählt sich aber über die alte Dame allerlei. Sie soll einerseits sehr liebenswürdig sein, kann auf der anderen Seite aber auch sehr schwierig sein. Als Mitglied des Vorstands liegt sie mit dem Ersten Vorsitzenden der Frick-Stiftung, John Davison Rockefeller, in einer Dauerfehde."

„Ach."

„Helen und John D. Rockefeller kommen beide aus den reichsten Familien des Landes. Beide sind es gewohnt, andere nach ihrer Pfeife tanzen zu lassen. Sie haben klare Vorstellungen darüber, was sie wollen und lassen sich ungern reinreden. Rockefeller ist vierzehn Jahre älter als Helen Frick und ganz und gar nicht gewohnt, sich von einer Frau befehlen zu lassen. Steve kam trotz seiner germanophilen Neigungen zur Frick, weil er Rockefeller vom Metropolitan kannte, wo er mit dem Mäzen eng zusammen arbeitete. Rockefellers Großzügigkeit ist die Entstehung des monumentalen Komplexes der Cloisters im Fort Tyron Park zu verdanken, an dem Steve als Mittelalterspezialist vor dem Kriege mitwirkte. Das zur Ausgangslage in der Frick Stiftung. Konflikte zwischen Helen Frick und Rockefeller waren also von Anfang an absehbar. Spitze Zungen behaupten sogar, die beiden hätten sich früher bis aufs Blut bekämpft."

„Ich verstehe, dass Helen Frick sich nicht aus dem Geschäft zurückzog, aber warum legte Rockefeller nicht sein Amt nieder und ging ihr aus dem Weg?"

„Sie ist wohl keine böse Frau. Aber ein Rockefeller gibt niemals klein bei, schon gar nicht bei einer Frau, und bei einer jüngeren gleich gar nicht. Auch kommt die Familie Frick mit ihrem Vermögen hinter den Rockefellers. Er ist der größte Grundbesitzer der Stadt und einer der wichtigsten und einflussreichsten Bankiers."

„Worüber ging denn ihr Kampf?"

„Sie stritten um die Richtung und Zukunft der Frick Collection. Worum es immer geht: Einfluss und Macht. Die Auseinandersetzung eskalierte das erste Mal richtig, als Helen Frick ein neues Gebäude für die Art Reference Library aus den Mittel der Stiftung errichten lassen wollte. Rockefeller war strikt dagegen, die Bibliothek, die allein Helens Einfluss unterstand, hielt er für ihre Privatangelegenheit. Er war der Ansicht, sie sollte ihre Sammlung dem Met schenken, statt dafür ein neues Haus neben dem Frick Museum zu bauen. Er düpierte sie damit schwer, denn sie sieht sich als die eigentliche Schöpferin und Bewahrerin des Denkmals ihres Vaters und die Bibliothek ist ein integraler Bestandteil davon. Ihrer Auffassung nach hätte ihr Vater das nicht anders gesehen, aber Rockefeller soll ihr entgegnet haben, leider sei Mr. Frick nicht hier, um für sich selbst sprechen zu können. Rockefeller sah nicht ein, für eine Institution über eine Million Dollar auszugeben, auf die die Stiftung keinen Einfluss hatte." Ruth lachte. „Steve hat mir die Geschichte erzählt."

„Sie bestand aber auf die Bibliothek?"

„Fehlende Hartnäckigkeit zeichnet Helen Frick keineswegs aus, sie setzte sich durch. Doch Rockefeller trotzte ihr dafür die Verpflichtung ab, den Unterhalt aus ihrer Privatschatulle zu bezahlen und ihre Sammlung nach dem Tode der Stiftung zu vermachen. Das fiel ihr allerdings nicht schwer, da dadurch alles quasi in der Familie bleibt. Etwas anderes hat sie nie angestrebt."

Lüder war klar, dass Steve diesen Rockefeller auf die zugespitzte Lage hinweisen musste. Aber Hoffnung machte er sich keine. Die Stiftung ließe sich nicht erpressen und würde Frick nicht an den Pranger stellen. Sein Lebenswerk stellte sie niemals in Frage. Das würde Rockefeller nicht zulassen und Helen Frick schon gar nicht, der das Museum ihres Vaters so viel bedeutete.

Als sie von ihrem Tagesausflug nach Hause zurückkehrten, klingelte das Telefon. Ruth hob ab. Es war Rex. Sie reichte den Hörer weiter.

„Ich muss Sie morgen unbedingt treffen, Gustav. Es gibt einen Durchbruch."

„Einen Durchbruch?"

„Ich hab es eilig, Gustav. Morgen mehr." Rex nannte ihm die Adresse des Treffpunkts und die Uhrzeit.

Malerin gesucht

Lüder entschied, mit der U-Bahn zu fahren, die ihn am schnellsten zur Jefferson Market und Courthouse Library in Greenwich Village brachte. Auf dem Weg zur Station blickte er sich mehrfach um und prüfte, ob ihm jemand folgte. An dem Schaufenster eines Lampengeschäfts machte er Halt und beobachtete unauffällig die Passanten. Innen lächelte ihm eine Verkäuferin zu, er nickte freundlich zurück. Da er nichts Ungewöhnliches bemerkte, eilte er zum U-Bahn-Eingang und stieg die schmale Treppe hinunter. Am Schalter kaufte er eine Fahrkarte und begab sich zum Bahnsteig. Es gab vier Gleise. In der Mitte fuhr ein Expresszug. Die Stahlkonstruktion des U-Bahnhofs sah alt aus, er vermittelte einen heruntergekommenen Eindruck. In dem Dämmerlicht fühlte sich Lüder unwohl. Abfall lag auf dem Boden, die Kacheln an den Wänden waren mit Graffiti beschmiert. Durch die niedrige Röhre halte der Gesang eines Schwarzen. Er stand auf dem Bahnsteig, vor sich, hochkant aufgestellt eine Apfelsinenkiste, auf der eine braune Papiertüte auf eine Spende oder milde Gabe der Zuhörer wartete. Das eindrucksvoll vorgetragene Lied kam Lüder bekannt vor, doch er konnte es nicht zuordnen.

„... the same old story, a kiss is still a kiss ..."

Die U-Bahn fuhr mit quietschenden Rädern ein, der Lärm der sich öffnenden Türen übertönte den Gesang. Die ein- und aussteigenden Menschen wirkten erschöpft, ihre Gesichter im Licht der elektrischen Beleuchtung grau. Lüder nahm abgetragene Kleidung, Ärmlichkeit und Traurigkeit wahr. Auch der Zustand der Wagen war trist und in ihnen war es unerträglich warm. Lüder schnappte wie ein Fisch nach Luft, Schweiß lief ihm die Wirbelsäule herunter. Gierig atmete er an einem geöffneten Fenster frische Luft ein und war froh, endlich in der Christopher Street der heißen Unterwelt zu entkommen. Oben fand er sich in einem anderen New York. Niedrige Häuser, gewundene Straßen, die sich dem Diktat des schachbrettartigen Straßennetzes hatten widersetzen können. Greenwich Village glich mehr einer Provinzstadt. Auch die alte Bibliothekstrutzburg, als die sich das Jefferson Market und Courthouse entpuppte, war ein Zeuge aus einer anderen Zeit. Von eigenwillig gotischem Stil, reich ausgestattet mit farbigen Verzierungen und Dächern, ragte die Bibliothek mit ihrem Turm hoch in den blauen Himmel.

In der Eingangshalle wartete Rex.

„Gustav!"

„Guten Morgen!" Lüder schüttelte ihm die Hand. „Warum musste ich ausgerechnet hierher kommen?"

„Es gibt hier einen ausgezeichneten Bestand an historischer Literatur über das Viertel, in dem Berkman und seine Freundin Goldman gelebt haben. Deshalb habe ich dich hergebeten", erklärte Rex und führte Lüder in ein offenes Magazin, wo er einen Arbeitsplatz in Beschlag genommen hatte. Sie setzten sich an den einfachen Tisch, der voller aufgeschlagener Bücher war.

„Ich habe endlich etwas gefunden, dass uns wirklich weiterbringen könnte."

„Hoffentlich, Walter! Den Vorstand der Frick scheinen weitere Tote nicht zu erschüttern. Man könnte fast glauben, er kalkuliert sie ein."

„Sie können nicht anders."

„Was soll das heißen?", fragte Lüder gereizt und nahm seinen Hut ab.

„Das habe ich gestern herausgefunden. Der Erste Vorsitzende der Stiftung ist John D. Rockefeller. Im April 1914 steckten Polizeiagenten eine Zeltkolonie in Brand, die streikende Arbeiter der Colorado Treibstoff und Eisen Company in Ludlow aufgebaut hatten. Damals war Rockefeller Hauptaktionär des Unternehmens und wurde für die Übergriffe verantwortlich gemacht. Berkman soll deshalb mit zwei jungen Mitgliedern der Lettischen Sektion des Anarchistischen Roten Kreuzes und einem Genossen der Industrial Workers of the World ein Attentat auf Rockefeller unternommen haben. Die Gruppe sammelte russisches Dynamit und lagerte es in der Wohnung eines anderen Mitglieds des Anarchistischen Roten Kreuzes, einer Louise Berger. Geplant war, die Bombe bei Rockefellers Haus in Tarrytown zu zünden. Das Städtchen liegt vierzig Kilometer nördlich von Manhattan am Hudson River. Es kam aber anders."

„Nimmt das denn kein Ende!", stöhnte Lüder auf.

„Am 4. Juli um 9 Uhr verlässt Louise Berger ihre Wohnung und begibt sich in die 119. Straße zu den Büros der Zeitschrift *Mutter Erde*, deren Chefredakteur Berkman ist. Fünfzehn Minuten später kommt es zu einer verheerenden Explosion in dem Mietshaus der Berger in der Lexington Avenue. Die oberen drei Stockwerke des sechsstöckigen Wohnhauses werden vollständig zerstört, die Explosion in dem dicht besiedelten Gebiet Harlems hört man kilometerweit. Schutt und Asche regnen auf die

Passanten nieder. Möbel fliegen durch die Wucht der Explosion mehrere hunderte Meter durch die Luft. Diese Bombe, die eigentlich Rockefeller gilt, geht vorzeitig in die Luft und reißt drei der Attentäter und eine Unschuldige in den Tod. Sie wohnte bei der Berger zur Untermiete. Zwanzig weitere Menschen werden verletzt, sieben davon so schwer, dass sie im Krankenhaus behandelt werden müssen. Berkman bestreitet jede Beteiligung an dem geplanten Bombenattentat, aber die Zweifel an seiner Version werden nie ausgeräumt. Was wunder, dass Rockefeller nicht das leiseste Interesse an einer nachträglichen Rehabilitation von Berkman hat, indem Homesteads tote Arbeiter geehrt werden. Diese Gedenktafel bringt die Ereignisse in einen unerwünschten Zusammenhang und bietet die Möglichkeit eines differenzierten Blicks auf die Ereignisse. Berkmans Tat würde in ein anderes Licht getaucht. Das kann Rockefeller nicht recht sein. Würdest du akzeptieren, dass auf einen Mann ein gnädigeres Licht fällt, der die Absicht hatte, dir das Leben zu nehmen?"

„Im Gegensatz zu Frick hatte Rockefeller also noch Glück."

„Es grenzt an Ironie, dass die beiden wichtigsten Männer in unserer Geschichte jeweils das Ziel eines Attentats waren, das mit Berkman in Verbindung gebracht wird."

Gedankenvoll strich sich Lüder über seinen Bart. „Für Rockefeller ist es nicht bloß eine einfache Gedenktafel, für ihn ist es, als zöge der Feind dauerhaft in sein Haus ein."

„Deswegen habe ich dich aber nicht hergebeten. In der Bibliothek bin ich auf eine viel wichtigere Sache gestoßen." Rex legte Lüder ein Buch hin.

„Das sind Berkmans Gefängnismemoiren. Er verfasste sie sechs Jahre nach seiner Entlassung hier in dieser Straße."

Lüder hob die Augenbrauen.

„Er wohnte in diesem Viertel, nicht weit von hier."

„Kam er in diese Bibliothek zum Arbeiten?"

„Nein, damals war es noch ein Gericht. Aber in dem Viertel lag nach seiner Entlassung sein Lebensmittelpunkt. Drei Straßen weiter wohnte seine Freundin Goldman, die immer zu ihm hielt. Sie rechtfertigte seine Tat publizistisch und versuchte seine vorzeitige Haftentlassung zu erwirken, wodurch sie den Behörden sehr lästig wurde. Berkman beschreibt in seinen Erinnerungen, die kein gutes Haar am amerikanischen Justiz- und Gefängniswesen lassen, die ersten Tage nach seiner Freilassung und erwähnt auf S. 344 die Begegnung mit einer Frau auf dem Waldheim-Friedhof in Chicago." Rex schlug das Buch auf der genannten Seite auf und zeigte auf die von ihm gemeinte Passage.

Lüder überflog die Absätze. „Ja, und?", fragte er.

„Verstehen Sie nicht?"

„Nein", sagte Lüder ungnädig.

„Seine Freundin Emma brachte Alice und Berkman zusammen, weil sie sich davon erhoffte, dem Ex-Häftling könnte die Beziehung zu einer Frau gut tun, besonders wenn es eine wie Alice war, die ihn bewunderte. Die erste Begegnung, berichtet Berkman, fand auch nicht irgendwo statt, sondern auf genau dem Friedhof, wo Amerikas bekannteste Anarchisten begraben liegen. Die Opfer der Haymarket-Affäre."

„Walter, quälen Sie mich nicht mit langen Ausflügen in die Geschichte. Warum bringt uns diese Alice weiter?"

„Das ist alles sehr verwickelt. Die Haymarket-Affäre spielte in Berkmans Leben eine entscheidende Rolle, sie machte ihn erst zu dem, was er wurde. Es ging dabei ebenfalls um einen Streik für bessere Arbeitsbedingungen und gerechteren Lohn. Am 1. Mai 1886 organisierten Gewerkschaften in Chicago einen Streik für den Achtstundentag. Dieser Arbeitskampf mündete in einem Aufstand und einem Massaker, die die Öffentlichkeit erschütterten. Während des mehrtägigen Ausstands wurde am Haymarket Square eine Bombe in die versammelte Menschenmenge geworfen. Zwölf Menschen starben, darunter sieben Polizisten. Als Reaktion auf die Bombe eröffnete die Polizei das Feuer und tötete und verletzte eine nicht bekannte Zahl von Demonstranten. Bei den anschließenden Ermittlungen glaubten die Behörden in den auf der Versammlung auftretenden anarchistischen Rednern die Bombenwerfer identifizieren zu können, der Beweis dafür wurde aber nie erbracht. Trotzdem verurteilte man vier Männer zum Tode durch den Strang und hängte sie. Sie wurden auf dem Waldheim-Friedhof begraben und machen ihn seitdem zu einer Gedenkstätte für die so genannten Märtyrer der Arbeiterbewegung."

„Und Berkman?"

„Der wanderte genau in diesem Jahr in die USA ein und unterstützte die Kampagne zur Freilassung der Betroffenen der Haymarket-Affäre. Dieses Ereignis war sein Initiationserlebnis, das ihn zu der Bewegung brachte. Haymarket war für ihn lebensbestimmend gewesen und daher kam er mit Emma gleich nach der Haft auf den Friedhof, um den Gefallenen der Bewegung seine Referenz zu erweisen. Alice sympathisierte mit den Andersdenkenden und Berkman war für sie das, was für ihn die Justizopfer der Haymarket-Affäre waren. Ich glaube, dass die beiden für kurze Zeit ein Paar wurden."

„Darüber steht hier aber nichts."

„Stimmt. Ich erkläre es mir damit, dass er sie nicht kompromittieren und in Schwierigkeiten bringen wollte. Generell nennt er in diesem Buch keine Nachnamen. Denn nach seiner Entlassung wurde er von der Polizei und Privatdetektiven auf Schritt und Tritt überwacht. Es kostete ihn jedes Mal einige Mühe, seinen Beschattern zu entkommen. In der Frick Reference Art Library habe ich Unterlagen gefunden, die nahe legen, dass Frick ein private eye der Pinkerton Agentur auf ihn ansetzte. Frick als ehemaligem Opfer konnte es ganz und gar nicht gefallen, dass der Mann nach New York City heimkehrte. Frick plante ja die Errichtung seines neuen Domizils, er war gerade im Begriff, dafür den Grund zu erwerben. Das passierte im gleichen Jahr, in dem sein Attentäter freikam. Es muss für ihn und seine Familie ein seltsames Gefühl gewesen sein, mit ihm in ein- und derselben Stadt zu leben, da sie sich nicht sicher sein konnten, dass Berkman seine Tat nicht wiederholte."

„Schwor er nicht von der Gewalt ab?"

„Nein, im Gefängnis erkannte er zwar, dass individuelle Terrorakte an den Verhältnissen nichts ändern, die Gewalt per se hielt er aber nicht für falsch. Die zum Teil grausamen Haftbedingungen dürften seinen Hass nicht verringert haben und Frick hat fraglos über Sicherheitsvorkehrungen nachgedacht, die ihn und seine Familie in seinem neuen Haus vor Übergriffen schützen sollten."

„Gibt es dafür Belege?"

„Bis jetzt habe ich keine gefunden. Aber es ist kaum vorstellbar, dass er nicht daran gedacht hat. Dieser Mordanschlag hinterließ bei ihm eine starke seelische Erschütterung. Mit den Gewerkschaften war er ein für alle mal durch und für die war er das Feindbild par exellence bis zum Ende seiner Tage. Ein neuerlicher Anschlag war also gar nicht so unwahrscheinlich. Wie tief die Angst in der Familie wirklich saß, zeigt die Museumseröffnung, von der ich bereits auf dem Schiff erzählt habe. Noch 1935 fürchtete sie vor dem Hintergrund der Depression den Zorn der Arbeiterklasse und die Bitterkeit, die in diesen Kreisen der Name Frick auslöste. Selbst fünfundvierzig Jahre später hält Helen Frick ein Bombenattentat zumindest für so wahrscheinlich, dass sie das Haus vor der feierlichen Eröffnung von einer Spezialabteilung der Polizei überprüfen lässt. Gustav, vielleicht ist Ihre Überlegung, es könne einen in Vergessenheit geratenen Zugang zu dem Gebäude geben, weniger abwegig als ich zuerst glaubte und als uns die erhaltenen Grundrisse glauben machen wollen."

Die Luft in dem Büchermagazin war trocken. Trotz der geöffneten Fenster, durch die der Straßenlärm zu hören war, stand die Wärme in dem Raum. Lüders Gaumen war ausgetrocknet. Er zog seine Jacke aus und hängte sie über die Stuhllehne. „Ich habe immer noch nicht begriffen, warum dieser Alice in der ganzen Geschichte eine Bedeutung zukommt."

„Hinter dem Namen Alice verbirgt sich die junge Malerin Alice Schumm. Sie ist die Tochter von diesem Autor hier." Rex holte ein Bändchen unter dem Stapel Bücher hervor und zeigte es Lüder. Es trug den Titel „Die Schlacht am Monongahela" und war von einem Edgar Schumm.

Rex schlug die Seite um und Lüder sah die Widmung.

„Für Alice".

„Alice Schumm ist zwölf Jahre alt, als der Homesteadstreik das Leben ihrer Familie erschüttert. Ihr Vater ist ein bekannter Gewerkschafter und muss mit seiner Familie die Stadt verlassen. Alice geht später nach Chicago und studiert Malerei am renommierten Art Institute. Nur kurze Zeit nach der Begegnung mit Sascha, wie Berkmans Kosename lautet, beendet sie ihre Ausbildung. Sie verlässt die Stadt und ihre Spur verliert sich."

Seine Begriffsstutzigkeit am heutigen Vormittag begann Lüder zu ärgern. Es musste an der Hitze liegen, dass er seinem Helfer nicht folgen konnte.

„Was sagt uns das nun?"

„Sie war schwanger."

Lüder fiel die Kinnlade herunter.

Rex schmunzelte. „So erkläre ich mir ihr plötzliches Abtauchen. Alice ist von einem landesweit bekannten, rechtmäßig verurteilten Staatsfeind schwanger. Sie will das Kind von dem Mann, den sie vielleicht mehr bewundert als jeden anderen, aber sie weiß auch, dass sie ihr Kind schützen muss. Sie bricht den Kontakt zu Berkman ab und setzt ihr Leben unter einem neuen Namen fort. In den USA nichts Ungewöhnliches."

„Deshalb heiratet sie."

„Sehr wahrscheinlich."

„Sie glauben, unser Mann ist der Sohn."

„Vorstellbar ist es. Er hätte einen guten Grund für seinen Hass auf Frick. Er hat möglicherweise nie seinen leiblichen Vater gekannt."

„Weil sie es ihm verschwiegen hat."

„Exakt. Und in Fricks Todesjahr wurde sein Vater nach Russland abgeschoben. Er konnte nie mehr in die USA zurückkehren und verbrachte seine letzten Lebensjahre in Armut und gezeichnet von den Spätfolgen der Haft und einer Krebserkrankung in Nizza. Zwei Wochen vor Beginn des Spanischen Bürgerkriegs nahm er sich das Leben. Seine Freundin Emma starb in Kanada und ihrem Wunsch wurde stattgegeben, ihren Leichnam nach Chicago zu überführen und auf dem Waldheim-Friedhof in der Nähe der Haymarket-Opfer begraben zu werden."

„Eine beeindruckende Gedankenkette. Leider sind es nichts weiter als kluge Spekulationen."

„Sie wären es dann nicht mehr, wenn wir Alice fänden."

Lüder rechnete schnell im Kopf nach. „Wenn sie noch lebt, ist sie zweiundachtzig Jahre alt."

„Und ihr Sohn fünfundvierzig."

„Haben Sie irgendwo in Ihrer fein gesponnenen Argumentationskette auch eine Erklärung dafür vorgesehen, warum er gerade jetzt das Museum bedroht?"

„Sollte es stimmen, dass er seinen wirklichen Vater nicht kannte, dürfte ihn die Offenbarung seiner Identität schockiert haben. Wahrscheinlich ist es ein Mann, der aus Mangel des Vaters keine leichte Kindheit und Jugend hatte. Durch Zufall wird ihm seine wahre Herkunft bekannt –"

„– durch das Sterben der Mutter?"

„Vielleicht. Am Ende ihres Lebens macht sie reinen Tisch und beichtet ihrem Sohn das Geheimnis."

„Aber ist das Verschweigen wahrscheinlich?"

„Was glauben Sie, wie viele ehemalige Rote heute zittern, weil sie befürchten müssen, vor den Ausschuss geladen zu werden. Dort könnten dann ihre Leichen ans Tageslicht kommen, die sie für immer sicher verwahrt im Keller glaubten. Kinder, Nachbarn, selbst enge Freunde, die oft nicht das Geringste über ihre politische Vergangenheit ahnen, erführen erstmals davon. Existenzen werden zerstört. Beharrliches Schweigen ist zurzeit der einzige Schutz."

Lüder nickte. „Schumms Angst vor einer schwierigen Zukunft ihres Kindes wäre nachvollziehbar, wenn man an Berkmans Aktivitäten nach der Haft und seine Ausweisung denkt. In Deutschland hätten die Behörden und Ärzte dem Kind eine erbliche Vorbelastung attestiert, was einer negativen Zukunftsprognose gleichkam. Sehr gute Arbeit", lobte Lüder. Er beugt sich vor und klopft Rex anerkennend auf die Schulter. „Wenn uns das nicht weiterbringt, dann weiß ich auch nicht mehr weiter. Diese Spur ist vielleicht wirklich der Durchbruch in unseren Ermittlungen." Neue Tatkraft erfüllte ihn, er stand auf und nahm seine Jacke vom Stuhl.

Rex legte die Bücher zusammen. „Wir müssen den Verbleib von Alice klären und ob sie 1907 einen Sohn zur Welt brachte."

Der Mönch in der 67. Straße

Sie hatten Pech. Sie suchten einen Maler namens Hofmann auf, der die Szene gut kennen sollte. Sein Atelier war aber verschlossen, seine Wohnung verwaist. In seiner Malschule erfuhren sie den Grund dafür. Wie jeden Sommer betrieb der Künstler seine Schule in P-Town auf Cape Cod. Seine New Yorker Sekretärin gab ihnen die Adresse und Telefonnummer mit der Empfehlung, ihn am Abend anzurufen. Tagsüber sei er mit seinen Studenten draußen und nicht erreichbar. Auch der Galerist Kootz war vor der Hitze aus der Stadt geflohen. In seiner Galerie konnten sie nur mit einer jungen Assistentin sprechen, die ihnen bis auf einige Adressen nicht weiterhelfen konnte. Sie erbot sich, ihre Frage an Mr. Kootz weiterzuleiten und zurückzurufen, sobald sie von ihm eine Nachricht erhielte.

Die Adressen lagen alle in Chelsea, vor allem südlich der 14. Straße, wo Künstler in Wohnungen ohne warmes Wasser und in Lofts hausten. Fahrstühle gab es nicht. Lüder bekam das Treppensteigen satt. Sachdienliche Hinweise erhielten sie durch ihre Gespräche auch nicht. Alle Mühen schienen vergeblich gewesen zu sein. Eine Alice Schumm hatte offenbar nie in der Stadt gelebt. Niemand kannte diesen Namen. Lüder begann an die Existenz der Frau zu zweifeln. Die Theorie von Rex offenbarte Schwächen. Die Frau konnte die Malerei aufgegeben und das von der Öffentlichkeit zurückgezogene Leben einer Mutter und Hausfrau geführt haben. Wie konnten sie sicher sein, sie hätte ihren Beruf nach dem Abgehen von der Bostoner Kunstschule weiter ausgeübt? Was, wenn sie erfolglos geblieben war und die Palette an den Nagel gehängt hatte? Nur eines wussten sie am Ende des Tages sicher: Eine Malerin namens Alice Schumm kannte niemand in der Stadt.

Rex rief im Art Institute in Boston an, erhielt aber nur eine negative Auskunft. Die junge Frau hatte sich im August 1906 exmatrikuliert und es gab niemanden vom alten Lehrkörper mehr, der über sie hätte Auskunft geben können. Das Ergebnis ihrer Suche war niederschmetternd. Wenn Lüder auf das Datum schaute – es war der 18. August – kam ihm die kostbare Zeit wie verloren vor. Vier Tage blieben ihnen noch und sie waren keinen Schritt vorangekommen.

Am Nachmittag trennte sich Rex von ihm. Rex wollte etwas überprüfen und musste dafür auf ein Amt. Mehr konnte ihm Lüder nicht entlocken. Eine einzige Adresse hatten sie noch nicht abgeklappert und Lüder machte sich allein auf den Weg. Es war eine Galerie, die von einem Max Monk geführt wurde. Sie lag in der 67. Straße. Lüder nahm ein Taxi und ruhte auf dem Weg dorthin ein wenig aus. Die Ausstellungsräume der Galerie befanden sich im dritten Stock eines hohen Gebäudes. Kühle, klimatisierte Luft umfing Lüder und ließ ihn aufatmen. Sein Oberhemd war durchgeschwitzt, deshalb behielt er sein Jackett an.

Die Galerie bestand aus mehreren Räumen, von denen nur ein großer zugänglich war. In den anderen wurde gearbeitet, Maler strichen die Räume neu. Ein Mann mit einem undurchdringlichen Gesicht trug gerahmte Bilder durch die Galerie in ein Magazin, das ganz hinten lag.

Am Informationstresen saß eine mittelalte weiße Frau, die dauergewelltes Haar hatte und Listen durchging. Lüder trug ihr sein Anliegen vor.

„Ich kann Ihnen leider nicht weiterhelfen, sie müssten meinen Chef selbst fragen. Ich werde sehen, ob er Zeit für Sie hat. Dürfte ich noch einmal Ihren Namen erfahren?" Die Frau schnappte sich einen leeren Zettel und griff zum Telefonhörer.

„Gustav Lüder."

„Sie kommen aus Deutschland?", fragte sie und schrieb seinen Namen richtig auf, was Lüder erstaunte.

„Aus Berlin", antwortete er.

„Berlin kenne ich. In Dahlem war mein Onkel stationiert.

„Ah."

„Max, hier ist ein Mr. Gustav Lüder, der dich wegen einer Malerin sprechen möchte – Du hast richtig gehört: Lüder, das ist sein Nachname –" Die Frau wandte sich wieder Lüder zu. „Ich soll Sie fragen, ob Sie einen Lüder aus Bremen kennen?"

Lüder stutzte bei der Frage. „Ich bin Neuberliner, komme ursprünglich aber aus Bremen."

Die Frau gab seine Information weiter und lauschte wieder einer immer aufgeregteren Stimme am anderen Ende der Leitung. Die Frau fragte Lüder erneut: „Waren Sie in Bremen bei der Polizei?"

„Hören Sie, Madame, wird das ein Verhör?", entgegnete Lüder ungehalten. Was wollten die von ihm, aus welchem Grunde forschten sie sein Privatleben aus?

Die Frau besänftigte ihn auf Deutsch mit einem harten Akzent: „Herr Mönch wird sofort bei Ihnen sein."

Lüder horchte bei dem Namen auf. „Sagten Sie Mönch?", fragte er auf Deutsch zurück.

Sie nickte lächelnd und sagte wieder auf Englisch: „Mr. Monk wird Ihnen gleich alles erklären. Er bat mich, seinen Namen auf Deutsch auszusprechen. Leider ist mein Deutsch nicht sehr gut."

Lüder dachte nach. Den Namen Mönch hatte er schon einmal gehört. Er konnte nicht sagen, wann das gewesen war. Es musste lange zurück liegen. Ihm blieb keine Zeit, weiter darüber zu grübeln, denn schon kam ein mittelgroßer dünner Herr auf ihn zugeeilt und streckte ihm seine Hand entgegen. Sein Gesicht war schmal, gebräunt und hatte viele Falten. Auf der Nase trug er eine Brille mit Goldrand. Lüder hatte ihn irgendwo schon einmal gesehen.

„Kommissar Lüder! Max Mönch, erinnern Sie sich nicht mehr an mich? Worpswede, 1933", sagte er im akzentfreien Deutsch. Lüder betrachtete den Mann genauer. „Ich denke, Sie heißen Monk", sagte er.

Sein Gegenüber lachte ihn an. „Das kann hier keiner vernünftig aussprechen. Daher übertrug ich meinen Namen ins Englische. Mönch ist Monk."

Langsam dämmerte Lüder, wen er vor sich hatte. Worpswede 1933. Der Tote im Moor. Der Maler Mönch hatte damals in der Künstlerkolonie gelebt, bis ihn die Nazis vertrieben. Lüder wusste nicht, was er sagen sollte und der andere nahm ihn beim Arm und führte ihn zu einer Sitzgruppe, in der sich die Galeriebesucher niederlassen und auf einem Tisch in Katalogen blättern konnten.

„Aber damals waren Sie doch Maler", sagte Lüder.

„Das bin ich immer noch, doch ich betreibe gleichzeitig diese Galerie."
Die beiden Männer schauten sich schweigend an und hingen einen Moment lang ihren Gedanken nach.

„Es ist beinahe zwei Jahrzehnte her, dass Sie mich in meinem Atelier aufsuchten, doch ich erinnere mich noch sehr gut an unsere erste Begegnung", stellte Monk fest. „Sie können sich vorstellen, wie überrascht ich eben war, als meine Mitarbeiterin mir am Telefon sagte, sie stünden in der Galerie." Lüder spürte, wie Monks Blick ihn genau inspizierte. Der Altersunterschied zwischen ihnen beiden konnte nicht groß sein. Lüder schätzte den Galeristen auf ein Alter um die Sechzig. Er hatte allerdings noch volles Haar und keine einzige graue Strähne.

„Sie malten damals abstrakt, richtig?"
Monk bestätigte es mit einem Kopfnicken.

„Ein New Yorker Galerist half Ihnen bei der Übersiedelung. Jetzt erinnere ich mich langsam wieder", sagte Lüder und ließ seinen Blick durch die Galerie schweifen. Der Mann mit dem ausdruckslosen Gesicht trug ein neues Gemälde herein, von dem Lüder nur die Rückseite, den Keilrahmen sah. An den Wänden hingen abstrakte Ölbilder in abgestuften Grautönen, die durchbrochen waren von sehr intensiven Farben.

Monk war seinem Blick gefolgt. „Unsere aktuelle Ausstellung. Ein viel versprechender französischer Maler. Nicolas de Staël. Er hat eine große Karriere vor sich."

„Und was wird demnächst in Ihren anderen Räumen zu sehen sein?", fragte Lüder höflich.

„Das Werk einer kürzlich verstorbenen Malerin, das ich seit einigen Jahren vertrete. Frances Winter heißt sie. Ich bereite mit ihrem Sohn gerade eine posthume Schau vor. Sie wird in drei Tagen eröffnet. Wenn Sie möchten, sind Sie herzlich eingeladen." Monk schlug die Beine über.

„Haben Sie nie überlegt, zurückzugehen?", wollte Lüder wissen.

„Mit einundsechzig fängt man kein neues Leben an, wenn man es nicht unbedingt muss."

„Das verstehe ich."

„Sie dagegen sind umgezogen, entnehme ich der Aussage meiner Mitarbeiterin. Sie sagte, sie kämen aus Berlin."

„Ich habe meinen Lebensmittelpunkt verlagert", sagte Lüder nur. Er wollte kein Gespräch, in dem sie die vergangenen zwanzig Jahre Revue passieren ließen.

Monk schien das zu spüren, er wechselte das Thema. „Sie sind wegen einer Malerin zu mir gekommen. Wie kann ich Ihnen helfen?"

„Alice Schumm. Sagt Ihnen der Name irgendetwas? Eine Mitarbeiterin der Hofmann-Schule meinte, Sie könnten uns eventuell weiterhelfen, weil Sie die Malerszene kennen und insbesondere Künstlerinnen unter Vertrag haben."

„Alice Schumm?", dachte Monk laut nach und wurde in seinen Überlegungen unterbrochen von dem Mann, der alle Bilder herein getragen hatte und sich verabschieden wollte. Als er an die Sitzgruppe herantrat, hörte er den Namen und sah mit ausdruckslosem Gesicht zu Lüder hinunter. Lüder wollte die beiden nicht von ihrer Arbeit abhalten, wandte sich ab und betrachtete eine abstrakte Komposition aus übereinander geschichteten grauen Flächen, die mit einem Malmesser auf die Leinwand aufgetragen worden sein mussten. Die Oberfläche war schrundig und rissig.

„Sie entschuldigen mich einen Augenblick, Herr Lüder", sagte Monk und begleitete den Mann zum Tresen, wo er sich mit ihm und der Mitarbeiterin unterhielt. Er hatte dabei den Arm auf die Schulter des Mannes gelegt. Während der Mann noch auf etwas wartete und zu Lüder herüberschaute, kam Monk zurück und knüpfte wieder an das Gespräch an.

„Wissen Sie, wo diese Alice Schumm geboren wurde?"

„Nein, wir wissen nur, dass sie ihre künstlerische Ausbildung in Chicago erhielt und inzwischen die Achtzig überschritten haben muss, wenn sie noch lebt."

„In Chicago haben einige Frauen studiert. Die Berühmteste ist Georgia O'Keeffe."

„Aha", sagte Lüder gereizt. Schlechte Laune stieg in ihm auf.

Monk zog die Augenbrauen weit nach oben und meinte, er würde sehr gern helfen, aber die Malerin sage ihm gar nichts.

Der Mann winkte ihm zum Abschied vom Tresen zu.

„Tschüs, Cole. Vergiss bitte nicht, uns sofort die Liste der Bildtitel zu schicken." Monk wandte sich wieder Lüder zu. „Tja, es tut mir wirklich sehr Leid. Dürfte ich erfahren, warum Sie an dieser Künstlerin so interessiert sind?"

„Später. Ich muss jetzt gehen." Lüder stand auf und reichte dem Galeristen die Hand. „Danke, dass Sie sich für mich Zeit genommen haben."

„Wie lange bleiben Sie in New York? Ich würde gern mit Ihnen in einem entspannteren Rahmen plaudern."

„Sind Sie länger in der Stadt?", fragte Lüder zurück.

„Die anstehende Vernissage verlangt meine Anwesenheit. Die ganze nächste Woche können Sie mich erreichen. Ich gebe Ihnen meine Karte, falls Sie mich bei mir zuhause anrufen möchten. Über ein Wiedersehen würde ich mich außerordentlich freuen", versicherte Monk und reichte Lüder seine Visitenkarte.

„Die Freude ist ganz meinerseits. Ich kann nichts versprechen, aber ich werde sehen, dass ich zu Ihrer Ausstellungseröffnung komme."

Von der Galerie war es nicht weit zur Frick Collection, Lüder entschied daher, zu Fuß zum Museum zu gehen und Steve aufzusuchen. Er wollte ihm von den frustrierenden Ermittlunsgergebnissen berichten. Auf der Straße herrschte reger Verkehr. Lüder schlug die Richtung zum Central Park ein und dachte über seine Begegnung mit Max Mönch nach. Es war kaum zu glauben, dass er den Maler, den er völlig vergessen hatte, zufällig in der riesigen Stadt wieder traf. In seinen Gedanken versunken, bog Lüder rechts in die Madison Avenue ein.

In einiger Entfernung folgte ihm im Schritttempo ein blauer Transporter, der den rechten Blinker eingeschaltet hatte, so als suche er einen Parkplatz am Straßenrand oder wolle jeden Augenblick halten. Tatsächlich ließ der Fahrer Lüder aber nicht aus den Augen und bog mit ihm in die 70. Straße ein. Hätte sich Lüder umgeschaut, hätte er vielleicht den Mann mit dem regungslosen Gesicht aus der Galerie wieder erkannt, aber Lüder war so mit sich selbst beschäftigt, dass er auf seine Umgebung nicht achtete. Der Fahrer beobachtete, wie er im Museum verschwand und fuhr dann auf der Fünften Avenue in Richtung downtown davon.

Anatomie einer Stadt

„Ist mein Schwiegersohn im Hause?", fragte Lüder Mrs. Morse.
Die Sekretärin sah gestresst aus und hatte rote Flecken am Hals. „Er telefoniert." Sie blickte auf ihre Armbanduhr. „Fünf Minuten, vielleicht noch. Können Sie warten, Mr. Luder?"
Lüder nickte und nahm auf dem angebotenen Stuhl neben einem Aktenschrank Platz.
„Ich werde ihm ausrichten, dass Sie da sind", sagte Mrs. Morse und ging ins Direktionszimmer. Die Tür ließ sie angelehnt und Lüder hörte, wie Steve sich verabschiedete. Kurz darauf tauchte er mit seiner Sekretärin auf.
„Gustav, gut, dass du vorbeigekommen bist. Es gibt wichtige Neuigkeiten. Shirley, ich möchte in den nächsten zehn Minuten nicht gestört werden."
Steve führte Lüder ins Direktionszimmer und schloss hinter sich die schallisolierte Tür. „Vorhin waren Rockefeller und Inspektor Manzoni bei mir. Der Vorstand bewegt sich endlich, nachdem heute mit der Post ein weiteres Schreiben des Erpressers eingegangen ist."
Gespannt schaute Lüder Steve an.
„Die Polizei hat das Schreiben dieses Mal für die kriminaltechnische Untersuchung sichergestellt, aber viel werden sie darauf wohl nicht finden."
„Gibt es eine neue Forderung?"
„Er ist so zuvorkommend, uns an das Ultimatum zu erinnern. Die Botschaft lautet: ‚21. August, 0 Uhr'. Der Brief war an mich persönlich adressiert."
„Er hat tatsächlich vor, die Bombe zu zünden", seufzte Lüder.
„In diesem Sinne interpretiere ich seine Botschaft auch und habe den Vorstand bekniet, endlich Spielraum für Verhandlungen zu geben. Mittlerweile wird auch Rockefeller unruhig und hat sein Einverständnis gegeben, mit dem Erpresser via Zeitung, Radio und Fernsehen Kontakt aufzunehmen. Wir wollen ihm Entgegenkommen signalisieren."
„Auf seine Forderungen geht ihr aber konkret nicht ein."
„Soweit will Rockefeller im Moment nicht gehen. Er ist mit einer Kontaktaufnahme einverstanden zwecks Verhandlungen. Die Gelegenheit

soll Manzoni nutzen, um die Spur aufzunehmen. Mein Telefon hier im Museum wird mit einer Fangschaltung versehen und ab den nächsten Stunden abgehört."

„Darauf wird er sich nicht einlassen", sagte Lüder.

„Manzoni ist in der Einschätzung der Lage optimistischer."

„Das mag sein, aber ich teile seinen Optimismus nicht. Was erwartet ihr denn von der Aktion? Dass er bei dir anruft und in aller Ausführlichkeit mit dir den Text der Gedenktafel bespricht? Er hat längst festgestellt, dass er hingehalten wird und seine Erfolgsaussichten gering sind. In Anbetracht der verbleibenden Zeit ist auch klar, dass es bis zum Verstreichen des Ultimatums keine Erfüllung seiner Forderung in Form der Tafel geben kann. Nur ein konkretes Angebot von euch kann ihn jetzt noch von seiner Tat stoppen. Alles andere ist nichts weiter als ein durchsichtiges Hinhaltemanöver, auf das er sich nicht einlassen wird. Dafür ist der Mann zu intelligent."

„Du bist immer so konstruktiv in deiner Kritik!", entgegnete Steve ärgerlich. „Immerhin ist es mir gelungen, den Vorstand überhaupt zu bewegen. Was hast du denn Konkretes vorzuweisen, wenn ich fragen darf?"

„Nichts", gab Lüder zu. „Wir haben eine Theorie, das ist aber auch schon alles."

„Dürfte ich erfahren, was ihr euch ausgedacht habt?"

„Wir glauben, dass der Erpresser aus dem Umfeld von Fricks Attentäter kommt. Möglicherweise ist er sein illegitimer Sohn."

Vollkommen verdattert schaute Steve ihn an. „Berkman hatte einen Sohn? Wie kommt ihr denn darauf?"

„Rex hat Ahnenforschung betrieben. Es würde jetzt zu weit führen, dir alles zu erklären. Es gab eine junge Malerin aus Boston, die in Berkman verliebt war. Die beiden waren vielleicht für kurze Zeit ein Paar. Aus dem Verhältnis ging ein Kind, sehr wahrscheinlich ein Sohn hervor. Wir haben uns heute die Hacken abgelaufen, um diese Frau zu finden, aber niemand kennt Alice Schumm."

„Heißt die Malerin so?"

„Ja. Rex vermutet aber, sie hätte nach der Begegnung mit Berkman eine neue Identität angenommen."

Steve setzte sich und sah seinen Schwiegervater an. Lüder stand mit den Händen in den Hosentaschen mitten im Raum und sagte: „Das ist alles, was ich zu bieten habe."

„Wenn eure Theorie stimmt, heißt das, dass er Gerechtigkeit für seinen Vater will? Aber der hatte sich wegen versuchten Mordes schuldig gemacht."

„Wenn Rex wirklich Recht mit seiner intelligenten Spekulation hat, woran ich nach dem heutigen Tag allerdings zweifele, dann reicht das Problem unseres Mannes weitaus tiefer. Ich bin kein Seelenklempner, aber eines zeichnet sich aus dieser Perspektive klar ab: dieser Mann leidet wahrscheinlich unter einer extremen Kränkung. Für ihn hat Frick ihm den Vater genommen. Nur weil es die Toten von Homestead gab, beging Berkman seine Tat und nur deshalb wurde die zwölfjährige Alice auf ihren Helden aufmerksam." Lüder war zum Fenster gegangen. Der Rasensprenger arbeitete, das Gras war giftgrün.

„Von welchem zwölfjährigen Mädchen sprichst du?" Steve hatte sich zu ihm gestellt.

„Alice Schumm ist die Tochter eines Gewerkschafters, der am Streik beteiligt war. Sie erlebte alles mit. Ihre Familie bekam danach keinen Fuß mehr auf den Boden, sie mussten wegziehen." Lüder betrachtete Steve von der Seite, der sich neben ihn gestellt hatte. „Euer Aufruf wird ihn völlig kalt lassen, wenn unsere Mutmaßungen stimmen. Frick hat sein Leben bestimmt, obwohl sie sich wohl nie persönlich begegnet sind. Die Ehrung der Toten erinnert zugleich an all diejenigen, die unter Frick litten. Dieses Problem ist mit einer Hinhaltetaktik, die ihn zu einem Fehler verleiten soll, nicht zu lösen. Der Mann meint seine Drohung ernst."

„Vier Tage bleiben uns noch", sagte Steve. „Ihr seid in euren Nachforschungen weiter gekommen als die Polizei", fügte er anerkennend hinzu.

Lüder teilte seinen Optimismus nicht. „Aber nicht weit genug. Ich selbst bin mit meinem Latein am Ende. Und Rex? Nun ja, ohne ihn wüssten wir nicht einmal das Wenige, das ich dir heute erzählt habe."

„Ruth und die Kinder brechen heute Abend nach Vermont auf. Ich halte das für sicherer. Übermorgen bin ich in Boston und muss dich einen Tag allein lassen. Auf einer Sitzung im Isabella Steward Gardener Museum muss ich die Planungen für eine Vermeer-Ausstellung besprechen, an der wir mit unseren drei Gemälden beteiligt sein werden. Kommst du allein zurecht?"

„Sicher", murmelte Lüder und verspürte unwillkürlich ein heftiges Bedürfnis nach einer Zigarette. Er klopfte Steve auf die Schulter. „Bis nachher zuhause."

Unter der Erde

Eine Überlegung beschäftigte Rex bereits seit Tagen. In der Zeit, in der Fricks Residenz errichtet wurde, arbeitete man nicht weit entfernt vom Bauplatz parallel an dem gigantischsten Projekt, das die Stadt damals gesehen hatte. Am Wassertunnel Nummer Eins. New York hatte einen unersättlichen Bedarf an Trinkwasser, und die Stadt wuchs und wuchs und wuchs. Das bestehende Versorgungssystem reichte nicht mehr aus, ein unterirdischer Tunnel musste her, der die Stadt und ihre Reservoirs versorgte. Ab 1913, im Jahr, in dem für Fricks Stadtpalast die ersten Aushubarbeiten vorgenommen wurden, fraßen sich die Tunnelbauer vom Hillview Reservoir im Norden des Staates vor zur Bronx, durch den Harlem River und unter den Central Park hindurch zur Lower East Side und weiter bis Brooklyn. Ein achtundzwanzig Kilometer langer städtischer Tunnel entstand, eine Lebensader New Yorks. Die Arbeiter bohrten sie zwischen sechzig und zweihundertfünfundzwanzig Meter tief in die Erde. An vielen Stellen lag über ihnen eine gewaltige Felsschicht. Nach seiner Vollendung transportierte das Meisterwerk der Ingenieurskunst täglich dreiundzwanzig Millionen Liter Trinkwasser. Aber zur gleichen Zeit war Manhattan mit einem noch viel größeren Problem konfrontiert. Dem Abwasser. Seine Kanalisation war hoffnungslos überaltert, teilweise waren die Kanäle fünfzig bis fünfundsiebzig Jahre alt. Sie fingen an zu verfallen, zu lecken, einzubrechen. Die städtischen Wasserbetriebe waren gezwungen, über einen Zeitraum von mehreren Jahren das alte Kanalnetz durch ein neues zu ersetzen. Neue Kanäle waren notwendig geworden, denn mit der Ausweitung der Besiedlung und der wachsenden Versiegelung des Bodens wurden neunzig bis fünfundneunzig Prozent des Regenwassers in das Kanalsystem abgeführt. Bei schweren Güssen waren die alten Kanäle außerstande, die großen Mengen aufzufangen. Überschwemmungen waren die Folge. Da New York eine der wenigen Städte der Staaten war, die kein separates System für Regen-, Schmelzwasser und Hochwasser bei Überflutungen hatte, mussten neue Hauptkanäle und Hauptsammelkanäle gebaut werden. Man legte sie so groß aus, dass Menschen sie begehen und von innen reparieren konnten und das Aufreißen der Straßen nicht mehr notwendig war. Den Bau der neuen Kanalisation begann die Stadt zur gleichen Zeit, als Fricks Residenz errichtet wurde.
Über diese Gleichzeitigkeit geriet Rex ins Grübeln. Er forschte weiter, wälzte alte Zeitungen, saß erneut in der Historischen Gesellschaft.

Immobilienbesitzer waren wegen der immensen Kosten, die die Stadt für die neue Kanalisation schultern musste, angehalten, sich an den neuen Abwasserkanälen zu beteiligen und wurden entsprechend ihrer Grundstücke und ihrer Vermögensverhältnisse veranlagt. Das galt auch für Frick. Rex schlussfolgerte, hier wäre die Gelegenheit gewesen, dafür zu sorgen, dass in der Kanalisation ein geheimer Fluchtweg angelegt wurde. Die Errichtung großer Röhren aus Backstein hätte Frick und seiner Familie die Möglichkeit geboten, bequem auf unterirdischem Wege zu entkommen.

Die Archivare gruben. Rex studierte. Alte Pläne, Karten, Akten. Er lernte viel. Über städtische Wasserwege und die Entwicklung des Abwassernetzes in den vergangenen Jahrzehnten. Aber das Gebiet um das Museum blieb eine terra incognita. Fricks Stadtpalast war an das erneuerte Netz angeschlossen worden, soviel war sicher, doch es ließ sich nicht mehr rekonstruieren, auf welche Weise das geschehen war.

Im Archiv gab man ihm den Tipp, es bei den New Yorker Wasserbetrieben zu versuchen, die für die Überwachung und Instandhaltung der Kanalisation zuständig waren. Rex versuchte dort sein Glück und traf sich mit einem Mitarbeiter der Wasserbetriebe, einem älteren Herrn. Er erfuhr, dass sich nur sehr wenige Unterlagen aus der Zeit der großen Umbaumaßnahmen erhalten hatten. In diese Richtung weiter zu forschen, hielt der Mann für aussichtslos. Lohnender wäre es vielleicht, mit Kanalarbeitern zu sprechen, die den entsprechenden Bereich betreuen. Er erklärte: „New York hat eines der größten Abwassernetze der Welt! Diese Stadt ist aus fünf Städten zusammengewachsen. Jeder Verwaltungsbezirk, das heißt jede frühere Stadt, hat ihre eigene Geschichte, ihre eigene gewachsene Infrastruktur. Um effektiv arbeiten und vor allem schnell an die Brennpunkte des Kanalsystems zu gelangen, müssen unsere Männer ihren Abschnitt genauestens kennen. Aus diesem Grund setzen wir unsere Leute über Jahre in einem Bezirk ein. Natürlich arbeiten sie auch an anderen Plätzen, aber verantwortlich sind sie in erster Linie für ein Gebiet."

„Es gibt demnach jemanden, der sich mit der Kanalisation unter dem Central Park und der Upper East Side gut auskennt."

„Sicher, da kommen mehrere Mitarbeiter in Frage. Die Fluktuation auf diesen Stellen ist gering." Der Mann lachte. „Ist quasi ein Lebensjob, den man nicht so schnell aufgibt. Müssen müssen die Menschen immer. Man wird nie arbeitslos! Und Regen fällt auch immer, nehmen wir diesen Sommer einmal aus."

Rex schöpfte neue Hoffnung. Er holte sich die Genehmigung, in der Personalabteilung der Wasserbetriebe Akteneinsicht zu erhalten, um herauszufinden, welche Mitarbeiter in den letzten Jahren im Gebiet des Central Parks eingesetzt worden waren.

Gleich am nächsten Morgen eilte er in die 34. Straße, zur Personalabteilung der Wasserbetriebe, die unweit des Hafenamtes lag. Nach der Erledigung einiger Formalitäten, die den Datenschutz betrafen, brachte man ihn in die Registratur zu einem vertrockneten Hutzelmännchen, das der Hüter der Personalkartei und Akten war. Eine stundenlange Arbeit begann. Die Wasserbetriebe beschäftigten tausende Mitarbeiter. Die Liste der Infragekommenden wurde immer länger und Rex seufzte. Ein Heer von Interviewern wäre nötig, um sie abzuarbeiten. Der Registrator war wie ein Uhrwerk, exakt und mechanisch. Nichts schien ihn aus der Ruhe bringen. Auch nicht, als er mit dem Namen eines Kanalarbeiters aufwartete, der vor vier Jahren den Betrieb verlassen hatte.

„Hat selbst gekündigt. Seltene Ausnahme", stellte er bloß fest und suchte die zur Karteikarte passende Personalakte. Sie trug den Namen „Cole Winter". Der Mann war 1944 in die Dienste der Wasserbetriebe getreten und hatte fünf Jahre als Kanalarbeiter gearbeitet. 1907 geboren, auf Cape Cod. Berufliche Ausbildung: Tischler.

Rex schlug das Herz bis zum Hals.

Das Männchen blätterte in Winters Akte. „Arbeitete mit Kanalinspektor Tom Sigelman zusammen. Tom war Winters unmittelbarer Vorgesetzter. Von ihm können Sie sicher mehr erfahren."

„Wo finde ich Sigelman?"

Das Männchen schrieb Rex die Adresse auf. „Er lebt in Brooklyn."

Rex machte sich sofort auf den Weg, überquerte den East River über die Brooklyn-Bridge und durchquerte eintönige Arbeitersiedlungen. Sigelmans graues, einstöckiges Reihenhaus lag in der Nähe des Friedhofs Green Wood. Als Rex sich dem Vorgarten näherte, kam gerade ein Mann heraus, der in der Hand eine verbeulte eiserne Gießkanne trug. Der Vorgarten machte einen gepflegten Eindruck. Der Mann schloss die Haustür ab und kam auf Rex zu. Er trug eine braun getönte Sonnenbrille. Bis auf einen Kranz grauer Haare war er kahl. Sein Gesicht wirkte offen und sympathisch. Neugierig schaute er Rex an.

„Sind Sie Mr. Sigelman?" Rex stellte sich vor und der Kanalinspektor schaute ihn verwundert an.

„Hätten Sie einen Augenblick Zeit für mich?", fragte Rex.

„Um was geht es denn, junger Mann? Lässt sich das auch auf einem Spaziergang erledigen?", fragte Sigelman zurück und öffnete die Gartenpforte.

„Ich möchte Ihnen ein paar Fragen über einen ehemaligen Mitarbeiter stellen. Cole Winter heißt er. Ich bin auf der Suche nach ihm."

„Meine Frau drüben wartet auf mich. Sie hat Durst", sagte Sigelman und strich sich über seine Glatze.

Rex blickte über die Straße. Auf der anderen Seite erstreckte sich hinter einem hohen schwarzen Zaun der Friedhof. „Kein Problem, ich helfe Ihnen löschen", sagte er lächelnd und schloss sich Mr. Sigelman auf seinem Spaziergang zum Grab seiner Frau an.

„Coles Mutter ist eine großartige Frau. Ich habe leider seit vielen Jahren nichts mehr von ihr gehört. Was lehren Sie?"

Mr. Sigelman ging schnell. Rex kam es vor, als liefen sie.

„Kulturgeschichte an der Columbia. Ich bin wegen eines Projektes hier, das noch in den Kinderschuhen steckt. Ich forsche über die Absolventinnen des Bostoner Institute of Art. Meines Wissens gehörte Mrs. Winter im ersten Jahrzehnt zu den Studentinnen. Über ihren Sohn möchte ich Kontakt zu ihr aufnehmen, da ich ihren derzeitigen Aufenthaltsort nicht kenne." Rex hoffte, die Halbwahrheit klänge überzeugend genug.

Sie betraten durch ein breites Tor die weiträumige Friedhofsanlage. Ein schwarzer Pförtner in einem Häuschen nahm von ihnen keine Notiz. Schweigend liefen sie eine asphaltierte Straße hinunter, die vorbeiführte an Verwaltungsgebäuden, einer Kapelle und einer Gärtnerei. Gegenüber, am Hang, hoben Totengräber ein frisches Grab aus.

„Warum lügen Sie?", sagte Sigelman ruhig, ohne sein Tempo zu verlangsamen. Die metallene Gießkanne wippte in seiner Hand.

Rex brach der Schweiß aus, nicht allein wegen der Sonne, die auf den Straßenbelag hernieder brannte und ihn aufheizte.

„Okay, Mr. Sigelman. Meine Neugier hat tatsächlich einen anderen, viel wichtigeren Grund, obwohl ich wirklich Wissenschaftler bin. Sie können es leicht überprüfen." Rex schilderte in knappen Worten den Anlass seines Besuchs, ließ den Erpressungsfall aber unerwähnt.

„Frances war sehr unglücklich über Coles Entwicklung", sagte Sigelman und schlug einen gepflasterten Weg zu einem Hügel ein, auf dem die Eingänge von kleinen Mausoleen standen. Der helle Muschelkalk, Sandstein und Marmor strahlte im Licht. „Sie liebte ihren Sohn, er aber machte es ihr wirklich nicht leicht. Selbst als er in der Gosse zu verrecken drohte, tat sie alles dafür, damit er wieder auf die Beine kam."

Rex stand nun der Schweiß aus anderem Grunde auf der Stirn. Der Park lag in einem hügeligen Gelände, in dem es auf und ab ging. Bei der Hitze und Sigelmans schnellem Schritt spürte er die Grenzen seiner Kondition. Er hoffte, bald den durstigen Flecken Erde zu erreichen.

„Was war mit ihrem Sohn?", fragte er müde und wischte sich mit der Hand den Schweiß aus dem Gesicht.

„Er trank. Naja, eigentlich soff er wie ein Loch und lag am Boden. Sie hatte über einen sehr langen Zeitraum, ich glaube, es waren Jahre, den Kontakt zu ihm verloren und als sie sich auf die Suche nach ihm machte, fand sie ihn unter den Obdachlosen New Yorks wieder. Verdreckt, verlaust, fast am Ende. Das Problem war nur, das es einen Menschen auf der Welt gab, den er überhaupt nicht an sich heran lassen wollte. Seine Mutter. Sie war der Verzweiflung nahe, weil sie zuschauen musste, wie sich ihr einziges Kind zugrunde richtete. Sie wollte es aber nicht zu lassen und kam zu mir." Sigelman zeigte auf ein Grab zwanzig Meter von ihnen entfernt auf einer Wiese. „Dort liegt sie."

Na, Gott sei Dank! dachte Rex und atmete innerlich auf. Es war ein schlichtes Grab mit einem schwarzen Stein und Blumenrabatten. Die Pflanzen ließen bedenklich ihre Köpfe hängen. Die Erde war ausgetrocknet.

„Füllen Sie bitte dort hinten am Brunnen die Gießkanne!", forderte Sigelman Rex auf und drückte ihm die Gießkanne in die Hand. Rex tat wie geheißen und wurde zum Wasserträger. Inzwischen widmete sich Sigelman liebevoll der Grabstätte und harkte die Erde mit einem Gartengerät, das er unter einem Busch versteckt hatte. Rex goss die Blumen und hoffte, dass Sigelmans Quelle wieder sprudeln und seine Erzählung fortgeführt werden würde. Nach einer halben Stunde legte Sigelman eine Zigarettenpause ein und schenkte Rex zur Belohnung eine. Der nahm dankend an.

„Da Cole mit Abwehr auf seine Mutter reagierte, schickte sie mich vor. Ich sollte ihr helfen, ihn daraus zu holen." Durch die braunen Gläser sah Sigelman Rex aufmerksam an, wie die Worte bei diesem ankämen. „Haben Sie mal versucht, einen obdachlosen Alkoholiker von der Flasche los zu bekommen? Es ist die Hölle. Ich machte es aus Freundschaft zu Frances und weil sie eine Freundin Emmas war, die wir beide verloren hatten. Wäre das nicht gewesen, ihr Sohn wäre mir anfangs egal gewesen und hätte in der Gosse verrecken können." Sigelman rauchte und blickte über die Friedhofshügel. „Es gelang uns, ihn der Flasche zu entwöhnen. Die Ärzte sagten, es wäre höchste Zeit gewesen. Er war kurz davor gewesen, seinen Verstand zu verlieren. Frances hielt sich im Hintergrund, er durfte nicht erfahren, dass sie der Antriebsmotor für seine Rettung war. Vielleicht ahnte er es aber doch, der Junge ist intelligent. Offiziell war ich es, der sich für ihn einsetzte, weil ich jemanden kannte, der mit ihm in Boston auf einer kleinen Werft für Sportyachten zusammengearbeitet hatte. Cole war Schiffsbauer gewesen. Ein Exzellenter, wurde mir damals versichert. Allerdings hatte er ein sehr aufbrausendes Temperament, er fuhr leicht aus der Haut, wenn er sich ungerecht behandelt fühlte. Er trank zu oft und zu viel. Im angetrunkenen Zustand pöbelte er. Schlimm wurde es, wenn es gegen die reichen Kunden der Werft gerichtet war. Sie können sich vorstellen, wohin dieser Weg führen musste. Schnurstracks ins Abseits. Cole war ein As in seinem Handwerk, menschlich jedoch wurde er durch die Trinkerei unerträglich und geschäftsschädigend. Trotz des wiederholten Einsatzes seiner Mutter oder vielleicht gerade wegen ihres Einmischens wurde es so schlimm, dass sein Chef keinen anderen Ausweg mehr wusste, als ihm seine Papiere zurückzugeben. Es war angeblich kein Auskommen mehr mit ihm. Und sein Chef hatte sich einiges gefallen gelassen, er mochte Cole, aber irgendwann war auch bei ihm das Ende der Fahnenstange erreicht. Dieser Zeitpunkt war erreicht worden, als Cole einem schwerreichen Industriellen verprügelte, weil dieser etwas an dem Bug der von ihm bestellten Yacht auszusetzen hatte und Cole in seinem besoffenen Kopf sich die Kritik nicht gefallen lassen wollte. Er hielt die Reklamation für kleinlich und schrieb sie dem arroganten und unverschämten Auftreten des Kunden zu."

„Was geschah dann?" Rex drückte seine Zigarette auf einem Stein aus.

„Es wird sich erzählt, dass er damals über Nacht verschwand. Aus Scham. Ob das stimmt, weiß ich nicht. Jedenfalls war er weg und es gab bis auf seine Mutter nicht viele, die traurig darüber waren. Der Kontakt zu Frances brach ab. Sie glaubte, er hätte sie für sein Unglück verantwortlich gemacht."

„Warum sie? Was konnte sie für seine Trunksucht?"

„Der Vater ließ Frau und Kind gleich nach der Geburt im Stich. Viel weiß ich über die Geschichte nicht, Frances sprach ungern über Coles Erzeuger, aber sie hatte ihn geheiratet und trug auch nach seinem Verschwinden seinen Namen. Verstanden habe ich das nie richtig. Frances ist eine starke Frau. Sie weinte diesem Winter keine Träne nach, sondern packte ihr und das Leben ihres Kindes selbst an. Ihr Selbstvertrauen war begründet. Sie schaffte es allein ganz gut, als Malerin war sie, soweit ich das beurteilen kann, offenbar ziemlich erfolgreich. Für die Kosten, die mir durch Coles Entziehungskur entstanden, kam sie auf. Alle Rechnungen beglich sie auf Heller und Pfennig, ohne das er davon wusste."

Rex hielt kurzzeitig den Atem an und musste sich zusammenreißen, um sich seine Aufregung nicht anmerken zu lassen, die Sigelmans Erzählung verursachte.

„Haben Sie ihn allein von der Flasche geholt?"

„Nein, meiner Clarice – Gott hab sie selig – ist der Erfolg zu verdanken. Ich musste ja arbeiten. Meine Frau war Sozialarbeiterin, sie kannte sich aus. In dieser verdammten Stadt kommen viele an den Suff. Ganz schlimm ist es bei Polizisten. Die bereiteten Clarice die größten Probleme."

Rex las, dass Mrs. Sigelman siebenundfünfzig Jahre alt geworden war.

„Woran ist Ihre Frau gestorben?"

„Leukämie." Sigelman zündete sich eine weitere Zigarette an. „Dank meiner Frau fing Cole sich. Er ging trotz anfänglichen Protests sogar zu den Guttemplern und stellte sich seiner Krankheit. Nach vier Monaten hatte er es geschafft und war trocken. Es grenzte an ein Wunder. Jetzt stellte sich die Frage: Was nun? Zurück auf die Werft? Beim Schiffbau hielten wir die Gefahr eines Rückfalls für am größten. Wegen des Krieges suchten die Wasserbetriebe händeringend Arbeitskräfte, wir machten Cole deshalb den Vorschlag, bei der Stadt New York anzuheuern. Er erklärte sich damit einverstanden und arbeitete sich gut ein. Er galt unter Kollegen zwar als sehr zurückhaltend, doch er wurde geschätzt. Die Schule, erzählte er mir einmal, habe er immer gehasst, die Lehrer hätten ihn gelangweilt, die Lust am Lernen genommen, aber nun verspürte er plötzlich Lust auf eine Weiterbildung. Ihn packte regelrecht so etwas wie Ehrgeiz. In Abendkursen schulte er sich weiter zum Elektriker und spezialisierte sich auf Alarmtechnik. Der Junge erwies sich auf diesem Gebiet als sehr fähig und legte seine Prüfungen mit Bestnoten ab. Wir und seine Mutter wollten es gar nicht glauben! Vom Fleck weg engagierte ihn eine Firma für Alarmsicherungssysteme in Los Angelos und dann war er fort. Es liegt jetzt etwa vier Jahre zurück. Es war vielleicht Clarices größter Resozialisierungserfolg. Sie war traurig über seinen Weggang. Es kamen noch ein paar Ansichtskarten, dann nichts mehr. Wir verloren den Jungen aus den Augen und hatten genügend mit uns selbst zu tun."

„Ihre Frau erkrankte."

„Ja."

Ein Bussard kreiste über dem Friedhof.

„Wissen Sie, wo Cole Winter aufgewachsen ist?"

„Auf Cape Cod. Nach dem Verschwinden ihres Gatten zog Frances nach P-Town. Die Künstlerkolonie wurde ihre neue Heimat."

„Und New York?"

Der Bussard setzte zum Sturzflug an und verschwand.

„Dort lebten sie einige Jahre bis zur Großen Depression. Dann verabschiedete sie sich nach P-Town. Das Leben war dort billiger und sie konnte Malunterricht geben."

„Hörten Sie nach Coles Weggang noch einmal von ihr?"

Sigelman schüttelte den Kopf. „In den letzten Jahren verloren wir uns aus den Augen. Ab und zu las ich in der Zeitung über Ausstellungen, die sie in New York hatte. Die letzte liegt aber auch schon wieder einige Zeit zurück. Wissen Sie, ich lese nicht mehr regelmäßig Zeitung."

„Sie kennen doch sicher das Kanalnetz der Upper East Side wie Ihre Westentasche. Ich spreche von der Gegend zwischen der 65. und 75. Straße West."

„Natürlich."

„Gibt es dort irgendetwas Ungewöhnliches, Bemerkenswertes?"

„Was verstehen Sie darunter?"

„Gibt es dort Geheimgänge, ‚tote Kanäle'?"

Verständnislos schüttelte Sigelman den Kopf. „Der Untergrund ist keine Geheimwelt. Bevor da unten jemand zu buddeln anfangen kann, müssen exakte Planungen durchgeführt werden."

„Stillgelegte oder in Vergessenheit geratene Kanäle und Gänge sind nicht vorstellbar?", insistierte Rex.

„Ich will sie nicht ausschließen, aber für das von Ihnen genannte Gebiet sind mir persönlich keine bekannt. Und wenn es sie gäbe, müssten sie in den Karten verzeichnet sein."

Es war Zeit zu gehen. Rex hatte nur noch eine Frage. „Kommt es vor, dass die Arbeiter unten allein unterwegs sind?"

„Sicher, die Leute werden manchmal allein auf Kontrollgänge geschickt. Sie müssen sich das vorstellen wie beim Ablaufen von Gleisanlagen. Wir überprüfen regelmäßig den Zustand der Kanäle. Die Regel ist, dass solche Kontrollgänge von zwei Männern durchgeführt werden müssen, doch mit Atemgeräten geht auch schon mal einer auf Tour."

„Winter führte solche Kontrollgänge durch?"

„Selbstverständlich. Jeder muss ran. Keiner macht es gern, aber Cole gehörte zu denjenigen, denen es nichts ausmachte. Er war gern unten, fand es spannend. Meist meldete er sich zur Freude der anderen freiwillig."

„Danke!", sagte Rex und reichte Sigelman zum Abschied die Hand.

In der Nähe des Friedhofseingangs fand Rex eine aufgeheizte Telefonzelle, in die er erst frische Luft hineinströmen lassen musste, ehe er zum Hörer greifen und Lüder anrufen konnte. Bei den Bells ging niemand ans Telefon. Seine Armbanduhr zeigte zehn Minuten nach sechs Uhr an. Verdammt, wo steckte der Kerl bloß?

Großalarm im Central Park

Auf der Fahrt zurück nach Manhattan fühlte Rex das Adrenalin. Das Gespräch mit Sigelman hatte ihn aufgewühlt. Die Konzentration auf den dichten Verkehr fiel ihm schwer. Alice Schumm war keine Einbildung. Sie existierte. Hatte einen Sohn. Vorausgesetzt, dass Alice Frances war. Doch alles sprach dafür. Sie hatte ihren Namen gewechselt. Die Malerin, die sie suchten, hieß heute Frances Winter.

Im Haus der Bells öffnete ihm Lüder selbst die Haustür.

„Wo waren Sie? Ich versuchte Sie, telefonisch zu erreichen?", beschwerte sich Rex.

„Bei Claire."

Im Haus war es still. Sie gingen ins Wohnzimmer.

„Ich habe sie gefunden!" Rex ließ sich in einen Sessel plumpsen.

„Wen?"

„Unsere geheimnisvolle Malerin."

Lüder nahm auf dem Sofa Platz. „Lassen Sie hören."

Rex berichtete. Er wollte gerade zum Ende kommen, als auf dem Flur das Telefon schrillte. Beide Männer fuhren zusammen und blickten zur Tür. Steve, der die Treppe heruntergekommen war, nahm das Gespräch an und legte nach wenigen Worten wieder auf. Kurz darauf erschien er im Türrahmen, das Gesicht kreidebleich.

„Was ist denn nun wieder geschehen?", fragte Lüder.

„Das war Inspektor Manzoni. Der Erpresser hat sich gemeldet. Bei Bob Cox, dem Kulturredakteur der *Times*."

Rex und Lüder blickten sich an.

„Entweder wir geben bis zum 21. August eine öffentliche Erklärung ab, in der wir auch die Anbringung der Gedenktafel versprechen, oder es knallt. Das sollen seine Worte gewesen sein."

Steve setzte sich zu den beiden Männern.

„War das alles, was er sagte?", fragte Rex.

Steve nickte. „Das Gespräch war sehr kurz. Nach Coxs Auffassung verstellte die Person ihre Stimme. Für ihn klang sie nach einem Mann."

Sie schwiegen, bis Lüder zu Rex sagte: „Den Namen der Malerin habe ich schon einmal gehört. Ich komme nur nicht drauf, wann und wo das war." Er überlegte angestrengt, doch sein Gedächtnis ließ ihn im Stich. Steve holte von der Bar für jeden einen Drink.

„Sigelman behauptet, die Winter sei erfolgreich", sagte Rex. „Das bedeutet, sie muss ausgestellt haben oder noch ausstellen. Jemand muss über sie geschrieben haben. Sie lebte lange in Province-Town auf Cape Cod. Dort muss man sie kennen. Was ist mit diesem Hofmann? Hat er sich gemeldet?"

„Ist in Boston. Sobald er zurück ist, will er anrufen, versprach seine Sekretärin", sagte Lüder. „Sie rief mich heute Nachmittag an. Steve, sei so nett und hole mir den Stadtplan von New York. Walter, Sie sagen, er verfügt über hervorragende Kenntnisse des New Yorker Untergrunds. Von seinen technischen Kenntnissen schweigen wir lieber mal ganz. Als Elektronikfachmann für Sicherheitssysteme dürften die Sicherheitsvorkehrungen im Museum für ihn ein Klacks sein. Der Mann ist ein wahrer Albtraum!"

Steve gab Lüder den Stadtplan. Lüder breitete ihn auf dem Couchtisch aus. „Wo würde er am ehesten ins Kanalnetz einsteigen? Am wahrscheinlichsten wäre es doch wohl hier." Lüder zeigte mit dem Finger auf die große, grün markierte Fläche des Central Parks.

„Er kennt alle Ein- und Ausgänge. Und wenn es unter dem Museum einen alten Zugang gibt, wie Walter vermutet, dann muss er ihn in den vergangenen Wochen und Monaten regelmäßig aufgesucht haben, um seinen Plan zu verwirklichen", meinte Rex.

„Richtig. Was immer da unten im Untergrund für eine Überraschung auf uns wartet, er benötigte Zeit, sie dorthin zu bringen und scharf zu machen. Dafür musste er in der Stadt sein und sich nach Möglichkeit in der Nähe des Museums aufhalten. Conolly und sein Hund wurden im Park überwältigt. Das spricht für seine Nähe."

Steve konnte nicht mehr ruhig sitzen und zuhören. Der Gedanke an den Sprengsatz irgendwo unterhalb des Gebäudes machte ihn krank vor Nervosität. Er begann, im Zimmer auf und ab zu gehen.

„Am günstigsten", fuhr Lüder fort, „wäre für ihn der Park als Operationszentrum. Von hier ist es nicht weit. Nachts ist er menschenleer und bietet überdies einen ausgezeichneten Schutz."

„Aber wo sollte er sich verbergen?", fragte Rex.

„Dort, wo ihn kein Parkbesucher und Parkverantwortlicher vermutet", erklärte Lüder und erzählte von den unter Naturschutz stehenden Flächen, die für die Parkbenutzer gesperrt waren.

„Glaubst du, er campiert da drin?", wandte Steve ein, dem diese Vorstellung zu unwahrscheinlich vorkam.

„Nein, so dumm ist er nicht", meinte Lüder ernst und ihm kam das Bild von dem Gärtner mit den prall gefüllten Taschen in den Sinn, die einfach über den Zaun geworfen worden waren. „Wir müssen in den Park!", sagte er und wuchtete sich aus dem Sofa. Mit vor Schmerz verzogenem Gesicht fiel er wieder zurück.

„Bitte jetzt keinen Infarkt!", rief Steve aus.

„Was redest du da!", sagte Lüder empört. „Mein Bein ist nur eingeschlafen." Er stand auf, setzte vorsichtig seinen Fuß auf und humpelte einige Schritte, um sein Blut wieder in Wallung zu bringen.

„Warum willst du jetzt spazieren gehen? Haben wir nichts Wichtigeres zu tun, zum Beispiel diese Malerin aufzutreiben?", fragte Steve.

„Ich weiß, wo sein Lager ist", sagte Lüder und war schon auf dem Weg zur Tür. Steve rief seine drei Bodyguards herunter und mit ihnen im Schlepptau irrten sie durch den Park, denn Lüder konnte sich nicht mehr genau erinnern, wo die Stelle war, die er suchte. Für ihn sah alles gleich aus und auch die unter Naturschutz gestellten und eingezäunten Flächen wiesen keine besonderen Merkmale auf, die ihm ins Auge gesprungen wären. So liefen die sechs Männer planlos eine Dreiviertelstunde auf den Parkwegen umher. Lüder fluchte. Wäre Ruth doch nur hier. Oder verfügte er doch nur über ein Mindestmaß an botanischen Kenntnissen, dann hätte er eine chinesische Ulme von einer englischen Eiche, einen Shantung Ahorn von einer europäischen Esche, eine Zypresse von einem Gingko unterscheiden können. Ihm wäre die Identifizierung des Platzes sicher leichter gefallen. Stattdessen versuchte er sich an Schildern und Zäunen zu orientieren, doch die halfen seinem Erinnerungsvermögen nicht auf die Sprünge. Steve wollte die Suche abbrechen, nachdem sie zum zweiten Mal die gleiche Wegkreuzung erreichten und Lüder sich hilflos umschaute. Er zuckte mit den Schultern und begann einzusehen, dass sein Unterfangen sinnlos war.

„Immer mit der Ruhe!", beschwor ihn Rex und hielt es für das Beste, auf einer nahe gelegenen Parkbank erst eine Pause einzulegen und dann noch einmal systematisch vorzugehen. Lüder ging dankbar auf den Vorschlag ein und sank mit müden Knochen auf der Bank nieder. Über ihm spendete eine Eiche kühlen Schatten. Steve trippelte ungeduldig von einem Fuß auf den anderen und wartete, dass es weiterging. Lüder schloss die Augen und versuchte, sich das Bild in Erinnerung zu rufen, das er im Ausschnitt des Fernglases gesehen hatte.

Der Mann mit der Schirmmütze und grüner Arbeitskleidung. Das Gezwitscher der Vögel ...

Kräftige Pfeif- und Flötentöne drangen deutlich an sein Ohr. Sie wechselten in eine schnelle, schließlich leise ausklingende Tonfolge. Diese Strophe hatte er schon einmal gehört! Lüder buffte Rex mit dem Ellbogen in die Seite. „Was ist das für ein Vogel?"

Rex richtete seinen Kopf aus und lauschte.

„Das ist ein Rotkardinal, Gustav!", ließ sich Steve ärgerlich vernehmen. „Was machst du jetzt? Vogelkundliche Gesangsstudien?"

„Tsch!", verlangte Lüder und konzentrierte sich auf den Vogel. „Woher kommt der Gesang?"

„Von dort drüben", sagte Rex und zeigte einen Weg hinunter, der links von ihnen lag.

Lüder stand auf und ging den Flötentönen nach, dabei aufmerksam die Umgebung betrachtend. Plötzlich erkannte er die Stelle wieder, wo er mit Ruth und den Kindern gestanden hatte. Dort hinten waren Bäume, in denen zwei rote Kardinäle im Duett sangen. Vor Lüders geistigem Auge zog das Bild aus dem Fernglas vorüber. Und dann erblickte er sie, die Stelle am Zaun, wo die Taschen heruntergelassen worden waren.

„Da hinten ist es gewesen!", rief er und eilte mit schnellen Schritten zu dem Ort. Die anderen folgten ihm.

Der Maschendrahtzaun hat eine Höhe von 1.50 Meter. Dahinter erstreckte sich ein Streifen hohes Gras, an dem ein dichtes Gehölz aus hohen Bäumen grenzte.

„Da drin soll er sich aufgehalten haben?", meinte Steve wenig überzeugt und rüttelte am Zaun, um seine Stabilität zu testen. Es war möglich, über ihn hinwegzusteigen.

„Auf was warten wir?", sagte Rex und kletterte über die leicht schwankende Krone hinüber.

„Na gut", sagte Steve wie ein leidgeprüfter Mann, bat einen seiner Bodyguards, vor dem Zaun zu warten, und überwand mit den anderen beiden die Absperrung. Campbell blieb auf dem Weg zurück und half Lüder beim Hinwegsteigen.

Einen langen Ast, den Rex auf dem Boden fand, nutzte er, um ihnen eine Schneise durch das hohe Wildgras zu schlagen. Nach einigen Metern erreichten sie den Rand des Walds und drangen in das vertrocknete Unterholz ein. Unter ihren Schuhen knackten dünne Äste. Sie mussten Acht geben, mit ihren Kleidern nicht an tief hängenden Zweigen hängen zu bleiben und sich Triangel zu reißen.

„Nach was suchen wir eigentlich, Gustav?", nörgelte Steve, dem die Expedition völlig sinnlos vorkam, worin ihm seine beiden Bodyguards zuzustimmen schienen, denn deren Gesichter waren mehr als missgelaunt. Sie fürchteten um ihre teuren Anzüge. „Es gibt hier doch überhaupt keinen geeigneten Platz, wo er sich niederlassen könnte!", schimpfte Steve und wich einem toten Ast aus, der auf seinen Kopf zuschnellte.

Das Unterholz lichtete sich, die Baumstämme standen weiter voneinander entfernt. Der Boden war mit trockenem Laub und Ästen bedeckt. Insekten umschwirrten sie. Rex wedelte mit einer Hand vor seinem Gesicht, um Fliegen zu vertreiben.

„Das hat doch keinen Sinn!", entschied Steve wütend, als er sich an einer Hand einen schmerzhaften Kratzer zuzog, der zu bluten begann. „Gustav, wenn du mir nicht auf der Stelle verrätst, nach was wir Ausschau halten sollten, kehre ich um. Ich habe die Schnauze voll!"

Irgendwo knackte es im Unterholz. Lüder blieb stehen und drehte sich langsam um die eigene Achse. Er versuchte sich vorzustellen, warum der Gärtner mit zwei vollen Packtaschen hier eingedrungen war. Der Flecken bot nirgends Anhaltspunkte, dass die Parkgärtnerei hier etwas zu suchen hatte. Im Gegenteil schien schon jahrelang in diesem Urwald niemand mehr gewesen zu sein. Das Gehölz war sich völlig sich selbst überlassen worden. An einem Stamm blickte Lüder hinauf zum dichten Blätterdach, durch das feine Lichtstrahlen drangen. Etwas machte ihn stutzig. „Seht mal her!", rief er den anderen Männern zu. Walter, Steve und die beiden Bodyguards gingen zu ihm. Steve hatte um seine blutende Hand ein Taschentuch gebunden.

„Dort oben! Seht ihr das auch?" Lüder zeigte mit dem ausgestreckten Arm in die Baumkrone. „Ist das nicht ein Tauende bei der großen Astgabel?"

Acht Augenpaare starrten angestrengt in die Höhe. Rex nickte. „Das ist ein Tau. Dafür lege ich meine Hand ins Feuer."

Die Baumkrone wurde von allen einer genaueren Begutachtung vom Boden aus unterzogen. Je länger sie hinschauten, desto deutlicher wurde, dass sie auf eine sehr gut getarnte Plattform sahen, die über ihnen in fünfzehn Meter Höhe in die Äste gehängt worden war. Auf dem ersten Blick war die Konstruktion kaum wahrzunehmen.

„Wenn mich nicht alles täuscht, ist das ein Baumhaus", sagte Rex, legte sein Jackett ab und machte sich daran, den Baum hinaufzuklettern.

„Heh, Walter! Sind Sie verrückt, da rauf zu klettern?", rief ihm Lüder hinterher, doch Rex kümmerte sich nicht darum und gewann mit einer

Flinkheit, die ihm Lüder niemals zugetraut hätte, schnell an Höhe.

„Du hast Recht, Gustav", sagte Steve zerknirscht über ihren Fund, „von hier könnte er durchaus operieren."

„Für dieses Ding über uns kann es aber auch eine ganz einfache Erklärung geben", sagte Lüder vorsichtig. „Vielleicht ist es eine Art Hochstand, der von Vogelkundlern genutzt wird zur Beobachtung seltener Vogelarten."

„Können Sie etwas erkennen, Walter?", rief Lüder hinauf. Sie mussten ihren Kopf weit in den Nacken legen.

„Es ist tatsächlich ein Baumhaus!", rief Rex hinunter und verschwand für einen Augenblick im Blätterwerk. Dann sahen sie seinen Kopf.

„Es sieht nicht nach einem Hochsitz für Ornithologen aus. Hier scheint jemand campiert zu haben." Rex verschwand wieder, um kurz darauf eine Tasche zu präsentieren. „Habe Sie die gesehen, Gustav?"

„Ja! Genau so eine hat er getragen!" Lüder sah Steve vielsagend an.

„Ich werfe sie Ihnen herunter!", rief Rex.

Einer der Bodyguards fing die Tasche auf und wunderte sich im gleichen Augenblick über einen seltsamen Geruch in der Luft. Er schnüffelte. „Was riecht hier so eigenartig?", fragte er. Sein Kollege nahm den Geruch nun ebenfalls wahr und wurde blass. „Hier brennt es!"

Jetzt hörten es alle im Unterholz knistern.

Rex führte oben im Baum seine Untersuchung fort. „Hier liegt noch einiges herum, Gustav! Eingeschweißte Päckchen", rief Rex runter.

„Walter!", schrie Lüder, „Kommen Sie sofort runter! Der Park brennt!"

Das musste Rex nicht ein zweites Mal gesagt werden. Der Professor kletterte zurück zum Stamm und begann hastig den Abstieg.

„Steve, lauf zum nächsten Notmelder und alarmier die Feuerwehr!", rief Lüder. Zusammen mit einem Leibwächter rannte Steve los.

Rexes Abstieg gestaltete sich schwieriger als erwartet. Inzwischen wurde der Brandgeruch immer intensiver.

Lüder wurde ungeduldig. „Schneller, Walter!"

Rex suchte verzweifelt nach tragfähigen Ästen, die unter seinem Gewicht nicht nachgaben. Das Hinabsteigen war schwieriger als das Hochklettern.

Die Hitze war nun spürbar. Überall knisterte und knackte es. Lüder und der Bodyguard fürchteten schon, die Flammen könnten sie einkreisen. Das Unterholz brannte wie Zunder. Die ersten Flammen bleckten ganz in der Nähe an einem umgestürzten Baumstamm. Rex war bis auf drei Meter heruntergestiegen.

„Mensch, springen Sie endlich!", schrie der Bodyguard und stellte sich in Position, um Rex beim Aufprall abzufangen. „Wir müssen raus hier!", rief er Lüder zu.

Lüder fragte sich, warum das Feuer genau in dem Augenblick ausgebrochen war, als sie den vermeintlichen Unterschlupf entdeckt hatten. War es ein bloßer Zufall?

Rex sprang und landete vor den Füßen des Bodyguards auf dem weichen Erdboden. Dem gelang es aber nicht, ihn zu halten. Rex verlor das Gleichgewicht, purzelte zur Seite und stieß sich an einer Baumwurzel den Kopf. Schmerzhaft verzog er das Gesicht. Lüder und der Bodyguard halfen ihm auf die Beine und traten mit ihm eilig den Rückzug an.

„Alles okay?", fragte Lüder.

Rex nickte. „Sieht verdammt nach heißem Abriss aus."

„Hier will uns jemand die Krematoriumskosten ersparen", fluchte der Bodyguard. In der Ferne heulten Feuerwehrsirenen. Die Flammen hinter ihnen schlugen höher, einzelne Stämme fingen Feuer und brannten lichterloh.

Vom Rand des Gehölzes kamen Rufe. „Hierher! Hier sind wir!"

Sie achteten auf keine Äste mehr, die ihnen im Weg waren. Sie brachen sich rücksichtslos durchs Unterholz und schafften es endlich unversehrt bis zum Zaun, wo ihnen Steve und der Bodyguard beim Herüberklettern halfen. Auch die schwarze Tasche hatten sie in Sicherheit bringen können.

Die Feuerwehr- und Polizeisirenen waren ohrenbetäubend, mehrere Löschzüge rückten an den Wald heran und Sekunden später wimmelte es überall vor lauter Feuerwehrmännern, die Kommandos schrien, Schläuche ausrollten und mit den Löscharbeiten begannen.

Das gesamte Gehölz brannte lichterloh. Die Flammen schlugen hoch in den Himmel.

Mehr und mehr Feuerwehren rasten von allen Seiten heran. Sie versuchten zu verhindern, dass das Feuer auf angrenzende Flächen übergriff.

Der Anblick dieses Infernos machte Lüder fassungslos. Einige Minuten später und die Flammen hätten sie eingeschlossen! Er musste unwillkürlich an Maries letzte Minuten denken.

Ein Chevrolet rumpelte über eine Wiese und hielt vor dem Ring der Löschfahrzeuge. Aus dem Wagen stiegen Inspektor Manzoni und Duncan. Auch sie starrten sprachlos auf das Feuer. Der Central Park in Flammen! So etwas hatten sie noch nicht erlebt.

Eine gewaltige Explosion erschütterte auf einmal die ganze Umgebung, ein Feuerpilz schoss hoch in den Himmel und eine enorme Druckwelle riss die Feuerwehrmänner und alle anderen von den Beinen. Manzoni und Duncan wurden gegen ihren Wagen geworfen. Weitere, kleinere Explosionen folgten.

Manzoni sah Duncan an und brüllte gegen den Lärm an: „Jesuschrist! Was war das?"

Duncan musste ihm vorerst die Antwort schuldig bleiben. Die beiden rappelten sich wieder auf und beobachteten, wie Steve mit den anderen auf sie zugelaufen kam.

„Wir haben da drin ein Baumhaus entdeckt und plötzlich stand alles in Flammen!", erklärte er atemlos. „Immerhin konnten wir das hier sicherstellen." Er überreichte Duncan die Packtasche.

„Untersuchen Sie die auf Sprengstoffspuren", sagte Lüder. „Womöglich war da drin der Unterschlupf des Erpressers und dort hat er auch den Sprengstoff gelagert."

„Sind Sie sicher?", fragte Duncan.

„Nein, wie sollte ich", erwiderte Lüder. „Aber ich bin mir sicher, dass das Feuer kein Zufall ist. Es begann genau in dem Augenblick, wo Professor Rex das Versteck zu untersuchen begann. Vielleicht haben wir den Erpresser überrascht. Wir müssen beobachtet worden sein."

Durch die Explosionen nahm das Feuer noch an Intensität zu und zwang die Feuerwehr zum Einsatz ihrer größten Rohre. Dicker schwarzer Rauch stand am Himmel und verdüsterte die Sonne. Asche regnete herab und es stank nach verbrannten Holz und Harz.

Die Presse traf ein und wurde von der Polizei aus der Gefahrenzone abgedrängt.

Manzoni wandte sich an Steve. „Haben Sie jemanden bemerkt?", wollte er wissen.

„Nein, wir waren allein."

„Das Feuer droht auszubrechen!", schrie Manzoni.

An einer Stelle griffen die Flammen auf den bisher unversehrt gebliebenen Park über und die Feuerwehr konnte es trotz des geballten Einsatzes vieler Löschkanonen nicht verhindern. Es war, als versuchte sie mit Gartenschläuchen ein brennendes Altpapierlager zu löschen.

„Nichts wie weg!", sagte Duncan, dem es nun zu ungemütlich wurde. Die Inspektoren sprangen in ihren Wagen und fuhren ihn zurück, die anderen rannten vom Feuer fort und verschnauften in sicherer Entfernung erneut. Die beiden Polizisten hielten neben ihnen und stiegen wieder aus.

„Viel übrig bleiben dürfte in diesem Glutofen nicht", sagte Manzoni, „aber wenn das Feuer vorsätzlich gelegt wurde, werden die Brandex-

perten es herausfinden. Nicht auszudenken, wenn der ganze gottver-
dammte Park in Flammen aufgeht."

Lüder schnappte nach Luft. Rex legte ihm eine Hand auf die Schulter.

„Danke! Das war knapp."

„Der Mann geht aufs Ganze", sagte Lüder leise zu ihm. „Die Explosion
hat auch die letzten Spuren vernichtet. Das Feuer hätte schon vom Baumhaus nicht viel übrig gelassen, aber der Sprengstoff dürfte es atomisiert
haben."

Ein Helikopter kam heran geflogen und unterstützte die Brandbe-
kämpfer aus der Luft. Ein großer Wassertank wurde über dem Wäldchen
ausgeschüttet. Danach drehte der Hubschrauber in Richtung großes Reservoir ab, um seinen Tank aufzufüllen.

Lüder wandte sich Steve zu: „Wir müssen ins Museum! Meinst du, eure
Bibliothek hilft uns bei dieser Frances Winter weiter?"

Manzoni und Duncan wurden von ihrem Autotelefon abgelenkt. Ein Feu-
erwehrmann rannte auf ihren Wagen zu und führte mit den Inspektoren
ein erregtes Gespräch. Manzoni gestikulierte wild. Für Lüder war es der
günstige Augenblick, sich dezent zurückzuziehen. Steve schickte seine
Leibwächter zu sich nach Hause und machte sich mit Rex und Lüder
aus dem Staub. Das Trio überquerte einen Spielplatz und lief weiter in
Richtung Fünfte Avenue. Die Luft war noch immer erfüllt vom Geheul
der Sirenen und dem Lärm der Helikopter und Polizeiflugzeuge. Beim
Met sprangen sie in ein Taxi. Am Himmel hing der riesige schwarze
Rauchpilz. Menschen strömten aus dem Park, vor sich hergetrieben von
berittener Polizei, die die Grünanlagen räumte.

Das Taxi fuhr das Trio zur Frick Reference Art Library. An ihnen vorbei
rasten Löschzüge, vollbesetzt mit Feuerwehrleuten. Steve war in einer
deprimierten Stimmung, denn Rex konnte keine klare Auskunft darüber
geben, wie viel Sprengstoff im Baum gelagert worden war. Nun stand
die Frage im Raum, ob die Explosion von dem Sprengstoff verursacht
worden war, den der Erpresser für das Museum vorgesehen hatte oder ob
das nur noch ein der Rest gewesen war, den er noch nicht hatte wegschaf-
fen können. Lüder befahl seinem Schwiegersohn, daran nicht weiter zu
denken. Sie sollten sich jetzt auf das Naheliegende konzentrieren. Und
das war Frances Winter.

Die Bibliothek war längst geschlossen, die Mitarbeiter hatten Feier-
abend gemacht. Im Katalograum waren sie allein und begannen sofort
mit ihrer fieberhaften Suche. Rex nahm sich den Zettelkatalog vor, Steve die Nachschlagewerke und Lüder den Zeitschriftenkatalog. Als er-

ster wurde Steve fündig in einem Lexikon amerikanischer Künstler der Gegenwart. Dort wand er unter dem Namen der Malerin den Eintrag:

Winter, Frances (geb. 1880)
Amerikanische Malerin, Vertreterin der Künstlerkolonie Provincetown. Nach Mal- und Zeichenstudien in Boston, Art Institute of Chicago, ließ sie sich in P-Town nieder. Von 1920–1928 lebte sie in New York und nahm Kontakt zur künstlerischen Avantgarde auf. Rückkehr nach Cape Cod. Ab den 1930er Jahren wurde sie besonders stark beeinflusst von Hans Hofmann und gelangte zu einem abstrakt-expressiven Stil, der Crossover mit alten Techniken eingeht. Ab 1945 trat sie mit einer Serie so genannter Abkratz-Bilder hervor, der Palimpsest-Serie, in denen Gemälde durch fortgesetzte Wiederbearbeitung eine unerhörte Steigerung der Farbintensität erfahren.

In der Bibliothek waren einige schmale Kataloge von Ausstellungen, die die National Association of Women Artists organisiert hatte. Sie fanden vor und während des Ersten Weltkriegs statt und Winter war mit Bildern dort vertreten gewesen.
Einen Hinweis fand Lüder in einem Beitrag über die Malerin im *American Art Magazine* aus dem Jahre 1937. Steve holte den gebundenen Jahrgang der Zeitschrift aus dem Magazin und schlug ihn auf den angegebenen Seiten auf. Der Artikel wurde eröffnet mit einer großen Abbildung, einem Foto, das das neu errichtete Haus der Malerin auf Cape Cod ablichtete. Eine Frau in hellen Marlene-Hosen lehnte selbstbewusst an der Veranda.
„Ist das ihr Wohnsitz?", fragte Lüder.
„Er war es 1937. Es müsste sich aber leicht ermitteln lassen, ob sie heute noch dort lebt", meinte Steve. Er überflog die vier Seiten des Artikels. „Es ist nirgendwo von einem Sohn die Rede."
Rex trug einen Zettelkasten herbei. „Im Künstlerkatalog taucht sie ebenfalls namentlich auf. In Gemeinschaftsausstellungen der Kootz-Galerie, zusammen mit Hans Hofmann." Er blätterte einige Zettel weiter. „Und hier gibt es einen Hinweis auf einen Ausstellungskatalog, den die Monk-Galerie in New York 1949 herausgegeben hat. Es war ebenfalls eine Schau von der Winter und Hofmann."
Lüder überlief es heiß und kalt. „Wiederholen Sie da! Wie hieß die Galerie?"
„Monk. Herausgeber des kleinen Kataloges ist Max Monk. Scheint der Betreiber der Galerie zu sein."

„Wie konnte ich das vergessen!", schimpfte Lüder mit sich. „Den habe ich gestern wieder getroffen!"

„Monk?", fragte Steve.

„Ja! Es ist ein deutscher Maler aus Worpswede, der 1934 in die USA ging. Er bereitet gerade eine Werkschau von Frances Winter vor." Lüder raufte sich die Haare. „Wie konnte mich mein Gedächtnis derart im Stich lassen! Wir hätten uns die ganze Mühe hier ersparen können."

„In der Tat", sagte Steve und erntete dafür von Lüder einen giftigen Blick.

„Lebt die alte Dame der amerikanischen Malerei also noch", sagte Rex erleichtert. Endlich lichtete sich der Nebel und es gab nun jemanden, den sie direkt befragen konnten.

„Nein, sie ist tot!", enttäuschte ihn Lüder sogleich wieder. „Monk sagte zu mir, sie wäre kürzlich gestorben. Daher organisiere er zusammen mit ihrem Sohn die posthume Schau. Der war da! Er trug die Bilder in die Galerie."

„Du hast ihn gesehen?", schrie Rex auf.

„Ich fasse es nicht", bemerkte Steve. „Und was machen wir dann hier?"

„Natürlich habe ich ihn gesehen, aber da wusste ich noch nicht, wer er ist! Deshalb beachtete ich ihn nicht weiter. Ich könnte ihn nicht einmal beschreiben. Ich suchte ja nach dieser Alice Schumm."

Rex schaute Lüder verzweifelt an. „Hat er mitbekommen, weshalb Sie da waren?"

„Aber ja! Er kam genau in dem Augenblick zu uns, als ich Monk nach seiner Mutter befragte."

„Ich glaube das nicht!", stöhnte Steve und schloss die Augen. „Er weiß damit, dass wir ihm inzwischen dicht auf dem Fersen sind."

„Monk sagte noch etwas", erinnerte sich Lüder, „die Ausstellung werde in drei Tagen eröffnet. Er hat mich eingeladen."

„Die Vernissage ist am 21. August", sagte Rex.

Steve wurde flau im Magen. „Sollten wir nicht die Polizei verständigen?", fragte er.

„Was willst du Manzoni erzählen? Haben wir irgendwelche Beweise?" Lüders Miene verfinsterte sich. „Manzoni hält nicht viel von ausländischen Hobbydetektiven. Und seine Meinung über mich scheint auch gering zu sein. Bevor wir uns lächerlich machen, sollten wir uns absichern", meinte Lüder und strich sich über seinen Bart.

„Aber das Feuer", wandte Rex ein.

„Kann auch ein bloßer Zufall sein. Oder haben Sie im Baumhaus noch mehr gefunden?", entgegnete Lüder.

„Dazu blieb keine Zeit!"

„Jetzt dürfte dort auch nichts mehr zu finden sein."

„Glauben Sie, man wollte uns umbringen?"

Lüder zögerte, ehe er antwortete: „Es sieht ganz danach aus, als wenn er es darauf hat ankommen lassen. Wären Sie nicht rechtzeitig vom Baum heruntergekommen, dann –"

„Er befürchtet, dass es eng für ihn wird."

„Wir sollten uns bei diesem Winter einmal näher umsehen. Über Monk erfahren wir seine Adresse."

„Ich rufe in der Galerie an", sagte Steve und begab sich zu einem Schreibtisch der Bibliotheksmitarbeiter, auf dem ein Telefon stand.

„Er ist kaltblütig", stellte Rex fest. „Bereitet alles für die Sprengung vor und lässt vorher die Kunstausstellung seiner toten Mutter eröffnen. Krank ist das."

Nach einer Weile kam Steve mit einem besorgten Gesicht zurück. „Eine New Yorker Adresse hat er von Winter nicht. Es ist eine etwas verworrene Geschichte. Er hat Frances Sohn erstmalig nach der Testamentseröffnung persönlich kennen gelernt. Winter hatte bis dahin eine Adresse in Los Angelos. Er hat dann offenbar seinen Job gekündigt und ist in den Norden gekommen. Monk hält mit ihm Kontakt über das Atelier auf Cape Cod. Bis zur Regelung aller Nachlassangelegenheiten will Winter dort wohnen. Das Atelierhaus liegt außerhalb von P-Town, in der Mitte der Halbinsel."

„Wir müssen unbedingt dorthin", sagte Lüder. „Wenn es irgendwo Hinweise auf die Bombe gibt, dann dort. Was ist mit deinem Treffen in Boston, Steve? Willst du es immer noch wahrnehmen?"

„Ich muss fahren, doch werde ich den Aufenthalt so kurz wie möglich halten. Die Hin- und Rückreise mit dem Flugzeug dauert nur einen Tag."

„Gut. Wir fahren mit", bestimmte Lüder, „es ist höchste Zeit, dass wir uns auf Cape Cod umschauen."

Kap der Angst

Aus dem Fernsehen erfuhren sie, dass die Feuerwehr den Brand im Central Park unter ihre Kontrolle gebracht und eine Ausweitung verhindert hatte. Über die Ursache des Feuers und der Explosion hielt sich der Feuerwehrsprecher bedeckt. Erst, wenn der Brandherd erkaltet sei, könnten Experten mit seiner Untersuchung beginnen und eine erste Einschätzung vornehmen, teilte er mit. Es gäbe allerdings Hinweise, die Brandstiftung nahe legten. Die restriktive Informationspolitik der Behörden schuf breiten Raum für Spekulationen aller Art. Besonders wegen der gewaltigen Explosion kursierten alle möglichen Geschichten. Einige Lokalsender kolportierten die nicht genehmigte Lagerung gefährlicher chemischer Substanzen im Park durch das Städtische Gartenbauamt, was dieses umgehend dementierte und als absurden Verdacht zurückwies. Trotzdem fragte sich die Öffentlichkeit besorgt, was im Park vor sich gegangen war. Und das Feuer wurde von den Verantwortlichen der Stadt zum Anlass genommen, die Einwohner eindringlich daran zu erinnern, stets wachsam zu sein und auf die Einhaltung der Brandschutzbestimmungen zu achten. Jedes Zuwiderhandeln sollte den Behörden ohne Verzögerung gemeldet werden. Wenn das alles nicht fruchtet, müsse er notfalls über die Verschärfung der Sanktionen nachdenken, verkündete New Yorks Oberbürgermeister Impelliteri im Fernsehen. Seine Rede an die Mitbürger schloss er mit den ernsten Worten, man sei am heutigen Tage gerade noch einmal mit einem blauen Auge davon gekommen. Das nächste Mal aber könnte schlimmer enden als alle großen Brandkatastrophen New Yorks zusammen.

Lüder und Steve spekulierten darüber, was der Politiker wirklich wusste. Spielte er nur den Ahnungslosen oder hatte er wirklich keine Kenntnis von dem möglichen Zusammenhang zwischen dem Feuer und dem Museum? Lüder grübelte noch im Bett darüber nach. Er konnte nicht glauben, dass die Polizei dem Oberbürgermeister diese Informationen vorenthielt. Nur wenn das nicht der Fall war, warum schwiegen die Offiziellen dann über die Angelegenheit? Zu gern hätte Lüder gewusst, was die kriminaltechnische Untersuchung der Tasche ergeben hatte. Sie konnte den Beweis liefern, dass der Mann darin den Sprengstoff transportiert hatte und das Baumhaus in Verbindung zum Erpresser stand. Dann hatte er dort tatsächlich Sprengstoff gelagert, den er für die Umsetzung seiner Drohung brauchte. Womöglich waren die zurückgebliebenen Reste in die Luft gegangen und Cole Winter hatte seine Bombe längst an ihren Bestimmungsort deponiert. Sie tickte vielleicht schon.

Lüder konnte erst nicht einschlafen. Die Ereignisse des Tages beschäftigten ihn. Schließlich schlief er ein. Als er aufwachte, graute der Morgen. Die ersten Vögel regten sich.

Lüder hatte keinen Zweifel mehr, dass Cole Winter bei der Beseitigung der Beweise ihren möglichen Tod in Kauf genommen hatte. Die weitere Untersuchung des Baumhauses hatte er mit allen Mitteln verhindern wollen. Lüder ging davon aus, dass ein Teil des Sprengstoffs irgendwo im Museum auf seine letzte Bestimmung wartete. Die Skrupellosigkeit von Winters Vorgehen ließ ihn vermuten, dass Winter seinen Plan geändert hatte. Es ging nicht mehr um die Erpressung, jetzt wollte er den Anschlag. Sie hatten ihn aufgestört und der Mann hatte inzwischen seinen Glauben an den Erfolg seiner Mission verloren. Ihr Auftauchen am Baumhaus hatte ihm in aller Deutlichkeit demonstriert, wie wenig ernst das Verhandlungsangebot der Stiftung gemeint war. Der Mann fühlte sich in die Enge getrieben und bedroht. Rache war sein Reflex. Lüder erinnerte sich an den schwarzen Rauchpilz über dem Central Park, den der Fernsehsender CBS gefilmt hatte. Nach einer leeren Drohung sah das nicht aus.

Vor dem Abflug ging Lüder in ein Waffengeschäft, das er in der Upper West Side entdeckt hatte, und wählte zwischen mehreren Pistolen amerikanischer und europäischer Hersteller. Der Waffenhändler war verschwiegen und stellte keine Fragen. Seinem Kunden mit dem starken Akzent erklärte er die technischen Details und Vorzüge der verschiedenen Kurzfeuerwaffen. Lüder tat unwissend und der Verkäufer merkte nicht, dass er die meisten Modelle kannte. Am Ende entschied er konservativ und kaufte eine Walther P38, deren Handlichkeit und einfachen Gebrauch der Händler besonders lobte. Lüder konnte ihm darin insgeheim zustimmen, mit der deutschen Standard-Dienstpistole hatte er selbst nur gute Erfahrungen gemacht. Er erstand noch Munition und einen Schulterhalfter und verstaute die Waffe unauffällig unter seinem Jackett.

Steve und Rex traf er in der Empfangshalle des Internationalen Flughafens, checkte mit ihnen gemeinsam ein und bestieg eine zweimotorige Maschine der *PanAm*, die regelmäßig die Strecke zwischen New York und Boston bediente. Das moderne Flugzeug war für fünfundzwanzig Passagiere ausgelegt, an diesem Vormittag aber nur zur Hälfte ausgelastet. Eine Stewardess in türkisblauer Uniform servierte über den Wolken Getränke und einen kalten Imbiss. Ganz gegen seine Gewohnheit trank Lüder einen Whiskey, um seine Anspannung zu dämpfen. Neben ihm saß Steve und schwieg. Während des gesamten Fluges blieb er in sich gekehrt. Rex döste auf der gegenüberliegenden Seite des Ganges.

Erst als die Boeing 307 auf der Landebahn aufsetzte, fand Steve die Sprache wieder. „Bei dem Gedanken, dass du in dieses Haus eindringen willst, ist mir nicht wohl. Willst du nicht die örtliche Polizei verständigen?" Steves Gesicht war sehr ernst. „Was macht ihr, wenn ihr dort zusammenstößt?"

„Warum sollte er dort sein?", fragte Lüder zurück. „Er geht sicher davon aus, dass das Feuer und die Explosion uns verletzt haben. Und selbst wenn er herausgefunden haben sollte, dass wir seinem Inferno heil entkommen sind, wird er sicher nicht damit rechnen, dass wir das Haus auf Cape Cod besuchen. New York bietet ihm die größte Sicherheit."

„Da wäre ich mir nicht so sicher, Gustav", sagte Steve, den der Rückschub der abbremsenden Maschine in den Sessel drückte. „Wir haben sehr wahrscheinlich sein Versteck aufgestöbert."

„Aus seiner Sicht kann das als reiner Zufall erscheinen."

Die Maschine rollte zu ihrer Parkposition und Lüder löste den Sicherheitsgurt.

„Die Entdeckung verdankt sich im Übrigen tatsächlich dem Zufall. Hätte Ruth mir nicht ihr Fernglas aufgedrängt, niemals hätte ich den falschen Gärtner entdeckt."

„Aber du fragtest diesen Galeristen nach Alice Schumm!", blieb Steve beharrlich und stand auf.

„Er aber weiß nicht, was wir wissen. Dass wir Frances in Verbindung mit Alice gebracht haben."

Sie stiegen zum Rollfeld hinunter. Das Wetter war sonnig und warm. Eine milde Brise strich über das Flugfeld. Sie rochen das nahe gelegene Meer. Bostons Flughafen war in unmittelbarer Nähe des Hafens errichtet worden. Direkt hinter der Start- und Landebahn sahen sie große Dampfer auf ihren Weg in die Bostoner Bucht vorbei gleiten.

Sie wollten sich am Abend am Isabella Stewart Gardener Museum treffen. Steves Sitzung war bis 17 Uhr anberaumt. Der Rückflug war zwei Stunden später. Genügend Zeit für Lüder und Rex, mit der Nachmittagsfähre nach Boston zurückzukehren. Länger als eine Stunde veranschlagten sie nicht für ihren Besuch auf der Halbinsel. Das Gardener Museum war wegen einer Venezianischen Nacht länger geöffnet, deshalb sollten sie Steve dort abholen.

Sie hatten Glück und erwischten die Fähre in dem Augenblick, wo sie im Begriff war abzulegen. Man nahm sie noch an Bord.

Viele Tagesausflügler und Urlauber bevölkerten die kleine Fähre. Auffällig viele Männer ohne Frauen, bemerkte Lüder, ohne sich es recht erklären zu können. Kreischende Möwen eskortierten das Schiff zur Hafenausfahrt. Lüder und Rex setzten sich auf dem Oberdeck ins Freie auf eine

Holzbank. Mit ihnen tat das auch eine Familie mit vier kleinen Kindern und einem großen Hund, der sich genügsam die Neckereien der beiden Jüngsten gefallen ließ.

Rex bot Lüder eine Zigarette an und während sie rauchten und sich von der Sonne bescheinen ließen, wurden am Horizont Bostons Hochhäuser kleiner und kleiner, während steuerbord die Küste an ihnen vorbeizog. Die See war ruhig und glitzerte. Fischkutter tuckerten an ihnen vorbei. Lüder trat an die Reling und hielt seine Nase in den Wind. Unter ihm schäumte die Gischt. Backbord tauchte die Spitze der Halbinsel auf. Sie näherten sich Cape Cod.

Rex stellte sich neben ihn. Lüder fragte: „Waren Sie schon mal dort?"

„Ja. Es ist ganz nett."

Ein Fischkutter holte seine Netze ein. Das Schiff wurde umschwärmt von tief fliegenden Möwen.

„Können wir in P-Town einen Wagen mieten? Ich möchte mich unauffällig bewegen", sagte Lüder.

Rex stützte sich mit den Armen auf der Brüstung auf und sah hinüber zum Cape. „Kein Problem. Es gibt dort eine Autovermietung für diejenigen, die mit dem Zug anreisen und trotzdem mobil sein wollen."

„Ist dort nur im Sommer etwas los?"

„Früher war es so, heute ist dort ganzjährig Saison. Eigentlich besteht Cape Cod nur aus P-Town, Hotels, Pensionen und Ferienhäusern, die auf der ganzen Landzunge verteilt sind. Im Sommer kommen die meisten Besucher, es gibt aber auch solche, die sich in diesen Flecken Erde verliebt und sich niedergelassen haben. Sie behaupten, es sei der schönste Flecken in den Staaten. Kaum zu glauben, aber wahr."

„Und wie finden Sie diesen Platz?"

„Ganz nett, mehr aber auch nicht. Für meinen Geschmack ist er überlaufen und überbewertet. Im Übrigen das Schicksal aller Künstlerkolonien."

„War dort eine?", fragte Lüder und blickte interessiert zu dem Landstreifen, der sich immer deutlicher von der See abhob.

„Nur deshalb kennt man diesen Flecken. Früher war das nichts weiter als eine Walfangkolonie und ein Fischerdorf. Dann kamen die Maler und gründeten im Sommer Malschulen, die Studenten anlockten. Einige blieben schließlich das ganze Jahr über. Als die Fischereiindustrie ihre besten Jahre hinter sich hatte, bot sich mit den Besuchern ein neuer Geschäftszweig. Das zwiespältige Resultat können Sie gleich bewundern."

„Sie klingen aber wenig begeistert."

„Bin ich auch nicht. Dort wimmelt es vor Leuten mit Geld. Was mal ehrlich begann, ist heute nur noch Kommerz und zur Oberflächlichkeit verkommen. Ursprünglich kamen die Bewunderer der Impressionisten und unterrichteten in dem besonderen Licht, das sie hier gefunden zu haben glaubten, die Freiluftmalerei. In ihrem Schlepptau befanden sich mäßige Talente, Scharlatane, alles mögliche andere Volk. Diese Melange kann animieren, sie kann aber auch abstoßen."

„Frances Winter muss eine höhere Meinung vom Cape gehabt haben", meinte Lüder und betrachtete nachdenklich den weißen Küstenstreifen vor ihnen. Ein Leuchtturm tauchte auf. Das Schiff fuhr einen Bogen und näherte sich dem befestigten Hafen.

Hoch über dem kleinen Hafenstädchen erhob sich ein grauer, mit Zinnen bewehrter Turm. Die niedrigen Holzhäuser drängten sich um eine weiße Kirche, deren Turm im Sonnenlicht strahlte. Auf dem Landungskai wartete eine Gruppe Ausflügler, die nach Boston wollte.

„Was ist mit Hans Hofmann?", fragte Rex auf dem Weg über die Mole ins Städchen. „Wollen wir seine Befragung nicht vorziehen?"

Lüder schüttelte den Kopf. „Das kann warten. Zuerst besorgen wir uns einen Wagen und fahren zu dem Haus."

Die Autovermietung war am Rande P-Towns. Da es keinen stundenweisen Tarif gab, mieteten sie einen Ford für einen ganzen Tag. Der Vermieter kam ihnen im Preis entgegen, indem er ihnen die Tankfüllung gratis überließ, als er hörte, dass sie keine weite Strecke zurückzulegen hatten. Viele der Urlauber drängten sich in den schmalen Straßen. Die Parkplätze waren voll.

Rex hatte sich von dem Autovermieter den Weg erklären lassen und machte für Lüder den Co-Piloten. Sie fuhren aus dem Städchen heraus und an der Küste entlang. In Sichtweite dampfte links von ihnen die Eisenbahn in Richtung Süden.

„Wir müssen hinter der Anhöhe rechts in einen Sandweg einbiegen", instruierte Rex Lüder. Rechts von ihnen glitzerte das Meer in der Sonne. Die Fenster des Wagens waren heruntergekurbelt und sorgten für kühlenden Fahrtwind. Trotzdem schwitzte Lüder in seinem Jackett, das er wegen der Pistole nicht hatte ablegen wollen. Er befürchtete, Rex damit einen Schreck einzujagen.

Der Ford bog von der Straße in den Sandweg ein und fuhr durch eine abgelegene, einsam erscheinende Gegend. Die letzten Häuser lagen unten an der Straße. An verkrüppelten Bäumen und niedrigem Buschwerk ging es vorbei zu einem kleinen Wäldchen. Der Weg war von Schlaglöchern übersät und Lüder hatte Sorge um die Achsen. Einige Male stieß das Unterblech hart auf den Boden und das knirschende Geräusch ließ sie zusammenfahren.

„Ist es noch weit?", knurrte Lüder.

„Hinter dem Wäldchen kommt eine Steigung und dahinter soll es sein." Der Ford nahm den Anstieg und fuhr dann vor ein weiß gestrichenes, zweigeschossiges Holzhaus vor. Es war im kolonialen Landhausstil errichtet und wies einen imposanten Eingang mit korinthischen Säulen auf.

„Nicht übel", stellte Rex anerkennend fest und stieg aus. „Sie muss gut im Geschäft gewesen sein. Eine hübsche Erbschaft für den Sohn."

Es war völlig still hier oben und der Ausblick überwältigte sie. Man fühlte sich erhaben und vereint mit der tiefblauen See, auf der die Schaumkronen wie mit dem Pinsel hingesetzt erschienen. Nirgendwo war ein Mensch zu sehen. Sie waren allein.

„Wie wollen Sie sich Zugang verschaffen, Gustav? Die Tür aufbrechen? Durch ein Fenster?" Rex grinste Lüder an.

„Nicht nötig", sagte Lüder und zeigte ihm einen Dietrich. „Führe ich für alle Eventualitäten immer mit mir."

„Sie überlassen wohl nie etwas dem Zufall?"

„Beeilen wir uns", entgegnete Lüder und war schon auf der Veranda. Das Türschloss erwies sich als unproblematisch, es war sehr einfacher Bauart. Die Hausbesitzerin hatte offenbar nie mit Einbrüchen gerechnet. Der erste Raum war eine Art Wohnküche. Sie war hell und sympathisch eingerichtet.

„Bisschen viel Nippes", stellte Rex fest und blickte sich um. Vor den Fenstern hingen ergraute Gardinen und verhinderten den Einblick von außen.

„Nach was suchen wir?", wollte Rex wissen.

Lüder schloss die Haustür. „Nach Hinweisen auf Alice Schumm und ihren Sohn. Ich will wissen, ob er seinen Anschlag von hier aus geplant hat. Also Augen auf für alles, das in Verbindung mit dem Museum stehen könnte."

„Fangen wir mit dem Keller an?"

„Gute Idee. Da unten sollten wir zusammen sein." Lüder ließ Rex vorangehen, schnell nahm er die Walther aus dem Halfter, entsicherte sie und steckte sie in die Jackentasche.

Der Keller hatte kleine Abmessungen. Zwei Räume, die von einem Flur abgingen. Die Luft war abgestanden. In dem einen Kellerraum, dessen

Tür nur angelehnt war, lagerten Gartenstühle und Gerätschaften, an einer Wand stand ein leeres Weinregal. Es war eine Gerümpelkammer, in der schon länger nicht mehr aufgeräumt worden war.

Die Tür zum anderen Raum war verschlossen und der Schlüssel fehlte. Der Dietrich kam erneut zum Einsatz. Lüder stieß die Tür an und langsam öffnete sie sich quietschend. Ein unangenehmer Geruch lag in der Luft. Lüder schaltete das Licht ein.

Der Raum war verdunkelt, das schmale Fenster mit einer schwarzen Plane abgeklebt. Bis auf zwei Blecheimer und einer Eisenkette, die in der Mauer gegenüber der Tür verankert war, war der Raum leer. Lüder und Rex sahen sich an und dachten beide das Gleiche.

„Die Zelle von Conolly", sagte Rex. „Er hat ihm die gleichen Haftbedingungen angetan wie Berkman. Dunkel- und Einzelhaft. Er sollte wohl die Folter nachempfinden."

„Von was reden Sie, Gustav?"

„Von Berkmans Buch. Darin beschreibt er die fensterlose Zelle, in die man unbotmäßige Gefangene steckte. Berkman wollten seine Wärter ein paar Mal auf diese Weise zur Räson bringen und züchtigten. Wenn Sie in so einer Zelle einige Tage stecken, bringt es Sie an den Rand des Wahnsinns. Jedes Zeit- und Orientierungsgefühl kommt Ihnen abhanden. Die Dunkelheit erzeugt schwere Albträume. Die Zelle wird zum erdrückenden Steingrab, indem Sie sich lebendig begraben fühlen. Schrecklich! In diesem Raum sollte Conolly wohl die damaligen unmenschlichen Praktiken am eigenen Leibe erleben."

Lüder betrachtete den Boden. An einer Stelle schien er gesäubert worden zu sein.

Sie verließen den Keller und teilten sich die Untersuchung des Hauses auf. Rex übernahm das obere Stockwerk, Lüder begann unten im Atelier. Der Ausblick aus dem Fenster war so überwältigend wie der Panoramablick draußen. Einen Moment setzte sich Lüder in einen Sessel und ließ die Atmosphäre des Raums auf sich wirken. Er war karg eingerichtet, die Wände beinahe leer. Ein großes Fenster sorgte für angenehme Lichtverhältnisse und eine grandiose Aussicht. Die Staffelei war leer. Nirgendwo waren Bilder zu sehen. Lüder vermutete sie in New York in der Galerie von Monk. Er wanderte umher und zog Schubladen von Kommoden und Grafikschränken auf, stöberte in Papieren. Ein Aschenbecher schien erst vor kurzer Zeit mit Kippen gefüllt worden zu sein. Nun nahm Lüder auch den Geruch von kaltem Rauch wahr, der ihm Zimmer hing. Wieder stellte sich der Eindruck ein, den er bereits in der Wohnküche gehabt hatte. Man hätte glauben können, die Besitzerin käme jeden Augenblick zurück. Wie das Haus einer Toten boten sich die Zimmer nicht dar. In den zurückgebliebenen Gegenständen war die Malerin äußerst präsent.

Im Türrahmen zeigte sich Rex. „Oben sind nur ein Badezimmer, ein weiterer Schlafraum und ein Balkon. Aber das Archiv müssen Sie sich angucken, Gustav!"

„Archiv?"

„Anders kann man das Schlafzimmer nicht beschreiben."

Lüder folgte Rex. Das Schlafzimmer war übersät mit Briefen, Heften, Ordnern, Büchern, Magazinen, Papieren, Fotos, Karteikarten, Zeitungen. Die offenen Türen von hohen Schränken enthüllten, dass noch mehr darin lagerte.

„Ich weiß jetzt auch, warum sich Alice Frances nannte", sagte Rex und hob einen vergilbten Brief vom Schreibtisch hoch. „Sie hatte zwei Vornamen und hieß Alice Frances Schumm."

„Das war ihr Archiv?"

„So was von der Art. Hier, sehen Sie!" Rex klappte einen Ordner auf. „Sie hat akribisch alle Bewegungen verfolgt, die ihr Held nach seiner Haftentlassung gemacht hatte. Diese Dokumentation, soweit ich auf der Schnelle feststellen konnte, ist eine vollständige Chronik all seiner Aktivitäten. Selbst nach seiner Ausweisung aus den USA verfügte sie über Informationskanäle, die ihr seine Situation schilderten. Es gibt Korrespondenzen selbst aus Russland. Ich vermute, ihre Freundin Emma hat ihr diese Nachrichten zukommen lassen."

Lüder schaute sich einige der Seiten an. „Und Berkman wusste hiervon?"

Rex zuckte mit den Schultern.

„Sonst irgendetwas gefunden, das auf das Museum hinweist?" Lüder klappte den Ordner zu.

„Nein, aber Sie sehen ja. Das alles schaut man nicht in fünf Minuten durch. Sieht nach einer Lebensaufgabe aus."

Lüder räumte Papiere beiseite und setzte sich auf den Bettrand. „Gibt es Hinweise, dass Berkman der Vater ihres Kindes ist?"

„Mehr als das." Rex reichte ihm ein Tagebuch in Heftformat. „Sie hat alles aufgeschrieben. Das letzte Heft endet mit der Eintragung vom 24. Dezember 1951. Sie schreibt: ‚Sie geben mir noch acht Wochen! Ich muss es ihm sagen.'"

„Sie glauben, sie meinte damit Berkmans Vaterschaft."

„Ja. Diese Hefte weisen zahlreiche Eintragungen auf, die ihre Gewissensbisse gegenüber dem Sohn illustrieren. Immer wieder hält sie fest, nur das Beste gewollt zu haben."

Motorengebrumm ließ die beiden aufhorchen. Ein Wagen näherte sich dem Haus.

„Gibt es hier unten noch einen anderen Ausgang als die Haustür zur Veranda?", fragte Lüder und holte die Walther aus seiner Jacke.

Rex wurde nervös. „Sie fragen mich Sachen!", sagte er vorwurfsvoll.

„Oben habe ich auf dem Balkon eine Eisenleiter gesehen, die hinters Haus führt."

„Los, nach oben!", zischte Lüder. Sie stürzten die Treppe hinauf und standen vor der offenen Schlafzimmertür. Unten öffnete sich die Tür und Lüder hielt den Finger vor den Mund. Schwere Stiefelabsätze liefen über die Holzdielen. Lüder gab Rex stumm ein Zeichen, die Balkontür zu öffnen. Damit verrieten sie ihre Anwesenheit. Denn das Holzhaus war alt und hatte eine dünne, knarrende Holzdecke. Rex gab sich alle Mühe, leise aufzutreten, aber seine Schritte verrieten sie sofort. Sie hörten den Eindringling zur Treppe laufen.

Die Balkontür klemmte, Rexes schreckensgeweitete Augen sahen zu Lüder.

„Machen Sie endlich!", zischte dieser und gab einen Warnschuss ab. Er dröhnte ihm in den Ohren. Seit Jahren hatte er keine Waffe mehr abgefeuert und erschrak selbst über die Wirkung. Die Kugel zersplitterte irgendwo das Holz.

Für einen Augenblick war es ganz still im Haus. Lüder glaubte das Atmen des anderen zu hören.

Rex war es gelungen, die klemmende Tür zu öffnen. Er floh hinaus auf den Balkon, schwang sich über die Brüstung und verschwand. Lüder wartete einige Sekunden und gab einen weiteren Schuss ab, dabei zielte er gerade über die oberste Treppenstufe, so dass die Kugel im steilen Winkel die Treppe hinunter fliegen musste. Ein Schrei erklang und etwas polterte die Treppe hinunter. Lüder stürzte zum Balkon und rutschte schon die Eisenleiter hinunter. Sein Puls flog. Rex, der an der Hausecke auf ihn gewartet hatte, zeigte auf den blauen Pick-up neben dem Ford.

„Ich habe ihn erwischt", flüsterte Lüder, „vielleicht schaffen wir es noch rechtzeitig zum Wagen, ehe er sich aufgerappelt hat."

Sie rannten los und erreichten glücklich den Mietwagen. Lüder startete den Motor und legte den Rückwärtsgang ein. Er war gerade im Begriff loszufahren, als ein Schuss fiel und eine Kugel durch die Windschutzscheibe krachte. Auf der Veranda stand ein vermummter Mann und legte erneut auf den Wagen an.

Rex schrie, er wolle noch nicht sterben und duckte sich. Erneut durchschlug eine Kugel die Windschutzscheibe. Lüder gab Gas und der Wagen schoss zurück. Die Reifen spritzten den Sand auf. Er riss das Steuer herum. Das hintere Seitenfenster zersplitterte und Glassplitter flogen umher. Lüder gelang es, den Wagen zu wenden und auf die Anhöhe hinab zum Wäldchen zu rasen. Rex richtete sich wieder auf und schaute durch die Heckscheibe. „Er verfolgt uns!"

Der Pick-up hatte die Verfolgung aufgenommen und kam mit seinen großen breiten Reifen auf dem holprigen Belag besser voran als der Ford. Lüder holte alles aus dem Motor heraus und bretterte über die Straße. Der Fahrer des Pick-up lehnte sich mit seinem Gewehr aus der erhobenen Fahrerkabine und schoss. Die Kugel flog vorbei, doch ein großes Schlagloch, das der maskierte Fahrer nicht beachtet hatte, wurde ihm zum Verhängnis. Der Wagen kam ins Schlingern und brach aus. Der Fahrer verlor die Kontrolle über sein Fahrzeug und fuhr in eine abschüssige Sandkuhle, wo die Vorderräder durchdrehten.

Der Ford bog mit unverminderter Geschwindigkeit auf die Straße ein, das Heck schlingerte und Lüder hatte alle Mühe, den Wagen auf dem Asphalt zu halten. Sie jagten nach P-Town zurück. Rex starrte durch die zerschossene Scheibe. Er stand unter Schock.

„Alles okay, mein Freund?", sprach Lüder beruhigend auf ihn ein. „Es ist nichts passiert."

Rex ging hoch wie eine Rakete. „Nichts passiert!? Der hätte uns beinahe zum zweiten Mal ins Jenseits befördert und Sie sagen: ‚Nichts passiert'! Wir können von Glück sagen, dass wir anders als Professor Conolly lebend aus dieser Löwengrube herausgekommen sind! Und da sagen Sie, es wäre nichts passiert? Was wollen Sie dem Autovermieter erzählen? Regen Sie sich nicht auf, guter Mann, die zerschossenen Scheiben bedeuten gar nichts. Klar ist was passiert, Gustav! Ich war dem Tode nahe! Und dabei bin ich erst Achtundzwanzig!" Rex war rot angelaufen.

„Nun beruhigen Sie sich!", sagte Lüder grimmig. „Noch können Sie den Nobelpreis entgegennehmen." Nach einem Blick in den Seitenspiegel – die Straße war leer – schaute Lüder auf seine Armbanduhr. „In zehn Minuten geht die Fähre! Das schaffen wir." Er drückte aufs Gas und fuhr zum Hafen. Mit quietschenden Reifen hielten sie am Fähranleger. Das Schiff war gerade im Begriff abzulegen. Zum Lösen der Fahrkarten blieb keine Zeit, sie warfen der verdutzten Fahrkartenverkäuferin die Autoschlüssel und Papiere ins Häuschen und sprangen aufs Schiff.

„Heh! Was soll das denn? Sie können doch nicht den Anleger als Ihren Privatparkplatz missbrauchen!", schnauzte ein Besatzungsmitglied. Rex reichte dem Mann einen großen Geldschein und klärte ihn auf. Inzwischen lief die Fähre aus und Lüder beobachtete schwer atmend, wie der blaue Pick-up die Mole hoch gerast kam und neben ihrem Mietwagen stoppte. Der Fahrer stieg nicht aus, trotzdem hatte Lüder das unangenehme Gefühl, ein stechender Blick sei auf ihn gerichtet.

„Sind Sie schon zu Atem gekommen?", erkundigte sich Rex, der seine alte Ruhe wiedergefunden hatte.

„Fühlen Sie mal!" Lüder reichte ihm sein Handgelenk zum Pulsmessen. Rex sah auf seine Armbanduhr und zählte. „Ganz ordentlich, ein bisschen Ruhe wäre nicht verkehrt."

„Woher sollen wir die jetzt nehmen?"

„Was wir in den letzten Tagen an Gewalt erlebt haben, steht in keinem Verhältnis zur Frick Collection."

„Wie bitte?"

„Ich spiele nur darauf an, dass es in der Sammlung keine einzige Gewaltdarstellung gibt. Trotzdem hält uns das Museum ganz schön in Atem."

„Sie hören wohl nie auf zu denken", stöhnte Lüder.

„Bringen Sie es mir bei."

„Pah! In Boston werden wir Inspektor Manzoni kontaktieren. Mit unseren Alleingängen ist es jetzt vorbei. Diese Sache übersteigt unsere Möglichkeiten. Wir brauchen professionelle Unterstützung. Steve hatte ganz Recht. Es war Wahnsinn, allein in dieses Haus zu gehen, ohne sicher sein zu können, dass er dort nicht auftaucht."

„Ich frage mich schon die ganze Zeit, warum Sie ihn nicht mit Ihrer Waffe erledigt haben?"

„Wegen der Bombe habe ich es nicht getan. Uns bleiben nur noch dreißig Stunden und wir wissen noch immer nicht, wo er sie deponiert hat. Er aber ist gezwungen, einen Zündmechanismus auszulösen. Das ist unsere Chance. Wenn uns einer zu der Stelle führen kann, dann er. Er muss letzte Vorbereitungen treffen. Da wir jetzt wissen, wer er ist, ist es leichter, weiträumig den Central Park und die Gegend um das Museum zu überwachen. Wir müssen in Boston sofort veranlassen, dass entsprechende Vorbereitungen getroffen werden."

Rex verzog bitter den Mund. „Im Moment beobachtet nur einer. Er uns."

Es zogen Wolken am Horizont auf.

„Was machen wir, wenn er uns in Boston abfängt?", fragte Rex besorgt.

„Kann er denn im Wagen oder Zug vor uns da sein?"

Hoch über ihnen war das Brummen einer Propellermaschine zu hören. Mit der Hand deutete Rex zum Himmel.

„Cape Cod hat einen Flughafen?", fragte Lüder bestürzt.

Der stumme Blick von Rex war schlimmer als jede demütigende Antwort.

„Wir sprechen mit dem Kapitän. Cole Winter wird uns in Boston nicht von Bord gehen sehen."

„Haben Sie eine Tarnkappe?"

„Nein, aber eine Idee."

Venezianische Albträume

Das Telefonklingeln elektrisierte alle.

„Gehen Sie ran! Und nichts anmerken lassen", befahl Manzoni. Er hatte am Nachmittag eine Rasur gehabt, sah aber schon jetzt mit dem dunklen Bartschatten auf seinem verschwitzten Gesicht aus, als hätte er Nächte durchgemacht.

„Frick Collection, Sekretariat Mrs. Morse. Was kann ich bitte für Sie zu tun?"

„Deputy Inspektor Sommer am Apparat. Inspektor Manzoni wünscht Ihren Chef zu sprechen. Können Sie mir sagen, wo er sich zurzeit aufhält?"

Mrs. Morse sah Inspektor Manzoni flehend an. Der beugte sich zu ihr und flüsterte ihr ins Ohr: „Sagen Sie ihm den Aufenthaltsort."

„Dr. Bell ist in Boston, im Isabella Stewart Gardener Museum. Soll ich Ihnen die Telefonnummer geben, Deputy Inspektor Sommer?"

„Bitte, das spart Zeit. Hat er gesagt, wann er zurückkommt?"

„Der Rückflug ist für heute Abend vorgesehen."

„Ich danke Ihnen, Mrs. Morse. Auf Wiederhören."

Der andere legte auf.

„Aber Sie sind doch hier!", rief Mrs. Morse aus. „Wer war das?"

„Da es keiner von uns war, kann es nur er gewesen sein", sagte Manzoni grimmig. „Die Stimme schon irgendwann einmal gehört?", wollte er wissen.

„Nein." Die Sekretärin musste sich setzen.

„Stanley!", rief Manzoni zum Sekretariat hinüber. „Woher kam der Anruf?"

Duncan steckte den Kopf durch die Zwischentüren von Sekretariat und Direktionszimmer herein. „Aus Boston."

„Verdammt, er ist schon da", sagte Manzoni und ging nervös im Raum auf und ab. „Wie lange dauert Dr. Bells Termin im Gardener Museum?" Mrs. Morse, die an ihren Haaren zupfte, hielt inne. „Er wollte warten, bis ihn sein Schwiegervater und Professor Conolly abholen und mit ihm zum Flughafen fahren."

„Was!?" Manzoni blieb stehen. „Dieser deutsche Cop ist mit? Was will der in Boston?" Manzonis Ton hatte eine inquisitorische Färbung angenommen und Mrs. Morse bereute, nicht geschwiegen zu haben. „Dr. Bell deutete an, Mr. Luder wolle einen Ausflug nach Cape Cod machen", sagte sie mit einer möglichst unbeteiligten Miene.

„Ist der Professor dabei?"

Sie nickte betreten.

Duncan war ins Zimmer gekommen und Manzoni blickte seinen Kollegen finster an. „Was hältst du davon, Stanley?"

„Einen Sommerausflug machen unsere beiden Amateurschnüffler bestimmt nicht."

Das sah Manzoni ganz genauso und knirschte mit den Zähnen. Dieser Luder konnte was erleben, wenn er mehr als Sonne getankt hatte. „Rufen Sie Dr. Bell an!", forderte er Mrs. Morse auf. „Ich muss ihn sofort sprechen."

Es dauerte eine Viertelstunde, bis Steve ans Telefon kam. Bis dahin machte das unablässige Trommeln von Manzonis Finger auf der Schreibtischplatte Mrs. Morse beinahe verrückt und sie empfand es wie eine Erlösung, als sich endlich Steves Stimme meldete.

„Steve, Shirley am Apparat! – Ja, ich bin im Büro. Inspektor Manzoni will dich sprechen – Ja, er steht neben mir. Ich reiche dich weiter."

„Dr. Bell, wir hatten soeben die Kontaktaufnahme mit dem Erpresser. Wo sind Sie jetzt?" Steve erklärte es ihm. Manzoni fuhr fort: „Er ist ebenfalls in Boston und hinter Ihnen her. Sind Ihre Bodyguards auf dem Posten? – Gut. Hören Sie nun genau zu und tun Sie exakt das, was ich Ihnen jetzt sage ..."

Unter den neugierigen Blicken der Passagiere gingen Lüder und Rex an Bord der Wasserschutzpolizei. Der Schiffswechsel fand noch vor Einfahrt in die Bostoner Bucht statt und Sergeant Turner, der wortkarge, Pfeife rauchende Schiffsführer, machte aus seiner Reserviertheit keinen Hehl. Ein Ex-Cop vom ehemaligen Feind und ein Eierschädel von einer New Yorker Universität! Wann hatten sie so etwas herumschippern müssen? Das Eis brach, als Turner die ungewöhnlichen Umstände erfuhr, die ihm der pensionierte deutsche Kollege und sein Helfer darlegten. Er bot ohne zu zögern weitere Unterstützung an und veranlasste, dass auf dem Revier sofort die Verbindung mit der New Yorker Kriminalpolizei hergestellt wurde, damit Lüder mit Manzoni sprechen konnte. Der Unterredung sah Lüder mit banger Erwartung entgegen, er befürchtete eine Tirade Manzonis. Er hatte dessen Aufforderung nicht beherzigt und Manzoni erhielt genügend Gründe, ihn zusammenzustauchen. Zu Lüders Verwunderung war der New Yorker Inspektor die Ruhe selbst. Geduldig und ohne zu unterbrechen hörte er sich den Bericht an und setzte Lüder dann ohne ein Wort der Kritik oder Zurechtweisung über Winters Anruf im Museum ins Bild.

„Ihr Schwiegersohn ist in Gefahr", stellte Manzoni fest, „doch wir bekommen endlich die Gelegenheit, Winter zu schnappen."

„Aber die Bombe", wandte Lüder ein.

„Das Problem hat sich Gott sein Dank erledigt."

Lüder verstand nicht. „Was hat denn die Untersuchung der Tasche und des Brandherdes ergeben?" Seine Frage stimmte Manzoni ungnädig. „Es wurden Sprengstoffspuren gefunden. Bei der Explosion muss im Baumhaus ein ganzes Lager gewesen sein. Die Sachverständigen gehen angesichts der Stärke davon aus, dass die gesamte Menge, die Winter für seine Bombe gehortet hatte, hochgegangen ist. Mit anderen Worten, Winter steckt in der Klemme. Sein Druckmittel ist weg und wir sind im dicht auf dem Fersen. Deshalb will er Ihren Schwiegersohn. Als Faustpfand."

„Aber ..."

„Mr. Luder, Ihr Einsatz war zwar unerwünscht, aber effektiv. Das muss ich zugeben. Er hat sehr brauchbare Ermittlungsergebnisse gebracht –"

„Aber –"

„– daran erkennt man die deutsche Gründlichkeit. Doch jetzt nehmen sich die Bostoner Kollegen der Sache an. Deshalb keine Alleingänge mehr!"

„Aber – "

Manzoni wurde wütend und brüllte: „Was aber?"

Lüder zuckte zusammen und beherrschte sich. „Was ist, wenn im Park nur der Rest des Sprengstoffs explodiert ist und Winter den größten Teil bereits zum Museum geschafft hat?"

„Ich mache Sie darauf aufmerksam, dass die von Ihnen als Rest bezeichnete Menge einen Krater gerissen hat. Wenn Sie den gesehen hätten, glaubten Sie auch nicht mehr, dass es noch mehr Sprengstoff gewesen sein könnte."

„Aber warum sollte er sein eigenes Lager hochgehen lassen?"

„Aber, aber, aber! Eine Kurzschlussreaktion. Sie haben ihn in seinem Nest aufgescheucht."

„Und was will er im Isabella Steward Gardner Museum?" Lüders Hartnäckigkeit erschöpfte Manzonis. Matt entgegnete er: „Er hat es auf eine Geiselnahme abgesehen."

Lüder überzeugte die Argumentation nicht, aber er beließ es dabei und sagte einlenkend: „Vielleicht haben Sie Recht."

„Verhalten Sie sich, als sei nichts geschehen und holen Sie Dr. Bell ab. Unsere Leute sind vor Ort und werden alles Nötige tun."

Die Gardner hatte den venezianischen Palast im Neorenaissancestil zu Beginn des 20. Jahrhunderts am Stadtrand Bostons erbauen lassen. Außen entwaffnend einfach gehalten, aber innen von unwiderstehlichem Charme. Die Bostoner liebten dieses Museum, das nach dem Tode seiner Besitzerin in öffentliches Allgemeingut übergegangen war. Jeden Sommer gab man zu Ehren der Sammlerin und Museumsgründerin ein großes Sommerfest, das immer unter einem anderen Motto stand, aber in einer Beziehung zu Gardners geliebten Italien stehen musste. Dieses Jahr hatte man als Thema die Commedia dell'arte und venezianische Kostüme sowie Masken gewählt. Das dreistöckige Gebäude war zum Treffpunkt aller großen und kleinen Venedig-Liebhaber geworden, die alle Isabellas Leidenschaft für die Lagunenstadt teilten. Bei freiem Eintritt war großer Zulauf garantiert. Viele Besucher drängten sich in traditionellen und erfundenen Kostümen und Masken in den Gängen und Sälen und verzauberten das Haus in einen phantastischen Ort. Im Kreuzgang im Erdgeschoss und im nicht bedachten Innenhof tummelten sich Pantalones und Dottores, Arlecchinos, Pulcinellas und Colombinas, dazu bunte Harlekine, weiße Pierrots und Pierretten. Hinter Sonnen- und Mondmasken, Vogel- und anderen phantastischen Verhüllungen verbargen sich die Gesichter der sich amüsierenden Teilnehmer. Trupps von ihnen pilgerten mit Museumsführern in gleicher Aufmachung zu den Kunstschätzen aus Italien und ließen sich in ihre Geheimnisse einführen. Im Hof musizierte ein Barockensemble.

Lüder und Rex meldeten ihr Eintreffen einer Aufsicht im Outfit eines herrschaftlichen Kammerdieners der Medici. Der leicht ergraute Herr führte sie mit gravitätischen Schritten ins Kabuff des Portiers, der in der Uniform eines Condottiere gekleidet war, und die Nachricht sogleich telefonisch weitervermittelte. Der Condottiere reichte Lüder den Hörer, weil Steve ihn sprechen wollte. Er brauche noch eine Weile, teilte Steve mit und bat sie, sich bis dahin das Haus anzuschauen. Wenig erbaut von der Aussicht, in dem Trubel von den Massen umher geschoben zu werden, suchte Lüder mit Rex den Kreuzgang auf und besichtigte den Innenhof. Fraglos war er sehenswert. Das Zentrum schmückte ein antikes Mosaik, an dessen vier Ecken Fackeln aufgestellt worden waren, die beim Anbrechen der Nacht angezündet werden sollten. Alte Sarkophage, Säulen und Bildhauerwerke hatte man um den zentralen Platz aufgestellt, den wiederum Rasen und Blumenrabatte umgaben. In marmornen, aufwendig ornamentierten Blumentöpfen blühten schön gestutzte weiße und gelbe Blütenträume. Eine Treppe führte von zwei Seiten in ersten Stock hinauf, zum Niederländer-Saal. Davor hatte man einen Brunnen angelegt, an dem hoch stehende Farne und andere Pflanzen wuchsen. Überhaupt war der Hof sehr grün. Von den Balkonen und Balustraden hingen Pflanzen herab wie gelocktes Frauenhaar und an den Mauern rankten Kletterpflanzen hoch.

Der Hof war erfüllt von Musik, der das kostümierte Volk auf den Steinbänken in den Kreuzgangarkaden lauschte. Auch auf den Balkonen und in den geöffneten Fenstern standen Zuhörer.

Ein Blick genügte Lüder, um festzustellen, dass es unmöglich war, in dem bunten und maskierten Haufen einen Polizisten auszumachen. Sie schienen sich ebenfalls kostümiert und mit ihrer perfekten Tarnung unter die Leute gemischt zu haben. Dagegen stachen die dunklen Anzüge von Lüder und Rex heraus wie das Federkleid zweier Raben in einer Papageienvoliere. Sie boten Winter ein lächerlich leicht auszumachendes Ziel.

Lüders Blick schweifte über die einzelnen Stockwerke, außer dem Vorbeiwogen der Menschen an den Fenstern und Arkaden konnte er aber nichts entdecken.

Der Trubel ging ihm gehörig auf die Nerven und er wünschte, dass Rex sie an ein ruhigeres Plätzchen brachte, wo sie die Zeit bis zum Weggang verbringen konnten. Rex schlug den Tizian-Saal im dritten Stock vor, in dem eines der berühmtesten Stücke des Museums untergebracht sei. Der Raub der Europa.

„Die ist wohl auch Gegenstand Ihrer Forschungen?", fragte Lüder beim Aufstieg. Vor dem Fahrstuhl hatte eine lange Schlange gestanden. Im schmalen Treppenhaus drängelten sich die Menschen und der Strom geriet von Zeit zu Zeit ins Stocken, so dass auf den Stufen nichts mehr ging und alle warten mussten.

„Selbstverständlich darf die Gardner in so einer Studie nicht fehlen! Sie war neben Morgan die bedeutendste Kunstsammlerin, Mäzenin und

Philanthropin ihrer Zeit und Fenway Court ist ihre Schöpfung. Das, was Fricks Collection für New York ist, ist Fenway Court für Boston."

„Mir kommt das Ganze hier ein bisschen überspannt vor", sagte Lüder, bei dem sich eine ältere Colombine entschuldigte, die aus Versehen ihren Ellbogen in seine Seite gestoßen hatte. Er lächelte säuerlich.

„Die Gardner war unsterblich in Venedig verliebt. Fenway Court ist die sehr eigenwillige Nachschöpfung ihrer Eindrücke. Die Menschen mögen den Charme dieses ehemaligen Privatmuseums, sie lieben seine Pracht. Der Innenhof ist die skurrilste Nachbildung eines italienischen Palasthofes außerhalb Italiens."

Im Tizian-Saal hörte das Gedränge endlich auf und Lüder atmete durch. Musik drang durch die offenen Fenster. Er blickte sich in dem Ausstellungssaal um. Ein Teil der Besucher hörte interessiert einem Führer vor dem Gemälde Tizians zu, während andere in den Fensterbögen an der niedrigen Balustrade standen und in den Hof schauten. Ein Pierrot im weißen Kostüm und mit weißer Maske lehnte lässig in einem Arkadenbogen an einer Säule und lauschte den Klängen.

Lüder wandte sich wieder Rex zu und fragte: „Womit machten die Gardners ihr Geld?"

„Ihr Mann war Reeder. Und sie war ebenfalls der Sproß einer wohlhabenden Unternehmerfamilie."

„Waren Frick und sie bekannt?"

„Nein, nicht das ich wüsste. Als die größten Sammler des Landes waren sie eher Konkurrenten. Die Creme der amerikanischen Kunstsammler blickte auf den aus der Provinz kommenden Frick noch herab, als die Gardner ihre Sammlung in Fenway Court einräumte. Bei der Jagd nach den Bildern fand sie in ihm aber schnell einen Meister und so manches Mal hatte sie nur das Nachsehen. Beide Familien hatten ähnliche Schicksalsschläge."

„Ach! Welche?"

„Die Gardner heiratete mit neunzehn Jahren. Mit Zwanzig erlitt sie eine Totgeburt. Ihr zweiter Sohn starb mit nur zwei Jahren an einer Lungenentzündung. Kurz darauf hatte sie eine Fehlgeburt, die sie in eine tiefe Depression stürzte. Hierin gleicht ihr Leben dem von Adelaide Frick. Aber anders als Fricks Frau überwand Isabella die Tragödien durch ihre Sammelleidenschaft. Es half ihr in ähnlicher Weise wie es Henry Clay Frick half, über Marthas Tod hinwegzukommen. Um Tizians ‚Europa' konkurrierten sie beide, doch Frick verlor das Interesse an ihr und überließ es seiner Konkurrentin. Deshalb hängt das Gemälde hier und nicht in der Frick Collection."

Die Gruppe Narren war weiter gezogen. Nur der Pierrot hatte sich nicht von seinem Platz bewegt. Bis auf die Musik war es im Saal ungewohnt ruhig.

„Sie war eine Exzentrikerin mit Geschmack", stellte Rex fest.

„In der Tat", stimmte Lüder zu.

Sie gingen durch den Raum und gelangten zu dem Arkadenbogen, in dem der Pierrot verweilte. Er verbeugte sich freundlich und machte ihnen Platz, damit auch sie dicht an die Steinbalustrade herantreten und hinunter in den Hof schauen konnten. Lüder beugte sich vor und sah in die Tiefe. Ein kräftiges Rankengewächs hatte sich bis in diese Höhe emporgearbeitet. Die Blätter hatten ein sattes Grün.

Der Stoß erfolgte blitzschnell.

Lüder fühlte er, wie er das Gleichgewicht verlor und vorn über die Steinbrüstung kippte. Verzweifelt ruderte er mit Beinen und Armen in der Luft und versuchte die Balance zurückzugewinnen, aber seine Hände griffen ins Leere. Er war für die niedrige Brüstung, die allen Sicherheitsvorschriften Hohn sprach, viel zu groß, sie bot ihm keinen Halt. Er verlor den Kontakt zum Boden, stürzte und war plötzlich aus Rexes Blickfeld verschwunden. Der schrie entsetzt auf, musste sich aber sogleich der Angriffe des traurigen Pierrots erwehren. Irgendwo wurde ein Fenster aufgerissen und jemand schrie: „Guuustaaav!"

In Todesangst hatte Lüder in die dicken Äste des Rankengewächses gegriffen und hing plötzlich in der Luft. Beim Zupacken hatte es in den Schultern heftig gezogen und er hatte gedacht, ihm würden die Arme ausgerissen werden. Aber er blieb ganz, und die Pflanze auch. Unter seinem Gewicht gab das Astwerk nur ein wenig nach, doch es hielt. Vorsichtig schaute er hinunter. Er schwebte gut zehn Meter über den Boden. Um ihn herum die entsetzten Gesichter der Besucher. Die Musik hatte ausgesetzt. Ein leichter Ruck. Lüder hielt den Atem an. Die Wurzeln der Pflanze im Mauerwerk gaben langsam nach, er rutschte einige Zentimeter in die Tiefe. Seitwärts von ihm hörte er Steve auf Deutsch schreien: „Gustav, es kommt sofort Hilfe!"

Lüder wagte nicht aufzuschauen.

Über ihm wurden Anweisungen gerufen. Wenig später tauchte ein Harlekin mit geschminktem Gesicht am Seil auf, der ihm seine Hand entgegenstreckte und aufforderte, sie zu ergreifen. Lüder folgte der Anweisung, spürte den eisenharten Griff der zupackenden Hand und hing plötzlich ohne jeden weiteren Halt frei in der Luft. Er schloss die Augen.

Langsam wurden die beiden Männer hoch gehievt. Auf der Höhe der Brüstung ergriffen Lüder kräftige Männerarme und brachten ihn in Sicherheit. Ihm versagten die Beine, er sackte zusammen.

„Es ist alles in Ordnung, Gustav", redete Rex beruhigend auf ihn ein und Lüder hatte den Eindruck, er versuche vor allem sich selbst zu beruhigen. Rex hatte ein rotes Mal am Kinn. Lüders fragenden Blick beantwortete er mit einem aufmunternden Grinsen. „Er wollte mich nachschicken. Sein Andenken."

„Wo ist er?"

„Getürmt, mehr weiß ich nicht. Außer uns hat ihn niemand gesehen. Und in dem Pierrot-Kostüm dürfte er schwerlich schnell wieder zu finden sein."

Atemlos kam Steve herbei gerannt und nahm seinen Schwiegervater in die Arme. „Das war knapp", meinte er.

Ein kräftiger Dottore beugte sich zu ihnen herab.

„Sind Sie okay? Ich bin Inspektor Maine."

Lüder nickte müde.

Der Inspektor trat an die Balustrade. Unten auf dem römischen Mosaik stand ein Mönch und schaute fragend hinauf. „Sofort die Eingänge schließen!", schrie Inspektor Maine runter. Der Mönch rannte los.

„Manzoni irrte. Er war nicht wegen dir hier, Steve", sagte Lüder noch etwas schwach, „sein Ziel waren ich und Rex. Wie konnten wir die Situation nur so falsch einschätzen!"

Gustav und Rex halfen ihm auf die Beine. Er musste sich stützen lassen.

„Vergiss Winter für einen Moment", sagte Steve und sie brachten ihn in das Verwaltungsgeschoss. Der kreidebleiche Direktor bot ihm das Sofa im Direktionszimmer an und Lüder legte sich hin. Er verlangte nach einem starken Kaffee.

Inspektor Maine kam ins Zimmer. „Er konnte entkommen."

In Steves Gesicht schoss Zornesröte. „Wie konnte das passieren? Im ganzen Haus waren doch Ihre Leute postiert!"

Inspektor Maine schaute betreten zu Boden und sagte: „Er hat einen unserer Leute bewusstlos geschlagen und ihn in den Putzraum im Keller gesperrt. Wir haben unseren Mann eben erst gefunden. Das Kostüm kam von ihm."

Steve hob anklagend die Hände in die Höhe.

„Tut mir außerordentlich Leid", sagte Inspektor Maine kleinlaut.

Lüder setzte sich auf. „Ich muss sofort Inspektor Manzoni sprechen!"

Staatenlos

Cole fuhr mit dem Zug zurück nach New York. Seine Nerven waren bis zum Reißen gespannt. In dem leeren Zugabteil hätte er ausruhen können, wäre er innerlich nicht so aufgewühlt gewesen. Der Tag war katastrophal verlaufen. Sein Basislager und sein Rückzugsgebiet waren verloren. In sein Haus konnte er erst einmal nicht zurück. Seine Abwehr war auf der ganzen Linie fehlgeschlagen. Nicht einmal den Deutschen war er losgeworden. Zuletzt hatte er ihn an der Ranke hängen sehen. Glück im Unglück bedeutete die Polizeimarke des überwältigten Polizisten. Sie ermöglichte ihm die Flucht.

Sascha hatte sich nach seinem gescheiterten Mordversuch vielleicht so gefühlt wie er jetzt. Alles schien vergeblich zu sein.

Was hatte Sascha erreicht? Was hatte er, Cole, erreicht?

Für Sascha fiel die Bilanz niederschmetternd aus.

Emma und er waren überzeugt gewesen, der Mord sei der Initialfunke zum gewaltsamen Aufstand. Die Tat wäre das unübersehbare Zeichen für die kurz bevorstehende Veränderung der Verhältnisse. In ihren Memoiren nahm Emma kein Blatt vor den Mund. Sie und Sascha, so schrieb sie, waren felsenfest von der Richtigkeit ihres Plans überzeugt. Es gab nur die eine Antwort auf die Niederschlagung der Fabrikbesetzung in Homestead. Das Attentat. *Wir erkannten sofort, dass die Zeit unseres Manifests verstrichen war. Worte hatten ihr Gesicht der Bedeutung im Angesicht des unschuldigen Blutes verloren, das an den Ufern des Monongahela Flusses vergossen wurde. Intuitiv fühlten wir beide, was im Herz des anderen hervorquoll. Sascha brach das Schweigen: ‚Frick ist der verantwortliche Faktor in diesem Verbrechen‘, sagte er, ‚er muss dafür zur Verantwortung gezogen werden.‘ Es war der psychologische Moment für ein Attentat; das ganze Land war in Erregung und jeder betrachtete Frick als den Schuldigen an einem kaltblütigen Mord. Ein Schlag gegen Frick würde in der ärmlichsten Hütte ihren Widerhall finden. Er würde auch Angst in die Reihen des Feindes tragen ...*

Durch den leichten Druck auf seinem Arm schreckte Cole hoch und blinzelte den Schaffner an, der sich herabgebeugt hatte und seine Fahrkarte zu sehen wünschte. Cole reichte sie ihm und der Bahnbeamte entwertete den Fahrschein. Er wünschte gute Fahrt. Draußen wurde es dunkel. Cole atmete tief durch und schloss wieder seine Augen.

Sascha schätzte die Lage völlig falsch ein. Vielleicht war er zu jung gewesen und verwechselte die Verhältnisse aus seiner litauischen Heimat mit denen in den USA. Vielleicht leiteten ihn auch seine deutschen

Mentoren mit ihrer Theorie der gewaltsamen Stürzung des Staates in die Irre. Nach dem Scheitern spielte das alles erst einmal keine Rolle mehr. Trotzdem trafen Sascha der Hass und die Verachtung hart, wo er doch Zustimmung und Solidarität erwartet hatte. Statt als Helden verehrt zu werden, war er bloß ein Krimineller. Ein Beinahe-Mörder, mit dem niemand etwas zu tun haben wollte. Gleich zu Beginn auf dem Gefängnishof musste Sascha erleben, was es bedeutete. Besonders schmerzte ihn, von eben jenen missachtet zu werden, für die er sich eingesetzt, für die er alles riskiert hatte. Welch ein Hohn, dass diejenigen, denen er hatte beistehen wollen, am liebsten seine Tat ungeschehen gemacht hätten, um ihr eigenes Los, das durch das Attentat noch schlimmer geworden war, zu mildern!

Cole musste bitter lachen. Und er wollte die Opfer von Homestead endlich an prominenter Stelle zu ihrem Recht kommen lassen. Hatten sie es verdient, dass man an sie auch in Fricks Museum erinnerte?

Die Frage ließ ihn nicht los. Er war zum Erpresser, Mörder, Brandstifter geworden. War das die Sache wert? Wo er doch die besten Absichten gehabt hatte! Professor Conolly wollte er nie umbringen, in Notwehr stach er ihn nieder. Die Stiftung hatte seinen Tod zu verantworten. Hätte sie seine bescheidene Forderung erfüllt, Conolly wäre noch am nächsten Tag frei gewesen. Stattdessen taktierte sie und verfolgte ein falsches Spiel. Nie hatte er zu Beginn die Absicht gehabt, die Bombendrohung wahr zu machen. Jetzt aber zwangen sie ihn dazu. Man verachtete ihn. Wie man seinen Vater in seinem lebenslangen Kampf mitleidig belächelt und verachtet hatte.

Er war nur ein gefährlicher Spinner gewesen.

Wäre Emma nicht gewesen, wer weiß, ob Sascha nicht gleich nach der Haftentlassung Schluss gemacht hätte. So verzögerte es sich um dreißig Jahre. Als es soweit war, gab es nicht sehr viel, auf das er glücklich zurückgeschaut haben dürfte. Ein paar Zeitschriften, für die er sich als Redakteur engagiert hatte, einige Bücher, die ihn nicht ernährt hatten, ein Kampf für Frieden, der den Krieg nicht verhinderte, eine von der Haft ruinierte Gesundheit, der Rauswurf aus der zweiten Heimat, das bedrückende Leben eines Staatenlosen, die Enttäuschung in Russland, das Entsetzen in Kronstadt, die Isolation in Deutschland, Armut und Krankheit in Frankreich.

In der Not mündete sein unbändiger Wille zur Freiheit in die völlige Abhängigkeit von Freunden. Frankreich war die Endstation. Es blieben nur die Schmerzen der unheilbaren Krankheit. Im Jahr seines Freitods stellte man in Homestead einen Gedenkstein auf. Sascha war darauf nicht erwähnt, die Erinnerung schloss ihn nicht ein. Er blieb der Beinahe-Mörder.

Als das erschien ihm das Leben seines Vaters. Eine niederschmetternde Bilanz. Und er, Cole, war darin noch gar nicht enthalten! Der einzige Sohn, vom Vater ferngehalten, diesem persönlich nie bekannt. Und die Mutter eine Geheimnisträgerin – und Lügnerin.

Die Auflistung war quälend lang geworden. Cole brach sie ab.

Unter dem Strich blieb ein lachender Frick. Er führte ein beschauliches Leben in seinem Stadtpalast. Wurde immer reicher und mächtiger. Mit seinen Millionen stieg sein gesellschaftliches Ansehen. Die Krönung seines erfolgreichen Lebens war die größte Kunstsammlung der Welt, die der Philanthrop der Menschheit schenkte.

„Was habe ich schon von ihnen verlangt?", fragte sich Cole. „Die Benennung der Wahrheit."

Der Schatten Fricks verdunkelte nun auch sein Leben. Wenn sie ihn schnappten, musste er mit dem Schlimmsten rechnen. Mit dem, was seinem Vater erspart geblieben war.

Eine Stadt im Dunkeln

Am 21. August war die New Yorker Polizei in höchster Alarmbereitschaft, doch die Stadt selbst ahnte nichts davon. Der Tag begann wie jeder andere. Die Menschen stöhnten weiter über die Hitze. Wer konnte, fuhr mit der U-Bahn raus nach Coney Island ans Meer. Am Mittag würde der breite Sandstrand mit Badegästen dicht besetzt sein. Im Museum herrschte seit den frühen Morgenstunden ein hektisches Treiben.

In der Nacht hatten die Polizeidirektion und die Stiftung im Polizeipräsidium zusammengesessen und beraten, wie angesichts des auslaufenden Ultimatums weiter zu verfahren sei. Manzoni beschwor, die Ruhe zu bewahren und nichts Überstürztes zu unternehmen, dass Cole Winter warnen und zum Rückzug bewegen könnte. Winter müsse Gelegenheit gegeben werden, seinen letzten Schachzug zu machen. Nur dann könnten sie ihn Matt setzen. Auf keinen Fall sollte sich die Situation wie beim Mad Bomber wiederholen.

Rockefeller, der der Krisensitzung beiwohnte, zögerte. Der Banker hielt sich mit seinen achtundsiebzig Jahren noch sehr gerade und gab eine stattliche Figur ab. Ihm erschien das Manöver viel zu riskant. Steve teilte dagegen Manzonis Einschätzung. Der Erpresser habe bisher keine Unbeteiligten angegriffen, es sei daher nicht davon auszugehen, dass er sich plötzlich untreu werden und vor dem Auslaufen des Ultimatums seine Drohung wahr machen würde. Auch hätte die Stiftung Rückendeckung von Fricks Kindern erhalten. Die wollten die Affäre endlich beendet sehen. Manzoni versicherte der Runde, der Polizei sei es gelungen, den Täter zu identifizieren. Sie hätten ein brauchbares Täterprofil und kennten zwei seiner Rückzugsorte. Wie Manzoni in den Besitz der Informationen gelangt war, verschwieg er wohlweislich. Auch von seinem Telefonat mit Lüder sagte er nichts, denn die Tatsache, dass Cole Winter fliehen konnte, hätte das Vertrauen des Stiftungsvorstandes in die Fähigkeiten der Polizeikräfte erschüttert. Manzoni wusste, dass er viel riskierte. Der Boxer vernachlässigte seine Deckung. Er bot seinem Gegner Angriffspunkte, machte sich verwundbar. Lief die Sache aus dem Ruder, wäre Manzoni die längste Zeit Inspektor gewesen. Aber seine Selbstzweifel ließ er sich nicht anmerken. Er bluffte und betonte die reelle Chance, den Kampf zu gewinnen. Demonstrierte Selbstvertrauen, indem er sagte: „Die Stadt hat das größte Polizeiaufgebot in ihrer Geschichte aufgeboten." Oberbürgermeister Impelliteri bedachte diese Aussage mit einem Kopfnicken und sekundierte, dass man Beamte zu Lande, zu Wasser und in der Luft habe. „Im und um den Central Park patrouillieren unsere Kräfte in Uniform und Zivil", referierte Manzoni weiter, „wir haben sie in den Snack-Ständen stehen und bei den Mitarbeitern des Gartenbauamts. Es gibt keinen Platz, wo nicht einer unserer Männer postiert ist. Jeder Zugang zur Kanalisation wird überwacht. Im Museum können wir die Aufsichtskräfte mit unseren eigenen Leuten aufstocken. Im zweiten Stock des Gebäudes, in der Verwaltung, ist die Zentrale des Sondereinsatzstabes eingerichtet, wo alle Informationen zusammenlaufen. Dr. Bell wird über alle Vorgänge unterrichtet und an den Entscheidungsprozessen beteiligt. Im Gebäude werden sich eine Sondereinheit von Sprengstoffexperten und Hundeführer mit Sprengstoffspürhunden aufhalten, die unmittelbar zum Einsatz kommen kann, sobald wir auf eine Spur stoßen. Es wäre unmöglich für ihn, unbemerkt ins Museum zu gelangen, dort seinen Sprengsatz zu platzieren und ihn zur Zündung zu bringen, ohne dass wir das mitbekommen."

„Wo befindet sich dieser Winter jetzt?", fragte Rockefeller, der skeptisch durch seine kleinen Brillengläser schaute.

„Zuletzt wurde er in Boston gesehen. Er hat auf Cape Cod ein Haus, das er von seiner Mutter geerbt hat. Wir gehen davon aus, dass er sich auf dem Weg nach New York befindet."

„Mit dem eigenen Wagen?"

„Wir wissen es nicht, aber die Flughäfen und Bahnhöfe werden rund um die Uhr überwacht. Der Grand Central Terminal wird besonders kontrolliert, allerdings haben unsere Leute die strikte Anweisung, alles zu unterlassen, was Winter beunruhigen könnte. Wir wollen ihn bei der Bombe schnappen."

Die letzte Bemerkung beunruhigte Rockefeller. „Heißt das, Sie wissen bis zum jetzigen Zeitpunkt nicht, ob er die Bombe bereits an ihren Platz gebracht hat oder ob er sie noch zum Museum bringen will?"

Duncan sprang Manzoni bei. „Mr. Rockefeller, wir gehen beim jetzigen Ermittlungsstand davon aus, dass Winter irgendwo in der Kanalisation unter dem Museum Sprengstoff in Stellung gebracht hat. Aber wir wissen es nicht mit hundertprozentiger Gewissheit. Ursprünglich gingen unsere Experten davon aus, dass sein gesamter Sprengstoff bei der Explosion im Park zur Zündung gekommen ist, aufgrund der jüngsten Erkenntnisse bestehen daran allerdings Zweifel und wir tendieren nun zu einem Worst-Case-Szenario, das von der Existenz der Bombe ausgeht."

Erschrocken schauten die versammelten Herren die beiden Inspektoren an.

„Davon höre ich zum ersten Mal", beschwerte sich Impelliteri.

„Es ist leider so, dass wir von dem Schlimmsten ausgehen müssen", sagte Manzoni tapfer. „Winter will seine Drohung wahr machen und dafür sind seine Vorbereitungen sehr wahrscheinlich längst abgeschlossen. Davon gehen auch andere Sachverständige aus." Wieder nannte Manzoni mit Absicht keine Namen, obwohl er Lüder hätte erwähnen können. „Aber Winter muss die Bombe noch scharf machen und hierin liegt unsere Chance."

Die Versammelten schüttelten den Kopf.

„Und wenn Ihre Rechnung nicht aufgeht?", fragte Rockefeller scharf. „Fliegt uns dann um Mitternacht die Sammlung in einem grandiosen Feuerwerk um die Ohren?"

Vierundzwanzig Stunden war Manzoni nun schon auf den Beinen, die Nachfragerei zehrte an seinen Nerven, er verlor langsam die Geduld und entgegnete gereizt. „Sie können Ihren Kunstladen auch evakuieren! Die Entscheidung liegt allein bei Ihnen, Mr. Rockefeller."

Rockefeller lief rot an. „Genau das werden wir angesichts der Lage auch tun, Inspektor!"

„Meine Herren! Ich bitte Sie", ging Impelliteri dazwischen. „Das bringt doch nichts, wenn Sie streiten."

„Mr. Rockefeller", bemühte sich Duncan, die erhitzten Gemüter zu beruhigen, „Winter hat keine Chance, durch unser engmaschiges Netz zu schlüpfen. Eine Evakuierung der mobilen Werte bedeutet die Schließung des Museums und damit ein Höchstmaß öffentlicher Aufmerksamkeit, die wir im Augenblick nicht brauchen können. Winter entginge dieser Schritt wohl kaum und er könnte die Gelegenheit nutzen, unterzutauchen und uns damit zu entwischen. Er kann aber auch an seinem Plan festhalten und dann wären die immobilen Werte in allergrößter Gefahr. Wir wissen über ihn inzwischen mehr, als wir über den Mad Bomber in zwölf Jahren herausgefunden haben, aber das reicht noch nicht, um an ihn heranzukommen. Und wenn er abtaucht, tendieren unsere Chancen gegen Null. Wenn wir ihn ausschalten und unschädlich machen sollen, dann müssen wir es heute tun. Die Geschehnisse der vergangenen achtundvierzig Stunden werden dazu beigetragen haben, dass er zu allem entschlossen ist."

„Er ist angezählt und in einer unkomfortablen Lage. In einem solchen Moment wird am ehesten ein Fehler gemacht", ergänzte Manzoni.

Der Erste Vorsitzende schaute den Oberbürgermeister und den Polizeikommissar an. „Das Risiko dieses Manövers ist viel zu groß! Der kulturelle und nationale Schaden wäre nicht zu beziffern, wenn es fehlschlägt. Nein, ich kann dem nicht zustimmen."

Es wurde noch eine Weile diskutiert, doch es wurde klar, dass die Stiftung nach den Vorfällen in Boston die Zuversicht verloren hatte, die Bombendrohung nicht ernst nehmen zu müssen. Sie wollte keine weiteren Menschen und Kunstwerke gefährden, und Steve, der noch in der Nacht gleich nach der Landung vom Flughafen zum Krisenstab geeilt war, plädierte selbst dafür, das Museum für einige Tage zu schließen. Die Sammlung sollte solange im Met in Sicherheit gebracht werden. Der Direktor habe seine Bereitschaft dazu erklärt.

So geschah es schließlich. Am Morgen wurden unter der Aufsicht von Steve und der Chefgemälderestauratorin der Met die Kunstwerke in aller Eile verpackt und auf den kurzen Transport über die Fünfte Avenue geschickt. Es war die ungewöhnlichste Rettungsaktion, die New York je erlebt hatte. Das Zwischenlager des Met war zwar groß, doch um die gesamte Sammlung der Frick Collection zu bergen, musste im Met noch an anderen Stellen Platz geschaffen werden. Nur dank einer herausragenden Logistik verlief die Evakuation reibungslos und dauerte nur wenige Stunden. Um halb vier wanderte Steve durch gespenstisch leere Säle. Selbst die Teppiche hatte man fortgebracht.

Die Frage, die sich nun allen Beteiligten stellte, war, ob Winter das Manöver beobachtet hatte und wie er auf die Schließung des Museums reagierte. Hielt er ungeachtet dessen am Ultimatum fest? Würde er den

Sprengstoffanschlag auch gegen das leere Gebäude führen? Oder ahnte er nichts davon und nahm an, die Leitung habe das Museum geschlossen, um keine Personen zu gefährden?

Alle warteten. Sie konnten nichts anderes tun.

Duncan patrouillierte von Zeit zu Zeit mit einer Gruppe Polizisten in den Ausstellungssälen. Bei dem geringsten Verdacht sollte Alarm gegeben und das Gebäude evakuiert werden.

Cole wusste, dass die lückenlose Überwachung des Grand Central Terminal unmöglich war. Schon das Gewimmel in der Haupthalle war schwer zu überblicken. Hundertachtzigtausend Menschen täglich wurden in den Palast der Abfahrt geschleust. Es waren vor allem Pendler aus den Vororten, die zu ihren Arbeitsplätzen in der City fuhren. Die Vielzahl der Rampen, die von der U-Bahn und von draußen zu erreichen waren und die in der guten Absicht errichtet worden waren, das auf anderen Bahnhöfen übliche Hinundherhasten der Menschen zu verhindern, hatte für die Polizei den entschiedenen Nachteil, dass sie keinen Überblick über das Kommen und Gehen erhalten konnte.

Diesen Vorteil nutzte Cole. Im Zug hatte er seine Gärtnerkleidung angezogen und strömte mit den vielen Tausenden zur U-Bahn. Niemand nahm ihn wahr, niemand hielt ihn auf. Schnell verschwand die grünuniformierte Gestalt mit der tief in die Stirn gezogenen Baseballmütze in einem der U-Bahn-Tunnel.

Lüder und Rex gesellten sich am Nachmittag zu dem Sondereinsatzstab im Museum. Manzoni war angespannt, aber freundlich und drückte Lüder die Hand. Gegen dessen und die Anwesenheit von Rex hatte er nichts einzuwenden. Im Gegenteil, er entschuldigte sich bei Lüder und Rex für seinen früheren rauen Ton.

„Der Kanalinspektor hat für den Einstieg alles vorbereitet, Mr. Luder. Sobald Mr. Sigelman eintrifft, gehen wir runter."

„Wir sind bereit", sagte Lüder.

„Wir gehen davon aus, dass er einen mechanischen Zeitzünder anbringen wird. Vielleicht hat er es auch schon getan und muss ihn nur noch aktivieren. Auf alle Fälle wird er das noch tun müssen, denn durch seine gestrige Abwesenheit hatte er bisher keine Gelegenheit dazu."

Lüder blickte auf seine Armbanduhr. Es war bald fünf Uhr. Ihnen blieben sieben Stunden. Rex wandte sich an ihn. „Ich muss Ihnen etwas zeigen, Gustav. Es könnte wichtig sein."

Sie gingen zu dem Raum hinter der Westgalerie, einem dämmrigen Zimmer, dessen drei Fenster mit Vorhängen verhängt waren. Die Wände und hohen Vitrinen waren leer geräumt. Eine dunkle Holzvertäfelung kleidete den Raum aus. Gemessen an den Ausmaßen der Bildergalerie war das Zimmer klein, aber Rex erklärte, seine Bedeutung werde durch seinen wertvollen Inhalt erhöht, denn hier würden neben kunstgewerblichen Preziosen sonst Malereien des Mittelalters und der italienischen Renaissance gezeigt.

„In diesem Raum wird ein kleines, außerordentlich wertvolles Gemälde ausgestellt", erklärte Rex. „Das Bild ist ein Fragment aus einem berühmten italienischen Altar von Siena und zeigt die Versuchung Christi in den Bergen. Helen Frick hatte den Ankauf dieses Kleinods als eine der ersten Neuerwerbungen nach dem Tod ihres Vaters veranlasst. Das Interessante daran ist, dass der alte Frick es wohl niemals erworben hätte. Für religiöse Motive konnte er sich nicht erwärmen. Seine Tochter war da anders. Vielleicht glaubte sie, Defizite ihres Vaters wiedergutmachen zu müssen. Mehr Gläubigkeit zu demonstrieren. Alles, was die Sammlung an religiöser Malerei enthält, wurde von ihr für den Ankauf vorgeschlagen und teilweise sogar mit Geld aus ihrem Privatvermögen erworben."

Lüder blickte sich in dem leeren Zimmer um. „Was wollen Sie mir erklären, Walter?"

„Unser ehrenwerter Philanthrop war kein Kirchenmann. Seine Neigungen lagen woanders. Bei der Freimaurerei. Nehmen Sie diesen Raum hier! Hierhin zog er sich zurück, wenn er in sich ging. Er war sein liebster Rückzugsraum im Palast, derganz allein ihm vorbehalten war. Man könnte das Zimmer auch sein Inner Sanctum nennen. Zu seinen Lebzeiten nannte man es die Limoges-Galerie, weil in ihr neben den Italienern frühe Franzosen und Flamen hingen. In der Wand dort ist eine Tür, die zu dem Pavillon führt, von dem aus man in die Loggia und in den Garten geht. Den Pavillon tragen zwei Säulen und von ihm führen sieben quasi symbolische Stufen zu einem Gartenpfad, der mit schwarz-weißen Mosaiken ausgelegt ist. Über ihn gelangt man zum Esszimmer. In der Loggia gibt es ebenfalls auf dem Boden schwarz-weiße Mosaiken, die Bezüge zum Ritus der Freimaurer haben. Frick unterstützte sein ganzes Leben lang die Blaue Loge von Connellsville in Pennsylvania. Bereits als junger Mann fand er Aufnahme in dem geheimen Männerbund und wurde dessen Schatzmeister und Sekretär. Deshalb meinen Kenner, die beiden Säulen des Pavillons stünden als Symbole für Weisheit und Stärke. Sie verkörpern im Geiste der Freimaurerei die Weisheit des Großen Architekten und Meisters der

270

Loge und die Stabilität des Universums. Gemäß dieser Vorstellungswelt ist die dritte Säule, der Tempel der Schönheit, die Limoges-Galerie. Der Freimaurerweg führt also vom Esszimmer in Fricks heiliges Inneres, den Tempel der Schönheit, in dem wir jetzt stehen."

Lüder schaute skeptisch drein. „Klingt übertrieben", fand er.

„Nicht, wenn wir in den Mosaiken eine Parallele zum Boden des Salomon-Tempels sehen, der ebenfalls mit einem schwarzweißen Mosaik bedeckt war, das den Kampf des Bösen gegen das Gute symbolisierte. Fricks Mosaiken weisen Ähnlichkeiten mit Zeichen an den königlichen Grabmälern und Totentempeln Ägyptens auf, wo sie die Funktion hatten, die Toten zu schützen. Auf einem Teilstück des Gartenpfads gibt es das Motiv einer Leier und eines Schädels und Horns von einem Rind. Sie alle können in enger Verbindung zum Kult des Sonnengottes Mithras gebracht werden, der von seinen Anhängern nachts in Felsgrotten oder unterirdischen Räumen zelebriert wurde. Zwischen diesem Kult und der Freimaurerei vermutet man eine direkte Verbindung, weil in beiden der Tod und die Wiederauferstehung im Zentrum der Aufnahmeriten stehen. Diese Interpretationen sind spekulativ und die Freimaurer selbst, die im Geheimen wirken, geben keine Auskunft darüber, ob ein ehemaliges Mitglied ihrer Loge wie Frick sein Haus in den Dienst des Kultes stellte. Dennoch spricht manches dafür, dass Frick selbst ein Steward der Blauen Loge war. Für ihn könnte der Gang über den Freimaurerweg zur Limoges-Galerie eine rituelle Handlung gewesen sein, die ihn mit dem Betreten des Tempels der Schönheit auf eine höhere spirituelle Stufe brachte. Auch weiß man, dass Frick und seine Geistesbrüder das Zimmer nutzten, um sich vorzubereiten."

„Vorzubereiten auf was?"

„Auf die Geheimsitzungen der Loge. In der Galerie sollen eine Toilette und eine Treppe ins Untergeschoss existiert haben. Im Keller befand sich bis zum Museumsumbau eine Bowlingbahn, deren Funktion aber immer im Dunkeln lag, weil Frick in seinem gesamten Leben nur ein einziges Mal die Kugel auf die Kegel rollte. Das war 1897 auf der in Clayton-Haus für die Kinder eingerichteten Anlage."

„Was ist mit den Frauen? Waren sie Spielerinnen?"

„Es ist mir nicht bekannt, ob sie sich für den Sport interessierten."

„Es stellt sich also die Frage, warum diese Bahn?"

„Genau. Das fragten sich auch andere. Noch merkwürdiger ist, dass in diesem Haus überall in der Inneneinrichtung bis ins kleinste Detail Wert auf Harmonie gelegt wurde, mit Ausnahme des Untergeschosses.

Da passte nichts richtig zusammen. Die Bowlingbahn fügte sich nicht harmonisch in den Raum ein, das Deckenlicht war unpassend und vieles andere mehr. Diese Unstimmigkeiten nährten den Verdacht, dort wären die Herren weniger einer sportlichen, als einer spirituellen Betätigung nachgegangen. Und die Bahn war nichts weiter als Kulisse."

„Ein Versammlungsort der Geheimgesellschaft."

„Richtig. Das Untergeschoss ist der einzige Ort im ganzen Haus, der einen eigenen separaten Eingang hat, und zwar in der 71. Straße. Man konnte von dort ins Haus gelangen, ohne von den übrigen Mitbewohnern gesehen zu werden."

„Und was befindet sich heute im Untergeschoss?"

„Die Garderobe und die Toiletten. Was ich mich also frage, ist, ob nicht von dort ein geheimer Gang abgehen könnte, der die Sicherheitsbedürfnisse Fricks und die seiner Logenbrüder befriedigte. In heiklen Situationen bot er die willkommene Möglichkeit zur Flucht in New Yorks Unterwelt."

„Sie sind mit einer gesunden Phantasie ausgestattet. Aber warum nicht. Schauen wir uns das Untergeschoss an."

Sie begaben sich zur Eingangshalle und stiegen die runde Treppe zum Untergeschoss hinunter. Es war, wie Rex es beschrieben hatte. Die Räumlichkeiten waren unspektakulär, im Vergleich zur Ausstattung oben beinahe einfach. Außer der Garderobe und den Toiletten gab es hier nichts von Bedeutung. Seit dem Umbau war der Keller ein reines Funktionsgeschoss.

„Wissen Sie, ob man dem Verdacht schon nachgegangen ist?", fragte Lüder.

Rex wusste es nicht.

„Steve soll diesen Punkt klären lassen. Experten müssen her. Vielleicht haben Sie Recht und wir Glück", sagte Lüder. Eine Mitarbeiterin des Museums nahm ihre Aufmerksamkeit in Anspruch. Manzoni ließ ihnen ausrichten, der Kanalinspektor sei eingetroffen.

Sigelman war angespannt und ernst. Betrübt meinte er, er könne einfach nicht glauben, dass Cole ein Terrorist sei. Er hätte ihn ganz anders kennen gelernt und in Erinnerung behalten. Trotzdem stünde er ihnen natürlich zur Verfügung. Schließlich sei es seine Bürgerpflicht als New Yorker und Amerikaner, Schaden von den Menschen abzuwenden. Aber es schmerze ihn, das könnten sie ihm glauben, einen ehemaligen Kollegen auf diese Weise zu verdächtigen. „Möge mir seine Mutter verzeihen und ihre Seele im Frieden ruhen." Sigelman war es ernst mit seinen Worten. Er erfüllte den Auftrag nur schweren Herzens.

In der 74. Straße West, Ecke Madison Avenue, hatte ein großer Reparaturwagen der Wasserbetriebe geparkt und einen Einstiegsschacht mit einer Absperrung gesichert. Zwei Kanalarbeiter hatten den Kanaldeckel abgehoben und warteten bereits auf sie. In dem LKW zogen sich die vier Männer um und traten in Arbeitskleidung wieder auf die Straße. Jeder trug einen Schutzhelm, der mit einer Arbeitslampe ausgestattet war, und eine Gasmaske am Gürtel. Die Kanäle seien belüftet, erläuterte Sigelman, aber man wisse nie so genau, ob sich nicht in bestimmten Abschnitten eine ungesunde Gaskonzentration gebildet habe. Den Weg, den Sigelman gewählt hatte, hatte er ihnen auf einer Karte gezeigt, doch deren verwirrendes Netz aus Linien erinnerte eher an einen Schnittbogen.

„Verlaufen kann man sich nicht", beruhigte sie der Kanalinspektor. Die Einsteigeschächte sind in einem Abstand von achtzig Metern angeordnet. Selbst wenn Sie die Kanaldeckel nicht allein abzuheben vermögen, die Passanten über sich können Sie immer auf sich aufmerksam machen, damit sie Hilfe holen."

„Eine ungemeine Beruhigung", raunte Rex Lüder zu. Der fragte laut: „Was machen wir, wenn Winter unangemeldet im Kanalisationsnetz auftaucht?"

Manzoni klopfte auf sein Funkgerät. „Sobald er irgendwo einsteigen sollte, sind wir die ersten, die es erfahren."

„Der Funkkontakt ist aber nicht überall gewährleistet", schränkte Sigelman ein. „An manchen Stellen liegen die Kanäle tiefer als die in New York üblichen vier Meter. Die felsige Grund kann die Funkwellen stören."

„Das müssen wir in Kauf nehmen. Aber ich gehe nicht davon aus, dass er den Einstieg am helllichten Tage wagt. Wir sollten uns daher nicht unnötige Sorgen machen."

Wer die Männer des kleinen Trupps nicht näher kannte, hätte glauben können, vier Kanalarbeiter in Gummihosen und Arbeitskleidung stiegen in einen Hauptkanal ein. Die Luft roch streng, aber es war erträglich. Dafür war es in dem aus roten Backsteinen gemauerten Abwasserkanal angenehm kühl. Sie standen in der Wasserrinne schalteten ihre Lampen an. Sigelman hatte noch einen separaten, batteriebetriebenen Scheinwerfer dabei, mit dem er zusätzlich für Licht sorgen konnte.

„Wie in London oder Berlin befinden sich unten vielen New Yorker Straßen diese Hauptkanäle, die in einem Hauptsammelkanal münden. Für dieses Gebiet ist der Hauptsammelkanal unter der Fünften Avenue. Ich habe diesen Einstiegsort gewählt, um Ihnen einen Eindruck vom

Aufbau des Kanalisationssystem zu vermitteln", erklärte Sigelman.
An den Stiefeln der Männer rauschte die Brühe vorbei. Die Stimme des Kanalinspektors hallte in der mannshohen Röhre.

„In den Straßenkanälen müssen wir durchs Abwasser waten, im Hauptsammelkanal gibt es an der Seite einen schmalen Weg, auf dem man trockenen Fußes vorankommt."

Sigelman setzte sich in Bewegung und die Männer folgten ihm. Er setzte seine Erklärungen fort. „Wie Sie erkennen können, münden die kleineren Kanäle alle in diesen Hauptkanal. Da dieses Tunnelsystem schon Jahre alt ist, gibt es eine Reihe von stillgelegten Kanälen. Manchmal finden sich auch trockene Seitenkanäle, die ehemals zu Kellern führten. Da die Häuser aber verschwunden sind, hat man sie einfach zugemauert und sich nicht die Mühe gemacht, sie wieder zuzuschütten. Denken Sie nur an die Frick Collection. Dort stand ja auch vorher die Lenox Library. Die riss man ab und da die Kanalisation an dieser Stelle veraltet war, legte man für den neuen Stadtpalast eine an. Was mit der alten geschah, kann ich nicht sagen. Wo es möglich war, erneuerte man sie, ansonsten baute man neu. Sie können sich vorstellen, dass bei diesem Verfahren im Verlauf vieler Jahrzehnte ein unübersehbares System aus Kanälen heranwuchs, über das heute keiner mehr einen Überblick hat. New Yorks Kanalisation ist eine der größten im Lande und hat eine Länge von 10.000 Kilometern."

Sie hörten, wie das Wasserrauschen im Kanal immer lauter wurde, je näher sie dem Hauptsammelkanal kamen. Auch stellte Lüder fest, dass das Gefälle und die Geschwindigkeit des Wassers zu nahm.

„In der Nähe des Museums gibt es drei Kanäle. Die beiden Hauptkanäle in der 70. und 71. Straße und den Hauptsammelkanal in der Fünften Avenue. Die Hauptkanäle verlaufen unter dem Central Park und verbinden sich auf der anderen Seite mit dem Netz der Upper West Side."

Sie kamen an eine Kreuzung des Kanals. Das Wasserrauschen war laut und Sigelman musste seine Stimme erheben, damit er von seinen Begleitern verstanden werden konnte. Der Hauptsammelkanal hatte die Höhe eines U-Bahn-Tunnels und war breit genug, ihn mit einem flachen Boot zu befahren. Lüder war froh, als sie endlich aus der Brühe herauskamen, in der er Ratten gesehen zu haben glaubte.

„Dieser große Kanal geht downtown Richtung Brooklyn und weiter zum Meer, wo die Abwässer ungeklärt eingeleitet werden."

Rex und Lüder verzogen angewidert das Gesicht. Manzoni leuchtete mit seiner Lampe den schmalen Weg ab.

„Oben links von uns ist das Museum, rechts der Park. Wir befinden uns jetzt ungefähr auf der Höhe 70. Straße Ost, Fünfte Avenue."

Manzoni probierte sein Funkgerät aus. Er hatte Empfang und sprach kurz mit der Zentrale. Derweil war Sigelman mit Rex und Lüder weiter auf dem Weg in Richtung uptown gegangen und leuchtete in die Kanalröhre.

„Kann man in die Wasserrinne treten?", fragte Lüder.

Der Kanalinspektor nickte. „Seien Sie nur vorsichtig. Die Fließgeschwindigkeit ist hier stärker als im Hauptkanal."

Lüder stieg ins Wasser und sah sich die aus Backsteinen gemauerte Röhre aus der Distanz an. Es gab viele Seitenkanäle und die Öffnungen verwirrten. Sigelman schnappte Lüders ratlosen Blick auf und kommentierte ihn. „Zu mir hat mal jemand gesagt, New Yorks Unterwelt gleiche einem Schweizer Käse, sie stinke nur nicht so schön." Sigelmans Lachen pflanzte sich als Echo fort. Es klang unheimlich. „Der Vergleich gefiel mir. Unwahrscheinlich ist es nicht, dass es hier irgendwo einen trockenen Seitenkanal gibt, der in Vergessenheit geraten ist."

„Winter kannte sich hier unten gut aus?", fragte Lüder.

„Ja, sehr gut. Wenn Reparaturen anstanden oder ein routinemäßiger Inspektionsgang durchgeführt wurde, war er dabei. Ich behaupte sogar, er kannte diesen Bereich besser als jeder andere."

Der Lichtkegel von Lüders Lampe wanderte über die Mauer des Wasserbetts. Etwas war in seinen Blick geraten. Systematisch leuchtete er die Mauer über dem Wasserpegel ab und fand endlich das, was seine Aufmerksamkeit erregt hatte. Es war ein in der Mauer eingelassener, von Feuchtigkeit korrodierter Eisenring. In der Mitte hatte er zwei Stäbe, die in einem spitzen Winkel oben zusammenliefen und wie ein nach unten offenes, gleichschenkliges Dreieck aussahen, das in den Ring eingeschrieben war. Lüder betrachtete den Eisenring aus der Nähe.

Sigelman hatte sich zu ihm gesellt. Er leuchtete mit seinem Scheinwerfer auf das Eisenstück. „Diese Halter finden Sie in regelmäßigen Abständen. Früher haben die Kanalarbeiter daran ihre Boote festgemacht, damit sie von der Strömung nicht fortgetrieben wurden."

Lüder nickte. Die Form erinnerte ihn vage an ein Zeichen, er vermochte es aber nicht zu benennen.

Sie begaben sich wieder aufs Trockene.

„Es werden überall in Manhattan Männer in der Nähe der Einstiegsschächte Wache halten und sofort Alarm geben, wenn Winter sich auf den Weg nach unten macht. In der Nähe des Museums haben wir weitere Männer zusammengezogen, die sofort unten sein können", sagte Manzoni, der sich wieder zu der kleinen Truppe gesellt hatte. Er zuckte nach einer Pause, in der alle geschwiegen hatten, mit den Schultern und meinte: „Das ist leider alles, was wir tun können. Zu diesen verdammten Kanal, in dem er womöglich seine Bombe versteckt hat, muss er uns führen. Weiter oben in Richtung Harlem haben wir ein Boot mit Außenborder stationiert. Dort werden heute Nacht ebenfalls Männer in Bereitschaft sein. Sollte er zu fliehen versuchen, hat er keine Chance." Manzonis entschlossenes Gesicht ließ keinen Zweifel zu.

Die Stunden verstrichen, ohne dass etwas passierte. Der Abend kam und die Anspannung wuchs bei allen Beteiligten. Steve wurde immer nervöser, Manzoni immer gereizter. Lüder kam es vor, als hinge über dem Sondereinsatzstab wie ein Damoklesschwert die Frage, ob Cole Winter wirklich käme.

Was, wenn dies nicht geschah?

Lüder musste an die frische Luft und ging in Begleitung von Rex in den Park, wo sie sich ins Café am Conservatory Pond setzten, der keine fünf Minuten entfernt in einer Senke lag. Die Luft hatte sich nicht abgekühlt. Parkbesucher planschten mit ihren Füßen im Wasser des Bassins. Beim Abholen ihres Kaffees vom Tresen fing Lüder den Blick eines Mannes mit Sonnenbrille auf, der ihnen unmerklich zunickte. Lüder kannte ihn nicht, vermutete aber, dass es sich bei ihm um einen von Manzonis Leuten in Zivil handelte, die im Park ausgeschwärmt und in Position gebracht worden waren. Schweigend tranken sie ihren Kaffee und warteten. Plötzlich fiel im Café das Licht aus. Auch die Straßenlaternen, die kurz zuvor eingeschaltet worden waren, waren ausgegangen. Der Mann mit der Sonnenbrille war hektisch aufgesprungen und davon geeilt.

„Was ist passiert? Warum ist das Licht aus?"

Rex war die Ruhe selbst. „Wahrscheinlich wieder ein Stromausfall. Kommt in dieser Jahreszeit öfters vor. Alle Klimaanlagen laufen auf Hochtouren, die Kraftwerke kommen mit der Stromproduktion nicht nach. Die Folge ist ein hoffnungslos überlastetes Netz. Daran gewöhnt man sich schnell in New York. Im Winter ist es nicht besser."

„Warum Stromausfall?", wunderte sich Lüder.

„Wir hatten heute die höchste Temperatur des Jahres. 38 Grad! Ein Wunder, dass es nicht schon viel früher passiert ist."

„Ist in der ganzen Stadt das Licht ausgegangen?"

„Schwer zu sagen. Es können auch nur Stadtteile betroffen sein."

Lüder war bei dem Gedanken an den Stromausfall nicht wohl. Er musste die Kommunikationskanäle der Polizei in Mitleidenschaft ziehen. Schlimmstenfalls wurden sie ganz unterbrochen. Wenn der Ausfall länger dauerte, konnte Cole Winter in der dunklen Stadt agieren. Alle ihre Aktionen würden sehr erschwert werden. Er blickte auf seine Uhr. Es war einundzwanzig Uhr fünfundvierzig. Es begann zu dunkeln.

„Sagten Sie nicht, Cole sei Elektriker?"

„Ja."

„Erscheint Ihnen der Zeitpunkt nicht auch ein bisschen sonderbar?"

„Warum? So etwas plant man doch nicht." Rex stutzte einen Moment lang und sah Lüder dann besorgt an. „Sie glauben doch nicht, er könnte dafür verantwortlich sein?"

„Unser Problem im Moment ist, dass wir nichts wissen. Wir müssen zurück ins Museum."

„Sie unterschätzen die maroden Infrastrukturen dieser Stadt. Es braucht keinen Attentäter, um einen Netzzusammenbruch herbeizuführen."

„Ich will wissen, was los ist", sagte Lüder und stand auf.

Auf den Straßen herrschte Chaos. Die Ampeln waren ausgefallen und der Straßenverkehr war zum Erliegen gekommen. Feuerwehren und Ambulanzen suchten im Stau nach einem Durchkommen. Die Luft war erfüllt von heulenden Sirenen. Die Bürohochhäuser und Geschäfte waren dunkel. Nur die orange glühende Sonne spendete noch ein wenig Licht.

„Wenn die nicht schnell den Störfall beheben, hat Winter ein leichtes Spiel", schimpfte Lüder.

Im Museum bot sich ihnen das gleiche Bild. Das Gebäude war in Dunkelheit gehüllt. Die Sicherheitssysteme waren ausgefallen. Einen Notstromgenerator gab es nicht. Die Einsatzkräfte mussten sich mit eilig herbeigeschafften batteriebetriebenen Lampen und Kerzen behelfen, die zumindest in der Verwaltungsetage für ein wenig Licht sorgten. Das Telefonnetz funktionierte nicht, damit war der Kontakt nach außen zur Zentrale und den Außenposten unterbrochen. Der Sondereinsatzstab war abgeschnitten und hatte nur noch eine sehr eingeschränkte Lageübersicht. Man war auf den Polizeifunk angewiesen, doch da angesichts des Chaos alle Polizeikräfte auf diesen einzigen Informationskanal zurückgriffen, war der völlig überlastet.

Sie fanden Manzoni im Dienstwagen vor dem Museumseingang. Er ließ sich über das Funktelefon über das Ausmaß des Stromausfalls informieren. Seine Augen funkelten kampfeslustig, als er auf die beiden einen kurzen Blick warf und ins Telefon bellte, es sei das Mindeste, was er erwarten könne und dann den Hörer auf die Gabel knallte.

„Ein Blackout! Der hat die Stadt richtig in den Schwitzkasten genommen!", wetterte er.

„Hat unser Elektriker das Licht ausgeknipst?", fragte Rex.

„Dreimal dürfen Sie raten, Professor."

„Danke, nein. Gustav hatte auch schon so eine dunkle Ahnung."

„Ein Transformator in einem Elektrizitätswerk in Manhattan ist explodiert. Ich brauche Ihnen wohl nicht zu sagen, dass der Grund dafür nicht Altersschwäche war. Die sind sich dort sicher, dass es ein Anschlag war. Im gesamten Stadtteil herrscht das Chaos!"

„Verdammt", sagte Lüder mit belegter Stimme.

„Das können Sie laut sagen! Unsere Männer haben sich auf alles eingestellt, aber nicht auf das hier! Wir haben Donnerstag, einen Arbeitstag. Zehntausende sitzen in Tunneln und U-Bahnen und Liften fest. Die Straßen sind hoffnungslos verstopft, weil offenbar die ganze Welt beschlossen hat, nach Hause zu fahren. Meine Leute sind im Moment mit allem anderen beschäftigt, nur nicht mit Winter."

„Wie lange werden die Elektrizitätswerke brauchen, bis der Störfall behoben ist?", fragte Lüder und wischte sich den Schweiß mit einem Taschentuch aus dem Nacken.

„Die gehörten noch nie zu den Schnellsten", fauchte Manzoni.

„Erfahrungsgemäß ist das unter ein paar Stunden nicht zu schaffen. Beim letzten großen Ausfall brauchten sie über neun Stunden", sagte Rex.

„Neun Stunden!", rief Lüder aus.

„Irgendwelche Nachrichten über Winter?", wollte Rex wissen.

„Machen Sie sich lustig über mich, Professor? Woher sollten die kommen? Meine Männer in der Zentrale werden mit allem Möglichen behelligt. Winter ist deren allerletztes Problem."

„Was ist mit der Kanalisation? Hat da noch jemand ein Auge drauf?", fragte Lüder.

„Wahrscheinlich steht auf jedem Scheißkanaldeckel ein Wagen und kann sich nicht vor und nicht zurück bewegen!", fluchte Manzoni. „Aber ich will ehrlich zu einem pensionierten Cop sein. Ich habe nicht die geringste Ahnung, ob überhaupt noch einer unten ist!"

„Mit anderen Worten, der läuft da unten womöglich ungehindert herum. Wir müssen sofort etwas unternehmen!"

„Ach! Soweit war ich auch schon", schnaubte Manzoni.

„Wir nehmen ein paar Ihrer Männer und gehen runter", sagte Lüder entschlossen.

„Und was wollen Sie da unten?", wollte Manzoni wissen. „Sollen wir planlos durch dieses Labyrinth irren?"

„Nun spielen Sie nicht den Apokalyptiker, Inspektor! Informieren Sie über Funk alle verfügbaren Kräfte und befehlen Sie, dass sie die Kanalisation der Upper East Side abriegeln. Wir versuchen derweil, Winter unten aufzuscheuchen. Und lassen Sie sofort das Viertel evakuieren."

Manzoni hatte keine Wahl. Er bellte seine Anweisungen ins Funktelefon und ließ aus dem Museum drei Polizeioffiziere holen. Sie statteten sich mit Lampen, Funkgeräten, Gummistiefeln und Trillerpfeifen aus und stiegen in den nächstgelegenen Kanalschacht in der 70. Straße. Duncan hielt im Museum die Stellung.

Um dreiundzwanzig Uhr zehn standen sie in dem stinkenden Hauptkanal. Ihnen blieben noch fünfzig Minuten. Im Hauptsammelkanal teilten sie sich in drei Gruppen. Lüder ging mit einem Polizeioffizier namens Smith in den Hauptkanal der 71. Straße. Rex und ein Cop, der Parker hieß, liefen den Hauptsammelkanal in Richtung Harlem hinauf und Manzoni machte sich mit dem Polizeioffizier Mitchell auf in die entgegengesetzte Richtung. Bei Gefahr sollten sie die anderen mit der Trillerpfeife alarmieren.

Lüder und Smith wateten schweigend durch die schwarze Brühe. Der Lichtkegel ihrer Lampe huschte über die Mauern und Öffnungen. Beide Männer trugen ihre Pistole in der Hand. Sie hatten etwa zweihundert Meter zurückgelegt, als hinter ihnen zwei Schüsse dicht aufeinander fielen, dann ein dritter. Das Echo hallte im Kanal. Sie fuhren erschrocken herum und sahen bestürzt in die Richtung, aus der die Schüsse gekommen waren. Eine Trillerpfeife gellte. Sie rannten los, was das Zeug hielt, und achteten nicht auf das aufspritzende Dreckwasser. Im Hauptsammelkanal kamen sie vor Rex und seinem Begleiter an. Im Licht eines Scheinwerfers lag ein Mann ausgestreckt auf dem trockenen Weg und ein anderer beugte sich über ihn. Es war Polizeioffizier Mitchell, der Manzoni ein Stück Stoff auf den Bauch presste.

„Was ist passiert, Harold?", rief Smith seinem Kollegen zu.

Mitchell war kalkweiß. „Wir hörten ein Geräusch, kehrten um, und da stand er plötzlich vor uns wie aus dem Boden gewachsen. Er eröffnete sofort das Feuer. Wir konnten zurückschießen, aber Manzoni hat er schlimm erwischt. Er braucht sofort einen Arzt."

„Und Winter?", fragte Lüder.

„Ich glaube, ich habe ihn getroffen. Er ist in Richtung uptown geflüchtet."
Rex und Parker kamen angelaufen.

„Officer", sagte Lüder zu Parker, „holen Sie Hilfe und sorgen Sie dafür, dass man versucht, die Kanalisation abzusperren und Leute runterschickt, die sich an Winters Fersen heften."

„Und wir kümmern uns um die Bombe", sagte Lüder zu Rex.

„Meinen Sie, er hat den Sprengstoff scharf gemacht?"

„Davon bin ich überzeugt. Was sonst sollte er hier unten zu tun gehabt haben? Inspektor Manzoni anzuschießen war mit Sicherheit nicht seine Absicht gewesen."

Manzoni stöhnte vor Schmerzen und gab Lüder ein schwaches Zeichen.

„Mr. Luder, er will Ihnen etwas mitteilen", sagte Mitchell.

Lüder beugte sich tief zu Manzoni hinunter und hielt ihm sein Ohr an die Lippen.

„Die Sprengstoffspürhunde", hauchte Manzoni, doch er brach sofort ab, da ein Hustenanfall seinen Brustkorb erschütterte.

Es blieben noch dreiundzwanzig Minuten bis Mitternacht. Lüder und Rex kletterten an die Oberfläche, die genauso finster war wie die Unterwelt. Systematisch arbeiteten sich die Sprengstoffhunde vom Untergeschoss hoch zum Erdgeschoss und dann von Raum zu Raum, Ausstellungssaal zu Ausstellungssaal. Die Dunkelheit erschwerte die Arbeit. Um zehn vor zwölf nahmen sie sich das Esszimmer vor. Von der Fünften Avenue erklangen Feuerwehrsirenen, die die Hunde nervös machten. Die Hundeführer sprachen ihnen gut zu.

„Glauben Sie wirklich, das bringt was oder sollten wir nicht langsam zusehen, uns in Sicherheit bringen", meinte Rex mit einem bangen Blick auf die Uhr, die auf dem Kaminsims stand und deren Minutenzeiger unaufhaltsam vorankroch. Einer der Hunde zerrte heftig an der Leine und schlug an. Seine Schnauze schnüffelte erregt am Boden des Kamins.

„Hier ist was!", schrie der Hundeführer.

Die Sprengstoffexperten kamen herbei gerannt und inspizierten den Kamin. Sie klopften Wände und Boden ab, konnten aber nichts entdecken.

Der Hund zerrte weiter an der Leine und scharrte mit den Pfoten auf der Bodenplatte des Kamins.

„Hier muss es sein! Bobby irrt sich nie", sagte der Hundeführer.

„Werkzeug!", schrie einer der Sprengstoffexperten. „Wir reißen den Boden auf!"

Die Uhr zeigte fünf vor zwölf an. Rex und Lüder waren wie alle übrigen Männer in Schweiß gebadet. Wenn im Boden wirklich eine Bombe sein sollte, blieben ihnen zum Finden und Entschärfen keine fünf Minuten mehr.

Duncan gab Anweisung, dass alle, die nicht unbedingt gebraucht werden, sofort das Gebäude verlassen. Die Türen des Esszimmers zum Garten wurden aufgemacht, um einen Fluchtweg zu haben.

„Der Boden ist beweglich! Er lässt sich öffnen!", schrie einer der Experten. Sie schafften es die Bodenplatte aufzustemmen und eine Öffnung herzustellen, die groß genug für einen Mann war, um in den darunter liegenden Hohlraum einzudringen. Eine Lampe leuchtete hinunter.

„Das reicht, um den gesamten Block zu sprengen!"

Duncan war leichenblass geworden.

Es war zwei Minuten vor zwölf.

„Alle bis auf die beiden Sprengmeister raus hier! Uns kann jeden Augenblick der Kasten um die Ohren fliegen!"

Alles, was zwei und vier Beine hatte, floh auf die 70. Straße, weg vom Museum. Die Polizei hatte einen Sicherheitsring gebildet, in dem sich kein Anwohner und keine unbefugte Person mehr aufhalten durfte.

Noch im Laufen erwartete Lüder einen unvorstellbaren Knall in seinem Rücken, doch nichts passierte. Atemlos erreichten sie die Grenze des Gefahrensektors und sahen auf die Uhr. Es war eine Minute nach zwölf. In dem Viertel war es unheimlich ruhig. Nicht einmal mehr Sirenen waren zu hören. Alle starrten gebannt in Richtung Museum. Weitere zwei Minuten verstrichen. Duncans Funkgerät schwieg.

„Verdammt, was ist da los? Warum melden die sich nicht?"

Aus der 70. Straße kamen die beiden Sprengstoffexperten. Ihr Gang war entspannt, ohne Hast. Alle atmeten erleichtert auf. Im gleichen Augenblick meldete sich Duncans Funkgerät und eine von Rauschen und durch atmosphärische Störungen verzerrte Stimme gab durch, dass Winter gestellt worden war. In der Madison Avenue, Höhe Lever House.

„Musste auftauchen und frische Luft schnappen."

„Leistete er Widerstand?", wollte Duncan wissen.

„Seinen Finger hatte er schon am Drücker, aber wir kamen ihm zuvor."

Duncan verdrehte die Augen. „Und was heißt das nun?"

Ein Scharfschütze habe Winter ausgeschaltet, erhielt er zur Antwort. Duncan riss der Geduldsfaden und er polterte: „Verdammt noch mal! Geht es auch konkreter?"

Für einen Moment herrschte auf der anderen Seite verlegenes Schweigen, dann kam aus dem Funkgerät die Antwort: „Nach Inspektor Manzonis schwerer Verwundung durften wir doch kein weiteres Risiko eingehen."

Winter war tot.

Duncan gab bei der Einsatzzentrale an alle Einsatzkräfte Entwarnung durch.

Es war vorbei, sie hatten es geschafft.

Doch statt Zufriedenheit empfand Duncan Missmut über den Ausgang der Ereignisse. Lieber hätte er es gehabt, Winter vor ein Gericht zu bringen.

Die Sprengstoffexperten traten an ihn heran und ihr breites Lächeln erstarb angesichts Duncans düsterer Miene. Schnell fragte einer: „Ist was schief gelaufen?"

Duncan schüttelte den Kopf und zwang sich zu einem Lächeln. „Nein, alles okay." Er klopfte den beiden anerkennend auf die Schultern und lobte sie. Im Auge des Orkans hätten sie wieder einmal die Ruhe bewahrt. Die beiden Männer wehrten ab und berichteten, der Bombenbastler sei ein Amateur gewesen. Den mechanischen Zeitzünder hätten sie problemlos unschädlich machen können.

„Aber eine Minute später und die Museumsmeile wäre um eine Attraktion ärmer gewesen."

Die Sprengstoffexperten grinsten zufrieden.

Lüder nahm seinen jungen amerikanischen Freund erleichtert beim Arm.

„Jetzt würde ich aber gern den Geheimgang in Augenschein nehmen und endlich erfahren, wie Winter in ihn hineingelangte", meinte Rex. „Inspektor Duncan, ist das möglich?"

„Was glauben Sie, Professor? Das Erste, womit mich mein Kollege Manzoni löchern wird, ist, wie der Kerl so plötzlich vor ihm in der Kanalisation auftauchen konnte. Bevor ich ans Krankenbett treten kann, muss ich das unbedingt wissen. Schauen wir es uns also mit eigenen Augen an."

Da es noch immer keinen Strom gab, mussten sie mit Scheinwerfern ins Museum. Der Blick in die Kammer verschlug ihnen die Sprache. Die Menge an Sprengstoff ließ keinen Zweifel an Winters Absichten zu. Er wollte aufs Ganze gehen. Die Explosion sollte keinen Stein mehr auf dem anderen stehen lassen. Stumm wandten sich die drei Männer der Wendeltreppe zu, die so schmal war, dass sie nur hintereinander hinuntergehen konnten. Sie gelangten unten zu einem trockenen, muffig riechenden Gang. Offenbar handelte es sich um einen ehemaligen Seitenkanal. Das müsse Henry Clay Fricks geheimer Fluchtweg sein, bemerkte Rex und klang dabei so überrascht, als hätte er selbst nie wirklich an seine Vermutung geglaubt. Nach einer Weile endete der Gang abrupt vor einer gemauerten Wand. Seitwärts ragte ein rostiger Hebel aus der Wand. Von irgendwo kam das Rauschen fließenden Wassers. Rex legte sein Ohr an die Mauer. „Es kommt von der anderen Seite. Dort muss Wasser fließen."

„Wenn das keine Sackgasse ist, muss es eine Tür geben." Duncan griff nach dem Hebel und versuchte, ihn herunterzudrücken. Seiner ganzen Kraft bedurfte es, damit das Eisenstück den verborgenen Mechanismus auslöste. Denn kaum hatte der Hebel die unterste Stellung eingenommen, glitt die Mauer fast geräuschlos links in einer Öffnung in der Wand hinein und bildete eine mannshohe Öffnung zum Hauptsammelkanal unter der Fünften Avenue. Der Gestank von New Yorks Abwässern drang ihnen in die Nase.

„Fricks Architekt Hastings hatte tatsächlich einen geheimen Fluchtweg angelegt", rief Rex überwältigt aus und staunte.

Lüder klopfte ihm auf die Schulter. „Sie hatten den richtigen Riecher, Walter."

Kaum waren sie alle drei auf den Seitenweg des Hauptsammelkanals hinausgetreten, schloss sich die Mauer automatisch wieder. Millimetergenau und fugenlos passte sie sich in die Wand ein.

„Made in USA." Duncan strich bewundernd mit den Fingern über die rauen Backsteine. „Nur wie kam der Teufel rein? Durch Mauern konnte er ja wohl nicht gehen und einen Hebel sehe ich auf dieser Seite nicht", knurrte er.

„Wahrscheinlich entdeckte er bei seinen Inspektionsgängen das hier", sagte Lüder und zeigte auf das runde Eisenstück zu seinen Füßen, das knapp über dem Wasserspiegel aus dem Mauerwerk des Kanalbetts ragte. „Können Sie überprüfen, ob es sich bewegen lässt?", forderte Lüder Rex auf.

„Ich soll ohne Stiefel in die Brühe!"

„Zieren Sie sich nicht so. Sie können es auf Ihre Spesenrechnung setzen. Auch sind Sie noch ein junger, kräftiger Mann."

Angeekelt kletterte Rex in den Kanal, nahm das runde Eisenstück in die Hand und rüttelte daran. Es saß fest und bewegte sich nicht von der Stelle.

„Kanalinspektor Sigelman deutet es als Haken zur Befestigung von Booten", klärte Lüder Duncan über die Funktion auf. Der Inspektor leuchtete mit seiner Lampe hinunter und Rex besah sich die Halterung im Licht genauer.

„Diese Form erinnert mich an was, Gustav. Es könnte ein Freimaurerzeichen sein."

„Wovon redet er?", fragte Duncan Lüder.

„Später", entgegnete Lüder und beugte sich zu Rex hinunter. Seine Knie krachten.

„Sehen Sie sich das hier mal genauer an, Gustav! Das ist eine Art Zirkel." Lüder gab ihm Recht. Mit viel gutem Willen konnte man in dem Kreis einen Bauzirkel ausmachen.

„Und wenn man ihn sich nun um hundertachtzig Grad gedreht vorstellt, ist er nach oben hin offen", sagte Rex.

„Das ist es! Diese Stellung meint das Öffnen der Tür."

„Drehe ich also diesen Kreis um eine halbe Drehung nach links –" Rex mühte sich sichtlich ab, doch das Eisen bewegte sich weiterhin nicht.

„Lassen Sie mich da ran!", verlangte Duncan und stellte die Lampe auf dem Boden ab. Er stieg ins Wasser und Rex räumte das Feld. Doch auch Duncan blieb bei seinen Bemühungen erfolglos. Das Eisen rührte sich nicht.

„Vielleicht müssen Sie erst ziehen und dann drehen", schlug Lüder vor und Duncan probierte es. Nun trat der Ring tatsächlich aus der Wand heraus und ließ sich an einer Mittelstange soweit drehen, dass die fehlende Basis des Dreiecks nach oben zeigte. Im gleichen Augenblick verschwand das Mauerstück und gab den Seitenkanal frei.

Die drei Männer starrten auf das Loch in der Wand.

Nun verstanden sie, wie Cole Winter aus dem Nichts aufzutauchen vermochte.

Lüder half Rex und Duncan aufs Trockene. Voller Entrüstung schaute Rex auf seine Schuhe und Hose. „Die kann ich wegschmeißen!", schimpfte er.

Duncan war noch immer mit dem Seitenkanal beschäftigt. „Das Museum hatte seit der Eröffnung eine verheerende Lücke in seinem Sicherheitssystem, ohne das die Leitung das jemals ahnte. Es ist nicht zu fassen."

Lüder nickte. „Über Berkmans Mordversuch kam Frick offensichtlich nie hinweg. Dieser hatte ihn sehr vorsichtig werden lassen und zeitlebens fürchtete er sich vor weiteren Anschlägen. Angesichts der Antipathie der Gewerkschaften und Arbeiter ihm gegenüber eine begründete Furcht."

„Wie schlimm es wirklich um seine Sicherheit bestellt war, beweist die Tatsache, dass er sein Leben selbst durch New Yorks Abwasser gerettet hätte", fügte Rex schaudernd hinzu.

Bei ihrer Rückkehr erstrahlte das Museum im Licht. Die Außenscheinwerfer erleuchteten die Fassade und den Fahnenmast, an dem die Flagge schlaff herunter hing. Steve und Rockefeller schüttelten den drei Männern die Hand, während Fachleute damit begonnen hatten, den Sprengstoff abzutransportieren und an einen sicheren Ort zu bringen. Rockefeller stand die Befriedigung darüber ins Gesicht geschrieben, dass das leidige Problem der Erpressung endlich vom Tisch war. Die Ordnung war wieder hergestellt, ohne das er seinen Prinzipien untreu geworden war.

Lüder konnte ausschlafen. Erst gegen Mittag bequemte er sich aus dem Bett und duschte lange. Das Wasser kam heiß aus der Leitung und er genoss die Durchflutung seines Körpers mit Wärme. Er war allein im Haus, Steve hatte im Museum zu tun. Eventuell wurde Claire heute nach Haus entlassen. Lüder ging nach unten und schaltete den Fernseher an. Es lief eine Nachrichtensendung, in der über den Stromausfall und den vereitelten Anschlag auf die Frick Collection berichtet wurde. Der Brand im Transformator des Elektrizitätswerkes in Manhattan wurde dem Attentäter zugeschrieben. Auf einer Pressekonferenz am späten Nachmittag wollte die Polizei weitere Einzelheiten bekannt geben. Lüder setzte sich in einen Sessel und verfolgte das Porträt, das man von Winter zeichnete. Von einem Wahnsinnigen war die Rede, die Motive blieben unerwähnt. Am Ende äußerte sich der Stellvertretende Vorsitzende der Frick-Stiftung vor der Kamera. Auf die Frage, wie es im Museum nach dem Tod von Professor Conolly weitergehe, antwortete er, sein Stellvertreter Dr. Bell habe sich als hervorragender Krisenmanager bewährt und man wolle ihn auf der nächsten Vorstandssitzung zur Wahl des neuen Direktors vorschlagen.

Während die Sendung von einer Zigarettenwerbung unterbrochen wurde, dachte Lüder an Winter und Berkman. Sie hatten sich nie kennen gelernt. Berkman war als Staatenloser, der nur einen Nansen-Pass des Völkerbundes vorzuweisen hatte, 1921 nach Deutschland gekommen. Genau wie Frick hatte er dieses Land einmal besucht und genau wie sein Opfer wurde er nicht warm mit ihm. Immerhin übersetzte man hier seine Gefängniserinnerungen und ein Freund in Berlin-Neukölln schrieb für die deutsche Ausgabe ein Geleitwort, in dem an Fricks Rolle im großen Streik von Homestead und in der Schlacht am Monongahela-Strom erinnert wurde. Diese Ereignisse sorgten damals selbst in Europa für empörte Schlagzeilen und ließen die Herzen junger Rebellen für ihr Idol Berkman höher schlagen. Den Sammler Frick, das Vorbild vieler Mäzene, nahm man dagegen nicht wahr. Diese Seite Fricks wollte nicht passen zu der Kultiviertheit seines New Yorker Stadthauses an der Millionärsmeile. Fricks rauer Umgangston mit den Angestellten und Arbeitern stand in deutlichen Gegensatz zu seinem Interesse und Engagement im Reich der schönen Künste. Dabei zeigte er gerade hier, wenn man genau hinsah, eine bemerkenswerte Sensibilität, die er anderswo vermissen ließ. Frick kaufte, was sehr gut und sehr teuer war. Als Sammler zeigte er ein erstaunliches Entwicklungspotential, war keineswegs beratungsresistent. Doch Lüder mochte nicht glauben, dass der alte Frick am Ende seines Lebens ein offenes Ohr für die Kritik an seiner Haltung gegenüber de Arbeitern hatte.

Diente sein sagenhaftes Geschenk, das er New York machte, wirklic dem Ziel, sein ramponiertes Image für die amerikanische Geschicht schreibung aufzubessern? Womöglich hatte er mit seinem Museum nich dergleichen im Sinn gehabt. Der Seelenhaushalt eines Mannes wie Fric war auf so etwas nicht angewiesen. Aber vielleicht war das eine Frage, die Professor Rex beantworten konnte. Irgendwo in seiner Untersuchung über Philanthropie wurde sie bestimmt berührt. Lüder wollte ihn danach fragen.